MIRA®

Haremsnächte

Auf Befehl seines Herrschers Sultan Moulai Ismail reitet Scheich Jamal abd Thabit, Sohn einer englischen Adligen und eines arabischen Prinzen, in die Wüste Marokkos, um die Berber zu bekämpfen. Viel zu lange haben sie durch ihre Raubzüge unter den Karawanen Angst und Schrecken verbreitet. Und wirklich gelingt es Jamal, den Berberfürsten Youssef und dessen stolze Tochter Zara gefangen zu nehmen. Die Rache des Sultans wird grausam sein – doch Jamal, von heißem Begehren für die schöne Zara erfüllt, möchte ihren Tod verhindern. Er will sie für sich, und mit äußerster Beredtheit überzeugt er den erzürnten Sultan, ihm die Berberprinzessin zu überlassen. Jetzt gehört sie ihm. Aber er will Zara nicht mit Gewalt erobern – voller Sehnsucht nach seiner Liebe soll sie zu ihm kommen ...

Connie Mason

Haremsnächte

Roman

Aus dem Amerikanischen von
Rita Langner

MIRA®

MIRA® TASCHENBUCH
Band 25023
1. Auflage: September 2002

MIRA® TASCHENBÜCHER
erscheinen in der Cora Verlag GmbH & Co. KG,
Axel-Springer-Platz 1, 20350 Hamburg
Deutsche Taschenbucherstausgabe

Titel der nordamerikanischen Originalausgabe:
Sheik

erschienen bei: Leisure Books, New York
Published by arrangement with
Harlequin Enterprises II B.V., Amsterdam

Redaktion/Lektorat: Ilse Bröhl
Konzeption/Reihengestaltung: fredeboldpartner.network, Köln
Umschlaggestaltung: pecher und soiron, Köln
Titelabbildung: by Stone, München und f1online, Frankfurt
Autorenfoto: © by Leisure Books, New York
Satz: Berger Grafikpartner, Köln
Druck und Bindearbeiten: Elsnerdruck, Berlin
Printed in Germany
ISBN 3-89941-023-8

PROLOG

Marokko, 1673

Während Scheich Jamal abd Thabit die Laufplanke von seinem Piratenschiff, der „Plünderer", hinunterstieg, betrachtete er die Berge, die sich im Halbrund um die große Hafenstadt Tanger erhoben. Er freute sich, wieder daheim zu sein, nachdem er vor einem Jahr aufgebrochen war, um seine Mutter in England zu besuchen. Keineswegs erfreut war er indes, sich sofort von einer größeren Anzahl Soldaten des Sultans Mulai Ismail umringt zu sehen, sobald er an Land trat.

„Was soll das bedeuten?" verlangte Jamal leise, doch herrisch zu wissen. Diejenigen, welche ihn sehr gut kannten, wussten, dass Vorsicht geboten war, wenn der Scheich in dieser kalt drohenden Tonlage sprach. „Stehe ich etwa unter Arrest?"

Ein stämmiger Mann, dessen Haut wie poliertes Ebenholz glänzte, trat vor. „Unter Arrest steht Ihr nicht, Scheich Jamal; Mulai Ismail, unser erhabener Sultan, verlangt jedoch, Euch umgehend zu sehen."

Jamals finsterer Blick richtete sich auf den ihm wohlbekannten Hauptmann des Sultans. Ismails Armee bestand aus mehr als fünfzigtausend gefangenen afrikanischen Sklaven. Seine Soldaten waren für ihre absolute Loyalität dem Sultan gegenüber sowie für ihre Kraft und ihr Kampfgeschick bekannt.

„Hauptmann Hasdai, nach einer langen Reise bin ich erst in dieser Minute an Land getreten. Ich muss mich zunächst um das Löschen meiner Schiffsladung kümmern."

„Bringt Ihr Beute mit?" erkundigte sich Hasdai.

„Genug, um sogar den Sultan zufrieden zu stellen. Ich traf auf drei spanische Galeonen, zwei vor den Küsten Portugals und eine in der Straße von Gibraltar; alle drei lagen tief im Wasser und waren reich beladen. Der Sultan wird seinen Anteil erhalten."

„Mein Befehl lautet, Euch unverzüglich in die Königsstadt Meknes zu bringen. Während Eurer Abwesenheit ist viel geschehen, und der Sultan bedarf Eurer Dienste."

Jamal dachte an seinen luxuriösen weißen Marmorpalast, der westlich von Meknes in einer üppigen Oase auf einem Anwesen lag, welches er „Paradies" nannte. Seit einem Jahr hatte er diesen Palast nicht mehr gesehen. Er schloss die Augen, und das Bild entstand vor ihm. Er sah die weißen Mauern, die grünen Gärten, den von einer Quelle gespeisten See, dessen klares blaues Wasser wie Millionen Diamanten funkelte. Jamal stellte sich seine Konkubinen vor, wie sie voller Eifer seine Rückkehr erwarteten, und er wurde sehr zornig auf den Sultan, weil dieser ihn nun zu sich befahl.

„Sage Mulai Ismail, ich käme, sobald es mir möglich ist."

„Ihr werdet sofort kommen." Hasdai blieb unerbittlich. Er hatte seine Befehle, deren Nichtbefolgung seinen Tod bedeuteten. Den Sultan erzürnte man besser nicht; Ismail war niederträchtig, äußerst launisch und erwartete absoluten Gehorsam von seinen Sklaven.

Jamal wusste, wann er nachzugeben hatte. „Ich benötige wenigstens die Zeit, mich umzuziehen und die Anweisungen für den Transport meiner Güter zu meinem Palast zu erteilen." Ohne eine Antwort abzuwarten, drehte er sich um und kehrte auf sein Schiff zurück.

Auf dem Achterdeck kam ihm Haroun, sein Leutnant und Vertrauter, entgegen. „Stimmt etwas nicht, Jamal?"

Jamal zog die dunklen Brauen ärgerlich zusammen. „In Meknes verlangt man unverzüglich nach mir. Du weißt, wie die Beute aufzuteilen ist. Sorge dafür, dass der Anteil des Sultans sofort durch eine Karawane nach Meknes geschafft wird. Mein eigener Anteil ist nach ‚Paradies' zu transportieren und dort in meinen Gewölben einzulagern. Teile den Rest unter der Mannschaft auf. Erwarte meine Rückkehr auf ‚Paradies'. Falls ich meiner Bewaffneten bedarf, lasse ich es dich wissen."

„Es soll geschehen, wie Ihr es verlangt, Herr."

Zwanzig Minuten später schritt Jamal wieder die Laufplanke zu Hauptmann Hasdai und dessen Mannen hinunter. Seine europäische Kleidung – Kniehose, Leinenhemd und Weste – hatte er abgelegt und trug jetzt das „Gallabije" genannte, fließende weiße Gewand zu einer weiten Hose und einem am Hals zugebundenen Hemd. Ein weißer Turban bedeckte sein dichtes, leicht welliges dunkles Haar.

„Der Sultan wünscht Euch mit einem Ross zu beschenken", erläuterte Hasdai, als einer seiner Männer ein tiefschwarzes Araberpferd heranführte. „Dieser Hengst heißt Kacem, der Hurtige. Er ist sehr temperamentvoll, doch der Sultan vertraut darauf, dass Ihr ihn zu handhaben versteht."

Erfreut betrachtete Jamal das tänzelnde Tier. Dies war in der Tat ein großzügiges Geschenk. Wenn sich Mulai Ismail von einem so herrlichen Tier trennte, musste er offenbar tatsächlich ein belangreiches Anliegen haben. Der Ledersattel war hervorragend gearbeitet; funkelnde Edelsteine schmückten das Zaumzeug und die Zügel.

Als Jamal aufsaß, schnaubte Kacem und warf den Kopf von einer Seite zur anderen. Der Scheich war indes dem Ross durchaus gewachsen und brachte es rasch unter Kontrolle. Hasdai beäugte das Tier argwöhnisch und entfernte sich mit seinem eigenen Pferd ein gutes Stück von dem Araber, der mit seinem wilden Schnauben und Stampfen Hasdais sanftmütigen Wallach verängstigte.

Einen Moment später drückte Jamal seine Hacken in Kacems Weichen und ließ Hasdai sowie dessen Männer hinter sich in einer Staubwolke zurück. Sein lautes Lachen klang hinter ihm her, und seine eigenen Leute mussten lächeln; die meisten von ihnen waren schon lange genug mit dem Scheich zusammen und kannten dessen Wildheit, seine Missachtung jeglicher Gefahr, seine Arroganz sowie seine gelegentliche Rücksichtslosigkeit. Sie wussten jedoch ebenfalls, dass er absolut loyal sowie unfehlbar aufrichtig war, und sahen ihm deshalb einige seiner unangenehmeren Eigenschaften nach.

Gefolgt von den Soldaten des Sultans, ritt Scheich Jamal abd Thabit in die Königsstadt Meknes ein. Nachdem er die dreifache Schutzmauer passiert hatte, gelangte er in die Medina. Auf dem Ritt durch die engen Straßen der Altstadt zum königlichen Palast in der Kasbah, der Festung, nahm sich Jamal die Zeit, die Sehenswürdigkeiten und Geräusche des Marktes zu genießen.

Trommler, Tamburin- und Flötenspieler erzeugten jene magischen Töne, die er in den vergangenen Monaten so vermisst hatte. Bei dem Duft der auf Kohlebecken zubereiteten Gerichte lief ihm das Wasser im Mund zusammen, und bei den Äffchen, die auf den Schultern ihrer Besitzer Kunststückchen vollführten, hielt er lachend an. Wie er das alles während seines Aufenthalts in England vermisst hatte!

Durch das Bab Berdaine, das Große Tor, gelangte er auf das den Palast umgebende Gelände. Hauptmann Hasdai ritt nun an seiner Seite, während sie an Mulai Ismails Getreidespeichern und an dem so genannten Christenkerker vorbeikamen, wo am Festungsbau arbeitende europäische Gefangene in riesigen unterirdischen Sälen untergebracht waren. Ohne sich mit der Bewunderung der Moscheen oder der kunstvoll angelegten Gartenparks aufzuhalten, saß Jamal ab und gelangte durch das geschnitzte und vergoldete Eingangstor in den Palast.

„Hier entlang, Scheich", sagte Hasdai und führte Jamal durch weitläufige Räume und lange Korridore, in denen Wachsoldaten sowie die auf ihre Audienz beim Sultan wartenden Bittsteller standen.

Jamal war schon oft genug im Palast gewesen, um zu merken, dass man ihn jetzt zu den Privatgemächern des Herrschers brachte, und nicht zu der Sultanatshalle, in der die öffentlichen Angelegenheiten sonst abgewickelt wurden. Seine Schritte hallten auf dem kühlen Marmorboden wider, während er an hoch gewachsenen schwarzen Wachsoldaten vorbei in das Allerheiligste des Sultans geführt wurde.

Mulai Ismail war ein kleiner, stämmiger Mann mittleren Alters mit scharf geschnittenem Gesicht und dichtem schwarzen Bart. Umgeben von einem Schwarm schöner Frauen saß er auf seinem Kissenpolster. Man sagte, seine zahlreichen Gattinnen und Konkubinen zählten zu den schönsten Frauen der ganzen Welt. Jede von ihnen war auf ihre Art einmalig, und ihre Haut wies von Milchigweiß bis Ebenholzschwarz die unterschiedlichsten Schattierungen auf. Jamal indes konzentrierte sich nur auf den Sultan selbst.

„Ah, Scheich Jamal, da seid Ihr endlich.“ Mulai Ismail winkte den Ankömmling heran.

Jamal trat vor den Herrscher und verneigte sich ehrerbietig. „Weshalb wurde ich ohne die geringste Erklärung zu Euch befohlen?“ fragte er. „Um Eurem Befehl Folge zu leisten, musste ich das Entladen meines Schiffes meinen Männern überlassen. War es wirklich so eilig?“

Wäre Ismail nicht so dringend auf Jamals Hilfe angewiesen gewesen, hätte ihn dessen schroffes Verhalten sicherlich verärgert. Jamal abd Thabit war jedoch ein mächtiger Scheich, der seinen Titel von seinem verstorbenen Vater geerbt hatte; zudem war er ein treuer Diener des Islams und des Sultans. Obwohl das fremde Blut seiner englischen Mutter in seinen Adern floss, folgte er den Lehren Allahs und wurde von Ismail als Verbündeter hoch geschätzt.

Jamals Aktivitäten auf hoher See brachten Ismail dringend benötigte Staatseinnahmen ein. Seine Eskapaden als Pirat, der die Schiffe der Ungläubigen plünderte, waren legendär. Ismail kannte keinerlei Grund, Jamals Loyalität anzuzweifeln oder in Frage zu stellen.

„Ich habe Eure Rückkunft bereits dringend erwartet", sagte der Sultan mürrisch. „Ich brauche Euch, Jamal. Der Berberfürst Youssef Abu Selim treibt mich in die Armut. Er und seine Krieger überfallen alle meine Karawanen auf dem Weg von oder nach Meknes und entkommen dann meinen Armeen mit der Beute, indem sie auf ihre Festungen im Rifgebirge fliehen. Auf diese Weise bringen sie mich um meine wertvollsten Einnahmen."

„Seit die Araber ihr Land eroberten, waren die Berber für jeden Sultan und Kalifen ein Ärgernis", meinte Jamal. „Einst gehörte ihnen auch Meknes; wie Ihr wisst, verdankt die Stadt ihren Namen den Meknassa, dem großen Berberstamm, der sie gründete. Die Leute wollen ihr Territorium zurückhaben. Mein eigener Vater verlor sein Leben, als er für Euch gegen die Berber kämpfte."

Zur Bestätigung neigte der Sultan ernst das Haupt. „Wir werden etwas Erfrischendes zu uns nehmen, während wir diese Angelegenheit bereden. Geht!" befahl er seinen Frauen, die dem schönen Scheich bewundernde Blicke zuwarfen, dann jedoch den Raum verließen.

„Wie fandet Ihr Eure Mutter vor?" erkundigte sich Ismail und schlürfte seinen heißen Tee.

„Bei bester Gesundheit. Mein Vater fehlt ihr allerdings noch immer."

„Ist sie noch so schön, wie ich sie in Erinnerung habe?"

„Mit fortschreitendem Alter wird sie immer schöner. Doch Ihr habt mich sicherlich nicht kommen lassen, um mit mir über meine Mutter zu sprechen."

„Gewiss nicht. Mir ist bekannt, dass Ihr keine Liebe für die Berber hegt. Deshalb habe ich Euch dazu ausersehen, mir bei ihrer Unterwerfung zu helfen. Ihr sollt für mich den Berberführer Youssef gefangen nehmen. Ihr seid geschickt und erfahren – genau der Richtige, den ich brauche, um den Mann gefügig zu machen. Meine Schatztruhen werden immer leerer, während Youssef und seine Stammesbrüder reich werden."

„Die Berber bekriegen Euch seit Jahren", gab Jamal zu bedenken. „Sie nehmen Euch übel, dass Ihr so hohe Steuern von ihnen einfordert. Darüber hinaus verlangen sie ihre Stadt zurück. Falls sich die verschiedenen Stämme zu einer einzigen Kampfeinheit zusammenschlössen, könnte es ihnen durchaus gelingen, ihr Land zurückzugewinnen. Glücklicherweise kämpfen sie jedoch nur in kleinen Gruppen."

„Ich muss leider viel Zeit und Geld dafür aufwenden, um sie in Schach zu halten, wo doch meine Energien viel besser dafür eingesetzt werden könnten, meinem Volk ein besseres Leben zu verschaffen und einen einträglichen Außenhandel aufzubauen. Youssef Abu Selim muss beseitigt werden. Er ist der Fürst. Ohne ihn wäre sein Volk führer- und ratlos."

„Ich war noch nicht daheim und konnte mich noch nicht meiner Frauen erfreuen", beschwerte sich Jamal. „Ich habe eine sehr lange Reise hinter mir. Kann dies nicht warten?"

„Eure Frauen können warten, ich hingegen kann es nicht", versetzte Ismail. „Wenn Ihr diese Mission ausführt, werdet Ihr reich belohnt werden."

„Euer Geld brauche ich nicht. Ich besitze selbst genug. Die drei spanischen Galeonen, die meinen Kurs kreuzten, waren schwer mit Gold und Silber beladen. Euer Anteil wird mit der Karawane in Meknes eintreffen."

„Ah!" Ismails schwarze Augen glänzten. „Eine reiche Karawane, sagt Ihr? Einer solchen Verlockung wird Youssef nicht widerstehen können. Meine Armee steht Euch zur Verfügung, Jamal. Falls Ihr mir nicht Youssefs Kopf bringen könnt, dann findet wenigstens einen Weg, den Mann davon abzuhalten, ständig meine Karawanen zu überfallen."

1. KAPITEL

Schön wie die Sonne und die Sterne, hoch gewachsen und schlank, saß Zara auf ihrem Rennkamel. Das traditionelle weite blaue Gewand umflatterte ihre wohlgestaltete Figur. So widerstandsfähig wie das karge braune Rifgebirge, war Zara ebenso stolz und tapfer wie die wilden Wüstenkrieger, die man die Blauen Männer nannte. Sie besaß das Herz eines Löwen, die Seele eines Freiheitskämpfers und den weichen Körper einer Frau.

Ihr Vater Youssef, der Stammesfürst, sowie ihr Verlobter Sayed ritten an ihrer Seite, während sie aufmerksam die sich auf der gewundenen Karawanenstraße langsam vorwärts bewegenden Lasttiere beobachtete. Vor der Kulisse der schneebedeckten Bergspitzen war die Karawane zu der Königsstadt Meknes unterwegs.

„Das ist sie, Vater!" rief Zara aufgeregt. „Das muss die Karawane mit dem für den Sultan bestimmten Piratenschatz sein. Genau wie es uns unser Spion berichtete!"

Youssef, ein gut aussehender Mann von Anfang Vierzig, lächelte nachsichtig über den Ungestüm seiner Tochter, der ihm durchaus nicht neu war. Zara, seine goldhaarige grünäugige Schönheit, war seit ihrem dreizehnten Lebensjahr an seiner Seite geritten, und jetzt mit Zwanzig war sie ebenso schlachtendurstig wie die anderen seiner Krieger auch.

„Vorsicht, Tochter", warnte Youssef. „Unser Erfolg beruhte

stets darauf, dass wir schlauer waren als unser Feind. Wir dürfen nicht übereilt vorgehen."

„Höre auf unseren Anführer, Zara", riet Sayed. „Falls der Spion Recht behält, dann handelt es sich hier um reiche Last, und diese Beute dürfte das Abwarten wert sein. Der Piratenschatz wird unser Volk mit den Mitteln für die Fortsetzung unseres Kampfes versehen."

Nur mit Mühe dämpfte Zara ihren Eifer. Sogar ihr Kamelhengst schien ihre Begeisterung zu spüren und bewegte sich nervös unter ihr, so dass sie die Zügel straffer zog, während sie die Karawane weiterhin beobachtete.

„Alles scheint in Ordnung zu sein, Vater." Zara warf einen Blick zurück zu ihren Stammesangehörigen in den blauen Roben, welche auf die Haut abgefärbt hatten. Die Blauen Männer waren bis an die Zähne bewaffnet und gierig nach dem Kampf. „Unsere Leute warten nur noch auf dein Zeichen."

Youssef und Sayed nickten einander stumm zu. Dann hob der Stammesfürst seinen Krummsäbel und ließ ihn wieder hinabsausen. Bei diesem Signal stürzte sich die Gruppe der wilden Krieger mit geschwungenen Säbeln und Lanzen den Bergabhang hinunter auf die unglückliche Karawane, und ihre Unheil verkündenden Kriegsschreie ließen das Blut erstarren.

„Da kommen sie", stellte Hauptmann Hasdai erfreut fest.

„Aufsitzen!" befahl Jamal und sprang auf Kacems Rücken. Hundert der wildesten Streiter des Sultans folgten unverzüglich seinem Befehl; alle waren darauf erpicht, gegen die Berber im Kampf anzutreten.

Jamal, dem ein Gefecht von Mann zu Mann nicht fremd war, wartete so lange, bis die Blauen Männer die Karawane fast erreicht hatten, und gab erst dann das Zeichen zum Gegenangriff. Hätte er das Signal ein paar Sekunden früher gegeben, wäre den Berbern noch Zeit für einen Rückzug geblieben. Der Befehl des Sultans war jedoch eindeutig gewesen: Mulai Ismail wollte, dass Youssef getötet und die Streitkräfte der Berber zerschlagen wurden.

Ebenso kampfdurstig wie sein Herr, raste Kacem der Karawane entgegen.

Die Erregung des Kampfes packte Zara. Sie fühlte das Blut heiß und schnell durch ihre Adern rauschen und nahm bereits den Geruch des Sieges wahr.

Während eines Überfalls fanden nur selten wirkliche Gefechte statt. Kameltreiber waren notorische Feiglinge und nicht dazu bereit, zur Verteidigung der Güter des Sultans ihre Waffen einzusetzen. Die wenigen Soldaten, die ihnen zum Schutz mitgegeben wurden, nahmen gewöhnlich Reißaus, wenn sie die wilden Blauen Männer mit gezückten Krummsäbeln auf ihren Rennkamelen herankommen sahen.

Zu ihrer Genugtuung bemerkte Zara, dass diese Karawane hier offenbar noch weniger als üblich geschützt war. Nur sechs Soldaten ritten hinter den Kamelen her, und es verwirrte sie, als ihr Vater plötzlich sein dahinrasendes Rennkamel neben ihr abrupt zum Halten brachte.

„Warte, Tochter!“ rief Youssef, der die Gefahr roch, welche Zara nicht sah. Doch seine Warnung kam zu spät. Kaum hatte er sie ausgesprochen, als sich Jamal und dessen Streitmacht schon auf sie stürzten. Die Soldaten waren in der Überzahl, und für Youssef gab es kein Entrinnen mehr.

Seine erste Sorge galt seiner geliebten Tochter. In der Vergangenheit war sie bereits unzählige Male mit ihm geritten; Youssef wusste jedoch, dass es sich diesmal nicht um einen einfachen Überfall handelte. Dieses hier war ein Hinterhalt, bei dem es Tote geben würde, und er fürchtete um Zaras Leben. „Reite, Zara! Reite schnell!“

Der unerwartete Widerstand verblüffte Zara. Youssef, Sayed und die Blauen Männer fochten bereits heftig gegen die Soldaten des Sultans. Die Warnung ihres Vaters hatte sie zwar gehört; sie beachtete sie indes nicht. Wie sollte sie auch, wo doch ihre Angehörigen und Freunde um das eigene Überleben kämpften?

Plötzlich sah sie einen weiß gewandeten Mann auf einem pechschwarzen Hengst von hinten auf ihren Vater zureiten. Youssef konnte die Gefahr nicht bemerken. Zara handelte. Sie musste den geliebten Vater retten. Ohne zu überlegen, lenkte sie ihr Kamel direkt in den Weg des Gegners und vereitelte damit dessen Attacke, wodurch ihr Vater Zeit für ein Ausweichmanöver gewann.

Entsetzt sah Youssef Zara mitten ins Kampfgetümmel reiten. Da er um das Leben seiner Tochter fürchtete, gab er das Signal zum Rückzug. Dergleichen geschah zwar bei Überfällen sehr selten, doch die Blauen Männer gehorchten sofort und verschwanden in die umliegenden Berge.

Jamal erkannte, was hier vorging. Er fluchte laut. „Beim Barte des Propheten – lasst sie nicht entkommen!“

Von Youssef und Sayed zu beiden Seiten gedeckt, jagte Zara mit ihrem Kamel den schützenden Bergen und ihrer bewehrten Festung entgegen. Sie hörte das Geschrei ihrer Verfolger und warf einen Blick über die Schulter zurück. Was sie sah, ließ ihr Blut zu Eis erstarren.

Einem schwarzhäutigen Soldaten war es gelungen, Sayeds Kamel außer Gefecht zu setzen. Sayed wurde zu Boden geschleudert, und ehe er wusste, wie ihm geschah, sprang ihn der Neger an. Der Kampf war wild, doch kurz. Wie durch einen roten Nebel hindurch sah Zara die Klinge des Soldaten hoch- und wieder hinabfahren. Sayed wurde gnadenlos gefällt.

Zara schrie laut auf, und ihr Verstand setzte aus. Sie war zu wütend, um noch klar zu denken. Sayed lag im Sterben! Sie konnte ihn nicht allein sterben lassen! Sie riss ihr Kamel herum und raste zu ihrem Verlobten zurück. Ehe das Tier ganz zum Stehen gekommen war, sprang sie von seinem Rücken und landete hart auf dem Boden. Sie kam wieder auf die Beine, zog ihren Krummsäbel und stürzte sich auf den Soldaten, der Sayed erschlagen hatte.

Youssef nahm an, seine Tochter und Sayed wären hinter ihm, nicht ahnend, welches Drama sich hinter ihm abspielte. Die Armee hart auf den Fersen, ritt er in die Berge in der festen Annahme, Zara und Sayed würden an ihrem geheimen Treffpunkt wieder zu ihm stoßen. Rennkamele waren Pferden in Schnelligkeit und Ausdauer überlegen, und so ließ er die Soldaten bald hinter sich zurück.

Jamal sah den Blauen Mann unter Hasdais Krummsäbel fallen, und er sah auch dessen Gefährten hinzureiten. Unwillkürlich bewunderte der Scheich diese heldenhafte Tat, obgleich sie ihm doch recht leichtsinnig erschien. Er hielt den schlanken Berber für denselben, der auch zur Verteidigung des Anführers herbeigeritten war. Dieser mutige Blaue Mann hatte Jamal um die Möglichkeit gebracht, dem Sultan den Kopf seines Feindes zu präsentieren.

Zara sah mit einem Blick, dass Sayed dem Tod sehr nahe war. Sie wich der Klinge des Soldaten aus, warf sich über Sayed, flehte ihn an, nicht zu sterben, und versuchte mit ihrer Willenskraft ihr Leben auf ihn zu übertragen. Der Soldat stieß einen Fluch aus und hob seinen Säbel hoch über ihren Kopf, doch das kümmerte sie nicht mehr. Der Freund ihrer Kindertage lag im Sterben, und sie würde ihn jetzt nicht verlassen, mochte es auch ihr eigenes Leben kosten.

Irgendetwas an diesem selbstlosen Akt berührte Jamal zutiefst. Während er zu dem unglücklichen Berber zurückraste, rief er Hasdai den Befehl zu, sofort innezuhalten. Der Hauptmann reagierte ein paar Sekunden zu spät; seine Waffe fuhr schon wieder hinab. Im letzten Moment gelang es ihm, sie zurückzureißen, doch nicht ohne zuvor Zara mit der flachen Klinge einen betäubenden Schlag auf den Hinterkopf zu versetzen.

Zara sah den Säbel auf sich zukommen und legte ihre Seele in Allahs Hände. Der Schlag, den sie empfing, war zwar nicht tödlich, nahm ihr jedoch das Bewusstsein.

Jamal saß ab und blickte auf den geschlagenen Berber hinunter. Ein seltsam schicksalhaftes Gefühl durchrieselte ihn, obwohl er nichts Ungewöhnliches an dem Mann fand, der vielleicht schlanker und weniger muskulös als seine Kameraden war und deshalb viel zu zart zu sein schien für diesen außergewöhnlichen Mut, den er an den Tag gelegt hatte, um seine Kameraden zu verteidigen. Neugierig kniete sich Jamal neben den Bewusstlosen, der über dem toten Krieger lag. Nicht besonders sanft drehte er den Blauen Mann auf den Rücken.

„Er ist ja nur ein bartloser Jüngling!" rief er nach einem Blick auf das Gesicht des Berbers aus, dessen Haut so hell und so makellos war wie die eines Neugeborenen. Seine Augenbrauen waren schön geschwungen, und seine Lippen zu voll, um männlich zu wirken. Der Blaue Mann hatte hohe, fein geschnittene Wangenknochen und ein zartes Kinn. Jamal sah eine honigblonde Haarsträhne, die aus dem Turban herausgeglitten war, und ihn befiel der Verdacht, dass dieser Berber nicht das war, was er zu sein schien. Falls sich Jamal nicht sehr täuschte, verbarg das blaue Gewand einen Frauenkörper.

Wie es bei vielen Berbern der Fall war, die aus nördlicheren Klimazonen nach Afrika gewandert waren, zeigte sich auch Zaras germanisches Erbe an ihrer hellen Haut, dem blonden Haar und den fein geschnittenen Gesichtszügen. Jamal vermochte nicht zu glauben, dass eine Frau von so ungewöhnlicher Schönheit zusammen mit den wilden Berbern ritt, und er musste sich unbedingt davon überzeugen, dass ihn seine Augen nicht trogen.

Er schob die Finger unter die blaue Robe, umfasste eine weiche Brust und ertastete ihre Form und Größe. Er lächelte: Der feste Hügel passte genau in seine Hand. Jamal tastete weiter und fand die Knospe, die hübsch hart und ganz nach seinem Geschmack war. Er schloss die Augen und stellte sich vor, wie köstlich sie sich in seinem Mund anfühlen würde.

Hitze ... Zara wurde von einer brennenden Empfindung geweckt, die nicht von ihrem schmerzenden Kopf herrührte. Ein paar Sekunden brauchte sie, um zu merken, dass sie betastet wurde. Sie riss die Augen auf, und ihr stockte der Atem, als sie einen weiß gewandeten Teufel über sich gebeugt sah, in dessen dunklen aufreizenden Augen die unverhohlene Sinnlichkeit stand.

„Nimm deine Hände fort, du Mörder!“ fauchte sie.

Jamals suchende Finger hielten still. „Ah, die Schönheit erwacht!“ Widerstrebend zog er die Hand zurück und blickte in zornige grüne Augen. „Wer bist du? Wie kommt es, dass eine Frau mit den Blauen Männern reitet?“

Zara berührte ihren Kopf und stöhnte. Es überraschte sie, dass sie noch lebte. Sie versuchte sich aufzurichten und schaffte es mit einiger Mühe, sich auf die Ellbogen zu stützen. Ihr Blick lief zu ihrem gefallenen Verlobten; er lag neben ihr im Staub, und sein Blut tränkte die ausgedorrte braune Erde. Zara wollte zu ihm kriechen, doch Jamal hielt sie zurück.

„Er ist tot.“

„Satan! Sohn eines Esels! Kamelmist! Sayed war ein zu guter Mann, um so zu sterben.“

Jamal runzelte die Stirn. Er hatte keine Ahnung, weshalb ihn die Freundschaft dieser Frau mit dem Toten ärgerte. „Was hat er dir bedeutet?“

„Er war mein Verlobter, und du hast ihn getötet!" Sie wollte nach der Klinge greifen, doch Jamal drückte ihr Handgelenk mit seinem gestiefelten Fuß auf den Boden.

„Ich habe viele Männer getötet, doch nicht diesen. Dein Verlobter kannte die Folgen, als er die Karawane des Sultans überfiel. Wer bist du? Dein Freund hat seine Pflicht dir gegenüber nicht erfüllt. Weiber reiten nicht mit Kriegern."

„Möglicherweise tun arabische Weiber dies nicht", gab sie empört zurück. „Ich jedoch bin eine Berberin. Sayed konnte mich nicht davon abhalten. Nur der Stammesfürst hat die Macht dazu, und mein Vater tolerierte meinen Wunsch, ihn zu begleiten."

Jamal lächelte. Es war kein hübsches Lächeln. „Allah sei gelobt! Offensichtlich habe ich Youssefs Tochter gefangen."

Zu spät erkannte Zara ihren Fehler. Sie hatte ihre Identität preisgegeben und damit sich selbst und ihren Vater in große Gefahr gebracht. Ihre Gefangennahme würde wahrscheinlich Youssef veranlassen, zu ihrer Verteidigung herbeizueilen, und das würde für ihn tödlich enden. Da ihr Häscher jedoch zu intelligent zu sein schien, um sich mit einer nachträglichen Lüge abspeisen zu lassen, wollte sie ihn auch nicht beleidigen, indem sie ihre Identität leugnete.

„Ich bin Prinzessin Zara, Tochter des Fürsten Youssef. Wer bist du?"

Ihre Kühnheit verblüffte Jamal. Er betrachtete die Frau. Araberinnen bewegten sich weder unverschleiert in der Öffentlichkeit, noch redeten sie derartig herausfordernd mit einem Mann. Berberinnen richteten sich hingegen nicht nach den Regeln, die Araber ihren Ehefrauen, Töchtern und Konkubinen vorschrieben. Jamal fasste sich wieder. „Ich bin Scheich Jamal abd Thabit, treuer Untertan Allahs und des Sultans. Und du, Prinzessin, bist meine Gefangene."

Er packte sie bei der Hand und zog sie auf die Beine, wobei er feststellte, dass sie sehr hoch gewachsen und geschmeidig war. Selbstverständlich war er selbst viel größer, doch sie reichte ihm immerhin bis ans Kinn. Araberinnen waren klein und neigten zum Fettwerden. Araber hatten es gern, wenn ihre Frauen gerundet und unterwürfig waren. Die scharfzüngige Berberprinzessin besaß keine dieser Eigenschaften. Wahrscheinlich wusste sie nicht einmal, was Unterwürfigkeit war. An ihrer Weiblichkeit indessen bestand keinerlei Zweifel. Unter der verhüllenden blauen Robe hatte seine suchende Hand schließlich den Beweis gefunden.

Als Zara auf den Beinen stand, schwindelte ihr, und sie schwankte. Ihr Kopf fühlte sich an wie eine große Melone, die gleich platzen würde. Jamal erkannte die Notlage und hob sich Zara auf die Arme.

Trotz ihrer Verletzung sträubte sie sich sofort auf das Heftigste. „Nein! Du darfst Sayed nicht den wilden Tieren zum Fraß überlassen! Das gestatte ich nicht!"

Sie hasste es, vor diesem arroganten Scheich Schwäche zu zeigen, konnte es jedoch nicht verhindern, dass ihr die Tränen in die Augen stiegen und ihr dann über die Wangen liefen.

So lange sie denken konnte, war der gut aussehende und tapfere Sayed ihr bester Freund und Beschützer gewesen. Sie wären längst beide miteinander verheiratet gewesen, hätte sie die Hochzeit nicht hinausgeschoben, damit sie noch eine Weile an der Seite ihres Vaters reiten konnte. Sayed würde darauf bestanden haben, dass sie bei den anderen Frauen im Dorf blieb, wenn sie erst einmal verheiratet wären. Und wenn sie dann mit seinem Kind schwanger gewesen wäre, hätte sie überhaupt nicht mehr mit den Männern reiten dürfen.

Tränen hätte Jamal als Allerletztes von dieser hochmütigen Prinzessin erwartet. Dann bedachte er, dass der Tote ja ihr Verlobter gewesen war, und zu seinem eigenen Erstaunen spürte er Mitleid mit ihr.

„Ich werde dafür sorgen, dass die Gefallenen in einem Gemeinschaftsgrab bestattet werden.“

Zara wollte Zeit für ihre Trauer um Sayed haben, Zeit, um neben ihm zu sitzen und ihm ihre Abschiedsworte zuzuflüstern, doch diesen arroganten arabischen Scheich wollte sie keinesfalls um einen Gefallen bitten. Wenn ihr Volk erst einmal wieder an der Macht war, würde sie sicherstellen, dass Scheich Jamal seine gerechte Strafe erhielt.

Hauptmann Hasdai unterbrach ihren Gedankengang. Er berichtete, dass die Berber geflohen seien. Da Zara auch keine Gefangenen sah, nahm sie an, dass ihr Vater entkommen war. Hasdais Worte bestätigten dies nun.

Der Hauptmann sprach mit Jamal, doch sein Blick ruhte auf Zara, die der Scheich noch immer auf den Armen hielt. „Sie sind alle entkommen, Herr, einschließlich Youssef.“

„Dies ist trotzdem kein verlorener Tag, Hauptmann. Der Karawane des Sultans ist unversehrt, und Youssefs Tochter ist meine Gefangene.“

„Seine Tochter!“ Hasdais Interesse an Zara zeigte sich noch deutlicher. Dann lächelte er. „Das wird den Sultan freuen. Kehren wir jetzt zurück?“

„Ja, es geht zurück nach Meknes. Lass genügend Leute hier, um die Toten zu begraben und die Verwundeten einzusammeln.“

„Lasst mich bei Sayed bleiben!“ flehte Zara und vergaß ihren Stolz. „Ich will um ihn trauern.“

Jamal schüttelte den Kopf. Er hatte sich bereits so gnädig gezeigt, wie es ihm möglich war. Nachdem Hasdai fortgeeilt war, um die Befehle des Scheichs weiterzuleiten, hob er Zara auf sein Pferd und saß hinter ihr auf. Mit einer Hand presste er sie fest an sich, und mit der anderen hielt er die Zügel; so lenkte er den tänzelnden Kacem gen Meknes.

Jamal fühlte die Wärme ihres schlanken Körpers an seinem, ihre geschwungene Taille unter seiner Hand sowie ihre schmalen Hüften, die sich gegen seine drückten, und er wurde sich ihrer weichen Weiblichkeit umso bewusster. Er schlang den Arm fester um sie und zog sie noch dichter an sich heran.

Zara saß starr auf dem Pferd, um den arroganten Scheich so wenig wie möglich zu berühren. Ihre Körperhaltung und ihr leicht vorgeneigter Kopf zeigten ihre Abneigung gegen ihn mehr als deutlich.

Würde man sie zähmen können? fragte sich Jamal, den ihr Trotz amüsierte. Er bezweifelte es sehr, doch er würde es gern versuchen. Für eine Frau war die Prinzessin entschieden zu stolz und zu unverschämt. Sie musste es lernen, gehorsam zu sein und sich ihrem Herrn und Gebieter zu unterwerfen.

Jamals Miene verfinsterte sich, als er daran dachte, dass das Vergnügen ja dem Sultan zustand, sich des schönen Körpers dieser Frau zu bedienen. Mit gewissem Neid wünschte der Sultan Ismail viel Spaß dabei.

Als Zara nach einiger Zeit schlaff gegen ihn sank, merkte Jamal, dass sie entweder durch die gleichmäßigen Bewegungen seines Pferdes eingeschlafen war oder wieder das Bewusstsein verloren hatte. Der Schlag auf ihren Kopf war ziemlich hart gewesen und könnte sie ernsthafter verletzt haben, als es den Anschein hatte, doch dieses starrsinnige Weib würde ihm wohl nie eingestehen, wie groß ihre Schmerzen wirklich waren.

Jamal hielt sie aufrecht vor sich fest und gab Kacem die Sporen. Einige Zeit später wachte Zara erneut auf. In wiegender Gangart bewegte sich Jamals Ross unter ihr.

Sie war noch immer nicht bereit, sich der überlegenen Kraft des

Scheichs zu ergeben. Für das, was er heute getan hatte, hätte sie ihn bedenkenlos umbringen können.

„Du hältst mich zu fest!“ Über die Schulter hinweg starrte sie ihn zornig an.

Er lächelte nur und spreizte seine Hand über ihrer Mitte, so dass die Daumenkuppe sanft an der Unterseite ihrer Brust hin und her strich.

„Sohn einer Ziege! Schreiender Esel! Du hast kein Recht, mich zu berühren.“

„Ich habe jedes Recht. Du bist meine Gefangene.“ Diese Feststellung ließ jedoch einen üblen Geschmack in seinem Mund zurück. Genau genommen gehörte Prinzessin Zara ja dem Sultan, und nicht ihm.

Was würde Mulai Ismail mit ihr machen? Sie in seinen Harem stecken? Der Sultan besaß schon so viele Frauen, dass er nicht mehr wusste, was er mit ihnen anfangen sollte. Ismail war gerissen; möglicherweise benutzte er die Prinzessin als Köder, mit dem er ihren Vater einfangen konnte. Der Sultan konnte überaus grausam und rachsüchtig sein.

Zara warf noch einen Blick über die Schulter zu Jamal. Der Scheich schien mit seinen eigenen Gedanken beschäftigt, und so betrachtete sie ihn einen Moment.

Ein weißer Turban verbarg sein Haar, doch auf Grund seiner schwarzen Brauen und Wimpern vermutete sie, dass es ebenfalls schwarz war. Seine Haut schien eher bronzefarben als dunkel; Zara nahm an, dass die Sonne ihn so gebräunt hatte und seine natürliche Hautfarbe heller war. Seine undurchdringlichen dunklen Augen waren nicht braun, sondern so schwarz wie eine Wüstennacht.

Nachdem Zara sein Gesicht lange genug betrachtet hatte, wandte sie sich seinen anderen Attributen zu, die sie zwar nicht sehen, sondern nur fühlen konnte. Der Mann war ungewöhnlich stark. Diese Kraft spürte sie an der Härte seiner Brust und der Schenkel, die sich gegen sie pressten, sowie an seiner Hand, die er an sie drückte und damit mühelos ihre Gegenwehr unterband. Mit einer Hand an den Zügeln kontrollierte er sein temperamentvolles Ross, als wäre er auf dem Pferderücken zur Welt gekommen.

Scheich Jamal abd Thabit ist ein Mann, mit dem man rechnen muss, entschied Zara. Sie würde jede List und ihr ganzes Geschick einsetzen müssen, um ihm zu entkommen, und so Allah es wollte – entkommen würde sie ihm.

Begleitet von den Soldaten des Sultans ritten sie über die hohen braunen Hügel, durch Mimosen-, Korkeichen- und Olivenbaumwälder und hielten bei einem Wasserloch kurz an, um die Schläuche aus Ziegenleder zu füllen. Als ihr Wasser angeboten wurde, trank Zara hastig und nahm auch eine Handvoll Oliven sowie ein Stück Ziegenkäse von Jamal entgegen. Danach setzten sie den Ritt fort, bis sich die Dunkelheit über das Land senkte und der Scheich den Befehl zum Anhalten ausgab.

Rasch wurde ein Feuer angezündet, über dem Wasser für den Pfefferminztee erhitzt werden konnte. Sie aßen wieder ein paar Oliven zu dem Brot und dem Käse, die sie mit sich führten, und tranken dazu den erfrischenden Tee. Schließlich breitete Jamal seine Decke auf dem Boden aus, legte sich darauf nieder und bedeutete Zara, sich neben ihn zu lagern.

Trotz der sengenden Hitze des Tages waren die Nächte kalt, und Zara hätte eine wärmende Decke sehr begrüßt, doch weder mochte noch vertraute sie Jamal, und sie fragte sich, was für eine Bosheit er für die Nacht vorhatte.

„Nun komm schon, Zara. Lege dich neben mich. Ich bin müde, und nur wenn ich dich heute Nacht an meiner Seite weiß, kann ich sicher sein, dass du nicht etwa fliehst."

„Deine Berührung widert mich an." Zara schüttelte sich. „Mir reicht es, wenn ich gezwungen werde, mit dir zu reiten. Liegen werde ich nicht mit dir!"

„Möchtest du lieber an Händen und Füßen gefesselt auf dem kalten Boden schlafen?"

„Ja, wenn das bedeutet, dass ich deine Hände nicht an meinem Körper ertragen muss."

Jamal blickte sie ärgerlich an. „Hat es dir Freude bereitet, wenn Sayed dich anfasste?"

„Wage es nicht, dich mit Sayed zu vergleichen!" fauchte sie wütend. „Jawohl, es hat mir große Freude bereitet, wenn er mich berührte!"

„Ich habe gehört, dass sich Berberfrauen nur wenige Beschränkungen auferlegen. Ein Araber würde seine Braut erschlagen, wenn sie nicht mehr unberührt zu ihm käme. Wie viele Männer hast du schon zwischen deinen weichen Schenkeln gehabt, Zara?"

„Fälle kein Urteil über mich, Fürst der Affen! Berberfrauen steht es frei zu lieben, wen sie wollen. Wie viele Konkubinen verschönern dir die Nächte? Wie viele Lustsklavinnen hast du in deinem Haushalt? Ich werde niemandes Sklavin sein. Berberfrauen suchen sich die Männer selbst aus, denen sie ihren Körper gewähren wollen."

Jamal presste die Lippen zusammen. Noch nie hatte er eine Frau so offen und mit solcher Leidenschaft reden hören.

In der arabischen Welt hatten Frauen gehorsam und Männern gegenüber unterwürfig zu sein. Allah hatte den Männern Frauen geschenkt, damit diese ihnen Freude bereiteten und ihre Kinder gebaren. Frauen lebten abseits von Männern in Harems und verschleierten ihr Gesicht, wenn sie in die Öffentlichkeit traten. Ihr Lebenszweck bestand darin, ihren Gebietern Freude zu bereiten, und darauf verstanden sich manche von ihnen – besonders die Konkubinen – ganz ausgezeichnet. Sie taten nicht viel mehr, als sich selbst mit guten Speisen und Süßigkeiten zu verwöhnen und den Luxus zu genießen, den ihnen ihr Gatte oder ihr Herr zur Verfügung stellte.

Jamal dachte an seine eigene Mutter, die natürlich eine Ausnahme von dieser Regel gewesen war. Als sie als junge englische Gefangene zu seinem Vater gekommen war, hatte dieser auf ihren Wunsch hin seinen Harem aufgelöst und auch keine Konkubinen oder weitere Ehefrauen mehr genommen. Jamals Eltern teilten die wahre Liebe miteinander, und sein Vater hatte keine anderen Frauen begehrt. Nachdem er durch die Hand der Berber umgekommen war, durfte Jamals Mutter tun, was ihr beliebte; so hatte es sein Vater verfügt.

Lady Eloise war zu ihrem Volk nach England zurückgekehrt, während Jamal in seinem Vaterland Marokko geblieben und regelmäßig nach England gesegelt war, um seine Mutter zu besuchen.

Das rebellische Mädchen, das vor ihm stand, tat ihm fast ein wenig Leid, doch Mitleid war ein Gefühl, das er sich nicht zu leisten wagte. Falls er es zuließ, dass Zara entkam, würde ihm der Sultan den Kopf abschlagen lassen. „Du weigerst dich also, neben mir zu liegen?“ fragte er barsch.

„Jawohl“, antwortete Zara trotzig.

„So sei es denn.“ Jamal rief nach Hasdai, der fast auf der Stelle erschien.

„Was kann ich für Euch tun, Scheich?“

„Prinzessin Zara hat den Wunsch geäußert, an Händen und Füßen gefesselt auf dem kalten Boden zu schlafen. Kümmere dich darum, dass ihr dieser Wunsch erfüllt wird.“

Recht unsanft packte Hasdai Zara am Arm, drückte sie auf den Boden und befahl, ihm ein Seil zu bringen. Man reichte es ihm unverzüglich, und dem Hauptmann schien es großes Vergnügen zu bereiten, ihre Hand- und Fußgelenke zu binden, dann das Seil um ihre schlanke Taille zu winden und die Enden fest hinter ihrem Rücken zu verknoten. Als er damit fertig war, trat er zurück und blickte Jamal fragend an.

„Das wäre alles, Hasdai. Stelle die Wachen auf und sorge dafür, dass die übrigen Männer sich zur Ruhe begeben. Fühlst du dich so wohl, Prinzessin?“ fragte er betont gleichgültig. Hätte sie nur ihr Unbehagen eingestanden, würde er sie sofort freigelassen haben. Jamal war von Natur aus nicht grausam, und es gefiel ihm durchaus nicht, eine Frau leiden zu sehen.

Zara fletschte buchstäblich die Zähne. „Ich fühle mich so wohl, wie das mitten in einem Rudel von Schakalen nur möglich ist“, gab sie zur Antwort.

„Dann wünsche ich dir angenehme Träume, Prinzessin“, sagte der Scheich, drehte sich um und rollte sich in seiner warmen Decke zusammen.

Leise vor sich hinfluchend versuchte Zara, eine etwas bequemere Haltung einzunehmen, doch der felsige Untergrund wurde zu ihrem Feind. Jedes harte Steinchen, jeder stachelige Zweig drückte sich trotz ihrer dicken Gewänder in ihr Fleisch. Und dann erst diese Kälte! Bei Allah, die kroch ihr in die Knochen, bis es wirklich weh tat. Zara blickte zu Jamal hinüber, der ein Stück entfernt von ihr unter seiner Decke lag, und wünschte ihn zum Teufel. Am Ende fiel sie jedoch in einen unruhigen Schlaf.

In der Nacht wachte Jamal auf und meinte, er läge mit dem Rücken an einem glühenden Kohlebecken. Er drehte sich um und stellte erstaunt fest, dass sich weiche weibliche Rundungen an ihn schmiegten und seine Körperwärme teilten. Er lächelte grimmig. Bei allem Stolz hatte es diese Frau im Schlaf zu seinem warmen Körper gezogen! Jamal ergab sich der Schwäche des Fleisches, zog sie zu sich heran, breitete die Decke über sie beide und schlang beschützend die Arme um Zara.

Zara erwachte seufzend. Wärme und ein angenehmer Duft umgaben sie. Sie wollte sich rekeln, stellte jedoch fest, dass sie Arme und Beine nicht bewegen konnte, und plötzlich fiel ihr wieder ein, was gestern geschehen war. Sayed war tot, und sie war die Gefangene des Scheichs Jamal. Was es noch schlimmer machte – sie lag in seinen Armen fest an seinen Körper geschmiegt, und sein berauschender Duft umgab sie.

Erschrocken fuhr sie in die Höhe und zog dabei die Decke von Jamal fort.

Er schlug die Augen auf und blickte sie an. „Guten Morgen. Habe ich etwa verschlafen?“ Ein rascher Blick über das Lager zeigte ihm, dass sich die Soldaten noch nicht rührten.

„Wie bin ich hierher geraten, zumal ich es doch ablehnte, neben dir zu liegen?“

Er lächelte listig. „Wahrscheinlich hast du es dir anders überlegt.“

„Mitnichten! Du bist der Feind. Dir spucke ich ins Gesicht; dem Sultan spucke ich ins Gesicht!“

Jamal drückte ihr fest die Hand auf den Mund. Seine Stimme klang jetzt kalt und gefühllos. „Das würde ich an deiner Stelle lieber gar nicht erst versuchen. Der Sultan ist nicht halb so nachsichtig wie ich. Für eine solche Beleidigung fordere ich vielleicht nicht gleich deinen hübschen Kopf, doch der Sultan könnte das durchaus tun. Halte dich also in deiner Rede zurück, oder soll ich dich auch noch knebeln?“

Zara musste schlucken. Zwar fürchtete sie sich keineswegs vor dem arroganten Scheich, doch es wäre möglicherweise ratsam, Vorsicht zu üben – etwas, wovon sie nichts verstand, wie ihr Vater ständig behauptete. Sie nickte also, und Jamal gab ihren Mund sofort frei.

„Schon besser.“ Er zog sie auf die Beine und löste die Fesseln an ihren Füßen und Händen. „Du magst dich dort drüben bei den Bäumen erleichtern, falls es nötig ist."

Zara nickte heftig. Sie begann zu den Bäumen zu gehen, blieb jedoch sofort wieder stehen, als sie merkte, dass der Scheich ihr folgte. „Wohin gehst du?"

„Selbstverständlich dorthin, wo du auch hingehst, es sei denn, dir wäre es lieber, wenn dich einer von Hasdais Männern begleitete."

„Das ist völlig überflüssig."

Langsam hatte Jamal genug von Zaras kriegerischer Haltung. „Du tätest gut daran, mir zu gehorchen. Dein Leben hängt nämlich von meinem guten Willen ab."

Vorsichtigerweise behielt Zara ihre scharfe Entgegnung für sich und setzte ihren Weg zu den Bäumen fort.

„Ich warte hier." Jamal lehnte sich an einen dicken Baumstamm. „Beeile dich, oder ich komme dich holen."

Zara tat, wie ihr geheißen. Sie sehnte sich nach einem schönen, langen Bad und nach etwas anderem als nur Oliven und Käse zum Essen. Umgeben von Jamal und einer ganzen Armee war ihr jedoch buchstäblich jeder Fluchtweg verstellt. Sie konnte nur darauf vertrauen, dass ihr Vater und dessen Leute sie befreiten, und wenn das nicht möglich war, wollte sie eben in stoischer Ergebenheit Allahs Willen akzeptieren.

„Es wurde auch langsam Zeit", murrte Jamal, als sie hinter einem Strauch hervorkam. „Die Männer wollen aufbrechen, und ich will nach Haus gelangen. Ich war schon viel zu lange fort. Wenn der Sultan nicht wäre und sein Bedürfnis, die Welt von den Berberhorden zu befreien, würde ich jetzt bereits über mein eigenes Land reiten, mich meiner Frauen erfreuen und königlich speisen."

„Deine Frauen können mir wirklich Leid tun", bemerkte Zara verächtlich.

Jamal blickte sie an. „Weshalb sagst du das?"

„Sind sie denn nicht in einem Harem eingesperrt? Befiehlst du sie nicht in deiner Überheblichkeit zu dir, damit du an ihrem Körper deine Lust stillen kannst?“

Ihre vorwurfsvollen Worte gefielen ihm ganz und gar nicht. Wollte die Prinzessin ihm etwa vorschreiben, was er mit seinen Frauen machen sollte, und was nicht? Außerdem besaß er so viele nun auch wieder nicht.

Er hielt sich nur drei Konkubinen sowie eine alte Frau, die sie bediente. Er verbrachte so viel Zeit auf See, dass er keinen Grund sah, seinen Harem mit noch mehr Frauen zu füllen. Vernachlässigte Frauen würden in seiner Abwesenheit nur Ärger machen, doch wenn er jetzt zurückkehrte, stellte er sich glücklich den üppigen jungen Geschöpfen zur Verfügung. Seine Frauen wurden gehätschelt und verwöhnt; an Komfort mangelte es ihnen nicht. Falls sie sich während seiner Abwesenheit einsam fühlten, versuchte er das immer wieder gutzumachen, indem er ihnen teuren Schmuck schenkte.

„Hat dir noch niemand gesagt, dass Frauen für ihre scharfe Zunge bestraft werden? Du redest entschieden zu dreist für ein Mädchen.“

„Berberinnen wird die Freiheit zugestanden, das zu sagen und zu tun, was ihnen beliebt. Sie zeigen ihr unverschleiertes Gesicht und werden nicht in Harems eingesperrt.“

„Kein Wunder, dass Berberinnen so unverschämt sind“, murmelte Jamal und warf Zara einen verächtlichen Seitenblick zu. Frauen soviel Freiheit zuzugestehen, war gefährlich.

Als die beiden beim Hauptlager ankamen, waren die Soldaten bereits aufgesessen und warteten nur noch auf Jamal und dessen Gefangene. Der Scheich hob Zara auf sein Pferd und sprang hinter ihr in den Sattel. Einen Augenblick später galoppierten sie der Königsstadt Meknes entgegen.

2. KAPITEL

Als Jamal mit den Soldaten des Sultans in die Medina einritt, wimmelte es dort von lärmenden Menschen und blökenden und brüllenden Tieren. Er drückte Zara Besitz ergreifend an sich, während er durch die engen Straßen ritt, welche zur Kasbah mit dem königlichen Palast führten. Die mächtige Festung war auf einem Hügel über der Altstadt errichtet worden.

Zara bestaunte, was sie um sich herum sah und hörte. Der Suk, der zentrale Markt innerhalb der Medina, war ein Kaleidoskop aus lebhaften Farben und angenehmen Gerüchen. Kinder wie Erwachsene saßen um die Geschichtenerzähler herum oder schauten den Zauberkünstlern zu. Tänzer übten ihre anmutigen Bewegungen, und man sah Affenabrichter, Wasserverkäufer und Händler, welche Obst, Gemüse sowie Fleisch verhökerten.

Da sie fast ihr ganzes Leben lang in einem Dorf hoch oben im Rifgebirge verbracht hatte, war Zara eine so bunte Mischung ganz unbekannt.

Dann rief der Muezzin vom Minarett herunter die Menschen zum Gebet; alle Leute blieben stehen, fielen auf die Knie und neigten sich gen Mekka, der heiligen Geburtsstadt Mohammeds des Propheten. Der Ruf des Muezzins scholl durch die ganze Stadt; die Lobpreisungen Allahs und seiner Werke wurden wieder und wieder von den Gläubigen nachgesprochen. Nach Beendigung der Gebete setzten die Männer des Sultans den Weg zum Palast fort.

Zara bewunderte die großartigen Parkanlagen, deren Schönheit sie in Erstaunen versetzte. Alle möglichen farbenfrohen Blumensorten wuchsen hier auf zu präzisen Mustern angelegten Beeten.

Als sie das Palasttor erreicht hatten, hob Jamal Zara auf den Boden hinunter und saß hinter ihr ab. Zwei Palastwachen in gestreiften Pluderhosen, kurzer Weste und Umhang öffneten gleich darauf das Tor. Gern wäre Zara stehen geblieben, um die kunstvoll geschmückten Wände und die von hohen Marmorsäulen getragenen Decken anzuschauen, doch Jamal drängte sie weiter.

„Warst du noch nie in einem Palast, Prinzessin?"

„Nicht in einem wie diesem", gab sie zu. „Vielleicht hätte ich in einem solchen Palast leben können, wenn uns die Araber nicht unsere Städte fortgenommen hätten."

„Komm weiter. Dem Sultan ist meine Ankunft sicherlich bereits gemeldet worden, und jetzt wartet er auf meinen Bericht."

„Wohin bringst du mich?"

„In den Harem. Dort magst du dich erfrischen und etwas essen, während ich mit dem Sultan spreche."

Sofort blieb Zara stehen. „In den Harem? In meinem ganzen Leben war ich noch nie in einem Harem und beabsichtige auch nicht, jetzt einen zu betreten."

Kaum hatte sie das ausgesprochen, als ein dicker Negersklave zu Jamal herangeschlurft kam und sich tief verneigte. Sein Gewand bestand aus feinster Seide, und seine spitz zulaufenden Schuhe waren aus weichem Leder gemacht. Sein Gesicht war rund, weich und faltenfrei, und seine Miene drückte nichts als Unterwürfigkeit aus.

„Ich bin Assad, der Obereunuch. Ich werde die Sklavin in den Harem bringen und sie vorführen, wenn Mulai Ismail sie zu sich befiehlt."

Widerspenstig hob Zara das Kinn. „Ich komme nicht mit!"

Assad war offensichtlich mehr als verblüfft. Ein solches Verhalten von einer Frau war unerhört. „Die Gefangene muss ordentliches Benehmen gelehrt werden, Herr", riet er. „Habt Ihr sie schon mit der Tatsache vertraut gemacht, dass unser erhabener Sultan eine solche Respektlosigkeit nicht zulässt? Er ist kein besonders umgänglicher Mann."

Jamal nahm Zara beim Arm und zog sie beiseite. „Assad hat

Recht. Du musst tun, was man dir sagt, und den Mund halten. Mulai Ismail ist so wütend auf deinen Vater, dass er vermutlich auch mit dessen Tochter kein Mitgefühl haben wird."

Zara schluckte ihre zornige Entgegnung herunter, weil ihr klar war, dass sie nichts damit erreichte, wenn sie sich im Haushalt des Sultans gleich unbeliebt machte. „Ich dachte, ich sei deine Gefangene."

Jamal blickte ihr in die grünen Augen und wünschte, es wäre so. „Nein, gehört hast du mir nie. Ich nahm dich nur im Namen des Sultans gefangen. Ich werde dich in seine Obhut geben und zu meinem Palast in der Oase zurückkehren, nachdem ich meinen Bericht erstattet habe. Über dein Schicksal habe ich nicht zu entscheiden."

„Mit dem Sultan nehme ich es auf", erklärte Zara hochmütig. Sie nickte Assad zu. „Ich bin bereit. Bringe mich, wohin du willst."

Jamal schaute ihr nach, als sie mit hoch erhobenem Haupt und stolz gerecktem Kinn fortging. Ein Schauder lief ihm über den Rücken. Diese starrsinnige Frau hatte ja keine Ahnung, in welcher Gefahr sie sich befand. So zornig, wie Ismail auf ihren Vater war, kümmerte ihn ihre Zukunft nicht im Geringsten.

Wenn er, Jamal, Zara nur knebeln könnte, dann hätte er möglicherweise eine kleine Chance, ihr Leben zu retten. Leider würde dieses unverfrorene Weib ja nicht den Mund halten. Der Sultan hatte keinen Bedarf an scharfzüngigen Frauen, und Jamal fürchtete, dass die Konsequenzen nicht nach Zaras Geschmack ausfallen würden.

Der Harem überstieg alles, was Zara bisher gesehen hatte. Dicke Wollteppiche so bunt, dass es die Augen schmerzte, bedeckten die Fußböden. Seiden- und Satinbehänge schmückten die Wände. Die Polster der Diwane waren mit weichem Samt bezogen.

Und dann die Frauen! Bei Allah, es waren mehr Frauen, als

Zara zählen konnte, kleine, große, fette, rundliche und schlanke, und ihre Gewänder bestanden aus lebhaft bunten oder pastellfarbenen fließenden, kostbaren Stoffen.

Einige der Frauen lagerten auf Diwanen oder saßen auf Polsterkissen am Boden. Andere badeten nackt in einem funkelnden Becken in der Mitte des Hauptraumes. Dienerinnen in gröberen Gewändern eilten geschäftig umher, um den Wünschen der Damen nachzukommen.

Assad winkte eine ältere Frau heran. „Badria ist die Herrin der Bäder. Sie wird dafür sorgen, dass du dich erfrischen und essen kannst, bevor du vor dem Sultan erscheinst."

Zara und Badria beäugten einander argwöhnisch. Die Herrin der Bäder fand ihre Sprache als Erste wieder. „Du trägst ja das Gewand eines Berberkriegers!"

„Richtig, und ich bin auch ein Berberkrieger", erklärte Zara stolz.

Unvermittelt zog Badria Zaras Turban fort, worauf deren Haar wie honigfarbene Seide bis fast zu ihrer Taille hinabfloss. Voll stummer Bewunderung betrachtete die ältere Frau die Kombination aus grünen Augen, goldener Haut und Haar, das wie Sonnenlicht schimmerte.

„Ich lebe schon sehr lange, doch mir sind noch nie Krieger begegnet, die so aussahen wie du", stellte Badria fest. „Wer bist du?"

„Ich bin Prinzessin Zara, Tochter des großen Fürsten Youssef."

Badria stockte der Atem. „Du bist die Tochter des Berberanführers? Allah beschütze uns!"

Der Harem war von der Außenwelt nicht derartig abgeschlossen, dass Badria nicht gewusst hätte, was außerhalb der Palastmauern geschah. Es gab zahlreiche Möglichkeiten, an Informationen zu gelangen; Eunuchen und Sklaven ließen sich jederzeit bestechen, um wichtige Nachrichten hereinzutragen.

„Ich habe Hunger“, sagte Zara kühn. „Man bringe mir etwas zu essen!“

Die Frauen in Hörweite kicherten über Zaras herrische Art und bewunderten insgeheim ihren Mut.

„Erst das Bad, dann das Essen“, bestimmte Badria und rümpfte die Nase, als röche sie an etwas höchst Unangenehmem. „Du riechst nach Kamelmist und Dreck. Lege deine Kleidung ab. Ich werde dir etwas Anständiges heraussuchen, das du anlegen kannst.“

Zara zögerte, die Tracht ihres Volkes auszuziehen, denn wenn sie erst einmal die blauen Roben abgelegt hatte, war sie nur noch eine Frau unter vielen anderen. „Du magst den Staub aus meinem Gewand schütteln, doch ich werde es bei meinem Treffen mit dem Sultan tragen.“

„Du bist ein wahrhaft törichtes Mädchen“, schalt Badria. „Falls du wie ein Mann gekleidet vor unserem Sultan erscheinst, wirst du ihn mit Sicherheit sehr erzürnen. Wenn du ihn dagegen beeindrucken willst ...“

„Ich habe nicht die Absicht, den Sultan zu beeindrucken“, fiel Zara Badria ins Wort. „Ich bin Prinzessin Zara, Tochter des Youssef. Ich bin mir meines Schicksals bewusst. Bedränge mich nicht, Frau. Ich werde baden, essen und Mulai Ismail in meiner eigenen Kleidung gegenübertreten.“

Noch nie in ihrem ganzen Leben war Badria einem aufsässigeren Geschöpf begegnet. Von mir aus, dachte sie verärgert. Sie hatte es wenigstens versucht, diese Berberhexe zu retten. Es war nicht klug, sich gegen den Sultan zu stellen.

Zara ließ es zu, dass Badria sie entkleidete, und kümmerte sich nicht um das offenkundige Entsetzen der alten Frau, als diese sah, dass Zaras Körperhaar nicht entfernt worden war.

„Was sind die Berber eigentlich für Männer, dass sie ihren Frauen gestatten, ihre Körperbehaarung zu behalten?“ Badria rümpfte die Nase. „Ich werde persönlich dafür sorgen, dass du so glatt wie ein neugeborenes Baby vor den Sultan trittst."

Zara wusste, dass Berber und Araber in diesem Punkt übereinstimmten. Auch Berber mochten ihre Frauen lieber glatt, unbehaart und sauber, doch in der letzten Zeit hatte Zara wenig Zeit gefunden, sich angemessen zu pflegen. Außerdem hatte kein Mann sie je unbekleidet zu Gesicht bekommen, nicht einmal Sayed. Es hatte sich nie die richtige Zeit und der richtige Ort zum Vollzug ihrer Liebe ergeben.

Zara zuckte gleichgültig die Schultern. „Du magst tun, was du nicht lassen kannst, wenn es dir oder mir nützt. Niemand soll sagen, die Prinzessin Zara sei mit schmutzigem Körper ihrem Tod entgegengetreten."

Sie wurde zum Badebecken geführt und versuchte, sich nicht zu schämen, als die Ehefrauen und die Konkubinen des Sultans sie mit großem Interesse betrachteten. Sie nahm die Blicke einfach nicht zur Kenntnis.

Unterdessen schöpfte Badria eine duftende, halbflüssige Seife aus einem Krug und verteilte sie auf Zaras Körper. Anschließend nahm die Badefrau einen Spatel zur Hand und schabte den Schaum wieder ab, wobei sie Seife und Schmutz gleichzeitig entfernte. Als Nächstes bestrich sie Zaras Arme, Beine sowie ihren Unterkörper mit einer rosa Substanz, und als sie diese wieder abspülte, blieb nur glatte, haarlose, babyweiche Haut zurück. Zara tauchte in das Badebecken ein und seufzte vor Vergnügen, als das warme, parfümierte Wasser ihren Körper streichelte.

Badria wusch Zaras Haar und wiederholte das mehrmals, ehe sie mit dem Ergebnis zufrieden war. Als Zara wieder aus dem Becken stieg, trocknete sie ihr das Haar mit Seide, bis es glänzte und wie der Sonnenschein leuchtete. Zuletzt hängte die Badefrau ihr eine durchsichtige Robe um und hieß sie, sich auf ein Kissen vor einem niedrigen Tisch zu setzen. Eine Sklavin trug ein Speisentablett herbei und stellte es vor Zara auf das kleine Tischchen.

Mit großem Appetit verspeiste Zara das Kuskus, den auf Lammfleisch gekochten Hirsebrei, abgezogene grüne Feigen, frischen Joghurt, frisch gebackenes Brot, Weintrauben und Orangen. Die für die Getränke zuständige Sklavin kam mit ihrem Kohlebecken, der Holzkohle sowie den Kesseln und braute Pfefferminztee, den Zara in großen Mengen genoss.

Sie aß, bis sie rundherum satt war, und lehnte sich dann zufrieden zurück. Nach dieser vorzüglichen Mahlzeit war sie für alles bereit, das ihr begegnen mochte, und sei es auch der arrogante Scheich Jamal.

Man hatte Scheich Jamal abd Thabit in die Sultanatshalle gebracht, wo Mulai Ismail seinen Bericht erwartete. Jamal vollführte seine ehrerbietige Verneigung und wartete dann, bis der Herrscher das Wort ergriff.

„Ich hoffe, Ihr wart erfolgreich." Dies war mehr eine Feststellung als eine Frage. Der Sultan verzieh kein Versagen.

„Morgen vor Sonnenuntergang wird die Karawane unbeschädigt die Tore der Stadt erreichen. Wir stießen unterwegs auf Berber und wehrten sie ab. Ich ließ Männer zurück, um die Verwundeten einzusammeln und die Karawane bei eventuellen weiteren Überfällen zu schützen."

„Was ist mit diesem Schakal Youssef? Bin ich ihn endlich los?"

„Youssef ist entkommen, mein Sultan."

Ärgerlich erhob sich Ismail von seinem überladen gestalteten Thron aus mit Gold und Edelsteinen geschmücktem, geschnitztem Ebenholz. „Ihr habt versagt? Doch sicherlich nicht, Jamal. Ich habe nie erlebt, dass Ihr versagt hättet, und ich kann ein Versagen auch nicht tolerieren. Wenn es jedoch stimmt, was Ihr sagt, wird Youssef seine Überfälle fortsetzen. Er wird wieder und immer wieder zuschlagen."

Jamal lächelte. Ismails Zorn schüchterte ihn nicht ein. Andere Männer wären vor Angst zusammengeschrumpft, nicht so indes der Scheich. Der Sultan war abhängig geworden von der Beute, die Jamal auf seinen Piratenfahrten machte.

„Ich hoffe, dass Ihr mir vergebt, wenn Ihr das Geschenk seht, welches ich Euch mitgebracht habe. Dieses Geschenk wird Youssef davon abhalten, Eure Karawanen zu überfallen. Es wird die Berber in ihrer Bergfestung halten."

Ismail setzte sich wieder und hörte interessiert zu. „Welches Spiel treibt Ihr, Jamal? Von den Überfällen der Berber auf meine Karawanen habe ich jetzt wirklich genug. Welche Wundergabe habt Ihr mir mitgebracht?"

„Youssefs Tochter."

Zornesflecken zeigten sich jetzt auf Ismails Gesicht. „Seine Tochter? Seine Tochter?" wiederholte er mit schriller Stimme. „Was bedeutet eine Tochter für einen Mann wie Youssef? Hättet Ihr mir seinen Sohn gebracht, würde ich Euch mein halbes Reich geschenkt haben."

„Lasst mich ausreden, mächtiger Sultan. Youssef besitzt keine lebenden Söhne. Seine Tochter reitet an seiner Seite und ist so wild und furchtlos wie ein Sohn. Youssef schätzt Prinzessin Zara ungemein hoch. Lasst sie Eure Waffe gegen ihren Vater sein."

Ein wenig besänftigt, überlegte sich Ismail Jamals Worte. „Ich will mir diese von Youssef geschätzte Prinzessin einmal ansehen", meinte er dann. „Ich werde selbst beurteilen, was sie wert ist, ehe ich bestimme, welchen Nutzen sie für mich hat." Er wandte sich an den in der Nähe stehenden Wachmann. „Befiehl Assad, er soll mir das Berbermädchen bringen."

Jamal fühlte, wie sein Herz hämmerte. Natürlich hatte er gewusst, dass dieser Moment kommen würde, dennoch fürchtete er sich davor. Zara war keine Frau, die ihre Zunge im Zaum hielt, und der Sultan war kein Mann, der einer Frau Unverschämtheiten nachsah. Wenn die beiden einander gegenüberstanden, würden die Funken sprühen. Der Beschützertrieb erwachte in ihm, und das überraschte und verärgerte ihn gleichermaßen. Er betete, Allah möge Mitleid üben und Zara mit Stummheit schlagen.

Als Zara Assad den Harem betreten sah, wusste sie sofort, dass er ihretwegen gekommen war. Sie hatte bereits ihre schmal geschnittene Hose, das Hemd sowie die blaue Robe angelegt, weil sie die Vorladung erwartete. Sie dankte Badria für deren Dienste und folgte dem dicken Eunuchen durch die luxuriös ausgestatteten Frauenunterkünfte in die mit Marmor und Mosaiken geschmückten Flure hinter dem bewachten Eingang.

An zwei mit Krummsäbel und an den Oberarm geschnalltem Dolch bewaffneten Wächtern vorbei wurde sie ohne Umweg in die Sultanatshalle geführt. Sie atmete einmal tief durch, hob stolz den Kopf, blickte geradeaus in den riesigen Saal und ging auf den Thron zu. Als sie Jamal sah, stockte sie. Er schien ihr eine stumme Warnung zuzurufen, die sie indes ignorierte.

„Der erhabene Sultan wartet!“ Assad versetzte ihr einen kleinen Stoß, als sie sich nicht weiter vorwärts bewegte.

Zara stolperte, fing sich wieder und schritt etwas hölzern auf das Thronpodium zu.

„Das ist weit genug“, sagte Ismail, als Zara an Jamals Seite angekommen war. Dann wartete er darauf, dass sie ihm huldigte.

„Bezeige dem Sultan rasch deine Ehrerbietung!“ zischte Jamal ihr ins Ohr, während sie dem Herrscher kühn ins Gesicht starrte und keine Anstalten machte, sich untertänig vor ihm auf den Boden zu werfen.

„Ich verneige mich nicht vor einem Tyrannen", erklärte sie. Trotz dieser mutigen Worte zitterten ihr die Knie.

Jamal unterdrückte sein Aufstöhnen. Erkannte die Frau denn nicht, dass sie mit der Gefahr spielte? Bedeutete ihr ihr Leben so wenig? Er merkte, dass Ismail wütend wurde, und beschloss, die explosive Situation zu entschärfen; er packte Zara beim Genick, stieß sie auf die Knie, drückte ihre Stirn auf den mit Teppichen ausgelegten Fußboden und setzte ihr seine Stiefelsohle in den Nacken.

„Was für ein Weib ist das, das meine hohe Person beleidigt?" donnerte Ismail zornig. „Keine ehrbare Frau würde sich wie ein Mann kleiden und ihrem Gebieter die Ehrerbietung verweigern. Gebt diese Berberin frei, Jamal. Ich wünsche mit ihr zu sprechen."

Sobald Jamal den Fuß von ihrem Nacken genommen hatte, sprang sie auf und bedachte den Scheich mit einem flammenden Blick, der die Luft um ihn zu entzünden schien. Dann fuhr sie zu dem Sultan herum, ballte die Hände an ihren Seiten und starrte ihn kriegerisch an.

„Wie lautet dein Name, Frau?" herrschte Ismail sie an.

„Ich bin Prinzessin Zara, Tochter des großen Berberfürsten Youssef", gab sie hochmütig zurück.

„Hast du Brüder?"

„Nein, keine, die ihre Kindheit überlebt hätten."

„Scheich Jamal sagte mir, dein Vater liebe dich sehr, du rittest an seiner Seite und kämpftest wie ein Mann."

„Scheich Jamal spricht die Wahrheit. Seit meinem dreizehnten Lebensjahr bin ich an der Seite meines Vaters geritten."

Ismails prüfender und ungemein interessierter Blick lief über Zaras Körper. „Ich glaube, du bist überhaupt keine richtige Frau, sondern ein Wechselbalg. Lege deine Kleidung ab, damit ich es besser beurteilen kann."

Jamal stöhnte unterdrückt und machte sich auf das Feuerwerk gefasst. Er musste nicht lange darauf warten.

„Es bereitet mir kein Vergnügen, meine Kleidung abzulegen", erklärte Zara würdevoll.

„Und mir bereitet es kein Vergnügen, mir deine Unverschämtheiten anzuhören!" brüllte Ismail. „Für geringere Beleidigungen habe ich schon Männer strecken und vierteilen lassen. Entweder du ziehst dich jetzt aus, Prinzessin Zara, oder ich lasse dir die Kleider vom Leibe reißen."

„Tue, was er sagt", drängte Jamal leise. „Dein Leben liegt in seiner Hand." Als er merkte, dass Zara nicht vorhatte, zu gehorchen, half er ein wenig nach, indem er ihr den Turban herunterriss und so eine Kaskade sonnenblonder Haarsträhnen befreite. Er hielt die Luft an, so sehr blendete ihn der schimmernde Vorhang aus Gold glänzender Seide, der ihr über die Schultern fiel.

Gleichermaßen neugierig geworden, konnte es Ismail nicht erwarten, mehr von diesem ungewöhnlichen weiblichen Krieger zu sehen. „Los, weiter!" forderte er leicht ungeduldig.

Während Jamal ihr die Gallabije, das hemdartige Gewand, auszog, stand Zara bewegungslos wie eine Bildsäule da und weigerte sich, ihm dabei zu helfen oder auch nur den Angriff auf ihre Würde zur Kenntnis zu nehmen. Als Jamal nach der Verschnürung ihres Hemdes griff, zuckte sie zwar zusammen, ließ sich jedoch nichts weiter anmerken. Das Hemd wurde ihr über den Kopf gezogen und zur Seite geworfen.

Als die in der Halle Anwesenden alle gleichzeitig hörbar einatmeten, errötete sie zwar ein wenig, zeigte jedoch weiter keine Reaktion, und nachdem Jamal keine Anstalten machte, die Schärpe zu lösen, welche ihre Hose in der Taille befestigte, wagte sie wieder zu atmen.

„Du bist also tatsächlich eine Frau." Ismails Blick richtete sich auf ihre Brüste. Er trat von seinem Thron herunter, weil er Zara noch genauer mustern wollte.

Aus irgendeinem ihm nicht erfindlichen Grund hätte Jamal Zara am liebsten fortgezogen, als Ismail mit der Hand das Gewicht und die Größe ihrer Brüste prüfte. Indes blieb die Hand des Sultans nicht bei Zaras Brust, sondern bewegte sich weiter abwärts, glitt über den Stoff ihrer Hosen und schob sich schließlich zwischen ihre Schenkel.

Jamal stand kurz davor, etwas höchst Unvernünftiges zu tun. Er hätte Zara dem Sultan am liebsten entrissen, doch die Berberprinzessin machte sein Eingreifen überflüssig.

Sie spie dem Sultan ins Gesicht.

„Sohn eines Schweins! Kamelmist! Nimm deine dreckigen Hände von mir!"

Das Blut schoss Ismail ins Gesicht. Er holte aus und versetzte Zara einen heftigen Schlag ins Gesicht, der sie von den Beinen riss. Zusammengekrümmt landete sie vor seinen Füßen.

„Ergreift die Berberhexe!" schrie er und wischte sich den Speichel aus dem Gesicht. „Diese Brut eines Schakals verdient keine Gnade von mir."

Sofort waren zwei Wachen zur Stelle, zogen Zara in die Höhe und nahmen sie in ihre Mitte. Die linke Gesichtshälfte der Berberin war rot angelaufen und zeigte bereits eine beginnende Schwellung.

Entsetzen stieg in Jamal auf. Er hatte ja befürchtet, dass so etwas geschehen würde, und er hatte Zara zu warnen versucht, doch davon war sie unbeeindruckt geblieben. Verzweifelt suchte er nach einem Weg, wie er sie vor einem schrecklichen Schicksal zu bewahren vermochte, doch ihm fiel nichts ein.

„Dieses Berberfrau ist hoffnungslos verloren", erklärte Ismail. „Sie würde meinen ganzen Harem in Aufruhr versetzen, falls ich beschlösse, ihren Körper zu meinem Vergnügen zu benutzen. Sie ist die Mühe nicht wert. Man schlage ihr den Kopf ab und hänge ihn an die Mauer, damit ihn alle sehen!" befahl er barsch. „Die Kunde von ihrem Schicksal wird ihren Vater erreichen, der dann erkennen wird, dass ein Mulai Ismail keinen Verrat toleriert."

„Wartet!" rief Jamal, der immer verzweifelter wurde. Dass Ismail die Berberprinzessin töten könnte, war ihm nie in den Sinn gekommen. Er hatte angenommen, der Sultan würde sie entweder versklaven oder für sein Bett benutzen. „Ihr begeht einen Fehler, Sultan! Zaras Tod wird Youssef wütend machen. Gegenwärtig sind die Berberstämme nicht vereinigt, doch wenn das Mädchen getötet wird, schließen sie sich mit Sicherheit zusammen, und das könnte katastrophal für Euch enden. Denkt nur an die zahlreichen Berber, die im gesamten Rif- und Atlasgebirge verteilt leben, und stellt Euch vor, sie würden sich unter einem einzigen Führer zusammenschließen."

„Ihr mögt vielleicht Recht haben", meinte Ismail und gab den Wachen ein Zeichen. Die Männer verstanden sofort und zerrten Zara zum Podium zurück.

„Überlegt es Euch genau, Herr", bat Jamal eindringlich. „Lasst die Berberfrau am Leben. Haltet sie als Sklavin, und verbreitet, dass ihre zukünftige Unversehrtheit nur von Youssefs Gehorsam abhängt. Dem Berberfürsten muss zu Ohren kommen, dass seine Tochter nur dann am Leben bleibt, wenn er seine Überfälle auf Eure Karawanen einstellt."

„Hmm", sagte Ismail und strich sich nachdenklich den Bart. „Ich sehe, worauf Ihr hinauswollt, doch ich will diese Frau nicht in meinem Haus haben. Sie besitzt zwar den Körper und das Gesicht einer Verführerin, doch sie stellt eine Bedrohung dar. Sie ist undiszipliniert, unverschämt und ungehorsam; sie würde meinen ganzen Harem in Aufruhr bringen. Sie ist zu unverbesserlich, als dass aus ihr eine vernünftige Sklavin zu machen wäre."

Plötzlich hellte sich sein finsteres Gesicht auf. „Ich hab's! Ich werde sie dem niedersten Mann in der ganzen Kasbah schenken. Sie soll seine Sklavin werden und alle seine Bedürfnisse erfüllen. Ist das nicht eine kluge Lösung, Jamal? Wenn ich mich recht entsinne, ist der schwarze Hufschmied ein Riese von einem Mann. Er wird ausgezeichnet zu Zara passen."

„Solange Zara am Leben bleibt, wird ihr Vater seine Überfälle einstellen", fuhr Ismail fort. „Doch die Strafe für ihren Trotz wird darin bestehen, dass sie sich fortan einem Manne unterwerfen muss, der ihr im Rang weit unterlegen ist. Ich werde es also verbreiten, dass Youssefs Tochter meine Gefangene ist, und dass ihre Gesundheit ausschließlich von seiner Bereitschaft abhängt, meine Gesetze einzuhalten. Sämtliche Überfälle sind sofort einzustellen."

„Ihr wollt Prinzessin Zara Abdul schenken?" fragte Jamal entgeistert. Er kannte den Neger gut; dieser war ein Tier. Eine so eigenwillige Frau wie Zara würde bei ihm nicht eine einzige Woche überdauern.

„Das ist doch eine gute Zusammenstellung, findet Ihr nicht auch?" fragte Ismail selbstzufrieden.

„Erschlagt mich auf der Stelle!" rief Zara, die so lange geschwiegen hatte, wie es ihr möglich gewesen war. „Ich will keines Mannes Sklavin werden!"

„Still, oder ich erfülle dir deine Bitte." Ismail wandte sich an seine Wachen. „Bringt sie fort, und schenkt sie Abdul mit meinen besten Wünschen."

„Wartet!" mischte sich Jamal ein. „Ich weiß eine bessere Lösung. Schenkt das Berbermädchen mir. Ich benötige noch eine Sklavin."

Mit gerunzelter Stirn dachte Ismail über Jamals Bitte nach. „Weshalb wollt Ihr Euch eine so lästige Sklavin aufbürden? Soll doch Abdul sie zähmen. Er ist ein besserer Gebieter, als Youssefs Tochter es verdient."

„Bevor der Berberfürst bereit ist, seine Überfälle einzustellen, wird er einen Beweis dafür verlangen, dass seine Tochter nicht misshandelt wird. Könnt Ihr ganz sicher sein, dass Abdul Zara nicht umbringt, nachdem sie ihn mit ihrer scharfen Zunge in Stücke geschnitten hat?“ Jamal schüttelte den Kopf. „Nein. Youssefs Spione sind überall. Er wird erfahren, was geschieht.“

„Die Prinzessin hat einen großartigen Körper“, meinte Ismail. „Möglicherweise könnt Ihr sie ja auf irgendeine Weise gebrauchen. Ich will mich nicht mit widerwilligen Jungfrauen abgeben, doch Ihr seid jung und energisch und genießt vielleicht den Streit sogar. Dennoch, ich gebe sie Euch nur, wenn Ihr versprecht, sie streng dafür zu bestrafen, dass sie mich mit ihrem Speichel beschmutzt hat.“

„Ihr sollt mich erschlagen und damit die Sache beenden!“ forderte Zara wütend.

Jamal wünschte aufrichtig, er könnte sie knebeln. Ihr eigener Mund wäre ihr Untergang, falls sie nicht sofort schwieg. „Ich übernehme es, Herr, Prinzessin Zara Demut zu lehren und sie wenn nötig zu disziplinieren. Als meine Sklavin wird sie mir gehorchen müssen oder die Konsequenzen zu tragen haben. Als Strafe für ihren Angriff auf Eure Person wird sie in meinen Stallungen arbeiten. Wie die anderen Stallsklaven wird sie Mist zusammenkehren, auf Heu schlafen und die Mahlzeiten der übrigen Sklaven teilen.“

Der Sultan lächelte. „Sehr gut, Jamal. Eure hochmütige Prinzessin wird bald merken, wer der Gebieter und wer der Sklave ist. Wenn sie erst einmal Unterwürfigkeit gelernt hat, könnte sie sich in Eurem Bett als nützlich erweisen, doch ich beneide Euch nicht um diese Aufgabe.“

„Dann gehört sie mir also?“ Jamal verbarg seine Freude. Der Sultan war ein grausamer und launischer Mensch; man konnte nie wissen, woran man bei ihm war.

„Ich versprach Euch eine Belohnung für Eure Dienste, Jamal.

Betrachtet die Frau als diesen Lohn. Falls Ihr lieber Gold haben wollt, so sagt es jetzt, und ich werde Abdul die Prinzessin überlassen."

Jamal hatte das unangenehme Gefühl, als würde er es eines Tages noch bedauern, die Berberin statt des Goldes genommen zu haben, doch ein Dämon in seinem Inneren befahl ihm, die mutige Prinzessin nicht aufzugeben. Er wusste genau, dass er sich sehr viel vorgenommen hatte und dass Zara ihm erheblichen Ärger eintragen würde, doch er freute sich schon auf die Konfrontation mit ihr. Sie war eine Schönheit, die zu zähmen sich lohnte, und er selbst war genau der Mann, um dieses zu tun.

„Ich möchte die Frau haben, Herr", erklärte Jamal entschlossen und bedachte Zara mit einem Blick, der sie vor jedem Widerspruch warnte.

„Sie möge also Euch gehören", bestimmte Ismail. „Schafft sie mir aus den Augen, sie ist eine Beleidigung für mich. Wenn wir sie am Leben lassen müssen, um mir ihren Vater vom Leib zu halten, dann bin ich nur froh, dass Ihr derjenige seid, der mit ihr fertig werden muss."

Zara, die von den beiden Wachen festgehalten wurde, warf Jamal einen flammenden Blick zu, der alles über ihre Gefühle aussagte. Eine Stallsklavin! Nun, Ställe ausmisten war immerhin besser, als Jamal ihren Körper benutzen zu lassen. Wenn ihr Vater erst einmal von ihrem Schicksal erfahren hatte, würde er sie nicht allzu lange in Jamals Ställen schmachten lassen. Youssef war sehr einfallsreich; er würde einen Weg finden, sie aus ihrer beschwerlichen Rolle einer Sklavin zu befreien, und bald würde sie wieder an seiner Seite reiten.

Jamal hob Zaras Robe sowie das Hemd vom Boden auf und wickelte sie darin ein. „Wir brechen sofort nach ‚Paradies' auf", sagte er und schob sie aus dem Saal.

„Paradies, ha!“ höhnte sie. „Hölle meinst du wohl.“

Bevor sie noch mehr zu sagen vermochte, hob Jamal sie auf die Arme und trug sie fort von dem finster dreinblickenden Sultan.

3. KAPITEL

Jamal trug Zara aus der Sultanatshalle zu einem Alkoven in der Nähe, wo sie verborgen waren vor den neugierigen Blicken der Wachleute, Bittsteller, Händler und Diener, die sich im äußeren Raum umherbewegten. Als er sie dort auf die Beine stellte, bemühte sich Zara, ihre Kleidung festzuhalten.

„Drehe dich um, während ich mich anziehe“, verlangte sie.

Jamal betrachtete sie mit glühenden Blicken. „Ich habe deine Brüste schon gesehen und ihre Festigkeit geprüft. Sie sind exquisit.“ Die Erregung erwachte in ihm, als er sich daran erinnerte, wie glatt und weich sie sich in seinen Händen angefühlt hatten.

Er schaute auf ihren Oberkörper, und die Lust stand in seinen Augen. Als er eine der Knospen zwischen Zaras gespreizten Fingern hervorlugen sah, fühlte er, wie sich seine Erregung körperlich bemerkbar machte, doch ihm war klar, dass dies hier weder die Zeit noch der Ort war, um sein unpassendes Bedürfnis nach dem Mädchen zu stillen. Ich werde bald jeden Fingerbreit von Zara, Tochter des Youssef, kennen, schwor er sich.

„Ziehe dich an!“ befahl er mit vom Verlangen rau gewordener Stimme.

Da Zara merkte, dass Jamal keine Absicht hatte, den Blick von ihr zu wenden, drehte sie ihm den Rücken zu und legte rasch ihr Hemd und danach die Gallabije an.

Jamal betrachtete ihre seidige Haut und fand, dass die elegante Linie ihres Rückens ebenso erregend war wie die ihrer Brüste. Er konnte es kaum erwarten, bis sie sich unter ihm wand und ihm ungezählte Freuden verschaffte. Doch er wollte ihr ebenfalls Vergnügen bereiten, mehr Vergnügen, als sie es von ihrem Liebhaber, dem Berberkrieger, kannte.

Als ihr Körper ordentlich bedeckt war, vermochte Jamal wieder normal zu atmen und klar zu denken. Es überraschte ihn, dass der Anblick von Zaras halbnacktem Leib eine so große Wirkung auf ihn ausübte. Der Körper einer Frau war ihm nicht unbekannt. Seine eigenen Konkubinen benutzte er regelmäßig und mit großem Eifer. Dennoch erregte ihn Zara, wie ihn noch wenige Frauen zuvor erregt hatten.

Er begehrte sie.

Zara las Jamals Gedanken, als hätte er sie laut ausgesprochen. Seine ausdrucksvollen dunklen Augen waren der Spiegel seiner Seele. Hätte sie ihn unter anderen Umständen kennen gelernt, würde sie sich möglicherweise von ihm angezogen gefühlt haben.

Die meisten Araber trugen dichte schwarze Bärte; Jamals Gesicht dagegen war angenehm glatt, und seine Haut eher golden als dunkel. Er hatte eine gerade Nase, eine hohe Stirn und ein kantiges Kinn, das entschlossen wirkte. Er war ein Mann, bei dem die Mädchenherzen schneller schlugen – die Herzen aller Mädchen, nur Zaras nicht.

Jamal bemerkte, dass Zara sein Gesicht sinnend betrachtete. Er packte sie bei den Armen und zog sie unsanft zu sich heran. „Gefällt dir, was du siehst, Mädchen? Da dein Verlobter nicht mehr da ist, um dich zu erfreuen, wirst du bald einen Mann brauchen. Vielleicht werde ich dich warten lassen", meinte er mit typisch männlichem Dünkel. „Unsere Vereinigung wird dann umso schöner. Doch falls du feststellst, dass dich das Warten schwer ankommt, musst du es mir nur sagen, und ich werde deinem Leiden ein Ende machen."

„Eingebildeter Esel", zischte Zara. „Du bist der letzte Mann, den ich in meinem Bett haben möchte."

„Das werden wir ja sehen", meinte er selbstzufrieden und blickte so genau auf ihre vollen und roten Lippen, dass er die winzigen feuchten Tröpfchen sah, die an ihnen hafteten. Er kämpfte gegen sein Bedürfnis an, ihren süßen Geschmack zu kosten, und merkte, dass die Hitze in ihm glühte, seit er seine Hand um ihre weiche Brust geschlossen hatte. Die Schlacht war für ihn verloren, ehe sie überhaupt begonnen hatte.

Einen Augenblick zu spät erkannte Zara Jamals Absicht. Er nahm ihren Kopf zwischen seine großen Hände und hielt ihn fest, während sich sein Mund hart auf ihren presste. Sie öffnete die Lippen zum Protest, doch im nächsten Moment drang er mit der Zunge ein.

Zara erstarrte und drückte ihre Hände gegen seine Schultern. Das erstickte Aufschluchzen blieb ihr im Hals stecken; das Feuer seines Kusses unterdrückte es.

Getrieben von seinem unersättlichen Begehren, umfasste Jamal ihr Gesäß und presste sie an seinen harten Körper, an seine vor Verlangen schmerzenden Lenden. Plötzlich wollte er mehr. Mit einer Hand hielt er sie fest, und die andere schob er in ihre Kleidung, um wieder ihre Brust zu umfassen und ihre Knospen zu liebkosen.

Seine Begierde war so stark, dass er am ganzen Körper bebte. Er wollte, dass Zara nackt unter ihm lag und sich ihm in jeder Hinsicht öffnete. Er wollte sie alle erotischen Einzelheiten der Liebe lehren, die er auf seinen Auslandsreisen erlernt hatte. Er wollte sie zu seiner Lustsklavin machen, die sich seinen Launen unterwarf.

Als er sich endlich bewusst wurde, dass Zara mit den Fäusten gegen seine Brust hämmerte, kehrte sein Verstand zu ihm zurück. Er schob sie energisch von sich fort. Zwar wollte er dieses Berbermädchen nehmen, jedoch zu seinen eigenen Bedingungen. Der Prinzessin musste erst Demut beigebracht werden; sie musste erst lernen, ihrem Gebieter zu gehorchen.

Jamals Kuss hatte Zara mehr erschüttert, als sie es sich eingestehen mochte. Seine Hände an ihrem Körper hatten in ihr Wünsche erweckt, die niemals wahr werden durften. Sie schalt sich selbst eine Närrin. Obwohl der arme Sayed noch nicht ganz kalt war in seinem Grab, gestattete sie schon dem Feind, sich Freiheiten herauszunehmen, die sie ihrem Verlobten niemals erlaubt hatte.

Wie kam es nur, dass der Scheich ihre Sinne so verwirrte? Während er mit seiner Zunge in ihren Mund eindrang und seine Hände ihr Fleisch liebkosten, hatte sie sich tatsächlich für einen kurzen Moment gefragt, wie es sich wohl anfühlen würde, ihn in ihrem Körper aufzunehmen.

Es wäre die reine Seligkeit, flüsterte ihr ein lüsterner Teufel in ihrem Inneren zu.

Der Gedanke war ernüchternd.

„Wir verschwenden hier Zeit", sagte Jamal schroff.

Wie hat mir diese kleine Hexe nur so schnell unter die Haut gehen können? fragte er sich; möge Allah verhüten, dass sie je merkt, wie empfänglich ich für ihren schlimmen Zauber bin! Wahrscheinlich habe ich einen so verzweifelt großen Bedarf nach einer Frau, dass ich bei dieser scharfzüngigen Verführerin völlig außer Kontrolle geraten bin. Meine Konkubinen werden mich bald von dieser Besessenheit heilen, dachte er und sah seiner Heimkunft umso eifriger entgegen.

„Meine Wohnstatt liegt fünf Meilen westlich von Meknes", teilte er Zara mit. „Wir werden unverzüglich aufbrechen."

Zara erhielt ein Reitpferd für sich allein, eine reinweiße Stute mit schwarzem Stern auf der Stirn. Nachdem sie fast ihr Leben lang auf

Kamelen geritten war, fand sie die Gangart eines Pferdes wesentlich ruhiger und angenehmer.

Sie war froh, die Festung des Sultans hinter sich lassen zu können, dennoch dachte sie voller Sorge an ihr Schicksal als Jamals Sklavin. In den Ställen zu arbeiten, würde ihr nichts ausmachen, falls dies denn ihr Los sein sollte. Jedenfalls war das besser, als Jamal ihren Körper für sein Vergnügen zu überlassen.

Nach seinem begehrlichen Verhalten vorhin im Sultanspalast war sie allerdings nicht so töricht zu glauben, dass er sie nicht nehmen würde, wenn ihm danach war. Am meisten fürchtete sie sich davor, dass ihr eigener Körper sie verraten könnte. Schließlich hatte er eine Hitze in ihr entfacht, die sie bisher nicht kannte.

Scheich Jamal war wesentlich erfahrener als sie, und wenn sie danach ging, wie sie auf seinen Kuss reagiert hatte, würde es ihm nicht schwer fallen, sie zu einer Reaktion zu veranlassen, ob sie es wollte oder nicht.

Fast eine Stunde waren sie geritten, ehe sie der ersten Palmen und Feigenbäumen in der verdorrten braunen Landschaft ansichtig wurden, und schließlich lagen eine üppiggrüne Vegetation und ein Meer von Blumen vor ihnen. Zara meinte, eine Fata Morgana zu erblicken, als eine ausgedehnte Wasserfläche vor ihr erschien, doch nachdem sie in die weite Oase einritten, merkte sie, dass der blau funkelnde See durchaus kein Trugbild war.

Staunend schaute sie sich um. Die Oase war riesig. Wohnhäuser drängten sich am Nordufer des Sees zusammen. Jamals Palast befand sich am Südufer und stand wie ein funkelndes Juwel mitten im saftigen Grün. Hohe weiße Mauern umgaben das Anwesen, und ein zwiebelförmiger Marmorturm erhob sich majestätisch in der Mitte des prächtigen Gebäudes.

Durch ein Tor hindurch gelangten sie auf das Anwesen. Jenseits des gefliesten Hofes bemerkte Zara mehrere andere Gebäude; dies waren die Unterkünfte für Jamals Soldaten, ein Kornspeicher, Stallungen, Dienerquartiere sowie eine Außenküche.

In üppigen Gärten wuchsen Gardenien, Kamelien und Damaszenerrosen, deren Duft die Luft erfüllte. Ein blühender Obstgarten erstreckte sich bis an den Rand der grünen Oase, und an einer Seite des blendend weißen Marmorpalastes gab es einen Weingarten.

„Willkommen auf ‚Paradies'", sagte Jamal, während zwei Stallsklaven herzueilten und ihnen die Pferde abnahmen.

Zara rümpfte nur die Nase, weil sie ihre Bewunderung für Jamals großartige Heimstätte nicht zugeben wollte.

Haroun, Jamals Leutnant, kam breit lächelnd aus den Baracken heran und salutierte. „Ist in Meknes alles gut gegangen? Eure Nachricht informierte mich kaum über die Mission, die Ihr für den Sultan zu unternehmen hattet. Ich hätte an Eurer Seite reiten sollen."

„Mir standen Ismails Soldaten zur Verfügung", sagte Jamal. „Der Sultan befahl mir, den Berberfürsten festzunehmen, der für die Überfälle auf seine Karawanen verantwortlich ist. Wir stellten ihm eine Falle, doch als wir auftauchten, flohen die Berber in die Berge. Leider ist uns Youssef entkommen."

Harouns Blick ging zu Zara. Fragend hob er seine dichten schwarzen Brauen. „Habt Ihr einen neuen Sklaven mitgebracht? Er sieht mir nicht kräftig genug aus, um von großem Nutzen zu sein."

Jamal lachte. „Du irrst dich, mein Freund. Dieser Sklave ist absolut geeignet für das, was ich mit ihm vorhabe." Und dann verblüffte er seinen Leutnant, indem er Zara den Turban vom Kopf zog und ihn zu Boden warf. Blondes Haar quoll hervor und umrahmte ihr Gesicht mit einem Glorienschein wie aus geschmolzenem Gold. „Nun, was hältst du jetzt von meinem Sklaven?"

„Bei Allah und seinem Propheten!" rief Haroun, dem beinahe die Augen aus dem Kopf fielen. „Wenn alles andere an ihr ebenso lieblich ist wie ihr Gesicht, wird sie die schönste Perle in Eurem Harem überstrahlen. Wer ist sie?"

„Ich bin Zara, Tochter des Youssef, du gaffender Esel", fuhr sie ihn anmaßend an.

Bei dieser Beleidigung musste Jamal laut lachen. „Zara hat eine scharfe Zunge, mein Freund. Gib Acht, dass sie dich damit nicht in Stücke schneidet!"

Haroun fand das überhaupt nicht komisch. „Wozu braucht Ihr denn eine dermaßen übellaunige Frau, wenn Ihr doch Leila, Saha und Amar habt, alles gefällige Juwelen, die nur darauf warten, Euch Freuden zu spenden?"

„Das wüsste ich selbst gern", murmelte Jamal leise, wenn auch laut genug für Harouns Ohren. „Ich glaube, ich vermochte es nur nicht mit anzusehen, wie man ihr den Kopf abschlug. Zara besaß nämlich die Frechheit, den Sultan zu beleidigen. Ich redete es ihm aus, sie zu enthaupten. Da drohte er damit, sie dem Hufschmied Abdul zu schenken. Wahrscheinlich werde ich meine Unbesonnenheit noch bereuen, doch ich bat Ismail, sie mir statt Abdul zu überlassen."

„Ich hatte keine Ahnung, dass Ihr Euren Harem vergrößern wolltet. Soll ich Zara in das Frauenhaus bringen?"

„Ich bin Prinzessin Zara!" berichtigte sie hochmütig. Falls Jamal beabsichtigte, ihren Widerspruchsgeist zu brechen, dann vergeudete er seine Zeit.

„Nun bist du keine Prinzessin mehr, sondern eine niedrige Sklavin, und ich bin dein Gebieter", erklärte er ihr. „Du nimmst jetzt einen geringeren Rang ein als alle meine übrigen Sklaven." Er wandte sich wieder an seinen Leutnant. „Zara wird in den Stallungen arbeiten. Sage Ahmed, dass sie die Ställe ausmisten soll."

Das schien Haroun zu verblüffen. So schöne Frauen wie Zara misteten doch keine Ställe aus! Sie dienten ihren Gebietern im Bett;

sie schenkten und empfingen Freude. „Seid Ihr Euch auch ganz sicher, Herr? Vielleicht sollte sie Euch lieber in Eurem Bett zu Diensten sein."

„Es ist der Wunsch des Sultans, dass Zara Demut und Gehorsam beigebracht werde. Er bestand darauf, dass sie für die ihm zugefügte Beleidigung zu bestrafen sei. Sie hat ihn nämlich angespieen. Hätte ich nicht versprochen, seinem Wunsch Folge zu leisten, wäre Zara Abduls Sklavin geworden. Zuerst wollte Ismail sie sogar töten, doch ich überzeugte ihn davon, dass sie am Leben bleiben sollte, weil es seiner Sache besser diente, wenn sie als Geisel gehalten und so den Gehorsam ihres Vaters sicherstellen würde."

„Ich hätte den Tod vorgezogen", erklärte Zara laut.

„Du wirst tun, wie dir geheißen", gab Jamal drohend zurück. Er wandte sich wieder an Haroun und zuckte die Schultern. „Siehst du, was ich meine? Sie ist unverbesserlich. Sie muss in den Stallungen bleiben und neben den anderen Sklaven arbeiten, bis sie gelernt hat, gehorsam zu sein. Informiere die Wachen, dass ihr nicht erlaubt werden darf, sich außerhalb der Palastmauern zu bewegen."

„Sehr wohl, Herr. Komm, Mädchen. Achmed wird sich über ein Paar weiterer Hände freuen. Jamals Stallungen sind groß; sie werden nur von denen des Sultans übertroffen."

Jamal schaute Zara hinterher, als sie mit Haroun fortging. Sie ist bis heute die beste Errungenschaft für meine Stallungen, dachte er. Das grünäugige, blondhaarige Berbermädchen war heikler als seine launischste Stute ... und unendlich verlockender.

Hoch erhobenen Hauptes begleitete Zara Haroun zu den Stallungen. Sie war entschlossen, die niederste Aufgabe ohne Murren zu übernehmen, doch eine fügsame Sklavin wollte sie niemals werden. Sie war eine Berberkriegerin und viel zu stolz, als dass sie gezähmt werden konnte.

Ohne viel Umstände übergab Haroun Zara Ahmed und sagte

nur, es sei Scheich Jamals Wunsch, dass die Frau neben den übrigen Sklaven in den Stallungen arbeiten solle und genauso zu behandeln sei wie alle anderen. Sobald Haroun gegangen war, drückte man Zara eine Harke in die Hand und schob sie in einen Stallverschlag, in dem sie bis zu den Fußknöcheln im Mist stand.

In den Stallboxen arbeiteten vier Sklaven. Zara lernte die Männer kennen, als sie sich um ein kleines Kohlebecken versammelten, um ihr Abendessen zuzubereiten. Reis, Fleisch sowie Gemüse wurden aus Jamals Küche geliefert, ebenso wie Teeblätter und Obst. Das Mahl war einfach, doch durchaus zureichend, und Zara freute es zu sehen, dass der Scheich seine Sklaven nicht verhungern ließ.

Jamal hatte Ahmed, Nails, Mustafa und Abdulla auf den Sklavenmärkten in verschiedenen Städten gekauft. Alle vier waren jung und lüstern. In dem Moment, da Zara erschien, setzte eine Rivalität unter ihnen ein, wie der Scheich sie niemals erwartet hatte.

Jamal speiste allein und dachte über die Umstände nach, welche die Berberprinzessin in sein Leben geführt hatten. Seine eigenen Frauen hatte er noch nicht begrüßt, doch er musste immerzu an Zara denken.

Heute hatte er absichtlich einen Bogen um die Stallungen gemacht. Es gefiel ihm nicht, Zara die Rolle einer Stallsklavin zuzuweisen, indes war sie daran ja selbst schuld. Er hatte sich vorgenommen, ihren Widerspruchsgeist zu brechen, und das würde er nicht schaffen, wenn er ihr gegenüber weich wurde.

So versunken war er in seinen Gedanken, dass er nicht hörte, wie Hammet, sein Obereunuch, hereinkam.

„Darf ich mit Euch sprechen, Herr?"

Jamal fuhr zusammen und hob erschrocken den Kopf. Hammet war von mittlerem Alter, klein, rundlich und von freundlicher Wesensart; er trug eine weitärmelige, silberbestickte Robe. Um seinen

Haushalt in Ordnung und seine Frauen bei der Stange zu halten, war der Scheich auf Hammet angewiesen.

„Was gibt es denn, Hammet? Hast du ein Problem?"

„Eure Frauen schicken mich, um Euch zu sagen, dass sie sich sehr einsam fühlen, Herr. Sie erwarten mit Eifer Euren Besuch. Sie bitten in aller Bescheidenheit darum, dass Ihr sie heute Abend aufsucht."

Jamal zog die Brauen hoch. „Soll ich sie alle drei gleichzeitig erfreuen, Hammet?"

„So wünschen sie es, Herr. Sie versprechen Euch eine Nacht unzähliger Wonnen."

Schon früher hatte sich Jamal mit allen drei Frauen gleichzeitig vergnügt, doch aus irgendeinem Grund erschien ihm diese Vorstellung jetzt nicht mehr so erstrebenswert. Nun, ich bin auch kein Jüngling mehr, dachte er.

„Richte ihnen aus, ich käme in einer Stunde zu ihnen, Hammet. Wenn ich alle drei befriedigen soll, stellst du vielleicht schon einmal ein Stärkungsmittel bereit. Ich habe heute einen langen, erschöpfenden Tag hinter mir."

Hammet verneigte sich und verließ den Raum. Jamal sah den vielen Wonnen entgegen, die ihm seine Konkubinen bieten würden. Alle drei Frauen waren jung, üppig und sinnlich. Er hatte sie ausdrücklich wegen ihrer Erfahrung in der Liebeskunst ausgesucht. Nur war es nicht Leila, Saha oder Amar, die er für sein Liebesspiel begehrte, sondern eine hoch gewachsene Berberprinzessin mit allen wunderbaren Rundungen einer Verführerin.

Zara streckte sich auf ihrem Strohlager aus und stöhnte. Jeder einzelne Knochen tat ihr weh. Sie war schmutzig, roch nach Mist und fühlte sich unerträglich erschöpft. Dies waren jedoch ihre geringsten Probleme.

Obgleich sie nur kurz mit den anderen Stallsklaven gesprochen hatte, wusste sie, was diese dachten: Sie war Freiwild. Vorhin hatte sie die Männer darüber streiten hören, wer sie zuerst haben sollte, und da hatte sie eine Mistgabel im Stroh versteckt, bevor sie ihr Schlaflager richtete.

Trotz ihrer Furcht war sie eingenickt. Als sie jetzt Schritte hörte, die über den Fußboden schlurften, schreckte sie hoch. Sie wappnete sich, tastete nach der Mistgabel und fühlte sich schon ein wenig wohler, als sie die Hand um den Griff schließen konnte.

Plötzlich warf sich eine Gestalt auf sie. Zara schrie auf.

„Still, Frau", sagte ihr eine raue Stimme ins Ohr. „Unser Herr hat dich hergeschickt, damit du uns erfreust, und da ich der stärkste von uns bin, werde ich dich zuerst nehmen."

Das war Mustafa, ein Riese von einem Mann mit der Kraft eines Bullen. Sie hatte heute gesehen, wie er einen Amboss hoch hob, ohne dabei ins Schwitzen zu geraten.

„Hinunter mit dir, du stinkendes Stück Kamelmist! Ich bin hier, um zu arbeiten, und nicht, um die Stallsklaven des Scheichs zu amüsieren. Wenn du mich anfasst, werde ich es deinem Gebieter sagen."

Ihre befehlende Stimme beeindruckte ihn, wenn auch nicht für lange. Er griff ihr an die Brust und versuchte, ihr die Kleidung fortzuziehen, damit er an ihre nackte Haut gelangte. „Halte still, Frau! Wenn ich dich erst einmal mit meiner mächtigen Lanze aufspieße, wirst du immer mehr wollen. Ich bin so groß wie ein Hengst. Womit auch immer du unseren Herrn verärgert haben magst, es ist unser Vorteil."

Er ertastete die Schärpe, die Zaras Hose in der Taille hielt, zog sie ihr fort und stieß einen lauten Triumphschrei aus, als er mit der Hand seidenweiches Fleisch berührte. „Eieiei, heute Nacht werde ich den Himmel kosten! Öffne dich für mich, Frau."

Zara griff ins Stroh und fasste die Mistforke. Sie hielt sie dicht am Stiel fest, zog sie hoch und stieß sie gegen Mustafas Brustkorb.

„Lass mich sofort los, du stinkendes Ungeheuer", befahl Zara leise und drohend. „Fass mich nie wieder an. Richte deinen Kameraden aus, sie werden entsetzlich leiden, wenn sie mich nicht in Ruhe lassen. Ich werde sie in ihrem Schlaf entmannen. Du kannst mir ruhig glauben, denn ich lüge niemals. Ich bin Prinzessin Zara, Tochter des großen Fürsten Youssef. Du kannst dich glücklich schätzen, dass ich dich nicht auf der Stelle töte!"

Mustafa wich zurück. Zaras Mut beeindruckte ihn, doch gleichzeitig ärgerte es ihn, dass eine Frau auf diese Weise mit ihm redete. „Du bist nur ein geringes, kleines Weib gegen uns alle. Ich brauche nur meine Kameraden zu rufen. Die halten dich dann fest, während ich mir mein Vergnügen hole."

Zara hielt die Mistforke schützend über sich. „Versucht's nur, und morgen schlägt euch euer Herr den Kopf ab."

Das gab Mustafa doch zu denken. Was, wenn der Scheich nun diese Frau zur Strafe für irgendein kleines Vergehen in den Stallungen arbeiten ließ? Sie so zu benutzen, wie er, Mustafa, es wollte, könnte den Herrn erzürnen, und was würde dann mit ihm selbst geschehen? Scheich Jamal war ein gütiger Herr, und Mustafa würde lieber in seinem Haushalt verbleiben, statt verkauft oder möglicherweise sogar getötet zu werden.

Langsam erhob er sich, und sobald sie von seinem Gewicht befreit war, sprang Zara auf. „Aus dem Weg!"

„Wohin willst du denn, Mädchen?"

„Ich will mir ein Bett suchen, das nicht mit Ungeziefer wie dir verseucht ist."

Sie warf ihre provisorische Waffe zur Seite, hielt ihre Hose mit einer Hand fest und rannte aus dem Stall. Ihre Knie zitterten, und sie bebte am ganzen Körper. Hatte Jamal sie tatsächlich in die Stallungen geschickt, damit sie seinen Sklaven Vergnügen bereitete?

Zara hatte keine Ahnung, wohin sie gehen sollte – nur weit fort von den Ställen! Lieber würde sie bei den Ziegen schlafen, als von Männern vergewaltigt zu werden, die selber noch schlimmer waren als Tiere.

Unglücklicherweise war sie auf dem Anwesen gefangen. Die Tore in den Mauern von „Paradies" wurden von Jamals Bewaffneten bewacht und waren zum Überklettern viel zu hoch. Zara folgte einem mondbeschienenen Pfad zu dem inneren Hof, schlüpfte durch einen gewölbten Eingang und bewunderte dann innerhalb der Mauer den üppigen Gartenpark, in dessen Mitte sie ein funkelndes, von einem Brunnen gespeistes Wasserbecken sah.

Jamals Marmorpalast war um den gefliesten Innenhof herum gebaut, auf den alle Räume hinausgingen. Ein überdachter, von Säulen getragener Bogengang lief an allen vier Seiten des Platzes entlang. Zara stellte sich Jamals lachende Konkubinen in dieser wunderhübschen Umgebung vor, wie sie zwischen bunten Blumen wie zwitschernde Vögelchen umherflatterten.

Es war jedoch das Wasserbecken, das sie anzog. Die Nacht war warm, und Zara war schmutzig und verschwitzt unter ihrer Kleidung. Ihr eigener Geruch belästigte sie. Sie schaute sich um, bemerkte jedoch keinerlei Bewegung innerhalb des Palastes. Vermutlich amüsierte sich der Scheich im Harem mit seinen Konkubinen und würde nicht so bald wieder herauskommen. Sehnsüchtig warf sie einen Blick auf das Wasserbecken, das ihr zu einladend erschien, als dass sie der Verlockung hätte widerstehen können.

Sie schlich zum Rand des Beckens, legte ihre Gallabije, das Hemd sowie die Hose ab und stieg in das Wasser. Obwohl es ihr nur bis an die Knie reichte, fühlte es sich einfach himmlisch an. In der Mitte des Bassins befand sich eine steinerne Figur, die einen

Krug in die Höhe hielt, aus dem ein gleichmäßiger Strahl kalten, klaren Wassers heraussprudelte.

Zara watete zu dem Wasserspender, hob das Gesicht und ließ das kühle Nass an sich hinablaufen. Sie bedauerte, dass sie keine Seife und kein Duftöl besaß, das sie in ihre Haut hätte einreiben können, doch das Wasser genügte schon, um sie zu erfrischen.

Von ihr unbemerkt, beobachtete Jamal sie von der Flügeltür aus, die in sein Gemach führte. Er hatte die seidenen, in der sanften Brise wehenden Vorhänge zur Seite gezogen und wollte gerade den kurzen Weg über den Hof zum Harem gehen, als er sie entdeckte. Von dem Objekt seiner erotischen Fantasien angelockt, trat er in die sternenklare Nacht hinaus. Zaras herrlicher nackter Körper erschien ihm im strahlenden Mondlicht wie ein goldenes Standbild.

Er trat hinter eine Marmorsäule und beobachtete, wie Zara in das flache Becken stieg und dann zu dem Wasserspender watete. Er vermochte nicht mehr zu atmen, als sie sich in seine Richtung wandte und das Gesicht zum Himmel hob, während das Wasser aus dem Krug der Steinfigur über ihr goldenes Haupt floss.

Sie war eine Göttin, die Allah erschaffen hatte, um die heiligsten Männer in Versuchung zu führen, und Allah wusste, dass Jamal niemals den Zustand der Heiligkeit angestrebt hatte. Seine körperliche Erregung wuchs. Sein Harem, in dem er Erleichterung finden würde, war nur wenige Schritte entfernt, dennoch vermochte er sich nicht abzuwenden von der verführerischen Frau, die da in seinem Wasserbecken badete.

Sie hob anmutig die Arme und breitete ihr Haar aus, um den Strahl aus dem Krug einzufangen. Diese einfache Geste hob ihre wundervollen Brüste und bereitete seinem hungrigen Blick einen wahren Augenschmaus. Ihre Brustspitzen waren aufgerichtet, und Jamal sehnte sich danach, die Wassertropfen von den rosigen Knospen zu küssen.

Im hellen Mondlicht lief sein Blick über ihre schmalen Hüften, ihren flachen Leib und zu der leichten, glatten Wölbung. Er sah die rosa Haut dort und wünschte sich, er könnte die hellen Schenkel spreizen, um von ihrem süßen Nektar zu kosten.

Als Zara sich umdrehte, bewunderte Jamal die elegante Linie ihres Rückens, den perfekten Doppelmond ihres Gesäßes, ihre langen, wohlgestalteten Beine. Er überlegte, ob ihre Kniekehlen wohl empfindsam waren, wollte Küsse dort hineindrücken und das zarte Fleisch zwischen ihren hellen Schenkeln liebkosen ...

Zara wäre gern noch länger im Brunnenbecken geblieben, fürchtete indes, entdeckt zu werden. In einem Haushalt von derartiger Größe gab es gewiss umherwandernde Diener. Trotzdem zögerte sie, aus dem Wasser zu steigen. Plötzlich fröstelte sie, und spürte ein warnendes Prickeln im Nacken. Sie blickte umher und fühlte, dass Augen auf sie gerichtet waren, die sie jedoch nicht zu sehen vermochte.

Sie schaute zu den Schatten des Bogengangs und spürte Jamal, ohne ihn jedoch zu sehen. Was würde er tun, wenn er sie in seinem Wasserbecken fände?

Jamal merkte es sofort, dass Zara seine Gegenwart gespürt hatte; sie wurde wachsam, ihr Körper spannte sich an. Er hörte, wie ihr Atem stockte, als er hinter der Säule hervortrat.

„Lass dich nicht von mir bei deinem Bad stören."

Zara starrte ihn an, weil sie ihn jetzt zum ersten Mal ohne seinen Turban sah. Er hatte schwarzes, welliges, im Nacken mit einem Band zusammengefasstes Haar und trug einen in seiner schmalen Taille gegürteten Seidenkaftan.

„Ich wollte gerade hinaussteigen."

„Ich bestehe darauf, dass du im Wasser bleibst." Zu ihrer Überraschung rief er nach seinem Diener. „Hammet, hole Seife und Duftöl. Meine neue Sklavin wünscht zu baden."

4. KAPITEL

Zara bemühte sich, den Blick abzuwenden, als Jamal das Gürtelband seines Kaftans löste, den er dann an seinem Körper hinabgleiten ließ. Indes, die bannende Schönheit seines muskulösen und voll erregten Körpers faszinierte sie.

Seine Brust war breit und leicht behaart. Ein schmaler Haarstreifen zog sich über seinen flachen Leib hinab und verlor sich dann in dem dunklen Gekräusel zwischen seinen Beinen. Sie sah, dass er voll erregt war, und vermutete, dass er viel größer war als die meisten Männer. Zara riss den Blick fort von seiner Leistengegend und schaute an seinen langen Beinen hinunter, die ebenso wie die Brust mit feinem dunklen Haar bedeckt waren.

Ihr Blick wanderte wieder höher, und diesmal schaute sie wirklich gleich wieder fort.

Jamal lachte leise, weil er merkte, welchen Weg ihr Blick genommen hatte. Ungemein anmutig setzte er sich an den Rand des Beckens und ließ die Beine in das Wasser baumeln. Kurz darauf erschien Hammet mit einem Gefäß mit Seife, einer Flasche Parfümöl sowie einem Stapel leinener Trockentücher.

„Danke, Hammet. Du magst gehen", sagte der Scheich, ohne die Augen von Zara zu wenden. „Heute Nacht benötige ich dich nicht mehr. Und nimm dies hier mit", fügte er hinzu und übergab dem Eunuchen Zaras schmutzige Kleidung.

Als beleidigte der Gestank der Sachen seine Nase, hielt Hammet die Kleidung zwischen Daumen und Zeigefinger und verschwand so leise, wie er erschienen war.

„Komm her", befahl Jamal.

Zara schüttelte den Kopf und rückte weiter von ihm fort. In ihren Augen malte sich Entsetzen. Wohin sollte sie nun gehen? Was sollte sie tun? Ihre Kleider waren fort, und sie konnte ja nicht nackt umherlaufen, solange sich hier Tiere wie Mustafa herumtrieben.

„Ich sagte, du sollst herkommen", wiederholte Jamal ein wenig schärfer. „Ohne Seife kannst du dich schließlich nicht ordentlich waschen."

„Ich bin schon sauber genug", beharrte Zara. „Ich will meine Kleidung zurückhaben."

„Immer mit der Ruhe", sagte Jamal und streckte ihr seine Hand entgegen.

Da ihr nichts anderes übrigblieb, bewegte sich Zara langsam auf Jamal zu, blieb jedoch außerhalb seiner Reichweite stehen. „Was willst du von mir?"

Er blickte an sich hinab und lachte. „Ist das nicht offensichtlich?"

„Ich bin nicht deine Lustsklavin. Du besitzt Konkubinen, die dir Entspannung verschaffen können. Wahrscheinlich schmachten diese Närrinnen schon nach dir."

„So ist es." Er beugte sich rasch zu ihr, packte sie bei den Haaren und zog sie sich zwischen die gespreizten Beine. „Jetzt benimm dich, während ich dich wasche."

Er tauchte die Finger in das Seifengefäß und strich den nach Jasmin duftenden Schaum zuerst auf ihre Schultern und dann auf ihren Oberkörper. An ihren Brüsten hielt er inne, drückte die Innenflächen seiner Hände dagegen und nahm die Knospen sanft zwischen Daumen und Zeigefinger, bis sie anschwollen und sich aufrichteten. Während er ihren Körper erforschte, blickte er ihr ins Gesicht und lächelte selbstzufrieden, als sie den Kopf stöhnend in den Nacken bog.

Zara stand in Flammen. Ihre Brüste fühlten sich schwer an, und die Spitzen waren hart aufgerichtet. Wenn Jamal nicht sofort aufhörte, würde sie sterben. Jetzt fühlte sie, wie sich seine Hände hinunter zu ihrem Leib bewegten, ihren Bauchnabel umspielten und dabei Stellen berührten, die ihre süße Qual noch vergrößerten.

Jamal war wie verzaubert. Zaras glatter, haarloser Körper erschien ihm einfach vollkommen zu sein. Anders als bei seinen Konkubinen, die den ganzen Tag herumsaßen, aßen und sich putzten, war es offensichtlich, dass Zara die meiste Zeit bei anstrengender Tätigkeit verbracht hatte. Ihr Bauch war flach, kein überflüssiges Fett verunstaltete ihren Leib, und ihre Beine waren fest und leicht muskulös.

Mit der Hand umfasste Jamal ihren seidenweichen Venushügel, verteilte die Seife über ihren Lenden, schob dann die Hand zwischen ihre Schenkel und führte die Finger wieder aufwärts zu ihrer zarten Spalte. Zara schrie auf und wollte dieser intimen Erkundung ihres Körpers ausweichen, doch Jamals kräftige Beine hielten sie wie ein Schraubstock fest.

Sanft streichelte er ihr Fleisch, suchte und fand die winzige Perle ihrer Weiblichkeit. Zara hatte das Gefühl, als schlügen die Flammen immer höher. Sie stieß gegen Jamals Brust, damit er aufhörte, doch er lachte sie nur aus.

„Magst du das, Prinzessin?“ flüsterte er ihr ins Ohr. „Spreize deine Beine, damit ich dich erfreuen kann.“ Er ließ zwei Finger in sie gleiten, und ihre Knie gaben nach.

„Nein! Hör auf damit! Schicke mich in den Stall zurück, doch benutze mich nicht auf diese Weise!“

Jamal hielt inne. Er schien zornig zu sein. „Ich benutze dich nicht. Ich will dir Freude schenken. Wir werden einander erfreuen.“

„Das will ich aber nicht. Berberinnen suchen sich ihre Liebhaber selbst aus. Berberinnen sind den Männern gleichgestellt.“

Jamal war im Sinne des Islams und der Lehren Allahs erzogen worden; dass Frauen den Männern gleichgestellt sein sollten, überraschte ihn. Sogar im Land seiner Mutter wurden Ehefrauen wie ein Eigentum betrachtet. Sie durften weder über eigenen Besitz verfügen noch Verträge abschließen. Sie hatten ihren Ehemännern zu gehorchen und sich deren Wünschen zu unterwerfen.

„Du bist eine Sklavin, und Sklaven haben keine Rechte", erklärte Jamal. „Wenn ich will, kann ich dich hier gleich neben dem Brunnenbecken nehmen."

„Ich werde mich nicht unterwerfen."

Jamal betrachtete sie. Ihre Schönheit bannte ihn. Bei Allah, er begehrte sie, doch Gewalt anzuwenden, behagte ihm nicht. Gewalt war bisher nie nötig gewesen, wenn er es mit Frauen zu tun gehabt hatte.

Ich werde Zara nehmen, wenn sie willig und bereit ist, ohne Gewaltanwendung, schwor er sich. Er verstand sich ausgezeichnet auf das Spiel der Verführung; die Prinzessin war sein Eigentum, und er war entschlossen, sie in sein Bett zu bekommen. Er begehrte sie als seine Lustsklavin, die ihm seine Wünsche freiwillig und ihm ergeben erfüllte.

„Ich schlage dir einen Handel vor, süßes Kätzchen. Ich wette mit dir, dass du mich innerhalb von vier Wochen aufforderst, zu dir zu kommen. Falls du das nicht tust, werde ich dich freilassen."

Zara traute ihren Ohren nicht. Jamal hatte ihr soeben angeboten, sie freizulassen, falls es ihm nicht gelänge, sie innerhalb von vier Wochen zu verführen. Allah war tatsächlich gnädig. Sie würde sich niemals freiwillig in Jamals Bett begeben. Er war doch ihr Feind! Sayed war tot, und das hatte der Scheich verschuldet.

„Ist das die ganze Wette?" fragte Zara argwöhnisch. Sie traute ihm nicht.

„Falls du verlierst", fuhr Jamal gelassen fort, „falls du mich in dir aufnimmst, dann wirst du in meinem Harem wohnen und zu mir kommen, wann immer es mich nach dir verlangt."

Zara dachte über diesen Vorschlag genau nach. Ganz offensichtlich litt Scheich Jamal an einem übersteigerten Selbstbewusstsein.

„Einverstanden“, sagte sie. „Doch ich verliere die Wette nur, falls ich dich freiwillig in mir aufnehme, richtig? Falls du mir Gewalt antust oder mich sonst wie ohne meine Einwilligung nimmst, hast du die Wette verloren. Habe ich das richtig verstanden?“

„Jawohl.“

„Beantwortest du mir eine Frage?“

„Was willst du denn wissen?“

„Hast du mich in die Stallungen geschickt, damit ich deine Stallsklaven erfreue?“

„Wie kommst du darauf? Du wurdest in die Stallungen gebracht, weil der Sultan dich wegen deines unverschämten Benehmens zu bestrafen wünschte.“

Ihm dämmerte, weshalb Zara diese Frage gestellt hatte, und seine Miene verfinsterte sich. „Welcher meiner Sklaven hat sich dir genähert? Hast du deswegen heute Nacht die Stallungen verlassen?“

„Du darfst ihnen nicht verübeln, dass sie annahmen, ich wäre zu ihrem Vergnügen bestimmt. Schließlich wurde nichts gesagt, was sie von dem Irrglauben befreit hätte, ich stünde ihnen zur Verfügung.“

„Was haben sie dir angetan?“ fragte Jamal erbost. Falls seine Stallsklaven sie berührt hatten, würde es die Männer den Kopf kosten.

„Bis jetzt noch nichts. Mustafa sah sich einer Mistgabel gegenüber, als er mir Gewalt antun wollte. Ich sagte ihm, du würdest ihn bestrafen, falls er mich berührte.“

„Und das hätte ich auch getan. Von jetzt an wirst du in meinem Harem schlafen. Dort bist du sicher.“

„Sicher? Ha! Wenn ich im Harem schlafe, wirst du es umso

leichter haben. Nein, nein, ich werde zu den anderen Sklaven in die Ställe zurückkehren, doch du musst ihnen sagen, dass ich nicht berührt werden darf."

„Zara, meine wilde Berberkriegerin", sagte Jamal sanft. „Du bist stolzer, als es gut für dich ist. Doch ich werde dich schon zähmen, meine flammende Perle."

Er blickte auf ihre vollen, feuchten Lippen und beschloss, mit seiner Verführung umgehend zu beginnen. „Drehe dich um und lass mich deinen Rücken abseifen." Als sie zögerte ihm zu gehorchen, drehte er sie sanft herum und schlang seine Beine um sie, so dass sie nicht zu entweichen vermochte.

Er nahm noch etwas Seife aus dem Alabastergefäß, die er auf ihrem Rücken verteilte. Danach strich er ihr über das Rückgrat, bis Zara wohlig stöhnte; nach der harten Arbeit des Tages fühlte sich der sanfte Druck wundervoll beruhigend an.

Dann fühlte sie seine Hände an ihrem Gesäß. Seine Finger glitten zwischen die beiden Halbkugeln strichen an ihren Oberschenkeln hinauf zu der empfindsamen Knospe und tauchten in die Öffnung ein.

Unvermittelt zog er die Hände fort und drückte Zara hinunter ins Wasser. „Spüle dich ab." Prustend kam sie wieder an die Oberfläche. Jamal fasste sie unter die Arme und zog sie aus dem Becken. Fröstelnd stand sie in der Nachtluft, während er sie mit einem weichen Leinentuch abtrocknete.

„Das kann ich selbst", erklärte Zara. Seit der Scheich sie berührt hatte, benahm sich ihr Körper seltsam. Sie fühlte sich schwerelos. Ihre Haut kribbelte und brannte, denn seine Hände hatten in ihr ein Feuer gelegt. Wenn sie ihre Freiheit gewinnen wollte, musste sie sich gegen ihn wappnen und stets daran denken, dass er der Feind war, oder sie würde tatsächlich noch in seinem Bett enden.

„Lass mich", beharrte Jamal. „Deine Haut fühlt sich wie Seide an. Ich frage mich, ob du ebenso köstlich schmeckst, wie du aussiehst."

Sie befürchtete, dass er beabsichtigte, dieses herauszufinden, und wich vor ihm zurück.

Jamal wollte sie jedoch nicht fortlassen. Er hob sie sich auf die Arme, trug sie durch die offene Flügeltür in sein Gemach und legte sie auf seinen Schlafdiwan. Seine dunklen Augen glühten, als er auf Zara hinunterschaute. Das Licht von der hängenden Öllampe übergoss sie mit Goldstaub und Magie. Jamal zitterte vor Verlangen.

„Bleibe, wo du bist", flüsterte er. „Ich werde sofort zurückkommen."

Zara war so gebannt, dass sie sich nicht hätte bewegen können, selbst wenn sie es gewollt hätte. Außerdem wäre sie auch nicht weit gekommen, denn Jamal kehrte beinahe augenblicklich mit dem Duftöl wieder, das er beim Brunnenbecken zurückgelassen hatte. Vor Angst bebend beobachtete sie, wie er sich das Öl aus dem Fläschchen in die Hände schüttete und sich dann neben sie auf den Diwan setzte.

„Was hast du vor?"

„Das wirst du schon merken. Drehe dich nur auf den Bauch, und liege still."

Höchst widerwillig tat sie, wie ihr geheißen. Nun fühlte sie seine Hände an ihrem Körper. Die Hitze ihrer Haut erwärmte das Öl, das er auf ihrem Rücken, dem Gesäß und den Beinen verteilte, wobei er sanft ihre schmerzenden Muskeln massierte. Das fühlte sich so großartig an, dass Zara ihr seliges Aufstöhnen nicht zu unterdrücken vermochte. Die Arbeit in den Ställen hatte sie doch arg mitgenommen.

„Drehe dich um", flüsterte Jamal rau.

„Ich denke nicht, dass ..."

„Du sollst auch nicht denken, sondern nur fühlen", sagte er und drehte sie mühelos selbst auf den Rücken. Jetzt wirkten seine Hände dasselbe Wunder an ihren Brüsten, ihrem Leib und den Vorderseiten ihrer Beine.

Als er seine eingeölten Finger erfahren zwischen ihre Schenkel schob, regte sich Zara zu schwachem Protest. Sie genoss die Massage so lange, bis sein sinnlicher Überfall ihr abrupt das Vergnügen verdarb.

Erschrocken schrie sie auf, als Jamal den Kopf neigte und ihre Brüste eine nach der anderen küsste, sie liebkoste und dann die Spitzen in den Mund nahm, um daran zu saugen. Zara wimmerte, als er zart in eine der rosigen Spitzen biss, sie jedoch gleich darauf mit seiner warmen und feuchten Zunge streichelte.

Zara erschauerte. Sie empfand größtes, fast unerträgliches Vergnügen, ein Vergnügen, das ihr überaus gefährlich werden konnte, denn falls sie die Wette verlöre, würde das für sie immer währende Gefangenschaft bedeuten.

„Aufhören!"

„Ich habe doch noch gar nichts gemacht", raunte Jamal und nahm eine Knospe tief in den Mund, um heftig daran zu saugen, während er Zaras Körper verführerisch mit den Händen streichelte.

„Ich lasse es nicht zu, dass du mich verführst!" rief sie. Das Vergnügen hatte ihr beinahe den Verstand geraubt. Verglichen mit dem, was der Scheich jetzt mit ihr machte, war es das Spiel zweier Kinder gewesen, was Sayed und sie miteinander getrieben hatten.

Jamal hob den Kopf von ihren verlockenden Brüsten und presste seine Lippen auf ihre. Mit der Zunge drang er tief in ihren Mund ein und kostete den göttlichen Nektar. Er knabberte und sog an ihren Lippen, doch er verweilte nicht lange, sondern begann, ihren Leib mit seinem Mund zu erkunden. Zara erbebte aufs Heftigste, als er einen Pfad hinunter bis zur Perle ihrer Weiblichkeit zwischen ihren Beinen küsste.

„Du schmeckst nach Jasmin“, stellte er fest und meinte damit das Duftöl, mit dem er ihren Körper massiert hatte.

Sie hob die Hüften an, als er mit der Zunge das winzige Juwel zwischen ihren Schenkeln berührte und dann unvermittelt mit zwei Fingern in sie eindrang. Während er sie auf erregende Weise reizte, erreichte sie den Gipfel der Lust.

Davon hatte sie sich noch nicht ganz wieder erholt, als sich Jamal über sie erhob. Er war noch stärker erregt als zuvor. Als er seine Hüften bewegte, kam Zara wieder zu Sinnen und erkannte die Gefahr, in der sie sich befand. Sie stieß so kräftig gegen ihn, dass er auf den Boden fiel. Ehe er noch ganz begriffen hatte, was geschehen war, sprang sie schon auf und wich von ihm fort. Ihre grünen Augen sprühten Feuer.

Sein Zorn war ebenso groß wie ihrer. Jamal raffte sich vom Boden hoch und starrte sie wütend an.

„Wie kommst du darauf, dass ich mich so ohne weiteres von dir verführen lasse?“ fragte Zara aufgebracht. „Ich will meine Freiheit!“

„Ich habe dir Freude geschenkt“, gab der Scheich zurück. „Du hast mir gestattet, mit meiner Zunge und meinen Fingern in dich einzudringen.“

„Hast du mir denn eine andere Wahl gelassen?“

„Wenn ich es wollte, könnte ich dich jetzt nehmen. Du bist meine Sklavin. Sklaven haben ihrem Gebieter zu gehorchen.“

„Dann würdet Ihr Eure Wette verlieren, mein Gebieter“, sagte sie zuckersüß. „Ihr steht doch zu Eurem Wort, nicht wahr?“

„Ich bin ein Mann. Treibe es nicht zu weit! Ich bin von dir besessen, Zara. Ich habe kein Geheimnis daraus gemacht, dass ich dich begehre. Vier Wochen, meine feurige Kriegerin! Zähle die Tage, denn du wirst mir schon lange vorher gehören.“

Er erhob sich und legte seinen Kaftan an. Ihm ließ sich überdeutlich ansehen, dass seine Lust noch nicht befriedigt war. Diese Art der körperlichen Enttäuschung war ihm vollkommen fremd. Wenn er eine Frau begehrte, brauchte er nur etwas zu sagen, und ihm würde eine zur Verfügung stehen. Seine Männlichkeit hatte eine derartige Entbehrung bislang noch niemals erlebt.

Zara, die sich von Jamal entfernte, fühlte sich unaussprechlich verwundbar ohne ihre eigene Kleidung. In der kurzen Zeit ihrer Bekanntschaft hatte der Scheich ihren Körper intimer kennen gelernt, als sie ihn selbst kannte. Es war sehr demütigend.

„Gebt mir meine Kleidung wieder, damit ich zu den Ställen zurückkehren kann."

„Du bist anders als alle Frauen, die ich je kennen lernte", stellte Jamal schroff fest. Nie zuvor hatte er eine derartig streitbare Frau getroffen. Weshalb gab sie sich ihm denn nicht hin? Schließlich hatte sie sein Liebesspiel genossen – jedenfalls so weit, wie es gekommen war. Trauerte sie etwa noch immer um ihren gefallenen Liebhaber?

Jamal war nicht der Mensch, der so leicht aufgab, und deshalb erneuerte er seinen Schwur, die Berberprinzessin sehr bald in seinem Bett zu haben. Er versprach sich fest, dass er es schaffen würde.

Zara schlang die Arme um sich selbst und fröstelte, während Jamal eine Truhe durchwühlte, welche diverse Kleidungsstücke enthielt. Er fand, was er suchte, und reichte ihr ein weißes Hemd, eine Hose sowie eine Gallabije, die vermutlich einmal ihm selbst gehört hatte. Zara zog alles rasch an, rollte die Ärmel des Hemdes hoch und zog die Schärpe um ihre schmale Taille straff, damit die Hose nicht rutschte. Schließlich streifte sie sich die Gallabije über den Kopf.

„Komm mit." Jamal nahm die Öllampe auf und hielt sie in die Höhe.

„Wohin gehen wir?"

„Ich bringe dich zu den Ställen zurück und werde deinen Gefährten mit deutlichen Worten sagen, dass man dich nicht anfassen darf." Damit packte er sie beim Arm, zog sie in den Hof und wollte dann mit ihr durch das Palasttor hinausgehen.

Zara weigerte sich entschlossen, weiterzugehen. „Ich brauche eine Waffe. Die Mistgabel lässt sich zu schlecht handhaben."

„Ich soll dir eine Waffe überlassen?" fragte der Scheich erheitert. „Ich bin doch kein Narr, Zara."

„Und wenn ich verspreche, sie nur zu meinem eigenen Schutz einzusetzen? Haben Eure Sklaven denn keine Waffen?"

Das war eine nahe liegende Frage. Viele seiner Sklaven trugen eine Waffe, allerdings nur diejenigen, die ihm treu ergeben waren. Einige von ihnen dienten ihm sogar als Soldaten. „Nur diejenigen, denen ich vertraue", antwortete er.

Sie lächelte ihn arglos an. „Ich bin eine hilflose Frau. Welchen Schaden könnte ich Euch schon zufügen, mein Gebieter?"

Jamal lachte auf. „Es lässt sich nicht leugnen, dass du eine Frau bist, meine Süße, doch mit dem Wort ‚hilflos' würde ich dich nicht gerade beschreiben. Ich sagte dir, dass ich mit den Sklaven sprechen würde. Nachdem ich das getan habe, wird es niemand mehr wagen, dich zu belästigen."

In einer Hand trug er die Lampe, mit der anderen hielt er Zaras Handgelenk fest und zog sie weiter zu den Ställen. Dort drinnen stolperte er über einen der im Stroh schlafenden Sklaven und stieß ihn mit dem Fuß an.

Abdul fuhr sofort gebückt in die Höhe und war auf der Stelle bereit, sich zu verteidigen. Als er den Scheich sah, erbleichte er und fiel auf die Knie. „Was ist, Herr? Was habe ich getan?"

„Wecke die anderen auf", befahl Jamal.

Innerhalb von Minuten standen alle vier Sklaven vor ihrem Gebieter und blickten argwöhnisch zwischen dem Scheich und der Prinzessin hin und her. Ahmed, der Stallmeister, trat vor. „Was haben wir getan, Herr?“

Jamal stieß Zara nach vorn. „Hört mir genau zu, denn ich sage dies nur einmal. Zara soll hier in den Ställen arbeiten, essen und schlafen. Sie ist nicht zu eurem Vergnügen hier. Falls ihr sie missbraucht, habt ihr die Konsequenzen zu tragen. Habe ich mich klar genug ausgedrückt?“

Die Sklaven wechselten einen Blick untereinander, und dann sprach Ahmed für sie alle. „Wir haben verstanden, Herr. Eure neue Sklavin ist bei uns sicher.“

Jamal nickte kurz, machte auf dem Absatz kehrt und schritt aus dem Stall. Jetzt hätte er direkt zum Harem gehen sollen, um sich dort von seinen Konkubinen befriedigen zu lassen, doch dazu war er nicht mehr in Stimmung. Zum ersten Mal, seit er sich erinnerte, suchte er sein eigenes Bett auf, ohne sich bei einer Frau Erleichterung verschafft zu haben, obwohl er dessen dringend bedurfte. Seine Lenden schmerzten, und seine Lust war nicht gestillt, doch die Frau, die er begehrte, hatte ein Lager aus Stroh in den Stallungen vorgezogen, statt sich auf einen weichen Diwan im Frauenhaus zu betten.

Noch nie hatte Jamal eine Frau wie Zara kennen gelernt. Ihre Haut war glatt und weich, und ihr Gesicht lieblicher als Mond und Sterne; dennoch bestand sie darauf, wie ein Mann behandelt zu werden. Er hatte heute Nacht ihre Leidenschaft gekostet, und das hatte seinen Appetit auf mehr angeregt. Da er nicht die Absicht hegte, sie so schnell freizugeben, war er entschlossen, sie zu verführen und jede Minute davon zu genießen.

Zara kroch in ihr Lager aus Stroh. Trotz der Warnung, die Jamal an seine Sklaven gerichtet hatte, hegte sie noch immer Argwohn. Es war sehr spät, und sie war erschöpft. Sie schloss die Augen und wollte gerade einschlummern, als sie ein Geräusch hörte.

„Du bist eine Sklavin wie wir anderen auch, Berberin", wisperte ihr eine Stimme ins Ohr. „Du magst vielleicht heute Nacht deine Schenkel für unseren Gebieter gespreizt haben, doch zum Schlafen hat er dich in die Stallungen zurückgebracht. Hättest du ihm Freude bereitet, wärst du jetzt im Frauenhaus und würdest auf einem weichen Lager schlafen."

Zara erkannte die Stimme nicht; sie gehörte möglicherweise einem der anderen Stallsklaven. „Wer bist du?"

Um sie herum bewegte sich nichts. Ihr Quälgeist war verschwunden.

Am nächsten Tag teilte man Zara die niederste Arbeit zu. Knöcheltief stand sie im Dung und mistete mit Harke und Besen die Stallboxen aus.

An diesem Abend schlief sie erschöpft schon beim Essen ein. Am nächsten und übernächsten Tag war es dasselbe. Da sie fürchtete, Jamal zu begegnen, hielt sie sich vom Brunnenbecken im Palasthof fern und benutzte das Wasser aus der Quelle, um sich den Schmutz des Tages von Gesicht und Händen zu waschen.

Es gefiel ihr nicht, dass Mustafa sie fortwährend anstarrte, als wäre sie ein Stück Kuchen und er ein verhungernder Mann. Am Ende des dritten Tages der Schinderei legte ihr das Glück eine Waffe in die Hand.

An der Quelle fand sie ein Messer, das jemand in einem Obstkorb vergessen hatte. Da sich niemand in der Nähe befand, nahm sie die Klinge an sich und verbarg sie in den Falten ihrer Gallabije. Bereis am nächsten Tag hatte sie jeden Grund, ihrem Glück dankbar zu sein.

Mustafa hatte sie tagelang angetrieben und stets sichergestellt, dass sie die härteste und schmutzigste Arbeit zugeteilt bekam. Nachdem er ihr gesagt hatte, er wäre durchaus bereit, ihre Arbeit zusätzlich zu seiner eigenen zu übernehmen, falls sie bei ihm liegen würde, spie sie ihm ins Gesicht.

Von einer Frau beschämt zu werden, machte Mustafa wütend. Ohne nachzudenken, rächte er sich, indem er sie mit seiner riesigen Pranke so kräftig ohrfeigte, dass sie gegen den Boxenverschlag flog. Sie kam gleich wieder auf die Beine, zog ihr Messer und stürzte sich auf Mustafa, obwohl dieser doppelt so schwer wie sie war.

Das Handgemenge zog die anderen an, die herbeieilten und entsetzt darüber waren, dass Mustafa absichtlich die Befehle des Scheichs missachtet hatte. Achmed versuchte, den Kampf zu unterbinden, und bezahlte seine Bemühungen mit einem Messerstich in die Hand.

Die beiden Gegner rollten über den Boden. Obwohl Zara kleiner war als Mustafa, drückte sie ihn hinunter. Ihm gelang es zwar, einen oder zwei Hiebe anzubringen, doch Zara schwang ihr Messer mit großem Geschick. Bald blutete Mustafa aus verschiedenen kleinen Schnittwunden, und Zaras rechte Wange schwoll violett an.

Sie hörte weder die eiligen Schritte noch die energische Stimme. Dass Jamal herzugekommen war, merkte sie erst, als Mustafa von ihr fortgezogen wurde.

„Herr“, bat der Sklave und verbeugte sich tief, „vergebt mir.“

Zara, die noch am Boden lag, blickte furchtsam zu dem Scheich hoch. Sein wutverzerrtes Gesicht war ein wahrhaft schrecklicher Anblick. Haroun, sein Leutnant, stand neben ihm und erwartete seine Befehle.

„Bringe Mustafa zum Sklavenmarkt von Meknes und verkaufe ihn, Haroun“, sagte Jamal mit leise drohender Stimme. „Schaffe ihn auf der Stelle fort, bevor ich ihn noch eigenhändig umbringe.“

„Bitte, Herr", flehte der Sklave. „Es wird auch nie wieder vorkommen."

„Du hast vollkommen Recht, Mustafa; es wird tatsächlich nicht wieder vorkommen." Damit wandte er dem Stallsklaven den Rücken, und Haroun zerrte den Mann fort. Jetzt kniete sich Jamal neben Zara auf den Boden. „Ist mit dir alles in Ordnung?"

Immer noch atemlos vom Kampf, nickte sie nur.

„Worum drehte sich der Streit denn? Anscheinend darf ich dich nicht aus den Augen lassen."

„Es wundert mich, dass Ihr noch fragen müsst", antwortete Zara bitter. Sie wollte sich aufsetzen, zitterte jedoch zu sehr. Erst jetzt sah Jamal das blutige Messer in ihrer Hand.

„Woher hast du das? Gib es mir!"

Zara gehorchte; das Messer hatte ja seinen Zweck erfüllt. Jamal half ihr beim Aufstehen und verzog das Gesicht, als er ihre neuen Beulen sah. Die Schwellungen von den Schlägen des Sultans waren gerade ein wenig abgeklungen.

Aufs Neue stieg die Wut in ihm auf. Manche Männer genossen es, Frauen zu schlagen, doch zu denen gehörte er nicht. Zara so verprügelt zu sehen, machte ihn mordlustig. Die Frau mochte unverschämt und töricht sein, doch an Mut fehlte es ihr nicht. Um wie vieles leichter wäre sein Leben doch, wenn sie sich wie eine Frau verhalten, es sich im Harem bequem machen und des Nachts seinen Diwan mit ihm teilen würde.

„Hier kannst du nicht bleiben", erklärte Jamal, der einen Entschluss gefasst hatte. Zum Teufel mit dem Sultan, dachte er. Zara durfte nicht in den Stallungen schlafen. Sie war seine Sklavin, und sie würde ihm gehorchen.

Zara schaute ihn nur an. Was hätte sie auch sagen sollen? Zwar wollte sie selbst nicht in den Stallungen bleiben, doch die Alternative gefiel ihr ebenso wenig.

„Komm mit. Du stinkst nach Mist und Schweiß."

„Wohin bringt Ihr mich?"

Jamal bemerkte, dass die Stallsklaven aufmerksam zuhörten. „Geht wieder an eure Arbeit", befahl er ihnen.

Er wartete, bis er mit Zara allein war, und dann beantwortete er ihre Frage: „Du weißt, wo ich dich haben will – unter mir, in meinem Bett."

„Ihr könnt mich nicht zwingen."

Jamal lächelte amüsiert. „Ich kann. Doch es wäre mir lieber, wenn du freiwillig bei mir liegen würdest."

„Damit werde ich niemals einverstanden sein!"

„Das werden wir ja sehen, mein Kätzchen", sagte er leise und bedeutungsvoll. „In der Zwischenzeit magst du dich in mein Hauspersonal einreihen. Doch zuerst werden wir dich von dem Stallgestank befreien. Ich bringe dich in den Hammam, wo du baden kannst."

Er nahm sie bei der Hand und führte sie mit sich davon. Sie hatten bereits den Palasthof erreicht, als Zara merkte, wohin er sie brachte.

„Ihr bringt mich ja in den Harem!"

„Richtig, ins Frauenhaus. Nafisa wird sich dort um dich kümmern. Sie wird dafür sorgen, dass du ein anständiges Bett und vernünftige Kleidung erhältst. Hammet wird dich über deine morgigen Aufgaben informieren. Komm, Zara. Selbst du musst erkennen, dass deine Aufsässigkeit ihre Grenzen hat."

Nach drei mörderischen Tagen in den Stallungen war Zara bereit, dem Scheich dieses kleine Zugeständnis zu machen. Sie wollte nicht mehr in den Stall zurückkehren, und sie wollte baden. Jamal hatte gesagt, sie sollte nicht zu seinem Harem gehören. Sie würde eine Haussklavin sein, und nicht etwa eine Konkubine.

„Ich werde mich deswegen nicht mit Euch streiten. Bringt mich zum Hammam, damit ich mich vom Stallgeruch befreien kann. Möge Allah verhüten, dass ich Eure zarten Sinne beleidige, mein Gebieter."

Der Sarkasmus ihrer Worte entging dem Scheich nicht. „Du beleidigst mich nicht, Zara. Ich bin im Gegenteil ganz begeistert von dir. Doch ich vermag zu warten."

„Ich kann auch warten, auf meine Freilassung, meine ich. Habt Ihr etwa unsere Wette vergessen?"

„Keineswegs. Jedoch verliere ich kaum jemals eine Wette."

Der Scheich führte sie zu einer mit reichem Schnitzwerk und Malerei verzierten Flügeltür an der gegenüberliegenden Seite des Hofs.

„Hinter diesen Türen befindet sich der Harem", teilte er Zara mit. „Du befindest dich nunmehr im Hof der Konkubinen. Von gewissen Einschränkungen abgesehen, kommen und gehen meine Frauen ganz nach ihrem Belieben. Sie besuchen das Dorf, den Markt und gelegentlich sogar Meknes, wohin sie von Hammet sowie von einigen meiner Bewaffneten begleitet werden. Du allerdings, mein süßes Kätzchen, bist eine Sklavin. Dir werden derartige Privilegien nicht zugestanden. Deine Bewegungsfreiheit ist ausschließlich auf den Palast, den Hof und die Gärten innerhalb der Mauern beschränkt."

Nach dieser recht langen Ansprache öffnete er die Türen und zog Zara in den Harem hinein.

5. KAPITEL

Zara gewann den Eindruck, eine andere Welt betreten zu haben, eine Welt, die weit entfernt war von den schwarzen Zelten und den von der Sonne verbrannten, aus Schlammziegeln gebauten Dörfern, in denen ihr Volk lebte, liebte und starb.

Der Raum war nicht besonders groß, zeichnete sich jedoch durch seine kunstvolle Ausstattung, die seidenen Wandbehänge und die weichen Teppiche auf dem Fußboden aus. Zara sah mit Satin, Samt und Brokat bezogene Diwane, auf denen sich dicke Kissen türmten; Tische aus mit Perlmutt eingelegtem, poliertem Ebenholz, auf denen sich Körbe mit Obst und Süßigkeiten befanden, standen vor den Diwanen, auf denen drei Frauen ruhten.

„Jamal!“ rief eine rundliche Brünette mit kirschroten Lippen und schmachtenden braunen Augen. „Ihr erweist uns eine große Ehre, indem Ihr mitten am Tag zu uns kommt.“ Sie klimperte mit ihren langen Wimpern. „Womit dürfen wir Euch dienen, Herr?“

Eine kleine Rothaarige mit außergewöhnlichen Brüsten setzte sich effektvoll in Positur. „Ja, Herr, was können wir für Euch tun?“

Eine zweite Brünette, die womöglich noch hübscher war als die erste, schenkte ihm ein Lächeln, das so unverkennbar sinnlich war, dass Zara fortschauen musste. „Seht nur, meine Damen. Unser Gebieter hat uns einen neuen Eunuchen zu unserer Bedienung mitgebracht!“

Drei Augenpaare schauten Zara an.

Zara betrachtete eine Konkubine nach der anderen. Alle drei trugen kurze Boleros, die kaum ihre Brüste bedeckten, seidene Hosen sowie transparente Kaftane. Weiche, spitze Schuhe schmückten ihre Füße, und viele Ringe zierten ihre Finger. Jede von ihnen trug einen Seidenschleier, den man über das Gesicht ziehen und dort befestigen konnte.

Die Rothaarige rümpfte verächtlich die Nase. „Wo habt Ihr denn einen so jämmerlichen Sklaven gefunden, Jamal? Sein Gestank beleidigt meine Nase.“

Jamal unterdrückte ein Lächeln. „Der neue Sklave ist eine Frau, Saha. Sie wird dir, Leila und Amar im Harem zu Diensten sein und darüber hinaus auch kleinere Arbeiten im Haushalt übernehmen.“

Leila bedachte Zara mit einem herablassenden Blick. „Welch ein dürftiger Ersatz für eine Frau."

Zara würde sich auf Leila gestürzt haben, wenn Jamal ihr nicht die Hand auf die Schulter gelegt hätte. „Wo ist Nafisa?"

„Hier bin ich, Herr." Eine stämmige ältere Frau kam schnaufend aus einem anderen Raum herein. „Was soll ich für Euch tun?" Ihr Blick fiel auf Zara, und sie runzelte die Stirn. „Ist dies eine Frau, Herr?"

„Jawohl, Nafisa, Zara ist in der Tat eine Frau, und ich verlasse mich darauf, dass du es schaffst, sie auch wie eine Frau aussehen zu lassen. Der Sultan hat mir diese neue Sklavin geschenkt."

„Eine Sklavin, Herr? Soll sie Euch nicht auch in anderer Weise dienen?"

„Nafisa, Jamal weiß, was er will, und das ist ganz gewiss ein verdrecktes und wahrscheinlich verlaustes Bettelmädchen, das vermutlich von allem möglichen Ungeziefer befallen ist", bemerkte Amar scharf.

„Verlaust!" schrie Zara, schüttelte Jamals Hand ab und sprang Amar an. Die entzückende Konkubine fiel unter Zaras Überraschungsangriff zu Boden, bevor der Scheich sie fortzuziehen vermochte.

„Das reicht!" Jamal schüttelte Zara. „Entweder du benimmst dich, oder du kehrst zu den Ställen zurück."

„Ich bin nicht verlaust", fauchte Zara erbost.

„Sie ist bösartig", stellte Amar fest, raffte sich vom Boden auf und zog sich ihren Schleier wieder zurecht. „Aus ihr wird keine gute Sklavin, Herr. Sie muss verprügelt werden."

Dem stimmte der Scheich aus vollem Herzen zu. „Zara, dies sind meine Konkubinen Saha, Leila und Amar. Zu deinen Pflichten gehört es, sie im Harem zu bedienen. Saha hat ein Temperament, das ihrem roten Haar entspricht. Leila ist wie ein verspieltes Kätzchen, doch hüte dich vor ihren Krallen. Und Amar kann recht reizbar sein, wenn sie gegen den Strich gebürstet wird."

„Wieso ist Zara so schmutzig?" erkundigte sich Nafisa, die ihre Neugier nicht zurückzuhalten vermochte.

„Ach ja, ich hätte ja beinahe vergessen, auch Nafisa vorzustellen, sie ist die Herrin des Harems", sagte Jamal zu Zara. „Und Zara ist so schmutzig, weil sie bisher für mich als Stallsklave bearbeitet hat", erläuterte er.

„Als Stallsklave!" Saha blieb die Luft weg.

„Zara muss Euch sehr missfallen haben, Herr", meinte Amar mit einem schadenfrohen Lächeln.

Nafisas faltiges Gesicht zeigte eine Spur von Mitleid. „Komm mit mir, Zara. Ich werde dich schon von dem Gestank nach Mist und Pferden befreien."

Zara folgte ihr, weil sie den hinterhältigen Konkubinen des Scheichs entkommen wollte und weil sie sich nach dem Bad sehnte. Als sie durch einen Bogengang schritt und dabei noch einen Blick über die Schulter zurückwarf, sah sie Jamal auf einem Diwan liegen, während sich seine Frauen wie ein Wurf junger Hunde um ihn drängten und nur darauf bedacht waren, ihm Freude zu spenden und von ihm Freude zu empfangen.

Ihr Gesicht wurde ganz heiß, weil sie an all das Erregende dachte, das der Scheich mit ihr in der Nacht neben dem Brunnenbecken gemacht hatte. Sie fragte sie, ob er wohl die Absicht hatte, seinen Frauen beizuschlafen, während sie sich nebenan aufhielt.

Die Luft im Hammam, dem Bad, war heiß und dunstig. Zara konnte es kaum erwarten, in das funkelnde Wasser zu steigen. Das Badebecken dominierte den großen Raum, dessen Boden mit weißen und blauen Fliesen ausgelegt war. An den Wänden um das Becken herum standen Bänke.

„Gestatte mir, dir deine schmutzigen Gewänder auszuziehen,

Zara“, bat Nafisa freundlich. „Weshalb bist du eigentlich wie ein Mann gekleidet?“

„So bin ich immer gekleidet“, erläuterte Zara. „Gewöhnlich trage ich die blauen Roben meines Volkes.“

„Blaue Roben? Allah stehe uns bei! Bist du etwa einer dieser Blauen Männer? Wie kann das nur möglich sein, wenn du doch eine Frau bist?“

„Mein Vater ist Youssef, Fürst der Berber, die im Rifgebirge leben, und ich reite an seiner Seite.“

Nafisa sah sie an. „Du reitest mit den Banditen?“

„Wir halten uns nicht für Banditen. Wir sind ein freies Volk, und wir kämpfen für unsere Rechte. Die Karawanen des Sultans überfallen wir, weil wir durch hohe Steuern dazu gezwungen werden.“

„Von Politik verstehe ich nichts.“ Nafisa zuckte die Schultern, zog Zara das Hemd aus und half ihr dabei, aus der Hose zu steigen. Die alte Frau war nicht vorbereitet auf den Anblick, der sich ihren Augen bot, und ihr stockte der Atem. „Gepriesen sein Allah – du bist ja wunderschön! Dieses Haar, diese Haut ... du bist ja wie ein seltener Schmetterling, der aus seinem Kokon schlüpft. Wenn unser Scheich dich so sähe, würde er gewiss ...“

„Der Scheich hat sie bereits so gesehen“, sagte Jamal von der Tür her, „und er war genauso von Ehrfurcht ergriffen wie du, meine gute Nafisa.“

„Was tut Ihr hier?“ rief Zara und versuchte, sich hinter der stämmigen Nafisa zu verbergen.

„Dies ist mein Haus, und hier gehe ich, wohin es mir beliebt.“

„Wird mir nicht gestattet, allein zu baden?“

„Du bist meine Sklavin. Ich bin dein Gebieter. Ich entscheide, was dir erlaubt wird und was nicht.“ Er schlenderte in den Baderaum, ließ sich auf eine der Bänke fallen und streckte die langen

Beine vor sich aus. „Du magst mit deiner Arbeit fortfahren, Nafisa.“

Zara biss sich auf die Lippe, um ihre scharfe Entgegnung zurückzuhalten. Sie bemerkte, dass sich die alte Frau offenbar durch Jamals Anwesenheit nicht im Geringsten stören ließ. Schaut er etwa auch seinen Konkubinen immer beim Baden zu? fragte sie sich.

„Weshalb seid Ihr nicht bei Euren Frauen?“ erkundigte sie sich mutig.

Ja, weshalb eigentlich nicht? dachte Jamal, schwieg indessen. Statt sich die sinnliche Begierde, welche die Berberprinzessin in ihm erweckt hatte, von einer seiner Konkubinen befriedigen zu lassen, quälte er sich selbst damit, ihr beim Baden zuzuschauen. Er war bereits erregt und wurde immer erregter.

„Ich habe sie mit Hammet ins Dorf geschickt“, antwortete er. „Heute ist Markttag, und sie lieben es, im Suk zu stöbern.“

„Es ist das Recht des Gebieters, sich hier aufzuhalten“, sagte Nafisa tadelnd. „Lege dich auf die Bank, Zara, damit ich dich richtig pflegen kann. Du hast deinen Körper geradezu schändlich vernachlässigt.“

Mit ständig wachsender Erregung sah Jamal zu, wie Nafisa geschickt Zaras Körperhaar entfernte. Als sie dies getan hatte, war Zaras Haut wieder so glatt und so weich wie Seide. Er richtete seinen Blick auf ihren Venushügel und erinnerte sich daran, wie feucht und heiß sie gewesen war, als er sie mit dem Mund und den Fingern gereizt hatte.

Seine Lenden spannten sich an, und er wurde hart. Die Verführung ging ihm entschieden zu langsam voran. Heute Nacht wollte er seine Bemühungen steigern, Zara in sein Bett zu bringen, doch für den Augenblick hatte er genug gelitten. Unvermittelt stand er auf, rief Nafisa zu sich, sprach kurz mit ihr und verließ dann den Hammam.

Als Zara sich erhob, um in das Badebecken zu steigen, bemerkte sie Jamals Abwesenheit und war ungemein erleichtert. Das Wissen, dass er sie beobachtete, während sie badete, hatte sie erregt. Ihre Brustspitzen hatten sich aufgerichtet, und sie fragte sich, ob Nafisa das auch bemerkt hatte. Zur Hölle mit Jamal, dachte sie ärgerlich. Weshalb war dieser arrogante Scheich, der Feind ihres Volkes, der einzige Mann, der ihre weibliche Leidenschaft zu erregen vermochte?

Sie hatte Sayed geliebt, doch ihre Gefühle für ihn waren nicht zu vergleichen mit dem, was sie empfand, wenn Jamal sie berührte. So sollte es nicht sein, dachte sie ärgerlich. Jamal war sich seiner selbst zu sicher, er war zu männlich, zu arrogant. Er begehrte sie in seinem Bett, und sie wusste nicht, wie lange sie seiner Verführung noch zu widerstehen vermochte.

Nafisa wusch Zaras Körper und ihr Haar mit nach Jasmin duftender Seife und spülte sie dann mehrmals mit warmem Wasser ab, das man auf einem Kohlebecken erhitzt hatte. Als das Bad beendet war, wickelte Nafisa sie in ein großes Leinentuch ein und rubbelte ihren Körper trocken. Danach bat sie Zara, sich wieder hinzulegen, damit sie ihr das Jasminöl in die Haut einmassieren konnte.

Dies fühlte sich herrlich entspannend an, doch wären die Hände an ihrem Körper Jamals gewesen, würde die Massage sinnlicher und erregender gewesen sein. Allah sei Dank, dass es Nafisa ist, die mich massiert, und nicht Jamal, dachte sie.

Die Kleidungsstücke, die Nafisa ihr brachte, waren für eine Sklavin nicht geeignet. Voller Abscheu betrachtete Zara die kurze, ärmellose Bluse aus türkisfarbenem Brokat. Die bedeckt ja kaum meine Brüste, dachte sie. Die seidenen Beinkleider waren elfenbeinfarben und fast durchsichtig. Sie bauschten sich unter ihrer Taille und lagen an ihren schmalen Fußgelenken eng an, doch darunter war die Farbe ihrer Haut deutlich zu erkennen. Zum Schluss gab Nafisa ihr einen Schleier, mit dem sie ihr Gesicht bedecken sollte.

„Diese Kleidungsstücke kann ich keinesfalls tragen“, protestierte Zara. „Sie sind einer Berberprinzessin nicht angemessen.“

„Ich folge nur Scheich Jamals Befehlen“, erklärte Nafisa achselzuckend. „Jetzt sei brav, und kleide dich an. Dein Gebieter hat befohlen, dass du ihm heute Abend zu Diensten sein sollst. Nachdem du dich angezogen hast, werde ich dich in dein Gemach bringen. Es ist zwar winzig, doch für eine Sklavin durchaus angemessen. Sogar ein kleiner ummauerter Garten gehört dazu, in dem du dich vergnügen magst.“

Sie betrachtete Zara abschätzend. „Es ist ungewöhnlich für Scheich Jamal, eine Sklavin ins Haus zu bringen. Für die täglichen Arbeiten auf ‚Paradies‘ sind männliche Sklaven und Eunuchen zuständig. Die einzigen Frauen im Palast sind seine Konkubinen und ich selbst.“

„Erwartest du nun, dass ich für eine solche Ehre dankbar bin?“ fragte Zara bitter. „Ich habe nicht darum gebeten, eine Sklavin zu werden, und ich schwöre, ich werde auch nicht lange eine bleiben. Mein Vater wird mich bald holen kommen.“

„Das werden wir ja sehen“, erwiderte Nafisa weise. „Und jetzt beeile dich. Du hast noch Zeit für ein kleines Schläfchen, bevor dein Dienst beginnt.“

Da sie keine andere Kleidung erhielt, legte Zara rasch das eher enthüllende Kostüm an, weigerte sich indes, auch den Schleier zu tragen. „Berberfrauen verbergen ihr Gesicht nicht“, erklärte sie hochmütig.

„Du befindest dich in einem arabischen Palast“, erwiderte Nafisa keineswegs unfreundlich. „Du musst deinem Gebieter gehorchen. Komm mit. Ich werde dich jetzt zu deiner Unterkunft bringen.“

Zara betrat das winzige Gemach, welches eigentlich nicht viel mehr als eine größere Kammer war. Hier gab es einen Schlafdiwan, eine Truhe für die Kleidung und einen niedrigen Tisch. Ein Kissenstapel lehnte an einer Wand. Eine zweiflügelige Tür führte in einen kleinen ummauerten Garten.

Zara fand, dieses Quartier entsprach durchaus ihren Bedürfnissen, zumal sie auch nicht lange hier zu verweilen gedachte. Falls ihr Vater sie nicht schon vorher holen kam, würde sie ja ohnehin nach vier Wochen frei sein. Jamal hielt sich gewiss an sein Wort, und falls es ihm nicht gelänge, sie zu verführen, würde ihm nichts anderes übrig bleiben, als sie nach einem Monat freizugeben.

„Schlafe ein wenig, Zara", riet Nafisa, bevor sie ihre Schutzbefohlene allein ließ. „Jemand wird dich holen, wenn es Zeit für dich ist, deinem Gebieter zu dienen."

„Wie soll ich das denn machen?" erkundigte sich Zara argwöhnisch.

„Du wirst ihm Speisen aus der Küche bringen und ihn dann bedienen."

Das erleichterte Zara ungemein. Sie wusste genau, dass Jamal sie in sein Bett befehlen konnte, ohne dass sie dabei ein Mitspracherecht hätte. Sie wünschte fast, dass er das täte, denn dann würde er seine Wette verlieren, und sie wäre frei. Dem Feind beizuschlafen, widerte sie an, doch es wäre beinahe ihre Freiheit wert. Beinahe ...

Da es in ihrem Kämmerchen wenig zu entdecken gab, legte sie sich auf den Diwan und schlief auch prompt ein. Nach, wie es ihr vorkam, nur wenigen Minuten erschien jemand und weckte sie. Sie schlug die Augen auf und sah einen jungen Mann vor sich, welcher ungefähr so alt war wie sie. Er hatte ein langes, trauriges Gesicht, ausdrucksvolle Augen und Haut, die so glatt und makellos wie ihre war. Zara wusste sofort, dass es sich um einen Eunuchen handelte, denn anderen Männern war der Zutritt zum Harem nicht gestattet.

„Ich heiße Hakim. Ich bringe dir dein Abendessen." Er deutete auf ein Tablett mit Speisen, das er auf dem Tisch abgestellt hatte. „Du musst rasch essen. Wenn du damit fertig bist, soll ich dich zu unserem Gebieter bringen."

„Vielen Dank, Hakim. Die Speisen duften köstlich." Zara trat an den Tisch, vor den Hakim ein Kissen gelegt hatte, und setzte sich mit gekreuzten Beinen darauf nieder.

„Ich werde bald zurückkommen", sagte der junge Mann und verließ leise das Gemach.

Zara aß mit großem Appetit und genoss den Reis mit daruntergemischter, klein geschnittener Kapaunenbrust, den sahnigen Joghurt mit abgezogenen Weinbeeren, die Feigenspeise, das warme Fladenbrot sowie die frischen Äpfel und Orangen. Gerade hatte sie ihr Mahl abgeschlossen, als Saha mit zornsprühenden Augen in das Gemach stürmte.

„Ich hörte, dass du heute Abend Jamal dienst. Seit er dich mit nach Haus brachte, wurden wir sträflich vernachlässigt." Ihr wütender Blick lief über Zaras Gesicht und ihren Körper. „Du bist nicht einmal halb so schön wie ich. Sogar Leila und Amar sind noch hübscher als du. Was hast du mit dem Scheich gemacht, dass er dich begehrt? Hast du ihn behext?"

„Ich bin keine Hexe, und ich diene Scheich Jamal nicht im Bett!" erklärte Zara ärgerlich. „Ich bin keine Lustsklavin. Ich überlasse ihn euch nur allzu gern."

„Ich bin ja nicht dumm. Unser Gebieter begehrt dich. Und was Jamal begehrt, das erhält er auch. Weshalb wurdest du zum Arbeiten in die Ställe geschickt?"

„Das ist eine lange Geschichte, und sie wird dich langweilen. Ich beabsichtige keineswegs, mit euch um Jamals Aufmerksamkeit zu wetteifern."

„Bist du bereit, Zara?" Hakim war leise in das kleine Gemach gekommen in der Hoffnung, Zara vor Sahas zänkischer Zunge zu bewahren.

„Ja, ich bin fertig, Hakim." Zara erhob sich rasch. „Entschuldige mich bitte, Saha. Im Gegensatz zu dir habe ich Pflichten zu erfüllen."

„Ich hoffe, diese Pflichten werden nicht im Liegen erfüllt", murmelte Saha vor sich hin.

„Rasch, Zara, beeile dich", drängte Hakim, während sie durch die Haremspforte in einen langen Korridor traten. „Befestige deinen Schleier. Es geziemt sich nicht, dass die Wachen dein Gesicht zu sehen bekommen."

„Nein! Berberfrauen verbergen ihr Gesicht nicht hinter Schleiern."

Hakim schien ein wenig verstört zu sein, sagte indes nichts mehr; das stand ihm nicht zu. Er führte sie direkt zu dem Gemach des Scheichs und öffnete die Tür. „Geh, der Gebieter wartet auf dich."

„Tritt ein, Zara", befahl Jamal kurz.

Durch den Türrahmen blickte Zara in den Raum. Sie sah Jamal auf einem Polsterkissen vor einem niedrigen Tisch sitzen. Ein alter Mann hockte in der Nähe und bereitete mit umständlicher Zeremonie Pfefferminztee zu. An der Tür stand Hammet und hatte die Arme vor seinem umfangreichen Bauch verschränkt.

„Ich wünsche, dass du mir heute Abend mein Mahl servierst, Zara", sagte Jamal herrisch. „Hammet wird dich in die Küche bringen."

„Jawohl, erhabener Herr und Gebieter", antwortete Zara, und ihr Sarkasmus brachte ein Lächeln auf Jamals Gesicht. „Soll ich Euch jetzt auch noch huldigen?"

„Das wäre einmal etwas Neues." Verblüfft zog er die Augenbrauen hoch, als Zara sich tief und mit gleichgültiger Anmut verneigte und ihn dabei mit einem Blick bedachte, der die Luft um ihn herum ansengte.

„Du magst dich wieder aufrichten“, sagte Jamal. Sein Blick lief über ihre schlanke Gestalt und verweilte auf ihren Brüsten. „Die Wahl deines Kostüms erfreut mich.“

„Diese Wahl habe nicht ich getroffen.“

„Weshalb bist du unverschleiert?“

„Ich verberge mein Gesicht vor niemandem, gleichgültig, ob Mann oder Frau.“

„In Zukunft wirst du es tun“, bestimmte der Scheich und winkte den Eunuchen heran. „Führe die Sklavin zu den Küchen, Hammet.“

Zara war nur allzu glücklich, Jamals einschüchternder Gegenwart entfliehen zu können. Kurze Zeit später kehrte sie mit einem schwer beladenen Tablett voller verführerischer Speisen zurück. Jamal war jetzt allein. Der Alte, der den Tee gebraut hatte, war gegangen, nachdem er seine Gerätschaften zusammengeräumt hatte.

„Du magst ebenfalls gehen, Hammet.“ Jamal winkte den Eunuchen fort. „Heute Abend wird sich Zara um meine Bedürfnisse kümmern.“

Zara setzte das Tablett auf dem Beistelltisch ab und begann, die unterschiedlichen Schüsseln vor Jamal hinzustellen. Als sie damit fertig war, trat sie zurück und wartete darauf, ebenfalls entlassen zu werden.

„Du darfst mir meinen Tee einschenken.“ Jamal deutete auf die silberne Teekanne, die auf dem Kohlebecken stand. Zara biss sich auf die Lippe, um ihm keine giftige Bemerkung entgegenzuschleudern. Am liebsten hätte sie sein selbstgefälliges Lächeln in heißem Tee ertränkt.

Jamal beobachtete jede ihrer Bewegungen und bewunderte ihren Hüftschwung unter der durchsichtigen Hose. Wenn er genau genug hinschaute, vermochte er intime Details durch den Seidenstoff zu erkennen, und er fühlte, wie sich seine Männlichkeit unter dem Kaftan regte.

„Hast du schon gegessen?“ erkundigte er sich, während er von einer saftigen Melone kostete.

„Ich habe gegessen, danke. Darf ich jetzt gehen?“

„Nein, das darfst du nicht. Setz dich.“ Er klopfte auf das Kissen neben sich.

Sie blickte ihn argwöhnisch an. „Weshalb?“

„Weil ich nicht gern allein speise.“ Als Zara keine Anstalten machte, sich zu ihm auf das Kissen zu setzen, fasste der Scheich sie beim Handgelenk und zog sie zu sich herunter auf das Polster. „So ist's recht.“

„Saha würde Euch nur zu gern Gesellschaft leisten. Leila und Amar ebenfalls.“

„Vielleicht später. Jetzt will ich dich. Ist dein Gemach zufrieden stellend?“ fragte er im Gesprächston.

„Mir genügt es.“

Unvermittelt stieß er die Speisen von sich, beugte sich zu Zara hinüber und küsste sie auf die Schulter. „Ich stelle fest, dass ich keinen Hunger mehr habe.“

„Soll ich die Schüsseln in die Küche zurücktragen?“

„Ich wusste ja gar nicht, dass du eine so gehorsame Sklavin bist, Prinzessin. Was hast du in deinem Ärmel verborgen?“

„Überhaupt nichts, Herr“, antwortete sie zuckersüß. „Ich habe ja nicht einmal Ärmel.“

Seine schwarzen Augen glitzerten gefährlich. „Das habe ich bereits bemerkt.“ Mit der Hand strich er an ihrem nackten Arm hinunter und wieder hinauf. Ein Zittern lief ihr über die Haut. Zwei winzige Perlknöpfe hielten die Kanten ihrer kurzen Weste zusammen, und ehe Zara noch zu protestieren vermochte, hatte Jamal die Knöpfe bereits gelöst. Ihre Brüste fielen ihm buchstäblich in die

Hand. Scharf sog er den Atem ein, was Zara zeigte, wie sehr er den Anblick genoss.

„Was tut Ihr da?“ fragte sie.

„Ich versuche, dich zu verführen, was sonst?“ Er drückte sie gegen die Kissen zurück und senkte den Kopf, um ihre Knospen zu kosten. „Du weißt doch, dass ich dich begehre.“

„Nehmt mich nur gegen meinen Willen, und Ihr verliert Eure Wette!“ Sie biss die Zähne zusammen, um sich die Freude nicht anmerken zu lassen, die sie bei der Berührung seiner Zunge empfunden hatte.

„Diese Wette hätte ich nie abschließen sollen“, murrte Jamal. Er hob den Kopf und schaute auf ihre Lippen, die so herrlich üppig und rot waren, dass er Zara bis zur Besinnungslosigkeit hätte küssen mögen. Am meisten jedoch wünschte er sich, in sie einzudringen, zu fühlen, wie sie ihn fest umschloss, ihre Leidenschaft zu kosten und ihr Freude zu schenken.

„Fühle, wie sehr ich dich begehre“, forderte er sie auf, fasste ihre schmale Hand und führte sie an seine Lenden.

Zara zuckte zusammen. Sein Kaftan stellte kaum eine Barriere her zwischen ihrer Hand und dem heißen, starken Beweis seines Verlangens. Unwillkürlich schlossen sich ihre Finger um ihn, und sie hörte Jamal aufstöhnen. Sekunden später zog er ihre Hand fort und streckte sich über Zara aus.

„Du begehrst mich auch!“ stellte er triumphierend fest.

„Nein, das tue ich nicht.“

Ihre Antwort schien ihn zu erheitern. Er lachte leise. „Öffne dich mir, Zara. Lass mich zu dir kommen. Ich verspreche dir, dass es dir nicht Leid tun wird.“

Sie atmete schwer. „Nein, das geht nicht.“

Seine Augen wurden womöglich noch dunkler vor Leidenschaft, während er seinen Mund auf ihren presste. Er küsste sie feurig, nahm ihre Brüste in die Hände und wollte unbedingt eine Reaktion von ihr erzwingen. Er hob seinen Mund wieder von ihren Lippen und küsste einen Pfad über ihren Hals hinab zu ihren Brüsten. Der Jasminduft ihrer Haut erhöhte sein Verlangen nach ihr entschieden. Er schloss seine Lippen um eine der hart aufgerichteten Knospen, sog daran, biss dann sanft hinein, und Zara schrie leise auf.

„Ergib dich mir, süße Verführerin“, flüsterte er mit belegter Stimme.

„Ich darf die Wette nicht verlieren“, gab Zara erstickt zurück. Zwar war sie erregt, sehr sogar, doch ihr erschien die Vorstellung unerträglich, die Wette zu verlieren und fortan die Sklavin des Scheichs zu bleiben.

„Vergiss doch die Wette“, drängte er. „Du gehörst mir. Gib dich mir hin. Lass mich deine Leidenschaft kosten.“

„Ihr verlangt mehr, als ich Euch geben kann. Ihr verlangt meine Seele!“

„Nein, ich will nur deinen Körper“, widersprach Jamal.

Das hörte sich wenig glaubwürdig an, und in Wahrheit wollte er auch viel mehr von der Berberprinzessin. Er begehrte ihren Körper, ihre Seele, ihre Freuden, ihre Sorgen. Er wollte sie vollkommen besitzen und sich ihr dafür schenken. Wenn er in ihre enge Pforte eindrang, wollte er, dass sie alle Liebhaber vergaß und ihre Leidenschaft allein ihm schenkte.

Allah stehe ihm bei – er begehrte sie so sehr, dass seine Konkubinen jeden Reiz für ihn verloren hatten.

Bei diesem entsetzlichen Gedanken zog er sich zurück und blickte die Prinzessin an. Was hatte sie nur mit ihm gemacht? Er begehrte nur noch eine einzige Frau – Zara. Was, in Allahs Namen, sollte er nur tun? Er konnte sie zwingen und damit seine Wette verlieren ... und Zara ebenfalls für alle Zeiten verlieren. Oder er konnte seine Verführung fortsetzen, die allerdings zum Scheitern verurteilt zu sein schien.

„Du hast mich verhext“, sagte er mürrisch. „Geh fort. Kehre in den Harem zurück. Ich muss nachdenken.“

Zara raffte sich hoch und stolperte zur Tür.

„Wenn ich’s mir recht überlege ...“, sagte er dumpf. „Schicke mir Saha. Möglicherweise kann sie ja den Brand löschen, den du gelegt hast.“

Zara drehte sich um und rannte aus dem Gemach. Ihre Wangen glühten. Soll er doch seine Wollust an Saha stillen, dachte sie düster. Von mir aus kann er sich die ganze Nacht lang mit dem Rotschopf vergnügen; das kümmert mich nicht.

Nur aus irgendeinem Grund kümmerte es sie doch.

„Der Scheich ist ein ganz außergewöhnlicher Liebhaber“, sagte Saha zu Leila und Amar, als sie neben dem Wasserbecken in dem kleinen Garten vor dem Harem saßen. „Letzte Nacht war er schier unermüdlich“, log sie. Es wäre nicht gut, ihren Gefährtinnen zu gestehen, dass Jamal sie fortgeschickt und ihr gesagt hatte, er sei zu müde, um einer von ihnen gerecht zu werden. „Seine Liebe nahm einfach kein Ende. Als er mich in mein Gemach zurückschickte, war ich völlig erschöpft.“

Leila und Amar seufzten träumerisch. Beide wünschten sich, sie hätten selbst die Nacht in Jamals Armen verbringen können.

„Findest du nicht auch, dass unser Gebieter ein großartiger Liebhaber ist, Zara?“ fragte Saha hinterhältig.

Zara, die Jamals Konkubinen Erfrischungen servierte, blieb stehen und bedachte Saha mit einem vernichtenden Lächeln. „Das kann ich nicht beurteilen, verehrte Saha.“

„Du hast doch so viele Stunden allein mit Jamal verbracht“, meinte Leila. „Er muss dich seiner Aufmerksamkeit unwürdig gefunden haben, wenn er dir nicht gestattet hat, ihm Freude zu bereiten."

„Scheich Jamal mag keine Blondinen", bemerkte Amar selbstgefällig. „Zara ist nicht so schön wie wir. Außerdem ist sie viel zu dürr und zu groß, um einen Mann wie unseren Gebieter anzuziehen."

„Ich mag keinen Pfefferminztee", nörgelte Saha. „Hole mir etwas Kaltes, einen Fruchtsaft vielleicht."

„Diese Äpfel sind angeschlagen, Zara. Hole mir frische", befahl Amar.

„Ich benötige ein Tuch, mit dem ich mir das Gesicht abwischen kann, Zara", sagte Leila. „Es muss mit meinem besonderen Duft parfümiert sein."

Zara hatte bald genug von Jamals verwöhnten Frauen. Es waren träge, verhätschelte Geschöpfe, die statt eines Gehirns nur Hirsebrei im Kopf hatten. Alle ihre Gedanken drehten sich ständig nur um die Wonnen des Beischlafes.

„Ich habe zu tun", erklärte sie, und die schockierte Stille, die ihren Worten folgte, bereitete ihr Freude. „Holt euch selbst, was ihr braucht."

„Ich sagte, ich wünschte etwas Kaltes zum Trinken", wiederholte Saha und hielt Zara ihre Tasse mit lauwarmem Tee entgegen. „Nimm dies hier fort."

Ein mutwilliges Lächeln erschien auf Zaras Lippen. Sie nahm die Tasse und leerte sie absichtlich in Sahas Schoß.

Die Rothaarige sprang hoch, und in ihren Augen funkelte der blanke Hass.

Zara lächelte sie nur spöttisch an. „Ich habe ja noch niemals gesehen, dass du dich so hurtig bewegen kannst, Saha", bemerkte sie.

„Berberweib! Was fällt dir ein, mich derartig respektlos zu behandeln? Warte nur ab, bis ich Jamal das erzähle. Dann werden wir ja sehen, wer zuletzt lacht." Sie floh quer durch den Garten und stieß blindlings mit Jamal zusammen.

„O Herr – gepriesen sei Allah – Ihr seid hier!"

Jamals Blick lief über Sahas durchnässten Kaftan, und ohne dass man es ihm hätte erzählen müssen, wusste er, dass Zara an Sahas Zorn schuld war. „Was hat dich denn so schrecklich aufgebracht, Saha?"

Die Rothaarige deutete wütend mit dem Finger auf Zara. „Eure Berbersklavin hat mich beleidigt. Seht nur, was sie mir angetan hat!" Mit Daumen und Zeigefinger hielt sie ihren durchweichten Kaftan von sich ab. „Diese Hexe hat mir mutwillig Tee über den Schoß gegossen."

Am liebsten hätte Jamal aufgelacht, doch er wusste, dass das die Sache noch schlimmer gemacht hätte. Zara würde nie Gehorsam lernen, wenn er ihre Eskapaden auf die leichte Schulter nahm. In Wahrheit jedoch amüsierte sie ihn.

„Was soll ich deiner Meinung nach also tun, Saha?"

Saha lächelte unangenehm. „Die Bastonade, Herr! Zehn Schläge auf die Fußsohlen dürften ausreichen."

Jamal erbleichte. Sahas Bösartigkeit bestürzte ihn. Zehn Schläge mit dem hölzernen Stock auf die Sohlen von Zaras zarten Füßen würden sie zum Krüppel machen. „Bist du nicht ein wenig zu streng?"

„Zara verdient es nicht anders, Herr", meinte Leila. „Mir hat sie ihren Dienst versagt, als ich sie bat, mir ein Tuch zu bringen, um mir damit das Gesicht zu wischen."

„Und mir wollte sie keinen frischen Apfel holen", fügte Amar hinzu. „Zara ist doch eine Sklavin, nicht wahr? Sie war ungehorsam und mürrisch. Nachdem Ihr sie dafür schwer bestraft habt, tätet Ihr gut daran, sie zu verkaufen."

Jamal wandte den Blick zu Zara, die ihm nicht im Geringsten

reumütig erschien. „Du hast meinen Frauen Missvergnügen bereitet“, sagte er streng. „Was hast du dazu zu sagen?“

Zara lächelte geringschätzig. „Ich hege nicht den Wunsch, Euren Frauen gefällig zu sein. Das schafft Ihr auch ohne meine Hilfe gut genug.“

Jamal wäre fast geplatzt vor Lachen, doch er beherrschte sich und bemühte sich, möglichst streng zu sprechen. „Sarkasmus steht dir nicht, Zara.“

„Die Sklavin ist starrsinnig und zänkisch“, beschwerte sich Leila. „Schickt sie wieder fort.“

„O ja, Herr“, stimmte Zara zuckersüß zu. „Schickt mich fort. Eure Wette habt Ihr bereits so gut wie verloren, und ich werde ohnehin demnächst frei sein.“

„Was für eine Wette?“ wollte Saha wissen.

„Schluss jetzt!“ befahl der Scheich, dem nicht daran gelegen war, die Einzelheiten der Wette zu erläutern, welche er mit der Berberprinzessin abgeschlossen hatte. Mit seiner Verführung kam er so beklagenswert schlecht voran, dass er lieber nicht darüber reden wollte.

„Ihr bestraft Zara doch, nicht wahr?“ fragte Saha, klammerte sich an Jamal fest und blickte ihm tief und schmachtend in die Augen.

„Jawohl. Ihrem Vergehen entsprechend wird sie bestraft“, erklärte er düster. „Komm mit, Zara.“

Zara überlegte, ob sie nicht möglicherweise zu weit gegangen war. Die Aussicht auf Strafe behagte ihr nicht, doch Sahas Gesicht, als sie ihr den Tee über den Schoß gegossen hatte, war es allemal wert.

6. KAPITEL

Wie böse ist Jamal wirklich? fragte sich Zara, während sie ihm zu seinem Gemach folgte. Böse genug, um die Bastonade an ihr durchführen zu lassen? Sie erschauderte. Würde sie in der Lage sein, den entsetzlichen Schmerz zu ertragen, wenn sie auf die Fußsohlen geschlagen wurde? Allah stehe ihr bei!

In seinem Gemach drehte sich Jamal zu ihr um, und ihre Furcht wurde noch größer, als sie seinen wilden, finsteren Gesichtsausdruck sah.

„Was werdet Ihr tun?"

„Die Bastonade scheint mir eine angemessene Strafe für dein unverschämtes Verhalten gegenüber meinen Frauen zu sein. Bist du nicht auch dieser Meinung?"

Zara musste schlucken. Sie hatte einmal gesehen, welchen Schaden eine Bastonade anrichtete, und das war entsetzlich gewesen. „Nein, ich bin nicht dieser Meinung", antwortete sie mutig. „Das ist eine entschieden zu harte Strafe für mein geringfügiges Vergehen. Eure Frauen sind ein faules Pack, dessen Gehirn zwischen den Beinen sitzt."

Jamal konnte nichts dagegen machen; er brach in lautes Gelächter aus. Zaras exakte Einschätzung seiner Frauen war absolut zutreffend. Seine neue Sklavin war ehrlicher, als ihr gut tat. Unglücklicherweise musste sie trotzdem für ihren Ungehorsam bestraft werden. Er durfte nicht zulassen, dass sie womöglich seinen Haushalt mit ihrem aufrührerischen Verhalten zerrüttete.

„Es wäre denkbar, dass du Recht hast", pflichtete er ihr bei. „Dennoch steht es dir nicht zu, über meine Frauen ein Urteil zu fällen. Ich habe sie mir schließlich nicht wegen ihrer Intelligenz zugelegt."

„Das ist sehr offensichtlich, Herr", sagte Zara scheinbar unterwürfig. „Ihr denkt genau auf demselben Niveau wie sie, nur dass Euer Gehirn in diesem kleinen Anhängsel zwischen Euren Beinen sitzt."

Von einer Sekunde auf die nächste schlug Jamals Erheiterung in flammenden Zorn um. „Jetzt gehst du zu weit, Sklavin! Wenn du deine Zunge nicht hütest, werde ich sie dir herausschneiden lassen. Zurück in die Stallungen mit dir! Offenkundig watest du lieber im Mist, als die Bequemlichkeiten einer komfortablen Unterkunft zu genießen."

Wie durch Zauberhand herbeigerufen, erschien Hammet neben Jamal. „Besorge Zara Kleidung, die für die Stallarbeit angemessener ist, Hammet", befahl der Scheich. „Die Sklavin wird ihre Pflichten dort wieder aufnehmen, bis sie gelernt hat, demütig zu sein. Führe sie fort. Sie beleidigt meine Augen."

Zurück in die Ställe also, dachte Zara düster, während Hammet sie aus Jamals Gemach führte. Sie vermutete, dass sie es nicht anders verdiente. Ihre scharfe Zunge hatte den Ärger des Scheichs erregt, und sie hatte nun die Folgen zu tragen. Zumindest jedoch war ihr die Bastonade erspart geblieben. Zara versuchte sich einzureden, dass es ihr in den Ställen viel besser gefiel als im Harem – allerdings ohne Erfolg.

Hammet nahm eine Garnitur grober Kleidungsstücke von einem Haken neben der Stalltür und warf sie Zara zu. „Du kannst dich in einem leeren Stallverschlag umziehen. Ich werde inzwischen Achmed suchen, um ihm zu sagen, dass du wieder zurück bist. Beeile dich."

Zara stolperte in eine leere Pferdebox und zog sich rasch das Hemd sowie die Pluderhose an. Sie fühlte sich darin wohler als in den Haremskleidern, welche viel zu viel Haut entblößten. Gerade hatte sie sich auch die Gallabije über den Kopf gezogen, als Hammet die Tür des Verschlags öffnete.

„Ich habe mit Ahmed gesprochen. Du wirst unverzüglich deine Arbeit aufnehmen. Deine Pflichten sind die gleichen wie zuvor." Er gab ihr eine Harke. „Ich persönlich halte das nicht für Frauenarbeit, doch unseren Gebieter verärgert man nicht. Du hast eine bösartige Zunge, Zara. Lerne es, sie zu zähmen, und du kannst zu der Favoritin unseres Scheichs werden. Du hast mehr Verstand als Saha, Leila und Amar zusammen."

Nach dieser Ansprache machte der Eunuch kehrt und überließ es der Berberprinzessin, über ihre missliche Lage als Stallsklavin nachzudenken.

Weder in dieser noch in der nächsten oder der folgenden Nacht wurde Zara von den anderen Stallsklaven belästigt. Sie nahm an, die Leute fürchteten sich vor den Strafen des Scheichs, und wenigstens dafür war sie dankbar.

Die Stallarbeit jedoch war mörderisch, und mit jedem Tag, der verging, bedauerte Zara ihr respektloses Verhalten den Konkubinen gegenüber mehr. Wann lerne ich endlich, meine Zunge im Zaum zu halten? dachte sie düster. Wahrscheinlich nie, fürchtete sie. Obwohl sie ihr weiches Bett im Harem vermisste, verbot es ihr der Stolz, darum zu betteln.

Zara hatte eine leere Pferdebox mit Beschlag belegt und harkte sich frisches Stroh für ihr Lager zusammen. Das gewährte ihr das einzige bisschen Privatsphäre, die sie seit ihrer Versetzung in die Ställe vor drei Tagen genießen konnte. Gerade hatte sie ihr Abendessen eingenommen, sich Gesicht sowie Hände gewaschen, eine Laterne auf einen Haken gehängt und wollte sich für die Nacht ins Stroh legen, als sie spürte, dass jemand sie über den Rand der niedrigen Bretterwand hinweg beobachtete.

„Bist du schon bereit, deine Niederlage einzugestehen und dich wie eine Dame zu benehmen?" fragte Jamal. Seine Augen schimmerten im Laternenlicht wie poliertes Ebenholz.

Verächtlich starrte Zara ihn an. „Die Tochter des Youssef gesteht niemals eine Niederlage ein. Solange ich meine Arbeit verrichte, werdet Ihr keinen Grund zur Beschwerde haben. Seit wir unseren Handel abschlossen, sind bereits zwei Wochen vergangen. Ihr werdet mich also bald freilassen müssen."

Jamal fluchte leise. Wieder diese verdammte Wette! Nie hatte er eine herausforderndere Frau kennen gelernt! Er wollte nicht, dass die Prinzessin auf Stroh in den Ställen schlief. Er wollte sie in seinem Bett haben, in seinen Armen, und ihr Körper sollte von seiner Liebe gesättigt sein. Er löste den Riegel der Pforte und trat in den Verschlag.

„Gib dich mir hin, Mädchen. Ich werde dich in feine Seide und Brokat hüllen und dir Juwelen schenken, die zu deinen grünen Augen passen."

Er zog sie dicht zu sich heran, so dass sie den harten Beweis seines Verlangens an ihrem Bauch fühlen konnte. „Merkst du nicht, wie sehr ich dich begehre?"

„Ich empfehle sehr, dass Ihr Euren Harem aufsucht, erhabener Herr", entgegnete Zara spöttisch. Sie ertrug es einfach nicht, wie ihr Körper sie jedes Mal verriet, wenn Jamal sie berührte, und sie versuchte, sich dem Scheich zu entwinden. Jamal ließ das indessen nicht zu.

„Du bist es, die ich begehre, Zara. Ich habe schon versucht, mein Verlangen nach dir von meinen drei Konkubinen stillen zu lassen, doch es gelang ihnen nicht, das heiße Feuer in mir zu löschen."

Er schlang ihr seinen Arm um die Taille. „Komm, ich lehre dich Wonnen, die alles übertreffen, was du bei deinem Liebhaber erfahren hast." Sein durchdringender Blick hielt sie gefesselt. „Sind dir schon einmal kleine Silberkugeln eingeführt worden? Wenn du dich dann bewegst oder auch nur atmest, schlagen sie gegeneinander und erzeugen Empfindungen, die dich in einen Taumel der Ekstase versetzen, wie du ihn noch niemals erlebt hast. Du wirst in einen Sinnlichkeitstaumel geraten.“

Zara erschauderte; Jamals verführerischen Worte und seine Tonlage erregten sie ungemein, und zwar weit mehr als seine intimsten Liebkosungen. Wenn sie dem nicht bald ein Ende setzte, würde sie ihn noch anflehen, ihr alle die Wonnen zu zeigen, von denen er gesprochen hatte.

„Hebe dir das für deine Konkubinen auf!“ Sie entwand sich ihm. „Ich bin überaus glücklich, wo ich mich jetzt befinde. Nimm doch diese Silberkugeln und ...“

„Schluss jetzt! Du bist ein widerspenstiges Weib mit dem Herzen und der Seele eines Berberkriegers. Ich werde dich jetzt fürs Erste allein lassen, doch denke an meine Worte: Du wirst mir gehören, und zwar auf jede erdenkliche Weise. Wenn ich dir diese Silberkugeln einführe, wirst du mich um Erlösung anflehen, wie nur ich sie dir verschaffen kann. Gute Nacht, du süße Hexe. Träume schön.“

Zaras schockierter Gesichtsausdruck amüsierte ihn. Jamal hoffte, die Träume der Prinzessin würden heute Nacht erregender Natur sein.

„Sohn einer Hündin! Kamelmist!“ fluchte Zara wütend. Kein Mann hatte jemals mit ihr über derartige Dinge gesprochen. Gab es tatsächlich solche erotischen Spielzeuge wie diese Silberkugeln? Wenn sie nur daran dachte, wie sie in ihr gegeneinander schlugen, erschauerte sie lustvoll.

„Und wieso begehrt Ihr mich eigentlich, zumal es doch in Eurem Haushalt genug liebeskranke Frauen gibt?“ wollte sie empört wissen.

Plötzlich wurde Jamal sehr ernst, und seine Miene verdüsterte sich. „Ich wünschte, das wüsste ich. Vielleicht wird mir Allah in seiner Weisheit eines Tages die Antwort geben." Damit machte er kehrt und ging hinaus.

In dieser Nacht vermochte Zara lange nicht einzuschlafen.

Jamal hatte noch größere Schwierigkeiten, Schlaf zu finden. Er ließ Leila in sein Bett kommen und schickte sie dann wieder fort, weil er merkte, dass sie keinen Reiz auf ihn ausübte.

Er überlegte, ob er Amar oder Saha zu sich befehlen sollte, doch ihm wurde erneut klar, dass es nicht seine Konkubinen waren, die er begehrte. Nur Zara allein konnte ihn befriedigen, doch er brachte es nicht fertig, einer Frau Gewalt anzutun.

Dieses unmögliche Berberweib hatte ihm die Manneskraft gestohlen!

Nachdem Zara endlich eingeschlafen war, schrak sie auf, als sie kurz darauf wieder geweckt wurde. Eine Hand presste sich auf ihren Mund, und warmer Atem strich über ihre Wange.

„Wache auf, Prinzessin! Ich bringe dir eine Nachricht von deinem Vater."

Auf der Stelle wurde Zara hellwach.

„Ich werde meine Hand fortziehen, wenn du versprichst, nicht zu schreien."

Zara nickte heftig, und die Hand wurde tatsächlich von ihrem Mund fortgezogen.

„Wer bist du?"

Die Worte des Mannes waren nur ein leises Flüstern an ihrem Ohr. „Ich bin Raschid der Kamelhändler und einer der Spione deines Vaters. Mir kam das Gerücht zu Ohren, du seist jetzt eine Stallsklavin, doch das wollte ich nicht glauben. Der Scheich muss ein wahrer Satan sein, wenn er dich zu einer so niedrigen Arbeit zwingt."

„Wer hat dir dieses Gerücht zugetragen?"

„Die Konkubinen des Scheichs sprachen von dir, als sie gestern am Markttag den Suk im Dorf aufsuchten, doch ich hörte es auch aus anderen Quellen und leitete es umgehend an Youssef weiter. Er lagert in den Bergen gleich außerhalb der Oase. Heute erhielt ich seine Nachricht. Er will, dass du auf einen Befreiungsversuch morgen Nacht vorbereitet bist. Die Blauen Männer werden in den dunkelsten Stunden vor Tagesanbruch erscheinen."

„Wie soll die Befreiung vonstatten gehen?" wollte Zara wissen. Sie zitterte vor Aufregung.

„Youssef und seine Leute werden über die Mauer steigen. Halte dich bereit."

„Was kann ich zu ihrer Hilfe tun? Die Männer müssen sehr vorsichtig sein; überall sind Wachen aufgestellt."

Zara erhielt keine Antwort mehr. Der geheimnisvolle Bote war bereits verschwunden.

Der nächste Tag verging entschieden zu langsam für Zaras Geschmack. Sie versuchte, sich fleißig zu beschäftigen, stellte indessen fest, dass sie viel zu oft zu den hohen Mauern schaute, die „Paradies" umgaben.

Wo mag Vater jetzt sein? überlegte sie immer wieder. Das Herz rutschte ihr in die Knie, als der Scheich erschien und befahl, dass sein Pferd gesattelt werde; er und Haroun wollten in den Bergen jagen.

Zaras erster Gedanke war, dass die beiden ihren Vater finden könnten, doch dann schalt sie sich selbst, weil sie Derartiges für möglich gehalten hatte. Youssef war viel zu schlau, um sich fangen zu lassen. Er kannte die Berge zu gut und war gerissen wie ein Fuchs. Jamal würde ihn nie finden.

Heute Nacht würde sie wieder bei ihrem Volk sein und Jamal niemals wiedersehen müssen. Bedauerlicherweise war dieser Gedanke nicht so tröstlich, wie sie es erwartet hatte.

Jamal war mit den Gedanken nicht bei der Jagd. In seinem Kopf spukte dieses starrsinnige Berbermädchen herum, das sich mit Händen und Füßen dagegen wehrte, in sein Bett zu kommen. War er denn derartig abstoßend? Seine Konkubinen waren jedenfalls nicht dieser Ansicht.

„Wenn Ihr mit den Gedanken nicht bei der Jagd seid, dann verschwenden wir hier draußen nur unsere Zeit", meinte Haroun trocken.

„Ich musste nur einmal hinaus, mein Freund", sagte der Scheich gereizt. „Wie du bereits bemerkt haben wirst, ist meine Stimmung in der letzten Zeit nicht die allerbeste."

„Zwingt diese Hexe doch in Euer Bett, Jamal", riet der Leutnant. „Länger als die meisten Männer an Eurer Stelle habt Ihr Geduld bewiesen. Wenn Ihr Euch erst einmal an Zaras süßem Fleisch gütlich getan habt, können sich Eure Gedanken wieder den wichtigeren Dingen zuwenden. Es ist nicht Eure Art, Eure Konkubinen zu vernachlässigen. Besäße ich eine Frau wie Saha, um mir Wonnen zu verschaffen, würde ich wahrscheinlich mein Bett überhaupt nicht mehr verlassen."

Jamal wurde nachdenklich. „Du begehrst Saha, mein Freund?" fragte er.

„Vergebt mir, Herr. Ich wollte es nicht an Respekt fehlen lassen. Es ist nicht recht von mir zu begehren, was nicht mein ist. Ich nehme selbstverständlich jede Strafe an, die Ihr als angemessen verhängt."

„Wir sind bereits sehr lange zusammen, Haroun. Mir würde nicht im Traum einfallen, dich für ein so geringfügiges Vergehen zu bestrafen. Saha ist ein aufsässiges Geschöpf, das eine stärkere Hand als meine bändigen muss."

Haroun grinste. „Wäre sie mein, würde ich sie mit sanfter, wenn auch unnachgiebiger Geduld zähmen."

„Weshalb hast du eigentlich nie geheiratet, Haroun?“ erkundigte sich Jamal.

Der Leutnant errötete und schaute zur Seite. Er traute sich nicht, dem Scheich zu sagen, dass er nicht heiraten konnte, solange er Saha so sehr begehrte. „Die Frau, welche ich heiraten möchte, habe ich bisher noch nicht getroffen“, antwortete er schließlich.

Jamal ließ das Thema fallen. „Du hast wahrscheinlich Recht; ich bin wirklich nicht in der Stimmung zum Jagen. Lass uns umkehren.“

Unvermittelt straffte Haroun die Zügel und hielt sein Pferd an. „Seht, Herr! Die Überreste eines Lagerfeuers, das erst vor kurzem gelöscht wurde. Wer mag Eurer Meinung nach hier vorbeigekommen sein?“

„Karawanen weichen gewöhnlich nicht so weit von ihrem Weg ab“, überlegte Jamal und saß ab, um die auf dem Sandboden sichtbaren Spuren genauer zu betrachten. „Trotzdem handelt es sich um Kamelspuren. Was hältst du davon, Haroun?“

„Diese Kamele trugen keine schweren Lasten, Herr“, antwortete der Leutnant. Er kniete sich hin, um sich die Sache von nahem zu besehen. „Die Hufabdrücke sind kleiner als die von gewöhnlichen Lastkamelen.“

„Rennkamele!“ riefen Haroun und Jamal gleichzeitig.

„Rennkamele der Berber“, fügte Jamal hinzu. „Und sie sind ‚Paradies‘ näher, als es mir recht sein kann.“

„Glaubt Ihr, Youssef könnte wegen seiner Tochter hergekommen sein?“

„Genau das denke ich. Seit Zaras Gefangennahme wurden die Karawanen des Sultans nicht mehr überfallen. Gerade gestern erhielt ich eine Botschaft von Ismail, mit der er mir dafür dankt, dass ich ihn davon überzeugt habe, das Leben von Youssefs Tochter zu verschonen. Der Sultan sei sehr froh darüber, dass der Berberfürst seit der Gefangennahme seiner Tochter von den Überfällen Abstand genommen habe."

„Wir müssen uns auf einen Befreiungsversuch vorbereiten. Ich werde die Wächter in Alarmbereitschaft versetzen und zusätzlich neue Wachen aufstellen."

„Youssefs Gefangennahme wird den Sultan zweifellos sehr erfreuen", meinte Jamal, doch während er das sagte, stellte er sich Zaras unbändige Wut vor, falls ihr Vater als Gefangener von Ismail enden sollte.

„Ich empfehle, Zara wieder in das Frauenhaus zu bringen", sagte der Leutnant. „Ihr solltet es Youssef nicht zu leicht machen, sie zu finden."

Jamal überlegte sich diesen Vorschlag genau, ehe er ihn zurückwies.

„Die Berberprinzessin bleibt in den Stallungen. Wenn sie jetzt umzieht, könnte Youssef daraus möglicherweise schließen, dass wir seinen Plan durchschaut haben. Der Berberfürst wird einem Empfangskomitee begegnen, falls er seinen Befreiungsversuch unternimmt. Wir müssen Pläne machen, mein Freund, und diese Pläne müssen vor Zara geheim bleiben. Die Stallsklaven sind anzuweisen, sich heute Nacht nicht blicken zu lassen, gleichgültig, was auch geschieht."

Zara verfolgte Jamals Rückkehr mit großer Sorge. Er und Haroun brachten kein erlegtes Jagdwild mit sich, was ungewöhnlich war in einer Gegend, in der es wilde Tiere im Überfluss gab. Da indes nichts vorgefallen zu sein schien, nahm sie an, dass ihr Vater während des Ausritts des Scheichs und dessen Leutnants in einem sicheren Versteck geblieben war.

Sie sah Jamal und Haroun leise mit Ahmed sprechen. Zu gern hätte sie gelauscht. Die Männer hatten jedoch keinen Grund für den Verdacht, Youssef könnte heute Nacht einen Befreiungsversuch unternehmen.

Die Nacht kam viel zu langsam, doch als es endlich dunkel war, steigerte sich Zaras Aufregung. Um keinen Verdacht zu erregen, kroch sie zur gewohnten Zeit ins Stroh und stellte sich schlafend. Da sie befürchtete, sie könnte tatsächlich einschlafen, falls sie die Augen schlösse, starrte sie in die Dunkelheit und freute sich darauf, wieder mit ihrem Vater vereint zu sein.

Zara hörte nicht die fast geräuschlosen Schritte, als Jamal und Haroun die Stallungen betraten und dann in die Schatten tauchten.

Wachen wurden an den Mauern an verschiedenen Stellen in der Nähe des Tors und außerhalb der Stallungen postiert. Diese Vorsichtsmaßnahmen sollten in jeder Nacht getroffen werden, bis Youssef erschien. Jamal hatte das Gefühl, das würde bereits heute Nacht geschehen.

Stumm wie die Gespenster und in der blauschwarzen Finsternis der Nacht fast unsichtbar, stiegen die Blauen Männer über die Mauern. Jamal beobachtete aus seinem Versteck, wie sie auf den Boden sprangen und gleich zu den Stallungen schlichen. Er zählte sechs Krieger. Offensichtlich beabsichtigten sie, in das Anwesen einzudringen und es wieder zu verlassen, ohne Störungen zu verursachen. Es war ein waghalsiges Unternehmen, wenn auch eines, das zum Scheitern verurteilt war.

„Sie kommen“, flüsterte Haroun Jamal ins Ohr. „Gebt das vereinbarte Zeichen, und meine Männer werden kurzen Prozess mit ihnen machen.“

„Nein, bis jetzt wissen wir noch nicht, wer von ihnen Youssef ist. Falls er sich unter ihnen befindet, will ich ihn lebend haben.“

Jamal und Haroun zogen sich tiefer in die Schatten zurück, als eine der Gestalten in die Stallungen schlich. Die übrigen Blauen Männer blieben vor dem Eingang zurück und merkten nicht, dass sie beobachtet wurden.

Zara hörte ein leises Geräusch. Sie sprang sofort auf. „Vater, bist du's?"

„Ja, Tochter, ich bin es. Wir müssen rasch verschwinden." Youssef zog ein blaues Hemdgewand unter seiner eigenen Kleidung hervor und gab es Zara. „Streife dies über. Damit fällst du im Mondlicht weniger auf."

Nachdem sie die blaue Robe angelegt hatte, sagte Youssef: „Nimm meine Hand. Wir werden hier zusammen hinausgehen.""

Zara legte ihre zitternde Hand vertrauensvoll in die ihres Vaters.

„Dieser Unhold hat dich doch nicht etwa verletzt, oder? Mein Spion berichtete, du seist ihm gesund erschienen."

„Ich bin auch unverletzt", versicherte Zara ihm. „Noch viel besser wird es mir gehen, wenn ich diesen verfluchten Ort verlassen habe. Wir müssen leise sein; in diesen Ställen schlafen noch andere."

Im schwachen Mondlicht bewegten sich die beiden leise zur Tür. Zara frohlockte; die Freiheit war jetzt greifbar nahe. Sie würden es schaffen. Nun brauchten sie nur noch die kurze Entfernung bis an die Mauer hinter sich zu bringen, und dann würden sie sich an den Seilen, welche von den Kriegern heruntergelassen worden waren, hinaufziehen, um hinüber auf die andere Seite zu klettern.

Da hallte eine Stimme durch die Dunkelheit. Ein kurzer Befehl wurde erteilt: „Jetzt!"

Im nächsten Augenblick stürzten zehn Bewaffnete aus ihren Verstecken auf die Blauen Männer zu und schnitten ihnen den Fluchtweg ab.

„Nein!" schrie Zara. „Wir sind verraten worden!"

„Dies ist kein Verrat, mein Kätzchen", sagte Jamal und trat aus seinem Versteck.

Youssef zog Zara hinter sich, um sie mit seinem Körper zu decken, und blickte dem Scheich direkt ins Gesicht. „Lasst meine Tochter frei, Jamal abd Thabit. Ihr habt mich. Ihr braucht Zara nicht mehr."

„Da irrt Ihr Euch, Youssef. Ich brauche Zara durchaus. Ihr könnt Euch überhaupt nicht vorstellen, wie sehr ich sie brauche. Und was nun Euch betrifft, mein edler Bandit, so hat unser großer Sultan Pläne für Euch. Euer Schicksal liegt von jetzt an in seinen Händen."

„Nein!" rief Zara und trat hinter ihrem Vater hervor. „Wollt Ihr den Tod meines Vaters auf Euer Gewissen laden?"

„Der Berberfürst hat das Gesetz gebrochen, Zara. Dafür muss er jetzt bezahlen."

„Wir haben alle Blauen Männer zusammengetrieben, Herr", meldete Haroun, der herzugekommen war. „Sollen wir sie unverzüglich hinrichten?"

Erstickt schrie Zara auf und klammerte sich an ihren Vater.

„Nein", bestimmte Jamal. „Schließt sie in einen leeren Lagerraum, bis ich entscheide, wie mit ihnen verfahren werden soll. Es ist allein das Recht des Sultans, die Strafe zu diktieren."

„Bewegung!" befahl der Leutnant und stieß Youssef mit der Spitze seines Krummsäbels an.

Zara hob trotzig das Kinn. „Ich gehe mit."

„Nein, das wirst du nicht", sagte Jamal leise, wenn auch herrisch. Als Zara ihn nicht zur Kenntnis nahm und ihrem Vater folgen wollte, fasste der Scheich sie beim Arm und schob sie zur Stalltür. „Du, meine schöne Berberkriegerin, wirst dort bleiben, wo ich ein Auge auf dich haben kann." Damit zog er sie durch den Innenhof und in sein Gemach.

„Ist alles gut verlaufen, Herr?“ Hammet kam aus einer Ecke; er trug eine Öllampe, die er in Erwartung von Jamals Rückkehr gerade angezündet hatte. Nun stellte er sie auf den Tisch und starrte Zara an.

„Sehr gut sogar, Hammet. Youssef wurde gefangen genommen.“

„Soll ich diese – äh – ziemlich stinkende Person in das Frauenhaus bringen, Gebieter?“

„Es tut mir ja furchtbar Leid, dass dich der Geruch von Pferdemist beleidigt, Hammet“, sagte Zara zuckersüß. „Doch ich finde diesen Duft weit erfreulicher als den Gestank im Gemach deines Herrn.“

„Soll ich den Schlagstock holen?“ fragte der Diener entsetzt über Zaras offenen Hohn.

„Noch nicht, Hammet“, sagte Jamal und bedachte Zara mit einem Lächeln, das nicht ganz seine Augen erreichte. „Zara wird heute Nacht Bad und Bett mit mir teilen. Du magst deine eigene Schlafstatt aufsuchen.“

„Seid Ihr auch sicher, dass Ihr meine Hilfe nicht benötigt?“ fragte der Eunuch, der seinen Herrn nicht der Gnade dieses Berberweibs überlassen wollte.

„Ich komme schon allein zurecht, danke. Es bedarf mehr als einer scharfzüngigen Frau, um mir Schaden zuzufügen.“

Widerstrebend verließ Hammet den Raum. Nachdem er gegangen war, wandte sich Zara wütend zu Jamal um. „Was geschieht mit meinem Vater?“

„Dein Vater ist ein Bandit. Nicht ich, sondern der Sultan wird seine Strafe bestimmen.“ Damit zog er sie zu einem durch einen Vorhang abgetrennten Teil des Gemachs am gegenüberliegenden Ende des Raums. „Komm mit, du bist schon lange überfällig für ein Bad.“

Jamal schob sie hinter den Vorhang, und Zara fand sich in einem Hammam wieder, das nicht weniger elegant, wenn auch kleiner war als das im Harem. Kissen, Diwane und blitzende weiße Fliesen umgaben das Badebecken.

„Lege deine Kleider ab. Wenn du in meinem Bett schläfst, musst du zuvor baden."

„Ich ziehe es vor, auf dem Boden zu schlafen. Wir haben ein Abkommen, erinnert Ihr Euch?"

Jamal schenkte ihr ein Lächeln, das alles andere als freundlich war. „Die Lage hat sich geändert. Dein Vater ist jetzt mein Gefangener."

„Nichts hat sich geändert!" fuhr Zara auf.

„Das werden wir später diskutieren. Jetzt gehorche meinem Befehl. Entkleide dich, und steige ins Bad. Seife befindet sich in dem Gefäß neben dem Becken."

Vor sich hinmurrend, streifte Zara rasch ihre Kleidung ab und versank dann bis zum Hals im Wasser. Es war warm und fühlte sich herrlich auf der Haut an. Zara schloss die Augen, legte den Kopf gegen den Beckenrand und konnte einen wohligen Seufzer nicht unterdrücken.

Sie spürte, dass der Scheich sie beobachtete. Sie fühlte seine Augen heiß auf sich gerichtet, und diese Hitze schien ihre Haut an den Stellen zu verbrennen, auf die sein hungriger Blick fiel. Jamal bewegte sich nicht auf sie zu, sondern stand nur einfach so da und betrachtete sie.

Zara schlug die Augen auf und schaute ihn ebenfalls an. „Müsst Ihr mich unbedingt angaffen?"

Er antwortete nicht, sondern drehte sich abrupt um und kehrte in sein Gemach zurück. Sekunden später war er mit einem Kaftan wieder da. „Wenn du mit dem Baden fertig bist, ziehe dies hier an und komme ins Bett. Heute Nacht hast du von mir nichts zu befürchten. Es würde keinem von uns beiden Freude bringen. Du bist zu besorgt um deinen Vater."

Die Atmosphäre entspannte sich sofort, nachdem Jamal Zara wieder allein gelassen hatte und sie ihr Bad in Ruhe genießen konnte. Während sie ihren Körper einseifte, wieder abspülte und sich anschließend ihrem Haar widmete, wurden ihre Gedanken jedoch immer düsterer.

Was würde mit ihrem Vater geschehen? Würde ihn der Sultan hinrichten lassen? Was vermochte sie zu tun, um den Scheich davon abzuhalten, den Berberfürsten an Mulai Ismail auszuliefern? Gab es denn nichts, was sie Jamal anbieten konnte, damit ihrem Vater nichts geschah?

Die Antwort auf diese Frage stand klar, deutlich und höchst unwillkommen vor ihr: Sie vermochte Jamal nur eines anzubieten ... sich selbst. Sie konnte sich seiner Verführung ergeben und für immer seine Sklavin bleiben.

Obwohl die dauerhafte Gefangenschaft sie umbringen würde, wollte sie das für ihren Vater sowie für die von ihm abhängigen Menschen auf sich nehmen. Ohne Youssef als Anführer würden die Berber ihren Kampf gegen die ungerechte Besteuerung verlieren und ihr Land möglicherweise niemals zurückerhalten.

Die Lösung für dieses Problem war keine so einfache Sache und wollte gut durchdacht werden. Als erstes musste Zara sich an Jamal wenden und ihn bitten, ihr ein Gespräch unter vier Augen mit ihrem Vater zu gestatten. Sie musste in Erfahrung bringen, wie sie Youssef am besten dienen konnte, ohne sein Leben in Gefahr zu bringen. Wenn ich meine Unschuld opfern muss, um das Leben meines Vaters zu retten, dachte sie, so sei es drum.

Der Scheich begehrte sie. Und wenn sie ganz ehrlich war, so hatte sie auch nichts dagegen, wenn er derjenige wäre, der ihr diesen ersten Geschmack der Lust brachte.

Als Zara in das Gemach zurückkehrte, wartete Jamal dort bereits auf sie. Er lag auf seinem Schlafdiwan und blickte geistesabwesend durch das Fenster zum Sternenhimmel hinaus. Jetzt lächelte er und streckte ihr seine Hand entgegen.

„Komm, du musst erschöpft sein."

„Woher wusstet Ihr, dass mein Vater heute Nacht kommen würde, um mich zu holen?" fragte Zara und setzte sich vorsichtig auf den Bettrand. „Wer hat ihn verraten?" Ohne das zu erfahren, würde sie nicht einschlafen können.

„Niemand hat Youssef verraten", antwortete der Scheich. „Auf meinem Jagdausritt gestern entdeckte ich die Überreste eines Lagerfeuers und zählte zwei und zwei zusammen. Karawanen pflegen nicht so nahe an ‚Paradies' heranzukommen. Die Oase liegt nicht an ihrem üblichen Weg. Da ich ahnte, dass Youssef früher oder später kommen würde, um dich zu befreien, beschloss ich, jede Nacht Wache zu halten, bis er auftauchte."

„Lasst ihn wieder frei."

„Bist du von Sinnen? Ich bin nicht darauf versessen, Selbstmord zu begehen, und nichts anderes wäre es, wenn ich Mulai Ismail betrügen würde. Der Sultan will Youssef. Komm schlafen, Zara. Ich bin zu müde, um weiter mit dir zu debattieren. Morgen beginnt ein neuer Tag, dann sehen wir weiter."

„Begehrt Ihr mich, Jamal?"

Er seufzte und schloss die Augen. „Mehr als du dir vorstellen kannst. Doch wenn ich dich nehme, soll das keine rasche Vereinigung mitten in der Nacht sein."

„Ich will mit meinem Vater reden. Werdet Ihr mir das gestatten?"

„Frage mich das morgen noch einmal. Dann bin ich vielleicht geneigter, es zu erlauben."

Seine Antwort stimmte Zara nicht eben zuversichtlich. Sie

musste jedoch unbedingt mit ihrem Vater sprechen, ehe er nach Meknes gebracht wurde.

Sie atmete einmal tief durch und sagte dann: „Für das Privileg, mit meinem Vater zu sprechen, bin ich bereit, einen Handel einzugehen."

Nun gehörte ihr Jamals volle Aufmerksamkeit. Er öffnete langsam die Augen und blickte ihr eindringlich ins Gesicht. „Du hast sehr wenig, womit du handeln könntest, meine Süße." Seine leise Stimme klang herausfordernd, und ein Frösteln lief Zara über den Rücken.

„Ich habe etwas, das Ihr begehrt, Herr."

„Was ich begehre, kann ich mir auch ohne deine Einwilligung nehmen."

Sie hob ein wenig das Kinn. „Ja, mit Gewalt, Herr. Wollt Ihr mich auf diese Weise nehmen?"

„Nein, mein Kätzchen. Ich will dich heiß und willig. Du und ich werden ein Abkommen schließen, eines, mit dem wir beide leben können."

7. KAPITEL

Eingehüllt von Jamals Körperwärme wachte Zara langsam am nächsten Morgen auf. Sobald sie die Augen aufschlug, wurde sie sich vieler Dinge zugleich bewusst. Seine große Hand umfasste ihre Brust, und sein Körper war mit ihrem verschlungen.

Erst im Morgengrauen war sie eingeschlafen; so lange hatte sie steif an Jamals Seite gelegen und darauf gewartet, dass er nach ihr griff. Das hatte er indes nicht getan. Sein sanftes Schnarchen hatte sie schließlich in den Schlaf gelullt.

„Du bist ja wach.“ Warm streifte sein Atem ihr Ohr. „Hast du gut geschlafen, Kätzchen?“

„Nein. Ich mag Eure Hände nicht an meinem Körper.“ Merkte er, dass sie log?

Er stützte sich auf dem Ellbogen auf und drehte sie zu sich herum. „Ich mag es aber, deinen Körper unter meinen Händen zu fühlen. Deine Brüste sind herrlich. Voll und fest, doch nicht übermäßig groß. Die Knospen stehen hervor wie reife Kirschen, und das ist mein Lieblingsobst. Ich beabsichtige, mich daran gütlich zu tun, bis ich gesättigt bin.“

Zara stieß seine Hände fort. „Wir haben noch ein Abkommen zu schließen“, erinnerte sie ihn. „Wann kann ich meinen Vater sprechen?“

Die Miene des Scheichs verdüsterte sich wieder. „Natürlich – das Abkommen. Sehr gut, meine Süße. Wir werden also ein neues Abkommen schließen. Nenne mir deine Bedingungen, und ich werde dir meine nennen.“

„Ihr begehrt mich, Herr. Ihr könnt mich als freiwillige Bettgespielin nehmen, bis Ihr meiner überdrüssig seid. Als einzige Gegenleistung verlange ich nur, dass Ihr meinen Vater freilasst.“

Jamal schnaubte verächtlich. „Das kommt überhaupt nicht in Frage, Prinzessin. Du weißt genau, dass ich deinen Vater nicht freilassen kann. Dies sind meine Bedingungen: Du darfst deinen Vater so lange täglich sehen, bis er nach Meknes gebracht wird. Als Gegenleistung dafür wirst du freiwillig in mein Bett kommen, wann immer ich das wünsche.“

„Das ist nicht annehmbar, Herr.“

„Du scheinst zu vergessen, dass du meine Sklavin bist“, erinnerte er sie. „Da du mir mit Leib und Seele ohnehin gehörst, benötige ich gar kein Abkommen mit dir. Wenn ich es dir dennoch vorschlage, dann deshalb, weil ich es vorziehe, dich nicht unter Gewaltanwendung in mein Bett zu bekommen. Doch mit meiner Geduld bin ich jetzt am Ende. Dir stehen keinerlei Rechte zu, meine Süße. Du kannst meine Bedingungen akzeptieren, wie sie sind, oder dein Vater hat die Konsequenzen zu tragen. Du hast die Wahl, also entscheide dich rasch."

Zara biss sich in die weiche Unterseite ihrer Lippe. Ihr Verstand arbeitete fieberhaft. Hatte sie den Scheich jetzt zu weit getrieben? Die meisten Männer hätten sich mit ihrer Widerspenstigkeit wohl nicht abgefunden. Sie würden sie beschlafen haben, ob sie es gewollt hätte oder nicht.

„Ihr sagtet, ich dürfe meinen Vater besuchen, solange er sich noch hier befindet."

„Richtig."

„Dann habe ich noch eine kleine Bitte. Schickt meinen Vater nicht gleich nach Meknes. Ich würde mich sehr dankbar zeigen, wenn Ihr ihn hier gefangen hieltet, statt ihn dem Sultan zu überstellen."

„Früher oder später muss Youssef doch nach Meknes gehen", meinte Jamal.

„Macht ‚später' daraus", bat Zara. „Der Sultan weiß doch noch nicht, dass Vater sich hier befindet, und solange Ismails Karawanen nicht mehr überfallen werden, dürfte es ihm auch gleichgültig sein."

„Durchaus nicht. Ismail will Youssefs Kopf. Trotzdem gewähre ich dir deine Bitte, meine Süße. Fürs Erste werden dein Vater und seine Gefolgsleute meine Gefangenen bleiben. Mehr kannst du nicht von mir verlangen."

Zara spürte, wie die Freude in ihr aufstieg. Solange Youssef auf „Paradies" blieb, würde sie sicherlich auch eine Möglichkeit finden, ihn zu befreien. Die Freiheit ihres Vaters zu erreichen, wäre den Verlust ihrer Unschuld wert. Sie hatte sie länger als die meisten

Frauen bewahrt; dreizehn wurde als das ideale Alter für Bräute und Konkubinen betrachtet.

„Sehr wohl. Ich bin mit Euren Bedingungen einverstanden."

Jamal lächelte langsam und aufreizend. „Allah sei's gedankt. Jetzt wird meine Geduld belohnt. In meinen Armen magst du so wild sein, wie du willst, mein Kätzchen."

„Ich wünsche meinen Vater zu sehen", verlangte Zara, ohne das Lächeln des Scheichs zu erwidern. Ihre eigene Entscheidung machte ihr wenig Freude.

„Das werde ich arrangieren. Du hast heute Zeit, um dich für mich vorzubereiten. Nachdem du deinen Vater besucht hast, wird Hammet dich zum Harem bringen. Dort wird sich Nafisa um dich kümmern."

Kaum hatte Jamal seinen Namen ausgesprochen, da betrat Hammet auch schon das Gemach. „Seid Ihr bereit, Euer Frühstück einzunehmen, Herr?"

„Ja, und bringe genug für zwei. Die Prinzessin wird das Mahl mit mir teilen."

Als Hammet hinausging, erhob sich Jamal nackt aus dem Bett. Sein Anblick raubte Zara den Atem. Seine Beine waren lang und sehnig, und unter der goldenen Haut seines Oberkörpers spielten starke Muskeln. Sein ganzer Körper zeugte von Kraft und geschmeidiger Anmut.

Mit auf die Hüften gelegten Händen und mit gespreizten Beinen stand er vor dem offenen Fenster und holte ein paar Mal Luft, bevor er zu Zara zurückschaute.

„Komm, wir werden noch zusammen baden, bevor uns unser Frühstück gebracht wird." Er streckte ihr die Hand entgegen. „Also komm."

Sie legte ihre Hand in seine und folgte dem Scheich zum Hammam. Frische Seife sowie Trockentücher lagen schon bereit, und im

Badebecken funkelte frisches, sauberes Wasser. Das ist wahrscheinlich Hammets Werk, dachte sie. Jamal nahm ihr den seidenen Kaftan ab, führte sie in das Wasser und griff nach der Seife.

„Du hast einen entzückenden Körper", stellte er fest, während er die duftende Seife über ihren Oberkörper verteilte. „Heute Abend werde ich dich gründlich erforschen. Bevor die Nacht vorbei ist, wirst du meinen Körper ebenso intim kennen lernen wie ich deinen."

Aufreizend ließ er seine Hände über ihre Brüste, den Bauch sowie die Hüften gleiten und drehte sie dann herum, um auch ihren Rücken und das Gesäß einzuseifen. „Setze dich auf den Rand des Beckens", forderte er.

Zara wagte es nicht, sich seinem Befehl zu widersetzen, denn sonst überlegte er es sich mit ihrem Vater womöglich noch anders. Als sie auf dem Beckenrand saß, griff er nach ihrem rechten Fuß, hob ihn aus dem Wasser und seifte ihn sowie das ganze Bein ein. Dabei verirrte sich seine Hand auch zwischen ihre Schenkel.

Zara stockte der Atem, und sie wand sich ein wenig, doch Jamal schien das nicht zu bemerken, sondern er fuhr mit dem Einseifen an ihrem anderen Bein fort. Als er damit fertig war, zitterte sie heftig.

„Nun darfst du mich waschen", sagte er. „Allerdings nicht mit der nach Jasmin duftenden Seife. Ich ziehe etwas weniger Feminines vor." Er reichte ihr ein Gefäß, dessen Inhalt nach Fichtennadeln und Gewürzen roch.

Am liebsten hätte Zara ihm die Seife ins Gesicht geworfen. Sie besann sich indes eines Besseren. Solange sich ihr Vater noch in der Gefangenschaft des Scheichs befand, war sie wehrlos und stand unter Jamals Kontrolle. Er wusste genau, dass sie alles tun würde, um den Berberfürsten nicht zu gefährden.

Sie griff also in das Gefäß und begann damit, die Seife über seinen Körper zu verteilen. Zu ihrem eigenen Erstaunen genoss sie es, wie sich sein Fleisch unter ihren Fingerspitzen anfühlte; es war ganz fest und hart unter der samtweichen Oberfläche seiner Haut.

Sie erschrak, als seine Muskeln als Reaktion auf die Berührung zuckten. Bereiten meine Hände an seinem Körper ihm das gleiche Vergnügen, das ich bei seiner Berührung empfunden habe? fragte sie sich.

Während sie die Seife auf seinen Beinen verteilte, bemühte sie sich, dabei nicht in die Gegend seiner Lenden zu geraten. Dann trat sie zurück. „Ich bin fertig, Herr", sagte sie.

Ihre Scheu verblüffte Jamal. Hatte sie denn den Körper ihres Geliebten nie berührt? „Dir wird mein Körper bald ebenso vertraut sein wie dein eigener, mein Kätzchen. Trotz deiner Erfahrung jedoch hast du noch viel zu lernen. Bedauerlicherweise bleibt mir jetzt keine Zeit, es dich zu lehren. Komm, lass uns nun gemeinsam frühstücken."

Als sie in das Schlafgemach kamen, hatte Hammet dort bereits das Mahl aufgetragen. Zara aß rasch von den gekochten Eiern, dem Fladenbrot, dem Obst und dem Joghurt. Sie konnte es nicht erwarten, ihren Vater wiederzusehen.

„Ich bin fertig", sagte sie und stand auf.

„Ich habe eben erst zu essen begonnen", beklagte sich Jamal. „Doch ich weiß ja, wie es dich drängt, deinen Vater zu sehen; deshalb werde ich jetzt Hammet beauftragen, dich zu ihm zu führen."

Wieder erschien der Eunuch wie durch Zauberei. Kann er wirklich die Gedanken seines Gebieters lesen? fragte sich Zara. Sie schaute genau zu, wie der Scheich einen Messingschlüssel aus einem Kästchen nahm, welches auf einem mit Einlegearbeiten aus Perlmutt verzierten Tisch stand.

„Streife dir meine Gallabije über deinen Kaftan", befahl ihr Jamal, während er Hammet den Schlüssel aushändigte. „In der Öffentlichkeit musst du dich sittsam bekleiden, Zara."

Dagegen protestierte sie nicht, denn sie war sogar dankbar für das verhüllende Hemdgewand. Ohne vernünftige Unterbekleidung war der durchsichtige Kaftan wirklich nur für den Harem geeignet.

Hammet führte Zara durch den Hof zu einer Reihe flacher Gebäude an der Südmauer des Anwesens. Bei der Tür des ersten Hauses blieb er stehen und steckte den Schlüssel ins Loch. Die Tür öffnete sich, und Zara trat ein.

Durch das einzige Fenster hoch oben an der Wand fiel ein schwacher Lichtschimmer herein. Zara sah ihren Vater sofort; mit gekreuzten Beinen saß er auf dem Sandfußboden und hatte den Rücken an eine Bank gelehnt, die gleichzeitig als Bett diente. Die Reste einer Mahlzeit sowie ein Wasserkrug standen vor ihm auf einem niedrigen Tisch.

„Vater!"

Youssef erhob sich mühelos und streckte seiner Tochter die Arme entgegen. Zara warf sich glücklich an seine Brust und drückte ihn fest an sich.

„Es tut mir Leid, Tochter. Die Dinge verliefen nicht so wie vorgesehen. Jetzt sind wir alle beide die Gefangenen des Scheichs. Ich kann mir nicht denken, wer uns verraten haben könnte."

„Niemand hat uns verraten, Vater. Jamal entdeckte Kamelspuren und die Reste eines Lagerfeuers, als er in den Bergen zur Jagd ritt. Da Karawanen an dieser Stelle nur selten entlangkommen, vermutete er, dass du und die Blauen Männer in der Nähe wart, und dafür konnte es nur einen Grund geben, du wolltest mich befreien. Scheich Jamal stellte dir eine Falle."

„Ich habe dich im Stich gelassen, Zara. Ich bin so gut wie tot. Der Sultan will meinen Kopf, und den wird er wahrscheinlich auch bekommen, wenn ich nach Meknes gebracht werde."

„Du wirst nicht nach Meknes gebracht werden, Vater." Zara senkte die Stimme. Sie wusste, dass Hammet draußen vor der Tür stand, und sie wollte nicht, dass er seinem Herrn dieses Gespräch weitertrug.

„Wie das?“

„Ich habe Jamal überredet, dich fürs Erste hierzubehalten. Das gibt mir Zeit, eine Möglichkeit zu finden, wie ich uns beide befreien kann.“

Youssef war kein Dummkopf. „Überredet hast du Scheich Jamal?“

„Ich habe einen Handel mit ihm abgeschlossen“, berichtete Zara nicht ganz ohne Stolz.

Youssef runzelte die Stirn. „Du besitzt doch nichts, womit du feilschen könntest, Tochter.“

„Du irrst dich, Vater.“ Sie errötete und blickte zur Seite. „Ich besitze etwas, das der Scheich haben will.“

„Du meinst, er hat dir nicht schon genommen, was er von dir haben will?“

„Nein. Er hat mir noch nichts genommen. Freiwillig war ich dazu nicht bereit, und Gewalt kam für ihn nicht in Frage.“

Das schien Youssef zu verblüffen. „Du bist doch seine Sklavin, nicht wahr? Ihm steht das Recht zu, mit dir zu verfahren, wie es ihm beliebt.“

„Du kennst Jamal nicht, Vater. Er ist ... nicht so, wie die meisten Männer. Möglicherweise hat seine englische Mutter ihn beeinflusst; jedenfalls ist er kein Mann, dem es Vergnügen bereitet, eine Frau mit Gewalt zu nehmen.“

„Du darfst dich nicht für mich opfern!“ rief Youssef entsetzt. „Das lasse ich nicht zu.“

„Du kannst mich nicht davon abhalten. Ich bin mir ganz sicher, dass der Scheich mir nicht weh tun wird. Ich weiß, dass ich eine Möglichkeit zu unserer Befreiung finden werde, wenn ich erst sein Vertrauen erlangt habe.“

„Es ist zu gefährlich. Das darfst du nicht tun. Hast du deinen Verlobten denn so schnell vergessen?“

„Nein, ich habe überhaupt nichts vergessen, doch ich lasse es nicht zu, dass du deinen Kopf verlierst, ohne dass ich wirklich alles versucht hätte, was in meiner Macht steht, um das zu verhindern.“

Plötzlich öffnete sich die Tür, und Jamal trat herein. Er spürte sofort die Spannung zwischen Tochter und Vater, äußerte sich indes nicht dazu.

„Wie du sehen konntest, geht es deinem Vater gut“, sagte er zu Zara. „Er wurde weder ausgehungert noch geschlagen. Gehe jetzt mit Hammet; er wird dich zum Frauenhaus führen.“

Zara wollte sofort protestieren, wagte es jedoch nicht. Wenn ihr Plan aufgehen sollte, musste der Scheich lernen, ihr zu vertrauen. „Ich werde morgen zurückkommen, Vater.“

Jamal blickte ihr nach, während sie zur Tür hinausging. Dann drehte er sich zu dem Berberfürsten um. „Eure Tochter hat sich für Euer Leben eingesetzt.“

„Ich denke, mein Schicksal hängt vom Sultan ab.“

„So ist es auch, doch es bereitet mir Freude, Zaras Wunsch zu erfüllen – zumindest fürs Erste. Ihr werdet als mein Gefangener hier bleiben, bis ich entschieden habe, dass Ihr mir nicht mehr von Nutzen seid.“

„Daraus entnehme ich, dass Ihr mich am Leben lasst, solange meine Tochter Euch im Bett zur Freude gereicht. Wenn Ihr ihrer überdrüssig seid, werdet Ihr mich nach Meknes bringen. Was wird dann mit meiner Tochter geschehen, Scheich Jamal?“

Jamals Miene verfinsterte sich. Joussefs Anschuldigung kam der Wahrheit zu nahe. „Was hat Eure Tochter Euch erzählt?“

„Dass Ihr ihr nichts angetan habt und dass sie ein Abkommen mit Euch getroffen hat. Zara ist eine sehr schöne Frau, und nur wenige Männer hätten sie unberührt gelassen. Für Eure Haltung danke ich Euch, doch es entspricht nicht meinem Wunsch, dass sie sich für mich opfert."

„Das ist auch kein Opfer, Youssef. Was Zara und ich tun, wird zu unser beiderseitiger Freude geschehen. Ihr dürft Euch glücklich schätzen, eine so liebevolle Tochter zu haben. Was immer auch geschieht, Zara wird nicht für Eure Sünden leiden müssen. Sie und ich haben ein Abkommen geschlossen, und ich pflege zu meinem Wort zu stehen."

„Ihr seid ein Mann, der eine Frau begehrt und alles tun wird, um sie auch zu bekommen", warf Youssef Jamal vor. „Mir will nicht gefallen, was meine Tochter tut. Nehmt sie doch zur Gattin, wenn Ihr sie so sehr begehrt."

„Gattin?" Jamal verschluckte sich beinahe an diesem Wort. „Zara ist meine Sklavin, nichts weiter. Ich besitze drei Konkubinen. Ich benötige keine Gattin. Ich fahre viele Monate im Jahr zur See, und eine Ehefrau wäre unter diesen Umständen nur hinderlich. Im Übrigen hatte Eure Tochter bereits einen Liebhaber. Ihr ist bekannt, dass ein Mann nur eine Frau zur Ehe begehrt, die vor ihm noch keinen anderen hatte."

Youssef erstickte fast an seinem Zorn. Jamal hielt es für klug, hinauszugehen, und das tat er auch, während Youssef sich noch immer über die ungerechtfertigte Anschuldigung aufregte.

Zara fragte sich, worüber der Scheich und ihr Vater wohl redeten. Sie folgte Hammet in den Innenhof, wo es sich die drei Konkubinen bequem gemacht hatten. Leila saß auf dem Rand des Beckens und ließ die Beine in das Wasser baumeln. Saha lag bäuchlings auf einer Bank in der Nähe und steckte sich Süßigkeiten in den Mund, während Amar zu ihren Füßen saß und auf einem Saiteninstrument spielte. Als Zara erschien, stellten alle drei ihre jeweilige Tätigkeit ein.

„Die Berberhexe ist wieder da“, sagte Saha verächtlich. „Weshalb schickt unser Gebieter uns nur eine derartig gewalttätige Person?“

„Sie muss ihn verhext haben“, meinte Leila.

„Was tut diese ekelhafte Sklavin hier, Hammet?“

„Ich führe nur den Befehl meines Herrn aus“, verteidigte sich der Eunuch und schob Zara vor sich her. „Ich soll sie zu Nafisa bringen. Zara hat heute Abend den Scheich in seinem Gemach zu unterhalten.“

„Was?“ schrie Saha, und ihre Augen sprühten Zorn. „Wie kann Jamal jemanden wie sie begehren, wenn er uns haben kann? Du musst dich verhört haben, Hammet.“

„Mein Gehör ist vollkommen in Ordnung, verehrte Saha. Es ist nicht deine Aufgabe, unserem Herrn vorzuschreiben, wem er beizuschlafen hat.“

„Weshalb sollte Jamal eine so übellaunige Stallsklavin vorziehen, wenn wir doch nur allzu eifrig darauf bedacht sind, ihm Freude zu spenden?“ fragte Leila schmollend. „Wie ich schon sagte, Saha – die Berbersklavin hat Jamal behext.“

„Ich bin keine Hexe!“ brauste Zara auf.

„Hinein mit dir“, sagte Hammet und stieß Zara durch die Tür in das Frauenhaus hinein. „Kümmere dich nicht um sie. Sie sind nur eifersüchtig, weil unser Gebieter sie so sehr vernachlässigt hat, seit du kamst. Ich werde dich jetzt Nafisa überlassen; später kehre ich zurück und begleite dich zu den Gemächern des Scheichs.“

An der Tür kam ihnen Nafisa entgegen.

„Sorge dafür, dass Zara vorzeigbar ist“, trug Hammet der alten Frau auf. „Sie soll heute Abend den Scheich unterhalten.“

Auf Nafisas verwelktem Gesicht erschien ein wissendes Lächeln. „Also wird Jamal dich endlich nehmen“, sagte sie an Zara gewandt. „Ich habe mich schon gefragt, wie lange du standhaft bleiben würdest. Unser Gebieter ist tapfer, schön und ein außergewöhnlicher Liebhaber, habe ich mir sagen lassen. Du hast viel Ärger bei Jamals Konkubinen verursacht. Leila befahl er in sein Schlafgemach und schickte sie dann wieder fort, ohne ihr die Möglichkeit zu geben, ihn zu erfreuen. Die Damen geben dir die Schuld an seinem mangelnden Interesse."

„Das ist doch nicht meine Schuld", empörte sich Zara. „Und es ist nicht mein Wunsch, dem Scheich zu Willen zu sein!"

Nafisa blickte bestürzt drein. „Ich kenne Jamal. Er würde niemals einer Frau Gewalt antun, gleichgültig, ob sie nun eine Sklavin wäre oder nicht. Er besitzt das gütige Herz seiner Mutter."

Zara reckte schon das Kinn energisch nach vorn, weil sie Nafisas Worte sofort bestreiten wollte, doch das konnte sie nicht. Jamal zwang sie ja zu nichts. Sie selbst war schließlich diejenige gewesen, die den Handel vorgeschlagen hatte, auf den sie sich schließlich geeinigt hatten, und jetzt musste sie eben den Preis dafür bezahlen – und das freiwillig!

„Du hast ganz Recht, Nafisa. Ich gehe bereitwillig zu dem Scheich. Hilf mir, mich für ihn herzurichten. Ich ..." Sie stockte, weil sie beinahe an den Worten erstickte. „Ich wünsche, es ihm recht zu machen." Zumindest, bis ich sein Vertrauen errungen und meinen Vater befreit habe, fügte sie im stillen hinzu.

„Ich wusste ja, dass du es dir überlegen würdest!" Nafisa kicherte. „Unser Gebieter ist ein sehr überzeugender Mann, und Saha, Leila sowie Amar zufolge auch ein erfahrener und uneigennütziger Liebhaber. Du kannst von Glück sagen, Zara, dass Jamal so geduldig bei dir geblieben ist. Komm, ich werde dich jetzt für das Bett unseres Herrn vorbereiten."

Der Tag verging wie im Fluge, während Zara gebadet, massiert, mit Öl eingerieben und mit Bimsstein bearbeitet wurde. Ihr langes blondes Haar wurde gewaschen und mit einem Seidentuch trockengerieben, bis es glänzte, und ihre Finger- und Zehennägel wurden rot lackiert.

Während dieser Behandlung kamen Saha, Leila und Amar in den Baderaum geschlendert, um dabei zuzuschauen.

„Sie ist entschieden zu dünn, um Jamal zu gefallen", erklärte Leila.

„Und zu große Füße hat sie auch", spottete Amar.

„Ich wette, sie hat schon so viele Männer gehabt, dass sie nicht mehr eng genug ist, um dem Herrn Freude zu bereiten", stichelte Saha. „Nach einer Nacht mit ihr schickt Jamal sie wieder zurück in die Stallungen."

„Geht hinaus, und lasst uns in Ruhe", schalt Nafisa. „Eure Bemerkungen gehören sich nicht für Damen."

Die drei Konkubinen verschwanden eine nach der anderen in ihren Gemächern und hinterließen eine schwere Wolke der Missgunst.

„Sie hassen mich", meinte Zara, obwohl sie die Abneigung der Konkubinen nicht wirklich störte. Sie würde ja bald fort sein, und dann konnte der Scheich mitsamt seinem Harem von ihr aus zum Teufel gehen.

Heute Nacht jedoch sah es anders aus. Um ihren Vater vor dem Zorn des Sultans zu bewahren, blieb ihr nichts weiter übrig, als Jamal zufrieden zu stellen. Bedauerlicherweise hatte sie nicht die geringste Ahnung, wie sie das anstellen sollte.

„Du magst dich in deinen Raum zurückziehen, bis Hammet dich holt", sagte Nafisa. „Er wird dir auch angemessene Kleidung mitbringen."

Zara zögerte.

„Macht dir irgendetwas Sorgen, Kind?" fragte die alte Frau. „Du hast nichts zu befürchten von Jamal. Er wird dir nicht weh tun."

„Du bist doch eine kluge Frau, Nafisa. Ich möchte dich um einen Rat bitten."

Nafisa zog die Brauen zusammen. „In welcher Beziehung?"

„Ich ... ich weiß nicht, was ich heute Nacht tun soll. Was wird Jamal von mir erwarten?"

Die alte Frau blickte Zara ungläubig an. „Du weißt nicht, was du tun sollst? Ich verstehe nicht ganz, Kind."

Da sie beide jetzt allein waren, sprach Zara frei heraus. „Ich bin noch Jungfrau. Ich weiß zwar, was Männer und Frauen miteinander machen, doch wie kann ich den Scheich erfreuen, wenn ich nichts von der Sache verstehe?"

Nafisas runzliges Gesicht zeugte von ihrer Bestürzung. „Du hast noch nie einem Mann beigeschlafen?"

„Nein."

„Ist Jamal das bekannt?"

Zara schüttelte den Kopf. „Er denkt, Sayed wäre mein Liebhaber gewesen. Sayed war mein Verlobter", erläuterte sie. „Er wurde an demselben Tag erschlagen, an dem Jamal mich gefangen nahm und hierher brachte. Ich hielt es nie für nötig, die Angelegenheit richtig zu stellen."

„Ich sollte möglicherweise für dich ein Aphrodisiakum zubereiten", empfahl Nafisa. „Obwohl du behauptest, willig zu sein, scheinst du mir irgendwie abgeneigt."

„Nein, ich benötige keine Droge. Sage mir nur, was ich tun soll."

Nafisa lachte leise. „Du brauchst mich nicht, um dir das zu sagen. Jamal versteht sich meisterhaft darauf, eine Frau zu erregen, und du wirst zweifellos darauf reagieren. Er wird dich in erotische Künste einweisen, die dich vielleicht schockieren mögen, doch er wird nichts unternehmen, um dir weh zu tun. Denke immer daran, und alles wird gut."

Als Zara später allein in ihrer Kammer war, dachte sie über Nafisas Worte nach. Sie bezweifelte nicht im Mindesten, dass der Scheich eine Frau meisterlich zu erregen verstand, denn sie hatte schon mehr als einmal gemerkt, was seine geschickten Hände und sein Mund zu tun im Stande waren. Er hatte sie geküsst und intim berührt; seine erotische Beschreibung der Dinge, die er mit ihr machen wollte, hatte ihr den Atem geraubt und in ihr das Begehren geweckt.

Sollte ich Jamal vorsichtshalber sagen, dass ich noch Jungfrau bin? überlegte sie, doch dann beschloss sie abzuwarten, bis es soweit war.

Ein Klopfen an der Tür unterbrach ihre Gedankengänge. Einen Augenblick später trat Hammet ein. In einer Hand trug er einen Pokal, und über seinem anderen Arm hing etwas Durchscheinendes und Entzückendes aus Seide.

„Nafisa hat süße Mandelmilch für dich zubereitet. Sie meint, das würde dich beruhigen. Dies hier ist die Garderobe, die du heute Abend tragen sollst." Er legte die seidenen Kleidungsstücke auf das Bett.

„Scheich Jamal wünscht, dass du heute Abend das Mahl mit ihm teilst. Die Mandelmilch wird deinen Hunger dämpfen, bis du zu Abend speist."

Zara nahm die Milch entgegen und trank einen Schluck. „Das schmeckt köstlich", lobte sie. „Vielen Dank."

Hammet wartete noch, bis sie alles ausgetrunken hatte, nahm dann das leere Glas zurück und verließ den Raum.

Zara wandte ihre Aufmerksamkeit jetzt der Kleidung zu, die ihr gebracht worden war. Entsetzt stellte sie fest, dass diese so genannte „Kleidung" aus einem einzigen durchscheinenden Schleier aus blauer Seide bestand, welche in unterschiedlichen Blautönen schimmerte. Sie hüllte sich in diesen Schleier und setzte sich auf ihren Diwan, um auf Jamals Aufforderung zu warten. Dabei fühlte sie sich wie ein Lamm auf dem Weg zur Schlachtbank.

Als Hammet zurückkehrte, zitterte sie wie ein Blatt im Wind. Es half auch wenig, dass der Eunuch ihr ein Geschenk von Jamal überreichte. Der riesige Smaragd, welcher aus dem kleinen Samtbeutel in ihre Hand fiel, war in jeder Hinsicht perfekt. Er hing an einer schmalen Goldkette, die Zara sich über den Kopf streifte.

Der Edelstein fühlte sich kalt und fremd zwischen ihren Brüsten an. Am liebsten hätte sie ihn sich gleich wieder vom Hals gerissen und ihn von sich geworfen. Die goldene Kette erinnerte sie an ihre Gefangenschaft und daran, dass sie im Begriff stand, zu der Art von Frau zu werden, die sie doch verabscheute – eine unterwürfige Lustsklavin. Alle Fesseln oder Ketten hätte nicht so demütigend sein können wie das Geschenk des Scheichs. Sie schluckte ihren Stolz herunter und folgte Hammet zu Jamals Gemach.

Nachdem der Eunuch sie hineingeschoben und die Tür hinter ihr geschlossen hatte, blieb Zara regungslos wie eine Bildsäule stehen. Überall schaute sie hin, nur nicht auf den Schlafdiwan, der auf einem erhöhten Podium stand. Der benebelnde Duft von Weihrauch umschwebte sie und zog sie in Jamals Welt der erotischen Fantasien hinein.

„Auf diese Nacht habe ich sehr lange gewartet, Prinzessin", sagte der Scheich und erhob sich zu ihrer Begrüßung. Sein begehrlicher Blick glitt über ihre schlanke, kaum verhüllte Gestalt und dann wieder zurück zu ihrem Gesicht. „Trägst du mein Geschenk?"

Zara nickte.

Jamal trat auf sie zu und zog den Smaragd zwischen ihren Brüsten hervor. „Er ist warm von deiner Haut. Ich habe ihn ausgesucht, weil er zu deinen Augen passt." Sein Blick lief an ihr hinab. „Der Schleier steht dir ausgezeichnet. Nachher werde ich ihn dir abnehmen, so dass ich mich an jedem Zoll deines zarten Fleisches weiden kann."

„Ich werde versuchen, Euch zu erfreuen, Herr. Falls Ihr auch mich zu erfreuen wünscht, solltet Ihr das rasch hinter Euch bringen, damit ich in meine Kammer zurückkehren kann."

Jamal beschenkte sie mit einem Lächeln, das sie dahinschmelzen ließ, obgleich sie eher gestorben wäre, als dass sie es zugegeben hätte.

„Ah, süßes Kätzchen, du musst nicht sehr viel von mir halten, wenn du glaubst, ich würde mir mein Vergnügen holen und dich dann rasch wieder fortschicken. Nein, wenn der neue Tag anbricht und den Himmel färbt, wirst du noch immer bei mir sein. Ehe diese Nacht zu Ende ist, wirst du vergehen von der Herrlichkeit meines Liebesspiels. Überlasse dich nur mir, meine kriegerische Prinzessin, denn jetzt bist du mein, und ich bin ein kraftvoller Liebhaber."

„Haltet meinen Vater in Sicherheit, und ich bin bereit, mich allen Euren Wünschen zu beugen, Herr." Zara erstickte beinahe an ihren eigenen Worten.

Jamal lachte auf. „Habe ich dich endlich gezähmt, mein Schatz? Das glaube ich nicht. Ich bin ja nicht dumm. Ich weiß, weshalb du plötzlich so gehorsam geworden bist. Ich will dich aber heiß und leidenschaftlich. Du sollst dich nicht so verhalten, als wärest du ein Opfer auf dem Altar meiner Lust. Ich schwöre dir, noch ehe diese Nacht vorüber ist, wirst du dich fragen, weshalb du dich mir so lange widersetzt hast."

Er nahm sie bei der Hand. „Komm, setze dich zu mir. Wir werden ein leichtes Mahl miteinander teilen."

Zara wünschte, sie könnte dem Scheich dieses Lächeln aus dem Gesicht reißen, und sie bemühte sich nach Kräften, ihr Temperament und ihre Zunge zu hüten. Jamal war der egoistischste, arroganteste Mensch, dem sie jemals begegnet war. Zwar hatte sie versprochen, willig zu ihm zu gehen, doch sie hatte nie gesagt, dass sie es auch genießen würde.

Diener bewegten sich leise umher und trugen Harina, eine würzige Suppe mit Tomaten und Paprika, auf. Außerdem gab es Oliven sowie Fladenbrot und zum Abschluss des Mahls Honigkuchen, Obst sowie Pfefferminztee. Jamal aß nur wenig, trank seinen Tee in kleinen Schlucken und beobachtete Zara, die in ihren Speisen nur herumstocherte. Schließlich gab er das Zeichen, das Mahl fortzuräumen. Die Diener beseitigten die Reste und verschwanden.

Langsam befiel Zara ein Gefühl, als wäre sie beschwipst. Sie spürte ein Prickeln, das sich bis in ihr Innerstes zog und dort Empfindungen hervorrief, die es ihr schwer machten, sich auf etwas anderes zu konzentrieren als darauf, wie sich ihr Körper verhielt.

Jamal bemerkte ihre Notlage und blickte sie scharf an. „Hat Nafisa dir Mandelmilch gegeben, bevor du herkamst?“ erkundigte er sich eher beiläufig.

Zara schaute ihn fragend an. „Ja.“

Jamal fluchte leise. „Ich wünschte, sie hätte es nicht getan.“

„Spielt das eine Rolle?“

Er zuckte die Schultern. „Durchaus nicht.“ Seine Augen indes sagten ihr etwas ganz anderes. Mit scharfem und eindringlichem Blick prüfte er ihr Gesicht, beobachtete, wartete auf etwas, auf irgendetwas ...

Zara rutschte auf dem Polster neben ihm hin und her. Eine seltsame Empfindung breitete sich in ihren Adern aus und verursachte in ihr eine große Begehrlichkeit, die ihr Angst machte. Was geschah denn nur mit ihr? Verwirrt ballte sie die Hände auf ihrem Schoß und öffnete sie wieder, während sie die unheimlichen Vorgänge in ihrem Körper zu verstehen versuchte.

Überrascht schrie sie leise auf, als Jamal sie in die Arme hob und sie dann auf die Beine stellte. „Ich will dich kosten“, sagte er und zog sie zu sich heran, um ihre vollen Lippen zu küssen. „Du schmeckst nach süßem Honig“, raunte er an ihrem Mund. Er ließ seine Zungenspitze erst über Zaras Lippen streichen und schob sie dann zwischen ihre Zähne, um ihren Geschmack noch mehr zu genießen.

Zara stöhnte. Ihr war heiß, und ihr Blut stand in Flammen. Ihre Brüste schmerzten, und sie rieb ihre Hüften an Jamals erregtem Körper, um sich Erleichterung zu verschaffen. Stattdessen jedoch fand sie nur noch mehr Feuer.

Jamal stieß sein Bein zwischen ihre Schenkel. Er wusste genau, wie es in ihr aussah, und er kannte auch den Grund dafür. Der Teufel sollte Nafisa holen! So wollte er Zara nicht haben; er hatte das Aphrodisiakum nicht bestellt, das Zara mit der Mandelmilch verabreicht worden war. Er brauchte keine Hilfe dabei, seine Prinzessin zu erregen.

Wieder stöhnte Zara, ritt auf seinem Bein und presste ihre Brüste gegen seinen Oberkörper. Ihre Brustspitzen waren derartig empfindlich geworden, dass es ihr weh tat. Irgendetwas ging mit ihr vor. Sie wollte Jamals Hände an ihrem Körper fühlen. Sie wollte ihn in sich fühlen!

„Reite mich, süße Prinzessin. Stille deinen ersten Hunger. Ich werde dich später erneut erregen, wenn die Wirkung der Droge vergangen ist.“

„Ihr habt mir eine Droge gegeben?“ Zara vermochte kaum noch klar zu denken. Wenn sie sich nicht bald Erleichterung verschaffte, würde sie noch zerbersten.

„Sch, sch. Sei still. Du hast es gleich geschafft.“

Unvermittelt schrie sie auf. Die Wonneschauer, die sie durchliefen, waren so heftig, dass sie für einen Augenblick das Bewusstsein verlor. Als sie wieder zu sich kam, lag sie auf dem Bett, und Jamal hielt ihr ein nasses Tuch an die Stirn.

„Was ist geschehen?"

„Es tut mir Leid, Zara. Nafisa handelte eigenmächtig. Die Droge wird bald ihre Wirkung verloren haben, und dann werde ich dir beweisen, dass ich nicht der Hilfe eines Aphrodisiakums bedarf, um dich in Ekstase zu versetzen."

Zara stöhnte. Allah steh ihr bei!

8. KAPITEL

Bezaubert von der blonden Verführerin, die in seinem Bett schlummerte, betrachtete Jamal das ständige Heben und Senken ihrer Brust. Eine unglaubliche Wollust tobte in seinem Inneren; sie erhob sich in ihm so mächtig und so hungrig wie ein wildes Tier.

Dennoch zog er es vor, Zara zu lieben, während sie ihre Empfindungen in der Gewalt hatte. Ihm war es nicht genug, dass ihr Körper nach ihm verlangte. Das könnte man mit der Droge erklären, die ihr verabreicht worden war. Nein, er wollte, dass sie ihn mit Herz und Seele begehrte, und nicht nur, weil sie ein Aphrodisiakum geschluckt hatte.

Kurz zuvor war Zara eingeschlummert, und da hatte er beschlossen, sie die Wirkung der Droge ausschlafen zu lassen. Die Nacht war ja noch jung. Er wollte sie nicht im benebelten Zustand lieben. Er wollte warten. Wenn Zara aufwachte, würde sie ihre Empfindungen wieder voll beherrschen können, und dann würde die eigentliche Verführung beginnen.

Als Zara sich rührte und leise seufzte, vermochte Jamal der Versuchung nicht zu widerstehen, sie auf den Rücken zu drehen und die zarte schlafende Gestalt seiner Sklavin zu betrachten – das wirre Haar von der Farbe reifen Weizens, die makellose helle Alabasterhaut, ihre hübschen Rundungen, die schlanke Taille und die herrlichen Brüste.

Ein Drang, der stärker war als sein eigener Lebenstrieb, veranlasste ihn, ihren Schleier zu heben und ihren Körper vor seinen gierigen Blicken zu entblößen. Der Anblick von Zaras Schönheit bannte ihn.

Jamal stöhnte auf, während seine Hände nach ihren Brüsten tasteten. Er umfasste sie sanft, wog sie in seinen Handinnenflächen und führte sie sich dann an den Mund, um sanft an den dunklen, reifen Spitzen zu saugen. Unter seiner zarten Berührung regte sich Zara, und er lächelte.

Das erotische Gefühl war unglaublich erregend. Sie bog sich hoch, und ihren Körper durchströmte eine süße Empfindung, die erschreckend und glückvoll zugleich war.

Liebkosend bewegte sich eine Hand an ihrem Körper hinab, und Zara schlug die Lider auf. Der äußerst geschickte Mund, der an ihrer Brustspitze zupfte, verwirrte sie einen Augenblick. Obwohl nur eine einzige Lampe in dem Gemach brannte, erkannte Zara Jamal, der sich über sie beugte und ihre Brüste mit seinen feuchtheißen Lippen liebkoste.

Plötzlich schaute Jamal auf und lächelte ihr zu. „Du bist wach. Sehr gut. Wie fühlst du dich?“

Sie versuchte sich zu erheben, doch sein harter Körper hielt sie auf dem Schlafdiwan fest. „Mir ist irgendwie ... merkwürdig. Was ist geschehen? Das Letzte, was ich erinnere, war ...“ Endlich dämmerte es ihr, und sie starrte Jamal entsetzt an. Der bedachte sie mit einem Raubtierlächeln, das sie ihm am liebsten aus dem Gesicht geschlagen hätte.

„Allah steh mir bei! Ihr habt mich unter Drogen gesetzt!“ Sie spie ihre Vermutung förmlich aus.

„Nein, nicht ich“, versicherte Jamal. „Gib Nafisa die Schuld, wenn es sein muss, doch fälle kein hartes Urteil über sie. Sie wollte dir nicht schaden. Außerdem war es nur eine leichte Dosis, und die Wirkung ist bereits abgeklungen. Wenn du das nächste Mal auf mich reagierst, ist es echt, und nicht von einem Aphrodisiakum hervorgerufen. Du wirst bestimmt Freuden empfangen, süßes Kätzchen."

Zara bezweifelte Jamals Fähigkeit, sie zu erregen, durchaus nicht. Sie blickte auf seinen Mund, auf seine starken weißen Zähne, die weichen Lippen und die geschickte Zunge und wusste, dass sie verloren war.

„Hebe deine Schultern", verlangte er. „Der Schleier steht dir zwar, doch ich ziehe dich nackt vor."

Seine tiefe Stimme umhüllte sie warm, und Zara gehorchte sofort. Fasziniert beobachtete sie, wie ihr der zarte Stoff vom Körper gehoben wurde, durch den Raum schwebte und dann auf dem Teppich landete. Der erregende Duft von Weihrauch lag in der Luft und schaffte eine Atmosphäre, die alles versprach. Zaras Mund wurde trocken, und sie musste schlucken.

„Hast du Durst?" erkundigte sich Jamal und bot ihr einen Trinkkelch an, der neben Süßigkeiten und anderen verlockenden Naschereien auf einem Tablett gestanden hatte.

Argwöhnisch blickte Zara erst auf den Pokal und dann auf den Scheich.

„Dies ist nur Fruchtsaft, das schwöre ich." Um seine Worte zu beweisen, nahm er selbst einen kräftigen Schluck, ehe er ihr den Kelch reichte.

Zara nahm ihn entgegen und trank durstig, bevor sie ihm ihn zurückgab. Jamal stellte ihn wieder auf das Tablett und beugte sich dann zu ihr, um ihr die an ihren Lippen verbliebenen Tröpfchen fortzuküssen. Offenbar vermochte er ihr nicht zu widerstehen, denn er legte seinen geöffneten Mund über ihren. Er küsste sie leidenschaftlich und heftig – ein heißer, berauschender Geschmack von Sünde und Verführung.

Sie spürte in sich das starke Bedürfnis, sich gegen diesen arroganten Scheich zu sträuben, unterdrückte es indes, denn sie wusste, dass ihr Widerstand ihrem Vater nur schaden würde. Jamal wollte seine Wollust an einer bereitwilligen Frau stillen, und sie hatte ihm versprochen, sich ihm als eine solche hinzugeben. Die Freiheit ihres Vaters bedeutete ihr mehr als ihre eigene Unschuld. Wenn sie das Vertrauen des Scheichs dadurch gewinnen konnte, indem sie seine Lust befriedigte, würde sie ihm ihre Jungfräulichkeit nur allzu gern überlassen. Je früher sie sein Vertrauen besaß, desto eher konnte sie ihren Vater befreien.

Jamals Hände glitten an ihrem Körper hinunter und fanden empfindsame Stellen, von denen sie nicht gewusst hatte, dass sie sie besaß. Ihre Haut begann zu prickeln und zu brennen. Sein Mund folgte dem Weg seiner Hände und kam bei ihren Brüsten an, wo er sich an den Knospen gütlich tat.

Zara fühlte, dass sich ihre Brustspitzen unter Jamals Berührung hart aufrichteten, und als er sie streichelte, empfand sie größtes Vergnügen dabei und merkte, dass sie dieses herrliche Vergnügen auch zwischen ihren Schenkeln fühlte. Gequält stöhnte sie auf; sie brauchte nichts vorzugeben, denn was sie empfand, war sehr real.

Jamal zwang sich dazu, Zurückhaltung zu üben, so schwer es ihm auch fiel. Er wollte die Prinzessin an den Rand des Wahnsinns treiben, bevor er sie erlöste. Und danach wollte er es wieder und immer wieder tun. Sein Atem ging rascher, als er merkte, wie ihre Brustspitzen unter seinen Fingern hart wurden. Er zog eine der angeschwollenen Knospen zwischen die Zähne und liebkoste sie mit der Zunge. Als seine Lippen schließlich Zaras Brüste verließen und zu ihrem Bauchnabel wanderten, hörte er, wie sie den Atem anhielt.

„Jamal ... Großer Allah, Gnade!“

„Allah kann dir nicht helfen, mein süßes Kätzchen. Ich allein bin in der Lage, dir die Erfüllung zu schenken, die du jetzt herbeisehnst."

Sein Handballen ruhte leicht auf dem glatten Hügel zwischen ihren Beinen und massierte ihn in erotischen Kreisen. Mit der anderen Hand drückte er auf eine Stelle unten an ihrem Leib, und bei dem völlig unerwarteten Ausbruch der Freude schrie sie auf.

„Was war das?" fragte sie keuchend.

„Ich kenne viele Wege, dir Freude zu verschaffen." Seine Finger bewegten sich zwischen ihre Schenkel. Anscheinend gefiel ihm, was er dort fand, denn er lächelte, nahm ihre Hand und legte sie zwischen ihre Beine „Deine Liebessäfte fließen für mich, meine Süße. Kannst du es fühlen?"

Sie entriss ihm ihre Hand, die ganz feucht war, und errötete tief. Nun ging er zu einer neuen Marter über und drang behutsam mit den Fingern in sie ein. Zara erstarrte und zuckte hoch, wodurch seine Finger noch tiefer eindrangen.

Furcht packte sie. Wenn sie dem Scheich sagen wollte, dass sie eine Jungfrau war, dann war jetzt der richtige Zeitpunkt dafür gekommen.

„Jamal, es gibt etwas, das ..."

Ihr Satz endete mit einem überraschten Aufschrei, als Jamal den Kopf senkte und sie dort küsste. Er barg sein Gesicht zwischen ihren Schenkeln und schwelgte in ihrem Fleisch. Danach hob er den Kopf wieder und blickte sie lange und bedeutsam an.

„Ich werde dir zuerst mit meinem Mund Freude schenken. Du bist dort sehr empfindsam." Er spielte mit den Fingern auf glatter, feuchter Haut, spreizte ihre Schenkel und kehrte dann zu seinem Festmahl zurück. Wie eine lebendige Flamme tauchte seine Zunge in sie hinein und schickte winzige Feuerausbrüche durch Zaras ganzen Körper.

Sie spürte, wie sie dahinzuschmelzen schien, und dann begann es – das heftige Rauschen des Blutes in ihren Adern, die Explosion der Leidenschaft. Jamal merkte, wie sie der Ekstase entgegenstürzte, und stieß seine Finger rhythmisch in sie hinein. Lustvoll schrie Zara auf.

Sie hörte ihr eigenes Stöhnen und Schreien, und die Wellen unbeschreiblicher Verzückung schlugen über ihr zusammen. Ihr Körper bebte noch, während Jamal seine Hose ablegte und sich zwischen ihre Beine kniete.

„Es fängt ja erst an, süßes Kätzchen", raunte er mit einer Stimme, der seine Anspannung anzuhören war.

Zara blickte an seinem Körper hinunter, und die Angst malte sich in ihren Augen, als sie ihn voll erregt sah. Schon früher hatte sie ihn nackt gesehen, doch noch nie so wie jetzt. Nun drängte er sich in sie, dehnte sie, bewegte sich tiefer und stärker hinein und tat ihr weh.

„Hört auf!" Sie sträubte sich unter ihm und versuchte dem Schmerz auszuweichen.

Zuerst wollte Jamal nicht glauben, dass Zara noch eine Jungfrau war, doch die Wahrheit traf ihn schlagartig, als seine Männlichkeit gegen den nicht zu leugnenden Beweis ihrer Unschuld stieß. Sofort hielt er inne, blickte ihr prüfend ins Gesicht, sah ihre Pein und glaubte es endlich.

„Weshalb hast du es mir nicht gesagt?" fragte er barsch.

„Hättet Ihr es mir denn geglaubt?"

Er bebte heftig, und sein Körper verlangte Erlösung. „Es spielt keine Rolle mehr. Jetzt ist es ohnehin zu spät. Ich habe auf diesen Augenblick schon zu lange gewartet. Als Sklavin ist es deine Pflicht, deinen Herrn zufrieden zu stellen", fügte er schroff hinzu.

Vor Schmerz biss Zara die Zähne zusammen. „Der Satan hole Euch!" Jamals Arroganz, zu denken, sie würde sich bereitwillig der

Sklaverei ergeben, trieb ihre Wut zur Weißglut. „Eure ‚Sklavin' ist bereit, Euch jeden Wunsch zu erfüllen, Gebieter."

Ihr beißender Sarkasmus entging Jamal nicht, sondern entfachte vielmehr seinen eigenen Zorn, bis sie schließlich alle beide darin gefangen waren. Heftiger Groll, heiße Empfindungen und ungezügelte Leidenschaft führten ihre Vereinigung in völlig neue Dimensionen. Jamals Gesicht verdüsterte sich. Die Begierde nach der schönen Berberprinzessin trieb ihn unerbittlich vorwärts.

„Gib mir deinen Mund, Sklavin!" befahl er. „Eine Jungfrau zu nehmen, erfordert Finesse. Ich werde versuchen, dir nicht weh zu tun, doch deine scharfe Zunge hat mir gründlich die Geduld geraubt."

Einen Moment lang starrte Zara ihn an, dann hob sie ihm ihren Mund entgegen. Obwohl sie wusste, dass sie Jamals Zorn erregt hatte, bedauerte sie es nicht, ihn so scharf angefahren zu haben. Sie wollte keine Freuden von ihm annehmen. Sie wollte ihre Wut und ihren Groll am Leben erhalten. Sie fürchtete die Folgen, sollte es ihm gelingen, dass sie sich tatsächlich nach seinem Körper, seiner Berührung und der Leidenschaft sehnte, die er in ihr wachgerufen hatte.

Jamal presste seinen Mund hart auf ihren. Seine Wut schlug langsam in etwas um, das er zu beherrschen vermochte – Leidenschaft. Zumindest hatte er seine Leidenschaft in der Vergangenheit stets beherrschen können, bis er sich eine gewisse Berbersklavin zugelegt hatte ... Nun flohen ihm alle Gedanken, er senkte die Hüften und stieß durch Zaras Jungfernhäutchen.

Zara schrie in seinen Mund hinein. Ihr Körper wurde starr, während Jamal ganz in sie eindrang. Er brachte sie um.

„Immer mit der Ruhe", flüsterte er. „Seit Anfang aller Zeiten hat noch jede Frau diesen Schmerz ertragen. Ich versprach dir Freuden, und die sollst du auch haben."

Er zerriss sie. Zara hielt die Luft an; sie fürchtete zu zerspringen, wenn sie atmete. Jamal jedoch schien genau zu wissen, was er tat, und liebkoste sie, bis der heftige Schmerz nachließ und sie bereit war, auf sein Liebesspiel zu reagieren.

„Jetzt beginnt das Vergnügen", sagte er, als er merkte, dass sie sich entspannte und ihren Widerstand aufgab. „Du bist eng, sehr eng, Zara, doch das macht die Freude nur umso größer. Bewege dich mit mir. Öffne dich mir. Komm mit mir."

Ihn so fest in sich zu fühlen, löste in ihr einen Urinstinkt aus, und sie bewegte ihre Hüften an seinem Körper. Jamal reagierte auf ihre vorsichtigen Bewegungen; er drang immer wieder tief ein, zog sich zurück, flüsterte ihr Erotisches zu und manipulierte ihren Körper so, dass er ihr alles bewusste Denken raubte.

Er senkte den Kopf, küsste sie zärtlich und tief auf den Mund, und während er ihr sinnliche Aufmunterungen zusprach, bewegte er sich in ihr. Sie reagierte auf seine willkommene Hitze, indem sie die Arme um seinen breiten Rücken schlang und sich auffordernd an ihn presste. Unwillkürlich zog er sie fester zu sich heran und tauchte immer wieder tief und tiefer in sie hinein.

Hitzewellen liefen über ihre Haut und sammelten sich zu Seen aus flüssigem Feuer tief in ihrem Inneren. Sie packte Jamal bei den Schultern und hielt sich an ihm fest, während er womöglich noch tiefer in sie eindrang und sie immer höher in eine Welt aus weißglühender Herrlichkeit trug. Die Wogen der verheerenden Empfindungen schlugen über ihr zusammen und schwemmten sie hinauf in die reine Seligkeit. Zara schrie Jamals Namen, und dann zerbarst sie.

Jamal spürte, wie die Ekstase in ihr anschwoll und dann den Höhepunkt erreichte; er hörte sie seinen Namen schreien und frohlockte in dem Wissen, dass er Zara Freude geschenkt hatte. Nun überwältigte ihn sein eigener Höhepunkt.

Jamal erstarrte und verströmte sich in ihr. Auch er schrie laut seine Lust hinaus. Er verlor jeden Sinn für Raum und Zeit, während er aus der Euphorie in die Arme der vollkommenen Befriedigung stürzte und schließlich durch den Nebel der heiteren Gelassenheit schwebte.

Keine Frau hatte ihm jemals solche Empfindungen vermittelt. Er war ein leidenschaftlicher Mann, der stets nach höchster Sinnenlust strebte und nach immer neuen Möglichkeiten suchte, wie er sein Bedürfnis befriedigen konnte. Schöne Frauen, erotische Spiele und sinnliche Erregung waren für ihn ebenso wichtig wie das Essen und das Atmen, und gewöhnlich kostete er seinen Appetit immer bis ins Letzte aus.

Man betrachtete ihn als einen Gebieter des Liebesspiels, und er hatte einen beträchtlichen Teil seines Erwachsenenlebens mit der Verfeinerung seiner Künste verbracht. Seine Konkubinen und Liebhaberinnen waren keine Jungfrauen mehr und deshalb auch in der Lage gewesen, ihm auf unterschiedlichste Weise Genuss zu verschaffen.

Gerade deshalb hielt er es für mehr als seltsam, dass eine vollkommen Unerfahrene ihm eine Erfüllung schenken konnte, wie er sie noch nie erlebt hatte. Er blickte auf Zara hinunter und sah, dass sie ihn mit verwirrtem und ein wenig ängstlichem Gesichtsausdruck beobachtete.

„Hat es dir gefallen?“ fragte er sie. Ein arrogantes Lächeln spielte um seine Lippen, denn er wusste ganz genau, dass es ihr gefallen hatte.

„Was habt Ihr mit mir gemacht? Noch niemals habe ich derartig die Beherrschung verloren.“ Das Gefühl, obzwar höchst erfreulich, erschien ihr, als hätte man ihr ihre Seele genommen, ohne dass sie bereit gewesen wäre, sie einem Mann zu schenken.

„Ich erwartete keine Jungfrau, Prinzessin. Du hast noch sehr viel zu lernen, doch es wird mir größtes Vergnügen bereiten, dich die Freuden eines erotischen Liebesspiels zu lehren."

„Darf ich jetzt in meine Kammer zurückkehren?" Zara glaubte nicht, dass sie heute noch weitere solcher „Freuden" würde ertragen können.

Jamal lachte leise und streichelte ihre Brust. „Die Nacht ist noch immer jung, süßes Kätzchen. Gemeinsam werden wir einige der faszinierenden Positionen erforschen, welche Liebenden zur Verfügung stehen."

„Ihr habt mich erschöpft." Zara fürchtete, dass sie noch ein so leidenschaftliches Abenteuer mit dem Scheich nicht überleben würde. Der Mann war einfach unersättlich.

„Wir werden einen Moment schlafen." Jamal drehte sich um zu einem Krug mit warmem Wasser, der sich neben einem Stapel feiner weißer Leinentücher auf einem Tisch in seiner Reichweite befand. Er schüttete das Wasser in eine Schüssel und tauchte eines der Tücher hinein.

„Spreize deine Beine, Zara, damit ich dich mit parfümiertem Wasser reinigen kann."

Zara gehorchte. Der Duft von Jasmin stieg auf, während Jamal alle Spuren des heftigen Liebesspiels beseitigte. Als sie sauber war und gut duftete, tauchte er ein zweites Tuch in die Schüssel und wusch sich selbst. Danach drehte er sich wieder zu ihr um; er hielt ein Fläschchen in der Hand.

Zara sah es, erstarrte und fragte sich, was er wohl als Nächstes zu tun beabsichtigte.

„Entspanne dich, Prinzessin. Ich will dir nicht weh tun. Wenn ich wieder zu dir komme, wird es nicht mehr schmerzen. Dies hier ist nur Duftöl." Er zeigte ihr das Fläschchen. „Das werde ich dir in die Haut einmassieren, und es wird dich entspannen. Drehe dich auf den Bauch."

Da sie wusste, dass ihr ein Widerspruch nichts nützen würde, gehorchte sie schweigend. Dann spürte sie die beruhigende Wärme seiner Hände, während er das Öl auf ihrer Haut verteilte und ihren Rücken, die Schultern, das Gesäß und die Rückseiten ihrer Beine einrieb.

Das fühlte sich so wunderbar an, dass sie beinahe während dieser sinnlichen Massage eingeschlafen wäre. Nachdem er sie jedoch auf den Rücken gedreht und ihr das Öl auf den Brüsten, dem Bauch und auf noch intimeren Körperteilen verteilt hatte, spürte sie, wie das Blut durch ihre Adern rauschte und ihre Liebessäfte flossen.

„Du bist wieder für mich bereit, süßes Kätzchen", flüsterte der Scheich ihr ins Ohr. Er hob sie sich über seinen Körper. „Lass mich in dich hinein."

Sie spreizte ihre Beine, setzte sich rittlings über ihn, und als er mühelos in ihre feuchte Weiblichkeit glitt, hielt sie unwillkürlich den Atem an. Sie fühlte, wie sie sich dehnte, doch es tat tatsächlich nicht weh. Er hielt sie fest, stieß mit seinen Hüften hoch, und sie ritt ihn schamlos, weil sie dem kommenden Genuss nicht zu widerstehen vermochte.

Der Zorn auf Jamal, der seine Liebeskunst dazu benutzte, sie in eine gehorsame Sklavin zu verwandeln, trieb ihre Leidenschaft immer weiter voran, und als sie schließlich den Gipfel erreichte, vereinigten sich Zorn und Leidenschaft zu einem unglaublichen Gefühlsausbruch. Beide schrien vor Lust laut auf und stürzten in einen Strudel reiner Glückseligkeit.

Zara war schon beinahe eingeschlafen, bevor Jamal sie sich von seinem Körper hob und sie neben sich legte. Nun geschah etwas Bemerkenswertes: Während er sie im Schlaf beobachtete, schoss ihm das Verlangen wieder heiß in die Lenden.

Wenn er Zara nicht gerade erst zweimal genommen hätte, würde er das verstanden haben, so jedoch war es für ihn etwas ganz

Neues und vollkommen Unverständliches. Er wollte diese Frau wieder und immer wieder nehmen, und er wollte, dass sie ihn ebenso heiß begehrte wie er sie. Doch er wusste, dass sie wund werden würde, wenn er sie aufs Neue nähme, und so begnügte er sich damit, neben ihr zu liegen und sich darüber klarzuwerden, was eben zwischen ihnen geschehen war. Bei keiner anderen Frau hatte er je so empfunden wie bei der Berberprinzessin.

Am nächsten Morgen war der Scheich schon fort, als Zara aufwachte. Es überraschte sie, dass sie noch immer in seinem Bett lag. Goldener Sonnenschein strömte durch die offene Glastür herein, und der Weihrauchgeruch hing noch in der Luft. Bei Tageslicht erschien ihr dieser Duft schwer und unangenehm, obgleich er doch in der vergangenen Nacht eine sehr sinnliche Atmosphäre erschaffen hatte.

Allah stehe ihr bei! Als sie zugestimmt hatte, Jamals Lustsklavin zu werden, hatte sie ja nicht geahnt, was sein Liebesspiel aus ihr machen würde. Sie konnte von Glück sagen, wenn sie mit heiler Seele von hier entkam. An ihr Herz wollte sie lieber gar nicht denken.

Zara rekelte sich und stöhnte, als ihre Muskeln protestierten. Ihr taten alle Stellen weh, derer sich der Scheich in der vergangenen Nacht so gründlich angenommen hatte. Bei dem Gedanken an ein langes, schönes, warmes Bad lächelte sie. Glücklicherweise verfügte Jamal über einen privaten Hammam, denn bei der Vorstellung, den Baderaum mit seinen Konkubinen teilen zu müssen, erschauderte sie. Ihr war klar, dass sie im Bett keine Konkurrenz für die geschickten Konkubinen war, und sie blieb lieber allein, anstatt sich zu ihrer Nacht mit dem Scheich ausfragen lassen zu müssen.

Das Bad war genauso angenehm, wie sie es sich gedacht hatte. Jemand – zweifellos war es Hammet gewesen – hatte ihr Jasminseife und einen Stapel Trockentücher bereitgelegt, und so lehnte sie sich in dem parfümierten Wasser zurück und schloss die Augen.

„Du bist die ganze Nacht bei ihm geblieben!"

Zara schlug sofort die Lider auf und stöhnte laut, als sie Saha mit wutverzerrtem Gesicht auf sich zukommen sah. Die Frau blieb vor dem Badebecken stehen und starrte sie hasserfüllt an. Zara rutschte tiefer in das Wasser.

„Was tust du in Jamals Bad?"

„Was tust du in Jamals Gemächern?" fragte Zara zurück.

„Ich gehe, wohin ich will. Im Gegensatz zu dir bin ich nämlich nicht die Sklavin des Scheichs. Keine Frau hat jemals eine ganze Nacht in Jamals Bett verbracht. Du hast ihn behext!" klagte Saha sie an.

Zaras Lippen wurden schmal. „Gehe bitte hinaus, Saha. Ich wünsche allein zu baden."

„Für eine Sklavin bist du reichlich eingebildet, Zara. Jamal wird bald deiner überdrüssig sein und in die liebenden Arme seiner Konkubinen zurückkehren."

„Ihr könnt den Scheich gern behalten, wenn ihr meint, ihr könntet ihn befriedigen", höhnte Zara. „Wann hat er eigentlich zum letzten Mal sein Bett mit dir oder den anderen beiden geteilt?"

Saha bedachte sie mit einem gefährlichen halben Lächeln. „Gib Acht, Sklavin, denn möglicherweise lebst du nicht mehr sehr lange, um unseren Gebieter zu erfreuen." Damit drehte sie sich um und ging hinaus.

Während Zara ihr Bad beendete, versuchte sie, nicht mehr an die Eifersucht der drei Konkubinen zu denken. Gerade wollte sie nach dem Trockentuch greifen, als der Scheich in den Hammam geschlendert kam. Er hockte sich neben das Badebecken und lächelte ihr zu.

„Ich freue mich, dass du dich meines Bades bedient hast." Er richtete sich wieder auf und hob sie aus dem Wasser. Sie nahm sich das Trockentuch, doch Jamal schob ihre Hände zur Seite und übernahm selbst das Abtrocknen. Als er dabei das Tuch zwischen ihre Beine zog, sah er sie zusammenzucken. „Tut es dir weh?" erkundigte er sich.

„Ein wenig", gab sie zu.

„Ich war sehr zufrieden mit dir in der letzten Nacht. Ich hatte eigentlich keine Jungfrau erwartet. Heute Nacht werde ich dir zeigen, wie man die Silberkugeln zwecks Lustgewinns verwenden kann."

Zara musste schlucken. Seine Worte beschworen erotische Phantasien herauf. „Heute Nacht? Vielleicht will eine Eurer anderen Frauen ..."

Jamal verzog das Gesicht. „Sie haben für mich keinen Reiz mehr. Nein, Zara, du wirst heute Nacht zu mir kommen. Hammet wird dich eskortieren. Bist du jetzt hungrig? Hammet hat dir das Frühstück gebracht. Ich habe vorhin bereits gegessen, doch ich werde den Tee mit dir einnehmen."

„Ich habe nichts anzuziehen", sagte sie kurz angebunden. Bei Allah, sie wollte ihn hassen für das, was er aus ihr gemacht hatte. Er hatte ihr zwar unglaubliche Freuden bereitet, doch das war zu Lasten ihres Stolzes gegangen.

„Hammet hat einen Kaftan für dich mitgebracht. Du wirst dieses Kleidungsstück in meinem Schlafgemach finden."

Nachdem sie den Kaftan angelegt hatte, aß Zara mit großem Appetit von dem herben Joghurt, der frischen Melone, den Feigen sowie dem süßen Honiggebäck. Jamal schaute ihr beim Essen zu, und sein Blick heftete sich an ihre Lippen. Als sie fertig war, betupfte sie sich anmutig den Mund mit ihrer Serviette.

„Ich möchte jetzt meinen Vater besuchen gehen", sagte sie.

„Das dachte ich mir schon. Den Schlüssel habe ich Hammet bereits gegeben. Er wird dich eskortieren. Ich habe im Dorf etwas zu erledigen und werde dich erst wieder sehen, wenn du heute Abend zu mir kommst."

Er umfasste ihre Wange, und sein heißer Blick sprach Bände. „Ich vermag es kaum zu erwarten, süßes Kätzchen. Wenn du heute Abend kommst, sollst du nur einen Umhang über deiner Nacktheit tragen."

Er beugte sich vor, strich mit der Zungenspitze über ihre geschlossenen Lippen und küsste sie auf den Mund. „Und trage auch den Smaragd. Ich liebe den Kontrast zwischen dem strahlenden Grün und der weißen Haut deiner Brüste."

Zara wusste nicht, was sie darauf erwidern sollte. Der Scheich schlenderte aus dem Gemach. Sie war noch immer dabei, sich wieder zu sammeln, als Hammet hereinkam und sich tief verneigte. „Ich werde dich jetzt zu deinem Vater geleiten", sagte er.

Zara stand auf und verzog das Gesicht, weil sich die bewusste Stelle zwischen ihren Beinen unerwartet wund anfühlte. „Ich bin bereit, Hammet."

Als Zara in seine Zelle trat, blickte Youssef sie an und suchte nach Anzeichen, die ihm über ihr Befinden Auskunft geben könnten. Hat sie sich dem gut aussehenden Scheich hingegeben? fragte er sich besorgt. Hat Jamal ihr weh getan? Allah, er fühlte sich so hilflos.

„Vater!" Zara stürzte sich in Youssefs Arme. Sie konnte es kaum mit ansehen, wie er in einem engen Raum eingesperrt war, der so klein war, dass man sich darin kaum einmal umdrehen konnte. Je länger sie brauchte, um ihren Fluchtplan zu entwickeln, desto mehr musste ihr Vater leiden. Sie konnte es schaffen, das wusste sie, doch welchen Preis würde es sie kosten? Wie lange vermochte sie ihre Gefühle zu beherrschen, wenn ein solcher Liebhaber wie der

Scheich sie in Versuchung führte und ihr sündige Empfindungen vermittelte, die sie selbst nicht verstand?

„Geht es dir gut, Tochter?" wollte Youssef besorgt wissen. „Du siehst so blass aus. Hat dieser Teufel dir vielleicht weh getan? Oder hast du diesen gefährlichen Plan, auf dem du bestandest, aufgegeben?"

Zara besaß nicht den Mut, ihrem Vater in die Augen zu blicken. „Ich bin nicht verletzt, Vater, wirklich nicht. Jamal war ... sanft. Doch das spielt alles keine Rolle", fuhr sie rasch fort. „Es dauert nicht mehr lange, und ich besitze sein Vertrauen. Und wenn es soweit ist, werde ich dieses Vertrauen dazu verwenden, um unsere eigene Freiheit wiederzugewinnen. Ich werde niemandes Sklavin sein."

Youssefs Miene wurde grimmig. „Du bist eine gute Tochter, Zara. Ich verdiene dein Opfer nicht. Ich werde Scheich Jamal abd Thabit umbringen für das, was er dir angetan hat. Wenn ich erst wieder frei bin, werde ich nicht ruhen, bist der Mann bestraft ist."

„Vergiss Jamal, Vater. Er wird bald wieder in See stechen und auf Piratenfahrt gehen. Es ist Sultan Mulai Ismail, den wir zu bekämpfen haben. Unsere Überfälle auf seine Karawanen müssen fortgesetzt werden. Nur werden wir beim nächsten Mal noch vorsichtiger vorgehen. Wir werden die Schätze des Sultans zur Zahlung der Steuern und Abgaben verwenden, die er unserem Volk auferlegt hat."

Youssef lächelte. „Du bist eine wirkliche Kämpferin, Zara. Wenn alle Berber so wild loyal wären wie du, dann könnten wir heute schon ein freies Volk sein und würden unsere eigenen Städte beherrschen."

„Es ist Zeit", sagte Hammet, der an der Tür erschienen war. „Ich muss dich in den Harem zurückbringen."

Der Gedanke, in das Frauenhaus zurückzukehren, war Zara

zuwider. Sie hatte ihrem Vater noch so viel zu sagen, doch Hammet blieb unerbittlich.

„Ich werde dich morgen wiedersehen, Vater“, versicherte sie Youssef, und der Eunuch schloss und verriegelte die Zellentür hinter ihr.

Zu Zaras Kummer befanden sich bei ihrem Eintreten alle drei Konkubinen im Hauptraum. Sie versuchte, sie nicht zur Kenntnis zu nehmen, doch Leila lud sie dazu ein, mit ihnen einen kleinen Imbiss zu nehmen. Da Zara nicht den Unwillen der Damen erregen wollte, stimmte sie zu, wenn auch widerwillig.

„Ist Jamal nicht ein großartiger Liebhaber?“ fragte Amar vieldeutig. „Hat er sich mit dir gut vergnügt? Unser Gebieter hat nur selten Vergnügen an Jungfrauen. Sie sind viel zu ungeschickt und jammern ständig. Jungfräulichkeit ist allerdings auch recht ungewöhnlich für eine Frau deines fortgeschrittenen Alters.“

Zara stockte der Atem. Dass ihre Jungfräulichkeit ein Thema für den Klatsch der Damen war, bestürzte sie. „Wer hat euch das erzählt?“

„Wir haben da so unsere Quellen“, antwortete Saha selbstgefällig. „In einem Haushalt dieser Größe bleibt nichts geheim. Was beabsichtigt Jamal mit dir zu tun, nachdem er dich jetzt genommen hat?“

„Möglicherweise wird er sie ja verkaufen“, meinte Amar hoffnungsvoll.

Plötzlich platzte Nafisa herein. „Ah, Zara, da bist du ja. Komme mit mir. Wenn du den Scheich heute Abend wieder bedienen sollst, musst du unbedingt angemessen gepflegt werden.“

Drei Augenpaare richteten sich entsetzt auf Zara.

„Das kann doch nicht wahr sein!“ protestierte Saha.

„Doch, es ist wahr.“ Nafisa nickte weise. „Hammet würde gewiss nicht lügen.“

Saha zog einen Schmollmund. „Zara ist doch überhaupt nicht Jamals Typ. Sie ist dürr und gar nicht weiblich."

Jetzt hatte Zara genug vom Jamals Frauen. „Der Scheich muss irgendetwas an mir entdeckt haben, das ihm gefiel", meinte sie spöttisch. „Wenn ihr mich nun entschuldigen wollt – ich werde mich jetzt zur Ruhe begeben. Letzte Nacht bin ich kaum zum Schlafen gekommen."

Saha stieß einen Wutschrei aus, und es war offensichtlich, dass auch weder Leila noch Amar besonders erfreut über Zaras Worte waren.

Hoch erhobenen Hauptes ging Zara hinaus. Vielleicht war sie jetzt noch eine Sklavin, doch das würde nicht mehr lange so bleiben. Wenn alles nach Plan verlief, würde sie bald nicht mehr hier sein, und Jamals Konkubinen durften sich gern wieder seiner annehmen.

Es war schließlich nicht so, als hätte sie sich absichtlich aufgemacht, den Scheich zu betören. Sich ihm zu unterwerfen, war schon schwierig genug gewesen angesichts ihres freien Geistes und ihres wilden Temperaments. Wenn sie sich endlich wieder unter ihrem Volk befand, beabsichtigte sie, Scheich Jamal abd Thabit sowie die Ekstase, die sie in seinen Armen gefunden hatte, zu vergessen.

9. KAPITEL

Als Zara nach einem langen Mittagsschlaf aufwachte, war sie hungrig und durstig. Ein hohes Glas Fruchtsaft sowie eine Schüssel Joghurt, die jemand entgegenkommenderweise auf dem Tisch für sie hinterlassen hatte, sahen verlockend aus. Zara trank gierig von dem erfrischenden Saft; dann aß sie den Joghurt und genoss dessen süßherben Geschmack.

„Ah, du bist ja wach." Geschäftig kam Nafisa in die Kammer. „Es wird schon spät, und es ist noch viel zu tun, bevor du zu Jamal gehst."

Zu Zaras Ärger beobachteten die drei Konkubinen sie ganz genau, während sie badete und sich für den Scheich fertigmachte. Sie konnte sich des Eindrucks nicht erwehren, als suchten die Frauen bei ihr nach irgendwelchen Mängeln, so eindringlich starrten sie sie an.

Sollen sie doch starren, dachte sie und nahm die drei einfach nicht zur Kenntnis. Wenn sie nur wüssten, wie dringend sie, Zara, darauf bedacht war, den Palast zu verlassen, würden sie sie nicht so belästigen.

Die Sonne ging schon langsam unter, als Hammet kam, um sie abzuholen. Diesmal ging Zara nicht nackt zu Jamal, wie er es verlangt hatte, sondern sie legte einen Kaftan aus goldenem und türkisfarbenem Seidenstoff an, welcher den Goldton ihrer Haut betonte. Obgleich es nicht Zaras Natur entsprach, sich einem Mann gegenüber unterwürfig zu zeigen, wollte sie ihrem Vater zuliebe, dass der Scheich sie attraktiv fand. Die Freiheit des Berberfürsten war für sie von größerer Wichtigkeit als ihr eigener Stolz.

Jamal vermochte die Wartezeit kaum zu ertragen. Ruhelos ging er in seinem Gemach auf und ab und wartete darauf, dass sich die Tür öffnete und Zara hereinkam. Er hatte sie besessen, wie er es sich vorgenommen hatte, doch ihn beschlich das Gefühl, als wäre er selbst der Besessene. Nachdem er Zaras Leidenschaft genossen hatte, verlangte es ihn nicht mehr nach seinen Konkubinen. Sein Verlangen nach Zara dagegen erschien ihm wie eine Besessenheit, und das erschreckte ihn.

Er war bereits körperlich erregt, als Zara schließlich in sein Gemach trat und den Raum mit ihrem sprühenden Geist und ihrer strahlenden Schönheit erhellte. Plötzlich hatte er keinen Appetit mehr auf das verlockende Mahl, welches auf dem Tisch für ihn bereitstand; er wollte nur noch Zara genießen und sich an ihrem weichen Körper sättigen und vergnügen.

Beinahe barbarisch lächelnd, winkte er sie zu sich heran. Mit dem Blick verfolgte er ihren wiegenden Gang und bewunderte die Art, wie ihre Reize unter dem seidenen Kaftan zur Geltung kamen. Er begehrte diese Frau, und er begehrte sie sofort. Essen und Trinken konnten warten.

Zara spürte Jamals heißen Blick auf sich gerichtet und vermochte kaum noch zu atmen. Allein einen Fuß vor den anderen zu setzen, erwies sich schon als ein schwieriges Unterfangen. Der Ausdruck in seinen Augen schlug sie in den Bann.

Ihr eigenes Gefühl widerstrebte ihr, wenn sie vorgab, sich seinen Wünschen zu unterwerfen; dennoch begann sie, sich nach eben den Wonnen zu sehnen, die sie doch verabscheute. Sie musste unbedingt bald aus der Oase verschwinden, bevor ihr Geist noch die Rolle akzeptierte, die sie in Jamals Leben spielte, und ehe ihr Körper wirklich nach seinen Liebkosungen hungerte. Schließlich war sie eine Berberprinzessin, und keine von ihrem Gebieter abhängige Sklavin.

„Du bist schön“, bemerkte Jamal. Seine schwarzen Augen glühten voller Bewunderung, während er Zara bei der Hand nahm und sie neben sich auf einen Kissenstapel zog. „Du hast mich völlig behext, mein Kätzchen.“

„Das war nicht meine Absicht, Herr“, erwiderte Zara. In Wahrheit war es genau das, was sie sich vorgenommen hatte.

„Es war auch nicht meine Absicht, von dir betört zu werden“, gab Jamal offen zu. „Speise und Trank werden unwichtig im Vergleich mit meinem Bedürfnis nach dir.“

Seine Worte wirkten auf sie erregender als die Droge, die ihr eingegeben worden war, als sie das erste Mal bei dem Scheich gelegen hatte. Zara bemühte sich, sie nicht zur Kenntnis zu nehmen, doch seine Hände an ihrem Körper erinnerten sie an diesen Zustand.

Als sie versuchte, seine Küsse passiv hinzunehmen, spürte Jamal, dass sie sich innerlich zurückzog, und genau das wollte er nicht zulassen. Im Handumdrehen hatte er sie entkleidet und machte sie ganz wild mit seinem geschickten Mund, der Zunge und den Händen. Er konnte nicht mehr warten. Er musste sie auf der Stelle nehmen.

Schnell drang er in sie ein, denn er vermochte die Vereinigung keinen Augenblick länger hinauszuzögern. Er kam sich vor wie ein gieriger Knabe bei seiner ersten Frau.

„Entschuldige, dass ich so ungeduldig bin. Du erregst mich über alle Maßen", raunte er, während er sie in Besitz nahm. „Doch die Nacht ist noch jung, und vor Sonnenaufgang werden wir noch viele Male die Ekstase erleben."

Zara bog sich ihm entgegen und begegnete Jamals starken Bewegungen mit einem kleinen Freudenschrei, obwohl sie sich doch geschworen hatte, sich von seinem Liebesspiel nicht noch einmal beeindrucken zu lassen. Sie fasste ihn bei den Hüften, wand sich unter ihm, mit ihm, gegen ihn, bis sie gemeinsam ins Paradies lustvoller Wonnen getragen wurden.

Stöhnend und keuchend erlebte auch Jamal seinen wilden Höhepunkt, und dann brach er über Zara zusammen. Er barg den Kopf an ihrem Hals, während sein Herz wieder langsamer und regelmäßiger zu schlagen begann.

Nachdem er erneut zu Kräften gekommen war, stützte er sich hoch und betrachtete Zara. Die Tiefe seines Gefühls für seine Sklavin bestürzte ihn ganz offensichtlich. Es gab keine Erklärung dafür, wie sich Zara unter seine Haut und in sein Herz geschlichen hatte. Es gab keine Antwort auf die Frage, weshalb er so etwas zugelassen hatte. Seinen Konkubinen begegnete er ohne besondere Zärtlichkeit. Nur Zara, seine Sklavin, hatte ihm ein Gefühl vermittelt, das weit tiefer ging als der Wunsch nach sexueller Befriedigung.

„Ich weiß nicht, was du mit mir gemacht hast, Kätzchen, doch ich muss feststellen, dass ich mehr von dir begehre, als du zu geben bereit bist. Ergib dich mir, Zara. Gib dich ganz in meine Hände. Gestehe es ein, dass du mich ebenso sehr begehrst wie ich dich."

„Ich kann nichts dafür, wie mein Körper reagiert, Jamal. Ihr seid ein Gebieter, während ich eine Anfängerin bin. Doch Ihr sollt wissen, Herr, dass mein Herz und mein Verstand es verabscheuen, was aus mir geworden ist."

Jamal schwieg lange. Als er wieder sprach, bestürzten seine Worte Zara.

„Würdest du dich mir ganz hinschenken, wenn ich dich zu meiner Gattin machte?"

„Eure Gattin! Nein! Das könnt Ihr doch nicht ehrlich meinen." Ihr war, als müsste sie ersticken. Jamals Ehefrau zu werden, das würde alles gefährden, woran sie glaubte und was sie war. Diese Bürde vermochte sie nicht zu übernehmen. „Ihr würdet mit mir nicht glücklich werden. Mit Euren Konkubinen kann ich mich keinesfalls messen."

„Damit hast du möglicherweise Recht", räumte Jamal ein. „Doch ich fand es schon immer schwer, einer Herausforderung zu widerstehen. Und du, süßes Kätzchen, bist eine Herausforderung, die es wert ist, angenommen zu werden."

„Jamal, ich ..." Die Worte blieben ihr im Hals stecken.

„Wir werden später darüber reden." Seine Augen glühten und versprachen ungeahnte Wonnen. „Wenn du dich ausgeruht hast, werden wir uns genauer mit dem erotischen Liebesspiel befassen, von dem ich dir schon erzählte. Bist du bereit, das Geheimnis der Silberkugeln zu erlernen?"

Zara blickte ihn an. „Ich glaube nicht, dass ..."

„Du sollst auch nicht glauben, sondern nur fühlen.“ Er glitt an ihrem Körper hinunter und drückte ihre Schenkel mit seinen flachen Händen auseinander. Unter Verwendung lauwarmen Wassers und weicher Tücher, die zu diesem Zweck bereitgelegt worden waren, wusch er sie und sich selbst. Danach neigte er den Kopf und küsste ihren glatten Hügel, wobei er ihren empfänglichsten Punkt mit der Zungenspitze ertastete.

Er liebte und liebkoste sie mit dem Mund und genoss es, wie sie schmeckte und duftete. Nach ein paar Minuten, in denen sie beide abgelenkt waren, griff er nach einem kleinen Samtbeutel, den er sich zurechtgelegt hatte. Zara schaute argwöhnisch zu, wie er an der Kordel zog und zwei runde silberne Teile in seine Handfläche gleiten ließ.

„Du brauchst keine Angst zu haben“, beruhigte er Zara und hielt ihr zwei glatte, völlig gleichartige Kugeln zur Besichtigung entgegen. „Ich versichere dir, du wirst sie mögen. In Zukunft wirst du sogar darum bitten, mit ihnen erfreut zu werden.“

Zara hegte da so ihre Zweifel. Trotz der vielen Jahre, in denen sie mit ihrem Vater geritten und mit Männern zusammengekommen war, hatte sie praktisch nicht die geringste Ahnung. Bis der Scheich ihr gezeigt hatte, was Erotik war, hatte sie nichts von den vielen und höchst unterschiedlichen Freuden gewusst, die möglich waren.

„Öffne dich für mich, Liebste“, bat Jamal mit belegter Stimme und senkte den Blick zwischen ihre Schenkeln. „Nun entspanne dich“, flüsterte er, ließ eine der kleinen Silberkugeln in sie gleiten und wartete, bis Zara sich an das fremde Gefühl gewöhnt hatte. Dann spreizte er sie mit seinen Daumen weiter auseinander und führte auch die zweite Silberkugel ein.

Die beiden Kugeln stießen in ihr gegeneinander, und Zara zuckte heftig zusammen, als das Gefühl größten Entzückens sie durchfuhr.

„Was geschieht da?“

„Sage mir nur, was du fühlst.“

„Ich fühle ... Allah stehe mir bei! Ich fühle mich, als ob ich innerlich in Flammen stünde.“ Sie bewegte sich ein wenig; wieder schlugen die kleinen Kugeln aneinander, und die reine Verzückung setzte ihr Blut in Flammen. Der gewaltige Höhepunkt, der daraus entstand, war eine Mischung aus Höllenqual und Ekstase. Zara wand sich und schrie laut auf. „O Allah, ich halte das nicht aus! Ich ertrage diese Wonnen nicht!“

„Ertrage sie, mein Kätzchen. Ertrage sie und erinnere dich immer daran.“ Er fasste sie bei den Hüften und drehte sie auf die rechte Seite, worauf sie erneut aufschrie. Nun drehte er sie auf die linke Seite, und Zara stürzte kopfüber in den nächsten feurigen Abgrund der Lust. Vom Delirium überwältigt, verlor sie allen Sinn für die Wirklichkeit.

„Nicht mehr, bitte, nicht mehr!“ flehte sie. „Ihr bringt mich ja um.“

Ein sündiges Lächeln spielte um seine sinnlichen Lippen. „Ich sagte dir ja, du würdest es genießen.“ Behutsam entfernte er die Silberkugeln und ließ sie wieder in den kleinen Samtbeutel zurückgleiten.

Zara seufzte erleichtert. Noch so eine Wonne, und sie würde daran sterben. „Darf ich jetzt in meine Kammer gehen?“ fragte sie hoffnungsvoll.

„Es ist doch noch früh am Abend, und ich könnte es nicht ertragen, mich schon von dir zu trennen. Schlaf ein wenig, meine Liebe. Danach werden wir speisen und sehen, wohin uns die Nacht noch führt.“

Wohin die Nacht sie führte, das war vollkommen außerhalb dessen, was sich Zara jemals erträumt oder vorgestellt hatte. Die Silberkugeln blieben zwar in ihrem Samtbeutelchen, doch der

Scheich fand andere Möglichkeiten, Freuden zu schenken und zu erhalten.

Obwohl es nie deutlich ausgesprochen wurde, war Zara sich der tiefen Gefühle sicher, die Jamal für sie hegte. Dies war die Art von Macht, die sie angestrebt hatte. Sie ahnte, dass sie keinen besseren Zeitpunkt finden würde, um ihre Flucht zu planen, und sie wusste, dass Jamals Vertrauen in sie jetzt so groß war, wie es je werden würde.

Morgen wollte sie ihn um die Erlaubnis bitten, das Dorf besuchen zu dürfen.

Am nächsten Morgen erwachte Zara früh. Jamal schlief noch fest neben ihr, als sie aufstand und sich seines Baderaums bediente. Als sie zurückkehrte, saß er im Bett und wartete auf sie.

„Ich habe dich vermisst."

„Hier bin ich, Herr."

„Du siehst lieblicher aus als der Mond und die Sterne. Müsste ich mich heute nicht nach Meknes begeben, würde ich dich in meinem Bett behalten und den Rest des Tages mit Liebesspielen verbringen."

„Meknes?" Die Furcht durchfuhr sie wie eine Lanze. „Hat Euer Besuch dort in der Königsstadt vielleicht etwas mit meinem Vater zu tun?"

„Diesmal nicht, süßes Kätzchen. Der Sultan ist hoch erfreut darüber, dass die Überfälle auf seine Karawanen aufgehört haben. Meines Wissens nach hat er nicht erfahren, dass Youssef mein Gefangener ist. Er glaubt, die Überfälle wurden eingestellt, weil Youssef befürchtet, wenn er sie fortsetzt, könnte dir etwas geschehen. Mein Besuch heute betrifft mein Piratenschiff. Ismail lauert auf weitere Beute und verlangt deshalb, dass ich die Piraterie wieder aufnehme."

„Wie lange werdet Ihr fortbleiben?"

„Wirst du mich vermissen?" erkundigte sich der Scheich offenbar erfreut.

Zara zuckte nur die Schultern.

„Bei Anbruch der Nacht werde ich zurückkehren. Hammet hat den Befehl erhalten, dich in mein Gemach zu bringen, wenn ich wieder da bin."

„Darf ich Euch um einen Gefallen bitten, Herr?"

Jamal lächelte ihr strahlend zu. „Da du mir in der vergangenen Nacht so viel Freude gemacht hast, bin ich deinen Wünschen gegenüber in aufgeschlossener Stimmung. Was möchtest du, Zara?"

„Ich möchte das Dorf besuchen. Schon viel zu lange war ich in Eurem Palast gefangen. Ich langweile mich. Ich bin viel Bewegung in Sonne und Wind gewöhnt."

Jamal zog die dunklen Brauen hoch. „Haben wir uns denn nicht in den Nächten genug bewegt? Möglicherweise werde ich erwägen, deine Anwesenheit in meinem Bett sowohl nachmittags als auch nachts zu verlangen. Würde das vielleicht deinen Bedarf an Bewegung decken?"

Nur mit reiner Willenskraft unterdrückte Zara einen Temperamentsausbruch. Dachte der Scheich denn an nichts anderes als ans Beilager? „Ihr wisst ganz genau, dass ich es so nicht meinte."

„Sage mir, was du benötigst, und ich lasse es dir kaufen", sagte Jamal und umging damit das Problem. „Seidenstoffe? Satins? Schmuck? Magst du Rubine?"

„Ich will ins Dorf gehen und selbst den Suk besuchen. Ihr könnt mir ja einen Wächter mitgeben, falls Ihr wollt, doch verweigert mir nicht das Vergnügen, durch den Suk zu wandern." Wenn ihr Plan, ihren Vater zu befreien, funktionieren sollte, brauchte sie die Freiheit und die Möglichkeit, sich Hilfe im Dorf zu holen.

Jamal schwankte. Seit die Berberprinzessin sich ihm unterwarf, hatte sie sich verändert. Sie schien sich beinahe mit ihrer Gefangenschaft abgefunden zu haben. Zwar hatte sie nicht zugestimmt, seine Ehefrau zu werden, doch direkt abgelehnt hatte sie es auch nicht.

Seine eigenen Gefühle waren widersprüchlich und verwirrend. Dass er Zara einen Heiratsantrag machte, hatte ihn selbst bestürzt. Es war zwar ein übereilter Antrag gewesen, dennoch brachte Jamal es nicht über sich, ihn zu bedauern. Seit wann bin ich so besessen von Zara? fragte er sich. Vertraute er ihr genug, um ihr mehr Freiheit zu gewähren?

„Bitte, Herr!“ Zara fand es fürchterlich, um ein derart kleines Privileg betteln zu müssen. „Euren Konkubinen steht es doch auch frei, zu gehen, wohin sie wollen.“

„Meine Konkubinen sind ja auch keine Sklavinnen“, erinnerte Jamal sie.

Zaras Augen sprühten grünes Feuer. An ihren niedrigen Stand gemahnt zu werden, war ein schwerer Tiefschlag gegen ihren Stolz. Sie biss sich auf die Unterlippe, um ihrer Wut nicht etwa Luft zu machen.

Doch Zorn war nicht die einzige Empfindung, die in ihr widerstritt. Sie hatte Gefühle für Jamal, die sie nicht näher zu ergründen wagte. Wenn sie sich in seinen Armen befand und sich von seinem einzigartigen Liebesspiel verzaubern ließ, war es ihr, als gehörte sie zu ihm.

Der Scheich war nicht grausam wie der Sultan. Er behandelte seine Frauen nicht schlecht. Als seine Sklavin hatte sie nichts erleiden müssen, außer dem erotischen Vergnügen seines Liebesspiels. Und in einem Augenblick der Schwäche hatte er sie sogar gebeten, ihn zu heiraten.

Das kam selbstverständlich nicht in Frage. Für sie war es wichtig, sich sämtliche zarten Gefühle für den schönen Scheich aus dem

Kopf zu schlagen und sich ausschließlich auf das Entkommen zu konzentrieren. Das Leben ihres Vaters hing von ihrer Fähigkeit ab, sich durch Jamals sinnlichen Angriff nicht beeinflussen zu lassen. Sie durfte es sich keinesfalls erlauben, sich etwa in ihn zu verlieben. Alles, was sie von ihm wollte, war sein Vertrauen.

„Werdet Ihr meine Bitte ablehnen?“ fragte sie kurz.

„Ich werde dir den Gefallen tun; du darfst den Suk besuchen. Haroun wird zwei Bewaffnete zu deiner Begleitung abstellen. Lass dir von Hammet eine Gallabije geben und verschleiere dein Gesicht sorgfältig.“

Erleichtert neigte Zara den Kopf, um anzudeuten, dass sie Jamals Bedingungen akzeptierte. „Ich danke Euch, Herr. Wenn es Euch recht ist, werde ich jetzt meinen Vater aufsuchen.“

Jamal runzelte nachdenklich die Stirn. Es wunderte ihn, dass es sich noch nicht bis zum Sultan herumgesprochen hatte, dass Youssef auf „Paradies“ gefangen gehalten wurde. Ich muss den Berberfürsten bald in Ismails Gewahrsam überführen, ob es seiner Tochter nun gefällt oder nicht, dachte er.

„Gut, besuche deinen Vater. Ich muss mich auf meine Reise nach Meknes vorbereiten. Doch zuerst ...“

Jamal zog sie neben sich auf den Schlafdiwan hinunter, legte sich über sie, spreizte ihre Beine und drang in sie ein. Er lächelte, als er feststellte, dass sie für ihn ebenso bereit war wie er für sie; sie war feucht und weich und ergab sich seiner harten Männlichkeit. Und wenn er hundert Jahre alt wurde – er würde nie begreifen, weshalb sein Verlangen nach der Berberprinzessin so verzehrend war. Doch das kümmerte ihn im Augenblick auch nicht. Seine Gedanken konzentrierten sich allein auf die Frau unter sich und darauf, ihr Vergnügen zu bereiten.

Zara bewegte sich mit Jamal und bog sich zu ihm hoch, weil sie alles begehrte und alles brauchte, was er ihr geben konnte. Es hatte sie überrascht, dass ihr Körper für ihn bereit gewesen war, obgleich sie über Jamals Absicht nicht vorgewarnt gewesen war. Sie hatte keine Trockenheit und keinen Schmerz, sondern nichts als Freude gefühlt, als er so unvermittelt in sie eingedrungen war. Wie kann ich nur für den Rest meiner Tage ohne ihn leben? fragte sie sich, während die Ekstase sie ergriff.

Viel später, nachdem sie beide bekleidet und fertig für den Abschied waren, öffnete der Scheich ein Kästchen, das auf einer lackierten Truhe stand, und holte einen großen Messingschlüssel heraus. Er rief nach Hammet, der unverzüglich erschien, händigte ihm den Schlüssel aus und befahl ihm, Zara zu ihrem Vater zu geleiten.

Es war nicht das erste Mal, dass Zara beobachtete, wie der Scheich den Schlüssel aus dem Kästchen nahm oder ihn wieder hineinlegte, doch sie war recht froh zu sehen, dass der Schlüssel noch immer dort aufbewahrt wurde.

Das Aussehen ihres Vaters bestürzte Zara. Er war blass und matt, und er schien beträchtlich an Gewicht verloren zu haben. Youssef war ein Mensch, der es gewohnt war, mit den Elementen zu leben, sein Kamel über die Berge und durch die Täler zu treiben und Sonne wie Wind im Gesicht zu fühlen. Wenn sie ihn nicht bald befreite, so fürchtete sie, würde er in seiner dunklen Zelle ohne Sonnenschein und frische Luft dahinsiechen.

„Geht es dir gut, Tochter?" erkundigte sich Youssef besorgt. Er verabscheute den Gedanken daran, dass Zara von Jamal benutzt wurde. Der Berberfürst wusste, dass sie sich dem Scheich selbst angeboten hatte, doch es gefiel ihm ganz und gar nicht. Wenn Jamal sie begehrte, sollte er sie heiraten; bevor er sie genommen hatte, war sie eine Jungfrau gewesen.

„Mir geht es gut, Vater. Wir müssen leise miteinander reden, denn Hammet wartet vor der Tür. Ich glaube, ich habe endlich Jamals Vertrauen gewonnen. Er hat mir die Erlaubnis erteilt, den Suk zu besuchen. Ich habe einen Plan, Vater. Erinnerst du dich an den Mann, der zu mir in die Stallungen kam und mir mitteilte, du befändest dich auf dem Weg, mich zu befreien?"

Youssef nickte. „Er heißt Raschid und ist ein Kamelhändler, der im Dorf für mich als Spion arbeitet."

„Mein Plan ist abhängig von Raschids Bereitschaft, uns zu helfen."

„Das ist viel zu gefährlich für dich. Sollte der Scheich von deinem Betrug erfahren, wird er dich strafen. Ich habe gehört, er sei furchtbar in seiner Wut. Man sagt, er sei nur so lange gütig und gerecht, bis man ihn erzürnt. Ich habe Angst um dich, Tochter."

„Mit Jamal werde ich schon fertig", erklärte Zara mutiger, als sie sich fühlte. „Wo kann ich Raschid finden?"

„Du wirst ihn im Dorf treffen, Zara. Er ist der einzige Kamelhändler im Suk, der mit Rennkamelen handelt. Schnell, weihe mich in deinen Plan ein."

Als Zara ihren Vater kurz darauf verließ, war sie noch entschlossener denn je, ihn zu befreien.

Eilig machte sie sich für den Gang ins Dorf fertig. Hammet brachte ihr eine schwarze Gallabije, die sie über ihren Kaftan zog. Den Schleier befestigte sie über dem unteren Teil ihres Gesichts, so dass außer ihren Augen nichts weiter davon zu sehen war.

Jamal war schon mit Haroun nach Meknes aufgebrochen, und zwei Bewaffnete warteten auf sie, als Hammet sie zum Tor brachte. Die Männer erhielten einen Beutel mit Münzen, um später Zaras Einkäufe bezahlen zu können.

Der Gang ins Dorf erwies sich als eine heiße und staubige Angelegenheit, doch Zara genoss jeden einzelnen Schritt, weil er sie der Freiheit näher brachte.

Der Suk war voller Menschen. Manche feilschten über Preise, manche tauschten Waren, und wieder andere priesen ihre Güter an.

Zara wurde nur mit einem kurzen Blick betrachtet, denn die Dorfbewohner waren es gewohnt, Scheich Jamals Konkubinen mit deren Wächtern durch den Suk schlendern zu sehen.

Mit großem Getue prüfte Zara die zum Verkauf stehenden Waren und erstand dann Dinge, die sie überhaupt nicht gebrauchen konnte. Als sie schließlich zu der offenen Grasfläche kam, wo die Kamelhändler ihre Geschäfte tätigten, fiel ihr Blick auf einen Mann, welcher Rennkamele kaufte und verkaufte. Das konnte nur Raschid sein.

„Ich möchte gern mit dem Kamelhändler sprechen“, sagte Zara zu ihren wachsamen Aufpassern. „Ich interessiere mich ungemein für Rennkamele. Meine Leute finden diese Tiere für ihre Bedürfnisse bestens geeignet und reiten ausschließlich auf ihnen.“

Die Wachleute wechselten einen Blick, fanden jedoch nichts dabei, wenn Zara mit den Verkäufern redete; den Wächtern lagen keine Befehle vor, die solches verboten hätten. Trotzdem zögerten sie noch.

„Bitte“, sagte Zara ungemein freundlich, „ich möchte mit dem Mann doch nur über seine Tiere reden. Sie wirken so geschmeidig und sehen aus, als könnten sie wirklich sehr schnell laufen, nicht wahr?“

„Mir sind Pferde jedenfalls wesentlich lieber“, brummte der erste Wächter.

„Dies hier sind bösartige Tiere“, fügte der zweite Mann hinzu. „Aber bitte, sprich mit ihm, wenn es denn sein muss, doch halte dich nicht zu lange auf.“

Erfreut über ihren Erfolg, näherte sich Zara dem kleinen, bärtigen Kamelhändler und stellte sich ihm rasch vor. „Ich bin Zara, Tochter des Youssef. Bist du Raschid?“ Als der Mann nickte, fuhr sie eilig fort: „Höre mir gut zu, denn ich habe nur wenig Zeit. Tu so, als redeten wir über Kamele.“

Raschid nickte zum Zeichen dafür, dass er verstanden hatte. „Wie geht es deinem Vater? Ich bedaure, wie die Sache ausgegangen ist. Wie kann ich helfen?"

„Ich benötige ein Schlafmittel, irgendetwas, das stark ist, jedoch nicht so stark, dass es tödlich wirkt. Kann du so etwas beschaffen? Und falls ja, wie schnell?

Raschid gab Interesse an dem ihm am nächsten stehenden Kamel vor. „Es ist mir möglich, das Benötigte zu beschaffen." Er zupfte an seinem Bart. „Gib mir eine Stunde Zeit. Setze deinen Gang durch den Suk fort. Ich werde dich finden."

Zara dankte und ging. Sie war sich bewusst, dass sie von den Wachmännern genau beobachtet wurde, und wollte so kurz vor dem Ziel keinen Verdacht erregen. So verbrachte sie lange Zeit damit, in den Auslagen der Verkaufsstände zu stöbern, Kleinigkeiten zu kaufen, sich allerlei anzuschauen und sich dann bei den bunten Seidenstoffen aufzuhalten.

Nach einer Weile begann sie zu verzweifeln; sicherlich hatte Raschid nicht erhalten können, was sie benötigte. Da stieß jemand sie an, und irgendetwas wurde ihr in die Hand geschoben. Sie schloss die Finger um das winzige Päckchen und steckte es in ihre Tasche. Als sie sich umschaute, sah sie niemanden außer den ganz gewöhnlichen Leuten, die auf dem Suk ihrer Beschäftigung nachgingen.

Bald danach verließ Zara den Markt. Ihre Aufpasser schienen erleichtert zu sein und begleiteten sie zurück zum Frauenhaus. Zara dankte ihnen für die Eskorte und eilte hinein.

„Hat dir dein Ausflug Spaß gemacht?" erkundigte sich Nafisa, als Zara durch den Hauptraum kam.

„Es war sehr gut, einmal aus den Palastmauern zu gelangen", antwortete Zara, die eifrig darauf bedacht war, in ihre Kammer zurückzukehren.

„Du musst jetzt schlafen, Zara. Du willst doch frisch und ausgeruht sein, wenn du heute Abend zu unserem Gebieter gehst, nicht wahr?“

Zara nickte nur wortlos und setzte ihren Weg fort. In ihrer Kammer angekommen, nahm sie das Päckchen aus der Tasche, legte die Gallabije ab und ließ sich auf ihren Diwan sinken. Jetzt erst öffnete sie die Hand, faltete das Päckchen auseinander, betrachtete das darin enthaltene Pulver und überlegte, wie viel davon nötig wäre, um Jamal in Schlaf zu versetzen, ohne ihm Schaden zuzufügen.

Mit einmal erschien Saha im Türrahmen. Rasch schloss Zara die Finger um das Päckchen.

„Ich habe dir etwas Kühles zum Trinken gebracht“, sagte die Konkubine und hielt Zara ein hohes Glas mit einer funkelnden roten Flüssigkeit entgegen. „Ich weiß doch, wie heiß und staubig es an einem Tag wie diesem im Suk sein kann. Diese Erfrischung wird dir gut tun.“

Zara blickte Saha argwöhnisch an. Deren Akt der Freundlichkeit war völlig unerwartet und entsprach so gar nicht dem Wesen der Frau. Selbstverständlich wollte Zara nicht etwa undankbar sein. „Vielen Dank, Saha. Das ist sehr nett von dir. Hast du es dir mit mir anders überlegt?“

Saha zuckte nur ein wenig die Schultern. „Jamal scheint Gefallen an dir zu finden, und da dachte ich mir, ich sollte mich dir gegenüber vielleicht ein wenig großmütiger verhalten. Ich will mir schließlich nicht den Zorn unseres Gebieters zuziehen, weil ich dich schlecht behandelt hätte. Eines Tages wird er deiner ohnehin überdrüssig sein und sich wieder seinen Konkubinen zuwenden. Also trink, Zara, und betrachte mein Angebot als einen Freundschaftsbeweis.“

„Warum auch nicht?“ meinte Zara. Sie würde ja nicht mehr lange genug im Harem sein, um eine Freundschaft mit Saha aufzubauen, selbst wenn sie dazu geneigt wäre. Die rothaarige Konkubine war die Letzte, mit der sie ihre Pläne teilen wollte.

Sie nahm also das Glas von Saha entgegen und führte es sich an den Mund. Die kühle Flüssigkeit hatte kaum ihre Lippen berührt, als Nafisa in die Kammer gestürzt kam und ihr das Glas aus der Hand schlug. Erschrocken schaute Zara zu, wie es auf dem Boden zerschellte; ein roter Fleck breitete sich auf dem pfirsichfarbenen Teppich aus.

„Was hast du getan, Saha?“ rief Nafisa und wollte sich gleich auf die erschrockene Konkubine werfen, die sich ängstlich in eine Ecke drückte.

Zara reagierte nicht sofort, doch als ihr schließlich dämmerte, was Saha ihr soeben anzutun versucht hatte, begann sie heftig zu zittern.

„Bitte Nafisa“ flehte Saha. „Sage Jamal nichts davon. Es ist ja nichts geschehen.“

„Nichts geschehen?“ kreischte die alte Frau. „Ihr habt versucht, Zara zu vergiften! Was, wenn ich nicht zufällig Amar und Leila über eure Pläne hätte reden hören? Was, wenn ich nicht mehr so rechtzeitig gekommen wäre, um eine solche Tragödie zu verhindern? Jamal muss es erfahren.“

„Ihr wolltet mich vergiften!“ rief Zara, die endlich ihre Sprache wieder gefunden hatte. „Warum begreift ihr drei denn nicht, dass ich keine Bedrohung für euch darstelle?“

„Jamal hat dir doch sogar die Ehe angetragen“, warf Saha ihr vor.

Zara stockte der Atem. „Woher weißt du denn das?“

„Das weiß doch jeder“, behauptete die Konkubine. „In diesem Palast gibt es keine Geheimnisse.“

„Hinaus!“ befahl Zara wütend. „Von deinem Anblick wird mir ganz übel.“

Saha schien erst jetzt die Schwere ihrer Sünde bewusst zu werden, und das machte ihr wirklich Angst. „Wirst du es Jamal erzählen?"

„Ich werde es ihm berichten", erklärt Nafisa an Zaras Statt. „Und jetzt hinaus hier! Gehe in dein Gemach und warte auf Nachricht von Jamal."

Laut weinend machte Saha kehrt und floh.

„Was geschieht mit ihr?" fragte Zara.

„Das muss Jamal entscheiden. Jedenfalls kann man nicht über das hinweggehen, was sie zu tun versucht hat."

Zara hatte Mitleid mit der irregeleiteten Konkubine, obwohl sie es eigentlich gar nicht wollte. Seit ihrer eigenen Ankunft auf „Paradies" hatte der Scheich seine Frauen so gut wie gar nicht mehr beachtet.

„Keine Angst, Zara. Ich werde dafür Sorge tragen, dass dergleichen nie wieder vorkommt."

Erschöpft von ihrem Ausflug ins Dorf und dem Mangel an Schlaf in der vergangenen Nacht hielt Zara einen Mittagsschlummer für sehr angebracht. Das winzige Päckchen mit dem Schlafpulver versteckte sie sorgfältig unter ihrer Matratze, legte sich dann hin und schlummerte ein.

Stunden danach weckten sie zornige Stimmen und lautes Wehklagen. Einen Augenblick darauf stürmte der Scheich in ihre Kammer.

„Ist mit dir alles in Ordnung? Nafisa hat mich informiert, sobald ich zurückkehrte." Er ließ sich neben ihr auf den Diwan sinken, zog sie in die Arme und drückte sie fest an sich. „Wie konnte Saha es wagen, dich vergiften zu wollen! Ab jetzt werde ich dich nie wieder aus den Augen lassen."

„Mir geht es gut, Jamal. Nafisa erschien ja glücklicherweise noch rechtzeitig genug, um zu verhindern, dass ich von dem Gift trank."

„Mich schaudert es, wenn ich nur daran denke, was hätte geschehen können, wenn Nafisa nicht zufällig gehört hätte, dass Saha dich aus dem Weg räumen wollte." Er nahm sie bei der Hand. „Komm mit, Zara."

Sie folgte ihm in den Hauptraum, wo Saha, Amar und Leila zusammengekauert auf einem Diwan saßen und leise weinten. Nach einem Blick auf Jamals strenges Gesicht brachen sie in einen neuen Tränenstrom aus.

„Ruhe!" befahl der Scheich barsch. „Was ihr getan habt, war Unrecht und muss bestraft werden. Da Saha das Verbrechen begangen hat, werde ich mich zuerst mit ihr befassen." Er winkte die Rothaarige mit dem Finger heran. „Komm mit mir!" Er schritt durch den Harem und nahm sowohl Zara als auch Saha mit.

Überrascht stellte Zara fest, dass sie vor den Türen des Frauenhauses von Haroun erwartet wurden. Dieser hatte nur Augen für Saha. Sein Verlangen nach der schönen Konkubine ließ sich von dem glühenden Blick ablesen, mit dem er sie bedachte.

„Was werdet Ihr mit mir tun?" fragte Saha angstvoll. „Ich würde es nicht überstehen, ausgepeitscht zu werden, Herr. Und die Bastonade würde mich erst recht umbringen. Vergebt mir, Jamal, ich flehe Euch an!"

„Ich kann dir nicht vergeben, Saha, doch ich vermag es auch nicht, einer Frau Schmerzen zuzufügen. Zwar verdienst du, geschlagen zu werden, indes wird dies nicht durch meine Hand geschehen."

Die Hoffnung leuchtete in Sahas Augen auf; Jamal indessen dämpfte sie sofort wieder. „Ich werde dich an Haroun verschenken. Möge Allah Mitleid mit ihm haben."

Haroun sah aus, als hätte ihn der Blitz getroffen. Die Großzügigkeit des Scheichs beschämte ihn. Schon lange hatte es den Leutnant nach der Rothaarigen gelüstet. Ihm war bekannt, dass sie versucht hatte, die Berberprinzessin zu vergiften, doch er begehrte sie trotzdem noch immer. Er war stark. Er würde Saha zähmen und sie fest an die Kandare nehmen. Er wollte schon dafür Sorge tragen, dass sie dem Scheich oder Zara nie wieder Scherereien machte.

„Ich bin Euch aufrichtig dankbar, Herr", sagte er, nachdem er seine Sprache wieder gefunden hatte. „Ihr werdet Eure Großzügigkeit nie bereuen."

„So sei es also", sagte Jamal. „Bringe sie fort. Ihr Anblick verursacht mir Übelkeit. Sperre sie im Dorf ein, binde sie von mir aus ans Bett und schlage sie, wenn du willst, doch halte sie mir nur aus den Augen. Wähle zwei verdienstvolle Männer unter meinen Bewaffneten aus, und ich werde ihnen Amar und Leila schenken."

Aus Angst, Jamal könnte es sich noch anders überlegen, schickte Haroun Saha in den Harem, um sich ihre Gallabije zu holen, und als sie zurückkehrte, schleppte er sie buchstäblich davon. Der Scheich schaute den beiden ohne erkennbares Bedauern nach.

„Alle drei, Jamal?" fragte Zara, die sein schnelles und entschlossenes Urteil bestürzte. „Ihr wollt alle Eure drei Frauen verschenken?"

Jamal bedachte sie mit einem glühenden Blick, in dem sich sein heißes Begehren spiegelte. „Ich habe es schon einmal gesagt, und ich sage es wieder, Zara: Ich brauche keine anderen Frauen außer dir."

10. KAPITEL

Seit Zaras erstem Besuch im Dorf war eine Woche vergangen. Heute war sie mit Jamals Erlaubnis wieder im Suk gewesen, wo sie mit Raschid abgemacht hatte, während der dunkelsten Stunde der Nacht Rennkamele am hintersten Tor bereitstellen zu lassen. Während ihrer Erkundungsgänge hatte Zara dieses Tor entdeckt und erfahren, dass es nur selten benötigt wurde. Gewöhnlich gab es hier auch keine Wachen bis auf einen Posten, der etwa stündlich seine Runden machte.

Für ihren Besuch bei dem Scheich kleidete sich Zara heute Abend sorgfältig an und wählte einen sonnengelben Kaftan mit einer tiefen Tasche darin. Ihr war zwar klar, was sie zu tun hatte, jedoch nicht, wie sie es ins Werk setzen sollte. Sie wusste nur, dass Jamal den Schlaftrunk einnehmen musste, bevor er ihr die Kleider abstreifte, denn ohne den Kaftan würde sie nicht mehr an das Schlafmittel in dessen Tasche gelangen.

Die Flucht selbst musste heute Nacht vonstatten gehen. Alle Arrangements waren getroffen; das Vorhaben musste einfach gelingen.

Als Hammet in ihrem Zimmer erschien, um sie für die gemeinsame Nacht mit dem Scheich abzuholen, war sie bereits fertig. Das Echo ihrer Schritte klang hohl, während sie durch den leeren Harem ging. Alle drei Konkubinen waren jetzt fort. Jamal hatte ein schnelles und unerbittliches Urteil gesprochen.

Amar und Leila waren in den Besitz zweier verdienstvoller Soldaten übergegangen, welche Häuser für sie im Dorf gefunden hatten. Die Soldaten erschienen Zara zwar recht ordentlich, doch die Konkubinen würden nie wieder mit dem Luxus umgeben sein, den sie im Haushalt des Scheichs genossen hatten.

Als Zara in sein Gemach trat, zog Jamal sie sich an die Brust. Er wurde nie müde, sie anzuschauen, sie in seine Arme zu nehmen und sie zu lieben. Noch immer erschauderte er, wenn er daran dachte, wie nahe er davorgestanden hatte, sie zu verlieren. Saha war leicht davongekommen; er hätte sie hinrichten lassen können, wenn das seine Absicht gewesen wäre. Hätte Zara tatsächlich von dem Gift getrunken, würde seine Vergeltung auch hart und schnell erfolgt sein.

„Es gibt etwas, das ich dir heute Abend sagen muss." Jamal zog Zara zu sich herunter auf seinen Diwan. „Seit meinem letzten Besuch beim Sultan habe ich darüber nachgedacht."

Zara vermochte kaum mehr zu atmen. „Es handelt sich um meinen Vater, nicht wahr?"

„In gewisser Weise schon. Ich muss die Piraterie wieder aufnehmen. Der Sultan ist ein sehr gieriger Mann, der stets darauf bedacht ist, seine leeren Schatzkisten wieder aufzufüllen, und mein Schiff bringt ihm beträchtliche Reichtümer ein. Dein Vater kann in meiner Abwesenheit nicht hier bleiben. Ich habe keine andere Wahl, Zara. Youssef muss Mulai Ismail überstellt werden."

Zara erblasste. Allah sei es gedankt, dass ihre Fluchtpläne bereits angelaufen waren!

Ihr bestürzter Gesichtsausdruck überzeugte Jamal offensichtlich davon, dass seine Entscheidung sie entsetzt hatte. „Ich habe deinen Vater so lange auf ‚Paradies' behalten, wie ich es wagte", sagte er. „Meinen Teil unseres Abkommens habe ich damit erfüllt."

„Weshalb darf ich mich in Eurer Abwesenheit nicht um das Wohl meines Vaters kümmern?" fragte Zara. „Dass der Sultan ihn töten wird, wissen wir doch beide."

Jamal wappnete sich gegen Zaras Bitten. Seine Entscheidung war endgültig: Youssef musste nach Meknes gebracht werden. „Du wirst dich nicht hier befinden, um dich um deinen Vater zu kümmern. Ich nehme dich mit mir."

Zaras Mund wurde ganz trocken. Anscheinend hatte ihr Plan, den Scheich an sich zu binden, besser funktioniert, als sie es zu hoffen gewagt hatte. Jamal lag etwas an ihr, so viel, dass er sie bei sich haben wollte. Möge Allah mir vergeben, was ich jetzt gleich tun werde, dachte sie.

Sosehr sie sich auch ein Zusammensein mit dem Scheich wünschte – für sie war es undenkbar, seine Sklavin zu sein, und den

Gedanken an den Tod ihres Vaters vermochte sie schon gar nicht zu ertragen. Die Flucht blieb die einzige Antwort auf ihr Problem.

„Ich ... ich war noch niemals auf einem Schiff. Möglicherweise gefällt es mir nicht."

Jamal zog sie wieder zu sich heran. „Ich möchte dich bei mir haben, Zara. Der Sultan deutete an, ich solle dich wieder zurück in seinen Harem bringen. Er wünscht dich selbst zu zähmen, doch ich könnte die Vorstellung nicht ertragen, dass er Hand an dich legt."

Als Jamal ihr den Kaftan abzustreifen begann, versuchte Zara Zeit zu gewinnen. „Es fällt mir so schwer zu akzeptieren, dass mein Vater bald sterben soll, Herr. Wie könnt Ihr erwarten, dass ich Euch eifrige Hingabe zeige, wenn Ihr meinen Vater in den Tod schickt?"

„Wenn ich könnte, würde ich den Berberfürsten ja hier behalten, Zara."

„Ich benötige Zeit, um meinen Kummer zu verarbeiten. Im Augenblick vermag ich es nicht, mich Euch freundlich zugeneigt zu zeigen."

„Nun gut", meinte Jamal einverstanden. „Auf dem Tisch stehen Speisen sowie ein Krug mit Aprikosennektar. Nimm dir, wonach dir der Sinn steht."

Langsam ging Zara an den Tisch und schenkte zwei Gläser Nektar ein. Dabei drehte sie dem Scheich den Rücken zu, schüttete den Inhalt des Päckchens in eines der Gläser und steckte das leere Papier wieder in ihre Tasche. Dann kehrte sie an Jamals Seite zurück und überreichte ihm das mit dem Schlafmittel versetzte Getränk. Mit vollkommen ausdruckslosem Gesicht beobachtete sie, wie er einen großen Schluck von dem Saft trank. Sie selbst nippte an ihrem Aprikosennektar nur, denn sie war weder durstig noch hungrig.

„Ich werde mich für Youssef einsetzen", versprach Jamal in der Absicht, sie zu beschwichtigen. „Mich dürstet nicht nach dem Blut des Berberfürsten."

„Ist das Euer letztes Wort?"

„Ja, meine Entscheidung steht fest."

„Dann bin ich auch nicht mehr an unser Abkommen gebunden. Ich wünsche in den Harem zurückzukehren."

Jamal leerte sein Glas und stellte es so hart auf den Tisch, dass es zerbrach, worum er sich indes nicht kümmerte. „Nein! Ich lasse mich nicht abweisen. Du bist schließlich noch immer meine Sklavin, und ich werde dich nehmen, ob du es nun willst oder nicht."

Erkennt die Prinzessin denn nicht, dass mir an ihr liegt? fragte er sich. Bei keiner anderen Frau hatte er jemals so empfunden. Seine Gefühle waren so stark, dass er eine lange Seereise ohne Zara nicht überstehen würde. Die Entscheidung, sie mitzunehmen, hatte er nicht leichtfertig getroffen.

Zara erstarrte vor Entrüstung. Schon viel zu lange hatte sie die Rolle einer bereitwilligen Lustsklavin gespielt. Dennoch hielt sie ihr aufbrausendes Temperament im Zaum, biss sich auf die Zunge und zwang sich dazu, sich Jamals sinnlicher Natur zu unterwerfen.

Gegen ihren Willen hatte er sie gelehrt, sich nach seiner Berührung zu sehnen und sein Liebesspiel zu genießen, doch Knechtschaft war nicht das Leben, das sie jemals führen wollte. Mit Allahs Hilfe würde sie auch schon morgen keine Sklavin mehr sein. Jamal hatte den ganzen Trunk zu sich genommen und würde bald in einen tiefen Schlummer sinken.

„Ich bin vielleicht eine Sklavin, doch ich will Euch nicht gefällig sein. Unser Abkommen ist hiermit beendet." Sie wollte aufstehen.

Jamal hielt sie beim Handgelenk fest, weil er sie nicht gehen lassen wollte. „Vergiss doch dieses unglückliche Abkommen. Ich will dich haben, süßes Kätzchen. Ich hätte es wissen sollen, dass deine Hingabe nur gespielt war. Empfindest du denn überhaupt nichts für mich?"

Ob sie nichts empfand? Ihr Körper verzehrte sich nach seiner Berührung, doch das zuzugeben, würde Verrat an ihrem Stolz bedeuten. „Ich hielt mich an unser Abkommen; Ihr habt keinerlei Grund zur Beschwerde."

Seine Augen sprühten Zorn. „Hast du mich etwa nur zum Narren gehalten? Hast du absichtlich danach gestrebt, mein Herz einzunehmen?"

Er riss ihr den Kaftan über den Kopf und schleuderte ihn zur Seite. Zorn und Verlangen kamen zusammen und stachelten seine Begierde an.

„Nein! Euer Herz begehrte ich niemals, sondern nur Euer Vertrauen." Allah, was sagte sie denn da? Sie durfte doch keinesfalls seinen Verdacht erregen! Der Scheich wirkte noch nicht im geringsten schläfrig. Ganz im Gegenteil, er sah sogar hellwach aus, während er seinen eigenen Kaftan auszog und von sich warf.

Jamal stieß Zara gegen die Kissen zurück und hielt sie dort mit seinem harten Körper fest. „Sage mir, dass du mich nicht begehrst. Sprich es aus, und ich schicke dich sofort in den Harem zurück."

Zara blickte ihm in die Augen und erkannte darin ein so starkes Verlangen, dass es sie betäubte. Sie brachte kein Wort mehr heraus.

„Sprich es nur aus, Kätzchen", wiederholte er. Stille. Zara hatte ihre Sprache verloren. „Ja, das dachte ich mir", sagte er selbstgefällig. „Du kannst es nicht aussprechen, weil es nämlich eine Lüge wäre."

Er lächelte triumphierend und führte seine heißen Lippen zu ihren Brüsten, wo er sich ihren hart aufgerichteten Spitzen widmete; er sog an den zarten Knospen, küsste sie und zog sie sich zwischen seine weißen Zähne. Zara bog sich zu ihm hoch; sie wollte dies und leugnete doch ihr Verlangen nach dem schönen Scheich aus vollem Herzen.

„Soll ich wieder den Samtbeutel mit den Silberkugeln holen?" fragte er mit belegter Stimme. „Beim letzten Mal haben sie dir doch größte Freude bereitet."

„Nein", presste Zara hervor.

Jamal zuckte die Schultern, neigte den Kopf und nahm seinen Überfall auf ihre Brustspitzen wieder auf. Als seine Lippen zu ihrem Venushügel hinabglitten, fand Zara endlich den Mut, die Worte auszusprechen, die er von ihr hören wollte.

„Ich begehre Euch nicht! Hört auf!"

Jamal hob den Kopf und lächelte ihr amüsiert zu. „Zu spät, süßes Kätzchen. Du hattest deine Chance. Jetzt musst du die Folgen tragen. Komm, Zara. Ergib dich mir."

Er senkte den Kopf aufs Neue hinab, und seine Zunge fand das kleine Juwel zwischen ihren Schenkeln. Einige atemlose Sekunden lang marterte er sie noch, bevor er die empfindsame, angeschwollene Knospe in seinen Mund zog. Zara schrie vor Lust, bäumte sich auf und erschlaffte dann.

Jamal glitt zwischen ihren gespreizten Beinen hoch und bereitete sich darauf vor, sie zu nehmen. Plötzlich wurde sein Blick trüb, und ein verwirrter Ausdruck legte sich über sein Gesicht. Dann verdrehte er die Augen und brach über Zara zusammen. Das Schlafpulver hatte endlich gewirkt!

Zara stieß Jamal an und rief seinen Namen, doch der Scheich rührte sich nicht. Erleichtert seufzte sie auf. Vorübergehend hatte sie schon befürchtet, dass die Droge nicht wirken würde, doch jetzt wurde es ihr klar: Jamal besaß eine derart kräftige Konstitution, dass es länger als gewöhnlich gedauert hatte, bis die Wirkung eingetreten war.

Zara wand sich unter ihm hervor, atmete schwer von der Anstrengung und schaute ihn an. Er war so reglos, dass es sie ängstigte.

An seinem Hals tastete sie nach dem Puls und stellte fest, dass sein Herz kräftig schlug. Vor Erleichterung hätte sie beinahe aufgeschrien. Sie hatte keine Ahnung, wie lange sein Schlaf noch andauerte, doch wenigstens war sie jetzt sicher, dass der Scheich wieder aufwachen würde. Zitternd breitete sie eine leichte Decke über ihn und zog sich zurück.

Sie fand ihren Kaftan und legte ihn rasch an. Dann wühlte sie in Jamals Truhe, bis sie darin eine schwarze Gallabije fand, die sie sich über den Kaftan zog. Als Nächstes öffnete sie das Kästchen, in welchem sich der Schlüssel zu der Zelle ihres Vaters befand. Sie nahm ihn heraus und legte statt dessen den Smaragd hinein, den der Scheich ihr geschenkt hatte. Zum Schluss setzte sie sich hin und wartete. Es würde noch eine Weile dauern, bis Raschid mit den Rennkamelen erschien.

Sic betrachtete den Scheich in seinem Schlaf, weil sie nicht in der Lage war, den Blick von seinem schönen Gesicht zu wenden. Er war so stark, so männlich, so absolut hinreißend, dass es ihr schwer fallen würde, ihn zu vergessen. Möglicherweise half es ihr ja, wenn sie ihn nicht als ihren Liebhaber, sondern als denjenigen erinnerte, der für Sayeds Tod verantwortlich war.

Sie seufzte, schaute in den dunklen Hof hinaus und sah, dass sich der Mond hinter einer Wolke versteckt hatte. Die Schatten waren tiefer geworden. Sie wartete weiter, und endlich war es soweit.

Noch einmal blickte sie auf den schlafenden Scheich und schlüpfte dann leise in den Hof hinaus.

In ihrer schwarzen Gallabije war Zara fast unsichtbar, als sie in die Finsternis hinausschlich. Sie beobachtete, wie der Wachposten am Gefängnis ihres Vaters vorbeiging und dann um die Ecke herum verschwand. Dass der Mann sie nicht gesehen hatte, entlockte ihr einen Seufzer der Erleichterung, doch sie zitterte heftig, als sie den Schlüssel in das Schloss steckte und ihn dann herumdrehte. Die Tür öffnete sich geräuschlos, und Zara flüsterte den Namen ihres Vaters.

„Ich bin hier, Tochter", antwortete Youssef, der sich von seinem Lager erhob. „Wo ist der Posten?"

„Der ist vor einem Moment vorbeigegangen. Wir müssen uns beeilen und auch die anderen rasch befreien, bevor der Mann zurückkommt."

Youssef trat in die Nacht hinaus, machte die Zellentür hinter sich zu und verschloss sie. Den Messingschlüssel warf er fort in die Büsche.

Die anderen Berber waren in einer Gemeinschaftshütte untergebracht worden, welche nicht weit von Youssefs Gefängnis entfernt war. Ihre Tür besaß kein Schloss, sondern wurde von außen durch einen kräftigen Balken versperrt. Den hob der Berberfürst an und gab dann ein leises Kommando. Einer nach dem anderen krochen die Männer heraus und verbargen sich unverzüglich, um nicht gesehen zu werden.

„Sage deinen Leuten, sie sollen der Mauer zum hinteren Tor folgen, Vater", flüsterte Zara. „Ich werde mich direkt hinter dir halten." Sie war heilfroh, dass sich die blauen Roben der Berber so gut in die Dunkelheit fügten.

Youssef und Zara machten sich auf den Weg zu dem hinteren Tor und schauten dabei ständig nach dem Wachposten aus. Während sie sich hinter einigen Büschen verbargen, ging der Wächter ohne Zwischenfall an ihnen vorbei, und nachdem er seine Runde wieder aufgenommen hatte, krochen sie weiter geräuschlos und unerkannt an der Mauer entlang zu dem bewussten Tor. Das Glück war ihnen hold; sie fanden das Tor unbewacht vor. Leider jedoch war es verschlossen.

„Steige hinüber", befahl Youssef leise. „Ich werde von unten nachschieben."

Kurz darauf kletterte Zara auf die Mauer und darüber hinweg. Ihr Vater folgte dichtauf. Zuerst sahen sie Raschid nicht, und Zara bekam es schon mit der Angst zu tun. Doch dann entdeckte sie ihn; der Händler führte eine Reihe Rennkamele aus einem Olivenhain heran.

„Ich danke dir, mein Freund", sagte Youssef und schlug seinem Stammesgenossen auf die Schulter. „Die Bezahlung für deine Kamele wird dir zugehen."

„Ich verlange keine Bezahlung, Youssef. Dir zu helfen ist das Mindeste, was ich tun kann. Deine Tochter ist eine tapfere Frau. Ihr gebührt die Anerkennung. Allah sei mit dir."

„Wir müssen hier verschwinden, bevor wir entdeckt werden", sagte der Berberfürst und übernahm das Kommando. Sie saßen rasch auf und ritten in die Nacht hinaus. Die Oase und Scheich Jamal abd Thabit ließen sie schnell hinter sich.

Jamal hatte keinen erfreulichen Traum. Er versuchte, sich aus dem Bann eines tiefen, unangenehmen Schlafs zu befreien, schaffte es indes nicht. Er wollte wild um sich schlagen, doch seine Arme bewegten sich nicht. Irgendetwas stimmte nicht mit ihm, ganz und gar nicht. Er vermochte die Angst nicht zu beherrschen, die seinen betäubten Geist erfüllte.

Dann fühlte er, dass er angefasst und heftig geschüttelt wurde, und er konzentrierte sich auf die Worte, die ihm jemand ins Ohr brüllte.

„Herr, wacht auf!" Das Schütteln ging weiter und wurde immer heftiger. „Herr – bitte! Was ist Euch denn nur widerfahren?"

Jamal runzelte die Stirn. Mit allergrößter Anstrengung hob er ein Lid nach dem anderen. Seine Augen fühlten sich an, als wäre

Sand hineingeraten, und richtig sehen konnte er auch nicht. Es dauerte einige Minuten, ehe er Hammet erkannte.

„Hammet, was soll denn das?“ Was war mit seiner Stimme geschehen? Sie hörte sich so heiser und ganz fremd an.

„Allah sei gepriesen!“ rief der Eunuch seufzend. „Ihr müsst versuchen, ganz wach zu werden, Herr. Ich fürchte, die Nachrichten, die ich Euch bringe, werden Euch nicht gefallen.“

„Wasser“, stöhnte Jamal und versuchte sich aufzusetzen. Er schaffte es allerdings nur mit Hammets Hilfe und trank dann das Wasserglas leer, welches der Eunuch ihm an die Lippen hielt. „Was ist geschehen? Bin ich krank?“

„Ich habe bereits nach Eurem Arzt geschickt. Er wird in Kürze eintreffen. Unterdessen bin ich leider der Überbringer schlechter Nachrichten.“

„Schlechte Nachrichten?“ wiederholte Jamal, dem es noch immer schwer fiel, sich zu konzentrieren.

Bevor Hammet zu näheren Erläuterungen ansetzen konnte, kam ein kleiner, geschäftiger Mann mit Bart und schwarzem Käppchen ins Gemach geeilt.

„Ich werde später alles Weitere erklären“, sagte Hammet, zog sich zurück und machte dem Medicus Platz, damit dieser seinen Patienten behandeln konnte.

David ben Israel war ein jüdischer Arzt von einigem Ruf. Seit Jamals Geburt war er dessen persönlicher Heiler; genauso genommen hatte er ihn auf die Welt gebracht. Er war ein alter, jedoch sehr weiser Mann, der sich auf „Paradies“ seinen Studien widmete, denn es gab gemeinhin wenig für ihn zu tun.

„Ihr seid krank, Herr?“ erkundigte sich David, während er Jamals Augenlider anhob, um die Pupillen zu untersuchen.

„Ich bin niemals krank“, erklärte der Scheich.

„Lasst mich Eure Zunge sehen.“

Gehorsam streckte Jamal die Zunge heraus und fragte sich, was es bedeutete, dass David nach seiner Untersuchung leise „Hm, hm, hm“ vor sich hinsummte.

„Was ist das Letzte, woran Ihr Euch erinnert?“ fragte der Doktor nun und wiegte sich auf den Fersen.

Jamal schloss die Augen und versuchte, sich an die Ereignisse des gestrigen Abends zu erinnern. Er lächelte, als er sich entsann, dass er mit Zara zusammen gewesen war und sie geliebt hatte. Plötzlich jedoch verschwand dieses Lächeln, und seine Miene verfinsterte sich. Zara! Was war mit ihr geschehen? War sie in den Harem zurückgekehrt?

„Nun?“ drängte der Arzt ungeduldig. „An Eurem Lächeln erkenne ich, dass Ihr Euch an etwas erinnert.“

„Richtig. Ich war mit der Berberprinzessin zusammen. Ich entsinne, dass ich ihr beischlief, als alles mit einmal schwarz wurde.“

„Hattet Ihr etwas gegessen oder getrunken?“

„Nein ... Oh, doch. Ich trank ein Glas Aprikosennektar.“

Das Summen wurde lauter, während David das Schlafgemach nach Jamals Glas durchsuchte.

Da dämmerte es dem Scheich, worauf der Arzt hinauswollte. „Meinst du, ich sei vergiftet worden?“

„Vergiftet nicht direkt, Herr. Aha, hier ist es ja“, sagte David und sammelte mehrere Glasscherben vom Tisch und dem Fußboden auf. Eine große Scherbe hielt er ans Licht. Dann kostete er eine Spur von den darauf verbliebenen Rückständen. „Sicher kann ich noch nicht sein, Herr, doch ich glaube, bei einer näheren Untersuchung wird sich herausstellen, dass Euch eine Droge eingegeben wurde.“

„Was? Wer sollte mir ... Wer könnte so etwas getan haben?“

„Das weiß ich nicht, Herr. Die Droge war nicht stark genug, um einen bleibenden Schaden hervorzurufen, doch um ganz sicherzugehen, werde ich Euch jetzt etwas eingeben, das die noch in Eurem Körper verbliebene Substanz abführt. Das Schlimmste habt Ihr bereits ausgeschlafen."

Der Nebel in seinem Gehirn verzog sich, der klare Denkprozess setzte wieder ein, und ein schrecklicher Verdacht befiel Jamal: Hatte man Zara etwa eine ähnliche Droge eingegeben? Schlief sie jetzt ebenfalls die Wirkung aus?

Dann erinnerte er sich, dass Hammet beim Wecken etwas von „schlechten Nachrichten" gesagt hatte, und plötzlich packte ihn eine unerklärliche Furcht. Offenbar hing mit der Sache mehr zusammen, als es beim ersten Blick schien, und dem wollte er auf den Grund gehen.

„Hammet!" Sein Befehl brachte den Eunuchen auf der Stelle an seines Gebieters Seite.

„Hier bin ich, Herr."

„Mein Arzt scheint zu denken, mir sei ein Schlafmittel verabreicht worden. Was ist dir darüber bekannt?"

„Von einer Droge weiß ich nichts, Herr. Ich habe versagt. Vergebt mir."

„Ich halte dich doch nicht für verantwortlich! Hast du Zara gesehen?" fragte er dann scharf. „Ich werde David auch zu ihr schicken. Falls man ihr die gleiche Droge eingegeben hat, könnte sie krank geworden sein."

„Zara befindet sich nicht im Harem." Hammets Gesichtsausdruck war bekümmert, doch gleichzeitig auch argwöhnisch und vorsichtig. Der Temperamentsausbruch seines Gebieters würde beängstigende Formen annehmen, wenn er erst einmal das ganze Ausmaß des durch die Sklavin verübten Verrats erfuhr. „Heute früh kam Nafisa zu mir und wollte wissen, ob Zara noch immer bei Euch sei. Das war sie jedoch nicht. Ich wusste, dass sie nicht zur Tür hinausgegangen sein konnte, dann ich schlief ja auf meinem Lager vor Eurem Gemach und hätte sie gehört. Sie muss also durch den Hof verschwunden sein."

„Möglicherweise befindet sie sich im Baderaum", meinte Jamal voller Hoffnung, doch Hammet schüttelte den Kopf. „Hast du überall nachgesehen?"

„In jedem Raum des ganzen Palastes, Herr."

„Hast du auch den Hof durchsucht? Das ganze Palastanwesen?"

„Zara ist fort, Herr. Ebenso wie ihr Vater sowie alle anderen gefangenen Berber."

Jamal erhob sich vom Bett und trat an das Kästchen, in welchem er den Schlüssel für die Zelle des Berberfürsten verwahrte. Er atmete scharf ein, und das war das einzige Zeichen seiner Wut. Auf Satin gebettet, lag in dem Kästchen der Smaragd, den er Zara geschenkt hatte.

Das war ein deutlicher Tatbeweis, und mehr benötigte Jamal nicht. Er fühlte sich zutiefst verraten. Er war von einer Berberfrau getäuscht worden, die für ihren Vater die Hure gespielt hatte! Das war natürlich sehr grob ausgedrückt, doch eine andere Erklärung fand Jamal nicht für das, was Zara getan hatte.

Es schmerzte, erkennen zu müssen, dass Zara ihn absichtlich betrogen hatte. Sie hatte sich seine Besessenheit zunutze gemacht; sie hatte sich sein Vertrauen erschlichen, bis er blind für ihre schändliche Absicht gewesen war. Was war ich doch für ein Narr, schalt er sich, was für ein vollkommener, sentimentaler Narr!

„Ich benötige ein Bad, um mir den Geruch dieser hinterhältigen Hexe abzuwaschen", stieß er hervor. „Hole mir Haroun. Ich will mit ihm sprechen, nachdem ich gebadet habe."

„Ich werde jetzt gehen, Herr", erklärte David, nachdem der Eunuch fortgeeilt war, um Jamals Anweisungen auszuführen. „Ich sehe, dass Ihr mich nicht mehr benötigt. Offensichtlich ist die Wirkung der Droge verflogen.“ Unter Verbeugungen zog er sich aus dem Gemach zurück und ließ den Scheich mit seiner flammenden Wut allein.

Eine Stunde später inspizierten Jamal und Haroun den kleinen, engen Raum, in welchem Youssef untergebracht gewesen war. Weder erwartete der Scheich etwas zu finden, noch erstaunte es ihn sonderlich, hier einen Hauch von Zaras speziellem Duft wahrzunehmen.

Dieses Parfüm würde er überall wieder erkennen. Jasmin. Er hatte den Duft extra für die Berberprinzessin zusammenstellen lassen und Nafisa angewiesen, ihn ausschließlich für seine schöne Sklavin zu verwenden.

Bei der Erinnerung daran, wie er Zaras nach Jasmin duftende Haut geküsst, gekostet und liebkost hatte, überfiel ihn der Schmerz aufs neue. Weshalb hatte sie ihn nur so hintergangen? Er würde sie sogar geheiratet haben; er hätte ihr alles geschenkt, was immer sie auch begehrte.

Von dem Posten, der vergangene Nacht Wachdienst gehabt hatte, war nichts von Bedeutung zu erfahren, dennoch blieben sämtliche Berber verschwunden. Der Mann, welcher das vordere Tor bewachte, schwor, dass niemand hereingekommen oder hinausgegangen war, nachdem man es für die Nacht geschlossen hatte. Damit blieb nur noch das hintere Tor übrig. Das war zwar noch immer verschlossen, ließ sich jedoch notfalls leicht übersteigen. Der Schlüssel wurde geholt, und Jamal trat hindurch.

„Kamelspuren, Herr“, sagte Haroun und lenkte Jamals Aufmerksamkeit auf die großen Hufabdrücke auf dem Boden hinter dem Tor. „Unsere Leute reiten keine Kamele, und Karawanen nähern sich den Mauern nicht so weit, selbst wenn sie sich auf dem Weg zur Oase befinden. Dies ist eine gut geplante und ausgeführte Flucht, Herr.“

„Ja", stimmte Jamal nachdenklich zu. „Wäre ich von Zara nicht so besessen gewesen, hätte ich Vorsichtsmaßnahmen getroffen. Ich war sogar bereit, wegen dieser Berberhexe Ismail anzulügen. Nie wieder, Haroun, mein Freund! Wenn ich Zara finde, werde ich nicht mehr den betörten Narren spielen. Ich werde nie wieder das Opfer ihrer weiblichen Hinterlist werden."

„Beabsichtigt Ihr, sie zu verfolgen?" wollte Haroun wissen, den Jamals Besessenheit von der Berberprinzessin erstaunte. Was bedeutete schon eine einzige Frau, wenn man doch so viele haben konnte?

„Davon halten mich hundert wilde Pferde nicht ab", erklärte der Scheich fest. „Zara hat mich verraten und muss dafür die Konsequenzen tragen. Für eine Verräterin wie sie wäre es eine angemessene Strafe, sie auf dem Sklavenmarkt zu verkaufen."

Das war eine überstürzte Äußerung; obschon sein Stolz einen mächtigen Schlag erlitten hatte, würde Jamal Zara niemals zum Sklavenmarkt bringen lassen.

„Soll ich unsere Leute für eine längere Reise ausrüsten, Herr? Die Blauen Männer sind ein heimtückischer Gegner. Zweifellos hat Youssef bereits sein Zeltdorf verlassen und befindet sich auf dem Weg in die Berge. Die Berber vermögen ihre schwarzen Zelte geschwinder von einem Ort zum anderen zu transportieren, als wir sie aufspüren können."

„Wir werden sie finden, Haroun. Zara wird einsehen müssen, dass sie mich nicht zum Narren halten darf. Ihren Körper hat sie aufs Reizendste hingegeben, doch ihr Verstand und ihr Herz kannten nur ein einziges Ziel, und das war die Sache der Berber. Wäre ich nicht so betört von ihr gewesen, hätte ich sie durchschaut. So jedoch hat sie mich getäuscht und mich dazu gebracht, dass ich glaubte, ich könnte ihr vertrauen."

Jamal sagte allerdings nicht, dass er sogar so weit gekommen war, dass er sie mehr liebte als je eine andere Frau mit Ausnahme seiner Mutter.

„Wann brechen wir auf, Herr? Unsere Vorräte sind zwar knapp, doch das lässt sich leicht in einem oder zwei Tagen beheben."

„Bereite dich darauf vor, dass wir in drei Tagen reiten, Haroun. So unangenehm es mir auch ist – der Sultan muss erfahren, was sich hier zugetragen hat. Er dürfte darüber nicht gerade glücklich sein."

„Wollt Ihr Ismail die Wahrheit sagen?" fragte Haroun.

„Ja, es muss sein. Zara zuliebe ließ ich ihn über Youssef im Dunklen, doch jetzt besteht dazu kein Grund mehr."

„Ismail wird zornig werden."

„Ich werde ihn beschwichtigen, indem ich ihm die künftige Beute meiner Piratenfahrten verspreche. Geh jetzt, Haroun, und tue, was nötig ist, um meine Bewaffneten gut vorzubereiten."

Noch immer Wut schnaubend kehrte Jamal in sein Gemach zurück. Die Diener, die mit der Reinigung des Raums beschäftigt waren, scheuchte er fort und begann dann auf und ab zu gehen, weil er noch zu aufgebracht war, um sich selbst auf seinen Aufbruch vorzubereiten.

Alles in diesem Gemach erinnerte ihn an Zara. Er hatte ihren Duft noch in der Nase. Er blickte auf die Kissen auf seinem Diwan und stellte sich Zara vor, wie sie in der vergangenen Nacht gewesen war. Ihr nackter Körper hatte sich unter ihm gewunden; sie war erregt gewesen und hungrig nach den Liebkosungen seiner Hände, seines Mundes, der Zunge und seiner Männlichkeit.

Wie hatte er nur so vertrauensselig sein können? Wie hatte Zara ihn nur so sehr zum Narren halten können? Ich war eben zu betört, um die Wahrheit zu erkennen, warf er sich vor. Er hatte sich ja sogar eingebildet, dieses wilde Berberweib zu lieben!

Er schwor, dass er sie wieder einfangen würde, und dann wollte er ihr nie wieder erliegen. Sie sollte nur eine weitere Sklavin seines Haushaltes werden, eine, die er ganz nach Belieben benutzen oder ablegen konnte. Falls er sie begehrte, würde er sie eben nehmen. Niemand machte Jamal abd Thabit zweimal zum Narren!

Bei der Rückkehr in ihr Dorf wurde Joussef, den Blauen Männern und Zara ein triumphaler Empfang bereitet. Man setzte sofort eine große Feier an, ließ den Plan jedoch wieder fallen, als Youssef den Leuten erklärte, dass sie ihr Dorf verlassen und sich im Gebirge verbergen müssten.

Den nächsten Tag verbrachten Männer, Frauen sowie Kinder damit, ihre Besitztümer und Vorräte auf den Rücken der kräftigen Kamele zu verladen. Im Gebirge würden sie den sicheren Zufluchtsort finden, den das Dorf nun nicht mehr zu bieten vermochte. In Zelten zu wohnen, hatte seine Vorteile; man konnte sie im Handumdrehen abbauen und an anderer Stelle wieder neu errichten.

Am folgenden Tag schloss Zara sich dem Auszug an. Sie saß auf ihrem Rennkamel, während die langsameren Lasttiere nachfolgten. Wie der Wind ritt sie, denn sie fühlte sich endlich wieder frei, genoss den heißen Wind und die Sonne in ihrem Gesicht und trug die Kleidung, die ihr am liebsten war, die blaue Robe ihres Volkes. Doch glücklich war sie nicht. Ihr Herz war betrübt.

Jamal ...

Er hatte sie die Freuden gelehrt, zu lieben und geliebt zu werden. Sie benötigte keine Erfahrung, um zu wissen, dass der Scheich durchaus kein selbstsüchtiger Liebhaber war. Er hatte stets dafür gesorgt, dass sie Freude empfing, bevor er sich seine eigene nahm.

Er hatte ihr einen Heiratsantrag gemacht, und sie hatte ihn verraten. Wie hätte sie auch den Feind heiraten können?

Dennoch bereitete es ihr großen Kummer, wenn sie daran dachte, den Rest ihres Lebens ohne Jamal verbringen zu müssen. Sosehr sie sich auch bemühte, den schönen Scheich zu hassen, so gelangte sie doch immer zu demselben Schluss.

Sie würde Jamal nie hassen können.

Sie würde ihn sogar ...

Lieben können.

11. KAPITEL

Schleppenden Schrittes ging Zara zu dem Zelt ihres Vaters. Ihre Schultern waren gebeugt und ihre Augen trüb wegen des Mangels an Schlaf. Die tiefen dunklen Ringe unter ihren Lidern zeugten von dem Tumult, der in ihrem Inneren tobte.

Der Verstand sagte ihr, dass es richtig gewesen war, Jamal zu täuschen, doch ihr Herz weinte. Was sie dem Scheich angetan hatte, war verachtenswert, indes war ihr in ihrer Not ja nichts anderes übriggeblieben. Ihrem Vater hatte der Tod bevorgestanden, sie selbst war versklavt worden, und zu allem Übel hatte sie auch noch der immer größer werdenden Verlockung ihres erklärten Feindes widerstehen müssen.

Eine Woche war es nun her, dass sie Jamal das Schlafpulver eingegeben hatte und mit ihrem Vater sowie den Blauen Männern geflohen war. Eine Woche, in der sie sich wie eine Fremde unter ihrem eigenen Volk gefühlt hatte. Sie bezweifelte nicht, dass jedermann wusste, dass sie ihren Körper eingesetzt hatte, um Youssefs Freiheit zu erlangen. Obwohl niemand offen von ihrer Opfertat sprach, spürte Zara das Mitleid ihres Volkes. Das wollte sie nicht.

Der Scheich hatte sie vollkommen in Besitz genommen. Er hatte ihren Körper genommen und ihr uneingeschränkt den seinen gegeben. Er hatte ihr gezeigt, was wirkliche Verzückung war, und er hatte sie mit seiner Bitte verblüfft, sie möge seine Gattin werden. Er hatte eingestanden, dass er von ihr betört war, und er hatte sie an Bord seines Schiffes mitnehmen wollen.

Und sie hatte seine hohe Meinung von ihr damit vergolten, dass sie ihm das Schlafpulver verabfolgte. Wie sehr musste er sie jetzt hassen!

Der wahre Grund ihrer schlaflosen Nächte lag indes in der unausweichlichen Erkenntnis, dass sie den gefährlichen, sinnlichen Scheich Jamal abd Thabit zu sehr mochte. Er hatte sie nur zu berühren brauchen, und sie war zu Asche geworden, weil sie heißer und heller gebrannt hatte als jedes Feuer.

Youssef begrüßte Zara überaus herzlich, als sie durch die Zeltklappe hereinschlüpfte. „Ah, Tochter, ich freue mich, dass du gekommen bist. Hast du gesehen, dass Mohammed vor kurzem in das Lager geritten ist?“

Zara nickte. Mohammeds Anwesenheit in ihrem Lager war der Grund für ihren Besuch im Zelt ihres Vaters; sie wusste, dass Mohammed Youssefs Spion in Meknes war.

„Man redet in der Königsstadt davon, die reichste Karawane seit Jahren sei von Marrakesch nach Meknes unterwegs“, fuhr Youssef fort. „Die Ladung soll aus den im Süden eingenommenen Abgaben und Steuergeldern bestehen, die für die Schatztruhen des Sultans bestimmt sind.“

Zaras Stimmung hellte sich sofort auf. „Werden wir sie überfallen, Vater?“ An einem Überfall teilzunehmen, war genau das, was sie brauchte, um die Gedanken loszuwerden an den Mann, der sie zu seiner Lustsklavin gemacht und ihr das Herz geraubt hatte.

„Ja, Tochter, sobald bekannt ist, wo sich die Karawane jetzt befindet. Vor zwei Tagen soll sie Marrakesch verlassen haben. Da wir ihren Standort ganz genau kennen müssen, reite ich morgen bei Tagesanbruch hinaus und folge der Karawanenstraße, bis ich sie entdecke.“

„Ich komme mit", erklärte Zara, die es drängte, irgendetwas zu unternehmen, womit sie ihren Geist und ihren Körper beschäftigen konnte.

„Diesmal nicht, Tochter. Ich habe bereits ein Dutzend Männer ausgewählt, die mich begleiten werden. Sei versichert, dass du an meiner Seite reiten wirst, wenn wir angreifen, doch ich möchte, dass du diesmal im Lager bleibst. In meiner Abwesenheit sollst du als Anführer handeln. Du bist ebenso wild und loyal wie jeder meiner Männer."

„Ich werde dir keine Schande machen", versprach Zara. Youssefs Worte hatten sie stolz gemacht. „Meinst du wirklich, es könnte gefährlich werden?"

Youssef blickte ihr forschend ins Gesicht. „Ja. Du hast den Scheich gedemütigt, Zara. Er ist kein Mann, der mit sich spielen lässt. Du hast seinen Stolz verletzt. Ich fürchte, Jamal wird nicht eher ruhen, bis er uns gefunden hat, und ich bete darum, dass ihm das nicht gelingt. Seine Rache dürfte sonst schnell und grausam sein."

„Wir sind doch ständig in Bewegung", gab Zara zu bedenken. „Ich glaube, du übertreibst die Gefahr, die uns von Scheich Jamal droht."

Youssefs Miene verdüsterte sich. „Es ist kein Geheimnis, dass Jamal dich begehrt, Tochter. Du hast ihm ein Schlafmittel eingegeben und bist dann geflohen. Das ist für ihn eine Beleidigung, die er nicht hinnehmen wird. Er wird nach uns suchen, doch ich bin mir einigermaßen sicher, dass er uns fürs Erste nicht finden wird. Nachdem wir die Karawane des Sultans um ihre Schätze erleichtert haben, werden wir tiefer in das Gebirge ziehen."

„Wie lange wirst du fort sein, Vater?"

Youssef zuckte die Schultern. „Das weiß ich noch nicht so genau. Höchstwahrscheinlich ein paar Tage, gewiss nicht länger.

Wenn wir die Karawane dann ausgekundschaftet haben, werden wir auch wissen, wann und wo wir sie angreifen können. Es ist wichtig, dass wir in Erfahrung bringen, wie viele Wachleute ihr zugeordnet sind."

„Hast du irgendwelche Anweisungen für mich?"

„Ich setze Vertrauen in deine Fähigkeit, die Männer anzuführen, wenn dies nötig werden sollte, Tochter."

„Das bedeutet mir sehr viel", sagte Zara und wandte sich schon zum Gehen, doch Youssef legte ihr die Hand an den Arm und hielt sie zurück.

„Lass uns offen miteinander reden, Zara. Ich kann sehen, dass du unglücklich bist. Ist es wegen Jamal? Ich weiß, dass es entwürdigend für dich war, dich ihm zu unterwerfen, und ich gebe mir selbst die Schuld an deinem Opfer, indes habe ich es nicht von dir verlangt. Wenn du es willst, werde ich ihn suchen und töten."

„Nein, Vater!" rief Zara. Der Gedanke an Jamals Tod entsetzte sie. „Ich habe dieses Opfer für unser Volk gebracht." Und in Wahrheit war es auch überhaupt kein Opfer, fügte sie im Stillen hinzu. „Der Scheich hat mich nicht verletzt", gestand sie ein. „Er war sehr sanft zu mir, obgleich ich ihn wiederholt reizte und erzürnte."

„Eines Tages wird es eine Konfrontation zwischen mir und Jamal geben", prophezeite Youssef, „und ich kann dir nicht versprechen, dass dir das Ergebnis gefallen wird." Er blickte finster. „Was hat dieses Ungeheuer mit dir gemacht, um deine Achtung zu gewinnen? Wie kannst du Zuneigung für den Mann empfinden, der für den Tod deines Verlobten verantwortlich ist? Für den Mann, der dir Gewalt angetan hat?"

Zara errötete. „Ich verachte den Scheich, Vater", log sie. „Es wäre mir nur lieber gewesen, wenn ich nicht zu einer List hätte greifen müssen, um unsere Freiheit wiederzugewinnen."

„Wie du meinst. Nun denn, Tochter, gehe und kümmere dich

um die Sicherheit des Lagers. Morgen bei Sonnenaufgang werde ich aufbrechen."

Jamal und seine Bewaffneten fanden keine Spur von Youssef und den Blauen Männern, obgleich sie mehrere Tage das Gebirge sowie dessen Ausläufer durchkämmt hatten.

„Es ist aussichtslos, Jamal." Haroun schüttelte müde den Kopf. „Das Gebirge ist viel zu ausgedehnt, und es gibt darin zu viele Verstecke. Wir werden den Berberfürsten niemals finden. Er kennt sich dazu dort viel zu gut aus."

„Ich finde ihn", erklärte Jamal grimmig entschlossen. „Ich habe dem Sultan Youssefs Kopf versprochen, und so Allah will, werde ich ihm ihn auch bringen."

„Gesteht es nur ein, Herr, Ihr seid mehr an Youssefs Tochter interessiert als an dem Mann selbst."

„Zara hat mich zum Narren gehalten, Haroun. Ich war von ihr betört, und sie hat mich getäuscht. Zugegeben, ich will sie haben, jedoch nur, um sie zu bestrafen, und aus keinem anderen Grund. Dies ist das erste Mal, dass mich ein Weib gedemütigt hat, und das lasse ich nicht auf mir sitzen."

Haroun erinnerte sich daran, dass Jamal einmal gesagt hatte, er wolle Zara zum Sklavenmarkt schicken; er hatte geschworen, das würde er tun, sobald er diese nutzlose Berberhexe in die Hände bekäme.

„Ihr hattet Glück, dass Ihr einer Strafe entgingt, nachdem der Sultan erfahren hatte, dass Ihr den von Euch gefangenen Berberfürsten wieder entkommen ließet", meinte der Leutnant und wechselte damit das Thema. „Ismail ist ein Mann, der sich nicht so leicht beschwichtigen lässt."

„Ich habe ihm die ganze Beute meiner nächsten Piratenfahrt versprochen, und nicht nur einen Anteil davon", sagte Jamal und dachte an den Wutausbruch des Sultans, als dieser von Youssefs Flucht erfahren hatte.

„Wann werden wir in See stechen?“ erkundigte sich Haroun und dachte dabei an Saha, die er nur ungern zurückließ.

Es hatte nicht sehr lange gedauert, bis die Konkubine merkte, dass der Leutnant ein strenger und anspruchsvoller Gebieter war, der keinen Ungehorsam zuließ. Nachdem Haroun sie ein- oder zweimal verprügelt hatte, hätte er sich keine leidenschaftlichere Mätresse mehr wünschen können. Inzwischen war er von ihr beinahe ebenso betört wie der Scheich von seiner Berberprinzessin.

„Es ist nur eine Frage der Zeit, bis wir auf See zurückkehren.“ Jamal zuckte die Schultern. „Wann es soweit ist, hängt davon ab, wie schnell wir Youssef und seine heimtückische Tochter finden.“

„Es wird bereits dunkel. Sollen wir unser Lager aufschlagen?“

„Ja, kümmere dich darum, Haroun. Ich werde ein Stück vorausreiten und nachschauen, wie es hinter der nächsten Anhöhe aussieht. Youssefs Lager muss sich hier irgendwo in diesen Bergen befinden, und je länger es dauert, bis wir ihn finden, desto zorniger wird der Sultan.“

Zara erteilte den Befehl, dass keine Lagerfeuer in der Abwesenheit ihres Vaters zu entzünden seien. Die Mahlzeiten mussten auf den kleinen Kohlebecken gekocht werden, die in der Nacht keinen so großen Feuerschein verbreiteten.

Der Berberfürst war inzwischen zwei Tage fort, und bis jetzt war alles ruhig geblieben. Zwei Männer in ihren blauen Roben schritten die Grenzen des Lagers ab und hielten Wache, um Überraschungsattacken zu vermeiden, obgleich Zara bezweifelte, dass Jamal sich hier irgendwo in der Nähe aufhielt.

Überfälle auf die Karawanen des Sultans hatte es nicht mehr gegeben, seit sie und ihr Vater von „Paradies“ geflohen waren, und

Zara hoffte, dass Mulai Ismail inzwischen glaubte, es würden auch keine mehr stattfinden.

In der Überzeugung, dass alles zum Besten stand, zog sich Zara in ihr Zelt zurück. Leider war Schlaf ein Luxus, der ihr in der letzten Zeit verwehrt blieb. Sobald sie die Augen schloss, führte ihre lebhafte Erinnerung sie in die erotischen Nächte zurück, die sie in Jamals Armen verbracht hatte. Schweißgebadet warf sie sich hin und her, schleuderte die Decken von sich und wurde feucht an jenen Stellen, die der Scheich liebkost und geküsst hatte. Ihr Körper verzehrte sich nach seiner leidenschaftlichen Berührung; sie bebte aus heißem Verlangen, Jamals so hinreißendes Liebesspiel aufs Neue zu erfahren.

Zara versuchte, ihre Gedanken auszuschalten, doch das missglückte ihr gründlich. Jamal hatte ihren Körper gelehrt, ihn zu begehren, und sie hatte sich als eine gelehrige Schülerin erwiesen.

Wie sehr muss er mich jetzt hassen, dachte sie. Er musste sich gedemütigt und verletzt fühlen. Falls sie jemals wieder in seine Hände fiele, würde er ihr Leben zu einer Katastrophe machen. Ein so stolzer Mann wie Jamal abd Thabit würde sich gewiss bitter dafür rächen, dass man ihn zum Narren gehalten hatte. Bei dem Gedanken an sein schnell gefasstes Urteil flehte sie Allah an, sie vor den Händen des Scheichs zu bewahren.

Jamal stand auf einem Bergkamm über dem Berberlager, hielt die Hand über das Maul seines Pferdes und spähte hinunter. Er war selbst überrascht gewesen, als er vorhin praktisch über das Lager gestolpert war.

Etwa eine halbe Stunde lang beobachtete er nur, und dann hatte er sämtliche Informationen zusammen, welche er benötigte, um den Überraschungsangriff im Morgengrauen ins Werk zu setzen. Er und seine Männer würden den Stützpunkt der Berber lautlos umzingeln, die zwei Posten unblutig zum Schweigen bringen und, während die Leute noch schliefen, den gesamten Stamm gefangen nehmen.

Allah meinte es gut mit ihm. Bald würde Jamal die hinterlistige Berberhexe wieder in seinen Besitz gebracht haben, wohin sie auch gehörte.

Zara schlief unruhig. Kurz vor Morgengrauen wachte sie auf. Ihr Körper war angespannt, und eine böse Vorahnung legte sich über sie. Die Nacht war dunkel und mondlos; nichts war zu sehen in der schwarzen Finsternis. Sie drehte sich auf ihrem Lager aus Fellen herum und versuchte, sich ihre innere Unruhe zu erklären. Hier gibt es nichts, wovor ich mich fürchten müsste, sagte sie sich. Die schwarzen Zelte waren vor dem Hintergrund des schwarzen Himmels und der dunklen Berge fast unsichtbar, und Zara schalt sich wegen ihrer lebhaften Fantasie. Die Wachposten waren zuverlässig und hatten keinen Alarm geschlagen.

Ein Kamel schnaubte. Sie erstarrte. Als sie jedoch nichts weiter hörte, entspannte sie sich wieder. Ich bin töricht, sagte sie sich; ich habe Angst, wo es doch absolut nichts zu fürchten gibt.

Da es noch zu früh war, um aufzustehen, schloss sie die Augen und zwang sich dazu, wieder einzuschlummern.

Draußen in der tiefen Dunkelheit umstellten Jamal und seine Männer die schwarzen Zelte. Mit den beiden Wachposten war man rasch fertiggeworden; sie lagen jetzt bewusstlos und gebunden beim Kamelpferch, wo vier von den Leuten des Scheichs sich bemühten, die Tiere ruhigzuhalten.

Jamal hielt Wache, während seine Bewaffneten leise in alle Zelte bis auf eines krochen, welches er für sich selbst vorbehalten hatte. In einem unblutigen, geräuschlosen Handstreich überwältigten die

Männer des Scheichs die schlafenden Berber und trieben sie in einem großen Zelt zusammen.

Jamal blickte zu dem unberührten Zelt, in dem Zara schlief; das wusste er, weil er einen der Wachposten befragt hatte, bevor er ihn bewusstlos schlug.

„Das Lager ist sicher, Jamal“, meldete Haroun. „Der Posten hatte Recht. Youssef befindet sich nicht hier. Die Hälfte aller Männer des Stammes sind fort. Wir haben hauptsächlich Frauen und Kinder gefangen genommen.“

„Ich führe nicht Krieg gegen Frauen und Kinder.“ Es ärgerte Jamal, dass er den Berberfürsten verpasst hatte. „Bewache sie gut, mein Freund. Nachdem ich meine Angelegenheit mit der Prinzessin abgeschlossen habe, werde ich neue Befehle ausgeben.“ Er warf einen Blick auf Zaras Zelt. „Sorge dafür, dass ich nicht gestört werde.“

Zara setzte sich in ihrem zerdrückten Bettzeug auf. Ihr Atem ging schwer, und ihr Herz hämmerte. Irgend etwas stimmte nicht, das spürte sie ganz genau. Diese unheimliche Stille war nicht normal.

Sie erschrak heftig, als sich ihr eine harte Hand auf die Schulter legte. Ihr Kopf fuhr herum, und da sah sie eine Schattengestalt über sich. Zara griff nach dem Messer neben ihrem Kopfkissen, doch der Eindringling war zu schnell für sie und stieß es beiseite, ehe sie es zu fassen vermochte.

„Wer bist du? Was willst du?“ Die Panik ergriff sie, und sie versuchte aufzustehen.

Ein Licht flammte auf, und der Eindringling fasste ihre schmale Schulter fester; dies sollte eine stumme Warnung sein. Zara zuckte zusammen, schrie jedoch nicht, denn Schmerz war für sie nichts Neues. Doch dann erkannte sie im flackernden Lampenlicht das Gesicht des Scheichs, und nun packte die Furcht sie wirklich.

Jamal zog Zara auf die Beine. Dicht standen sie einander jetzt gegenüber. „Ja, ich bin's, mein Kätzchen. Dein schlimmster Albtraum ist wahr geworden."

„Jamal! Allah stehe mir bei! Wie seid Ihr ..." Ihr stockte der Atem bei seinem unverhofften Anblick.

„Du kannst Allah anflehen, so viel du willst, Zara. Er wird dir nicht helfen."

„Ich brauche nur zu schreien, und meine Männer werden mir zur Hilfe eilen!"

Jamal lachte, doch das hörte sich alles andere als tröstlich an. „Deine Männer sind meine Gefangenen. Meine Leute haben sie jetzt in ihrer Gewalt."

„Die Wachposten ..."

„Um die haben sie sich ebenfalls gekümmert. Ich bedaure nur, dass Youssef sich nicht hier befindet. Doch keine Angst. Er kann ja nicht ewig frei herumlaufen. Der Sultan hat einen gewaltigen Preis auf seinen Kopf ausgesetzt."

Zara blickte ihn an; Jamals Gesicht war im ersten Morgenlicht, das durch den Zelteingang fiel, jetzt zu erkennen. Seine Augen wirkten kalt und emotionslos, und seine Miene war hart und unbarmherzig.

Sie hob das Kinn ein wenig. Was immer er auch mit ihr beabsichtigte, sie würde auf keinen Fall um Gnade betteln. Sie hatte ihn verraten, und dafür wollte er sie nun bestrafen. Er sollte nie erfahren, dass sie nicht unbeschädigt entkommen war. Während der Wochen ihrer Gefangenschaft hatte sie verborgene Tiefen der Gefühle für ihren schönen Häscher entdeckt. Er hatte die Feuer gelegt, die jetzt heiß in ihr brannten.

„Meinen Vater werdet Ihr niemals fangen. Er ist viel zu schlau für Euch."

Jamal lächelte unfroh. „Doch ich habe seine Tochter. Du hast ihn mir einmal gebracht, und das wirst du auch wieder tun." Er ließ den Blick beleidigend eindringlich über ihre ganze Gestalt gleiten. „Lege deine Kleider ab, Zara."

„Was?"

„Jetzt gleich, Kätzchen. Haroun wird dafür Sorge tragen, dass wir nicht gestört werden."

„Ist das Eure Art, mich zu bestrafen?"

„Dich zu bestrafen?" Er lachte rau auf. „Du hältst das Beilager mit mir für eine Bestrafung? Hast du so auch empfunden, wenn du früher mit mir zusammenwarst? War das für dich eine so harte Pflichterfüllung? Du bist eine ausgezeichnete Schauspielerin, Kätzchen. Ich hätte geschworen, du wärst vor Verzückung in meinen Armen in Ohnmacht gesunken. Du hast sogar gelernt, die Silberkugeln und die besondere Art des Vergnügens zu genießen, das sie dir brachten. Mich kannst du doch nicht anlügen, Zara."

Zara wollte alles abstreiten, vermochte es indes nicht. Sie fand es entsetzlich, an ihre wilde, sehr empfängliche Natur erinnert zu werden, soweit es Jamal betraf. Es ärgerte sie, dass sie ihn angefleht hatte, zu ihr zu kommen und ihr den Himmel zu zeigen. Nichts davon hatte sie nur vorgegeben. Alles hatte sie absolut aufrichtig und wahrhaftig empfunden.

„Ich habe es nur vorgegeben", log sie. „Ihr mögt mich hassen, wenn Ihr wollt, doch was ich tat, musste ich für meinen Vater und mein Volk tun."

„Du hast also für deinen Vater die Hure gemacht!" warf ihr Jamal zornig vor. Wie konnte sie nur die Gefühle abstreiten, die sie beide geteilt hatten? Wie konnte sie die Empfindungen ableugnen, die ihre und seine Liebe so einzigartig gemacht hatten? Wie konnte sie ihn nur so verraten?

Zara gelang es, unter seinem unversöhnlichen Zorn nicht zusammenzuzucken. „So war es durchaus nicht! Ich bin keinesfalls eine Hure."

„Jetzt bist du eine. Du bist meine Hure. Ziehst du dir jetzt deine Kleider aus, oder muss ich das für dich tun?“

Zara warf einen Blick zur Zeltklappe.

„Das solltest du nicht einmal denken, Kätzchen! Meine Männer sind überall.“

Er riss sich seine Gallabije herunter und griff nach Zara. Mit raschem und sicherem Griff zerfetzte er das zarte Leinenhemd, welches sie trug, und warf es zur Seite. Im schwachen Licht des anbrechenden Tages schimmerten ihre Brüste wie heller Alabaster. Als Nächstes fasste er an ihre weite Pluderhose und zerriss sie in seinem Eifer, Zara unbekleidet zu sehen.

Als sie nackt war, trat er in stiller Bewunderung zurück. Sein Zorn löste sich langsam auf. „Allah weiß, wie sehr ich dich hassen will“, presste er hervor. „Du hast mich mit deinem wunderschönen Körper betört, um so mein Vertrauen zu gewinnen. Deine Strafe muss deshalb ebenso schmerzlich sein wie dein Verrat.“

„Ich bin sicher, das wird sie auch“, meinte Zara und befeuchtete sich die trockenen Lippen mit der Zungenspitze. „Doch ich bereue nicht, was ich getan habe. Das Leben meines Vaters ist wichtiger als meines.“

„Hure!“ rief Jamal zornig und zerrte ungeduldig an seiner eigenen Kleidung. Sein Hemd flog quer durch das Zelt. „Ich begehre dich, Zara. Du sollst dich daran erinnern, wie sich meine Hände an deinem weichen Fleisch anfühlen, wie mein Mund schmeckt und wie meine Lippen alle die Stellen reizen, die dich so wild erregen.“

Zara schloss die Augen. Als ob sie daran erinnert werden müsste, welche Empfindungen er in ihr hervorgerufen hatte! Seit dem Moment, da sie Jamal verließ, hatte sie kaum an etwas anderes gedacht. Warum musste ihrer beider Leben nur so kompliziert sein? Weshalb durften sie nicht ohne Schuldgefühle frei lieben? Mussten sie immer auf der entgegengesetzten Seite stehen?

„Ihr hasst mich. Weshalb begehrt Ihr mich dann?" fragte sie, als er sie zu sich heranzog.

„Die Grenze zwischen Hass und Liebe ist oft zu schmal, als dass man das eine vom anderen unterscheiden könnte", lautete seine rätselhafte Antwort. „Sei dankbar, dass ich dir nur beiliege, statt dein Leben zu verlangen."

Mit geschmeidiger, panthergleicher Anmut drückte er sie auf das Schlaflager aus Fellen nieder. Ein gefährliches Lächeln zog sich um seine Lippen, als er sich aufrichtete und sie betrachtete. Sein Gesichtsausdruck sprach von unerschütterlicher Männlichkeit und unnachgiebiger Entschlossenheit. Sein Blick lief über sie. Ihr herrlicher Körper schlug ihn in seinen Bann. Ihre Brüste waren weich und voll und ihre Knospen die reine Verlockung.

Jamals Blick brachte sie aus dem Gleichgewicht. Das feurige Glitzern in seinen Augen kannte sie nur zu gut. Wie konnte er das nur wieder mit ihr tun? Wie konnte er sie nur mit seinem Blick dahin bringen, dass sie ihn begehrte?

Der Funke der Rebellion entzündete sich in ihr. „Der Teufel hole Eure Seele! Fasst mich nicht an!"

„Ah, ich werde noch viel mehr tun, als dich nur anzufassen, mein Kätzchen. Noch ehe ich mit dir fertig bin, wirst du mich deinen Gebieter nennen."

„Nein!" rief sie. „Ich bin niemandes Sklavin!"

„Nein? Du bist meine Sklavin und meine Hure."

Er zog sie fest zu sich heran und presste ihre Brüste gegen seinen harten Oberkörper. Sein unnachgiebiger Mund legte sich über ihre Lippen, und die Welt versank für sie.

Nur kurz löste er sich von ihr, um sich zu entkleiden. Dann schob er seine Hände durch Zaras dichtes blondes Haar, hielt ihren Kopf fest und fuhr fort, sie mit seinen Küssen zum Wahnsinn zu treiben. Als er seine Zunge zwischen ihre Zähne stieß, hörte sich der Laut, der sich ihrer Kehle entrang, eher wie ein Stöhnen an denn wie ein Protest.

Jamal küsste sie rau und grimmig. Schließlich riss er seine Lippen von ihren los und starrte sie flammend an. Seine Augen brannten sich heiß in ihre Seele. „Ich könnte dich auf der Stelle umbringen, ohne dass mich irgendein Mensch daran zu hindern vermag."

Durch den Nebel des Verlangens drangen seine Worte zu ihr durch. „Dann tut es doch, Jamal. Tötet mich, und bringt es hinter Euch."

„Allah stehe mir bei – ich kann nicht." Seine Stimme klang belegt. „Doch ich werde dir nie wieder vertrauen."

Zara raffte ihren ganzen Mut zusammen. „Ihr empfindet etwas für mich, Jamal, das weiß ich genau." Das hätte sie besser nicht sagen sollen.

Seine Miene versteinerte sich. „Sage mir nicht, was ich empfinde, und was nicht! Du hast mir zu gehorchen. Alles, was ich von dir will, ist dein Körper und das Vergnügen, das er mir bereitet. Du hast deine Beine zu spreizen, wenn ich es verlange, und du hast dich mir willig hinzugeben. Wenn du beginnst, mich zu langweilen, schicke ich dich auf den Sklavenmarkt. Ein neuer Gebieter kann sich dann mit dir befassen."

Zara vernahm es mit Schrecken. Sollte das tatsächlich ihr Schicksal sein? Sollte sie wie ein Stück Fleisch auf einem Sklavenblock ausgestellt und an den Meistbietenden verkauft werden? So grausam konnte Jamal doch nicht sein!

Ihr fiel nichts ein, was sie hätte erwidern können. Tatsächlich setzte ihr Geist vollständig aus, als Jamal ihre Brüste zusammendrückte, sein Gesicht an der Spalte dazwischen rieb und schließlich mit der Zunge mit seinen quälenden Liebkosungen begann. Er fand eine der reifen Knospen, nahm sie zwischen seine Zähne und sog sie sich in den Mund. Während sich ihre Hände wie von selbst über die harten Muskeln seines Rückens und des Gesäßes bewegten, wimmerte sie leise.

„Du verführst mich schon wieder mit deinem weichen Körper, deinem gierigen Mund und deinen Händen", flüsterte Jamal an ihren Lippen. „Du bist eine Gefahr, mein Kätzchen."

Ihre Haut war erhitzt und feucht; ihre Lippen waren geschwollen und von seinen Küssen geplündert. Er blickte in Zaras grüne Augen und meinte, darin unterzugehen. Obwohl er wusste, dass er sich das einbildete, war es ihm, als erkannte er in ihren Augen den weichen, verträumten Ausdruck der Liebe. Jamal blinzelte, um dieses Trugbild zu vertreiben.

Er war doch weiter nichts als ein betörter Narr, der seine Lektion noch immer nicht gelernt hatte! Zara liebte ihn nicht. Seine Begeisterung für sie hatte sie nur benutzt, um ihn zu täuschen. Ihr lag nichts an ihm. Was blieb, war nur die Wollust. Die Art, wie ihr Körper auf seinen reagierte, zeigte das deutlich. Sie trachtete nach dem, was er ihr geben konnte, und das war keine Lüge.

„Ihr habt mich zu dem gezwungen, was ich tat", sagte sie. „Es war niemals meine Absicht, Eure Lustsklavin zu werden. Ich habe jeden Eurer Versuche, mir beizuschlafen, so lange zurückgewiesen, bis mein Vater Euer Gefangener wurde. Was ich tat, geschah ausschließlich zu seiner Befreiung."

„Trügerische Hexe", flüsterte Jamal an ihren Lippen. „Jetzt interessieren mich deine Wünsche nicht mehr. Von nun an wirst du nur noch mich befriedigen. Spreize deine Beine und empfange deinen Herrn."

Zara bog sich mit solcher Kraft gegen ihn hoch, dass er beinahe von ihr herunterfiel. „Ziegensohn! Köter! Ihr wart niemals mein Herr!"

Sie hob die Hand, um ihn zu schlagen, doch er packte ihre Handgelenke, hielt sie mit einer Faust zusammen und zog sie über ihren Kopf hoch. Er bedeckte ihren sich wehrenden Körper mit seinem und unterwarf sie durch seine Kraft.

„Irrtum, süßes Kätzchen. Ich bin dein Herr, seit ich dich das erste Mal besessen habe.“ Zara mochte ihm so viel sie wollte vorlügen, dass sie nicht nach ihm schmachtete; er wusste es besser.

Um dies zu beweisen, spreizte er ihre Oberschenkel mit seinen Knien und drang so tief in sie ein, wie es ihm nur möglich war. Er stöhnte auf, als sie ihn mit ihrer sengenden Hitze umgab und ihn willkommen hieß. Jamal war so erregt, dass er auf der Stelle seinen Höhepunkt hätte haben können, doch etwas hielt ihn zurück.

Zara zu befriedigen, das war stets ein großer Teil seines eigenen Vergnügens gewesen. Jetzt hatte er eigentlich beabsichtigt, sie rau, schnell und ohne Rücksicht auf ihr Vergnügen zu nehmen. Sobald er jedoch in sie geglitten war, erkannte er, dass er wollte, dass Zara die gleiche Verzückung wie er erfuhr. Was immer sie ihm auch angetan hatte, Grausamkeit kam für ihn nicht in Frage, soweit es sich um die Berberprinzessin handelte.

Er begann, sich langsam in ihr zu bewegen und drang womöglich noch tiefer in sie ein. Als er auch noch seine Hände und den Mund ins Spiel brachte, stockte ihr vor Überraschung der Atem.

Mit seinen geschickten Fingern streichelte und liebkoste er ihr Gesäß, während er an ihren Brustspitzen sog. Er atmete rau und keuchend, die Bewegungen seiner Hüften wurden härter, schneller und nahmen Zara mit in die Welt lustvoller Sinnlichkeit.

„Komm, süßes Kätzchen“, keuchte Jamal ihr ins Ohr. „Komm jetzt!“

Zara stöhnte auf, als er das winzige Juwel zwischen ihren Schenkeln berührte und sie in einen Wirbel der Empfindungen schleuderte. Auch Jamal schrie seine Verzückung hinaus und folgte Zara zu einem rauschhaften Höhepunkt.

Lange blieb er in ihr. Erst wenn er ganz erschlafft war, erst wenn sein Herz wieder langsam und regelmäßig schlug und seine Lungen sich wieder mit Luft zu füllen begannen – erst dann wollte er sich aus Zara zurückziehen.

„Leugnest du noch immer, dass ich dein Herr bin?“ erkundigte er sich träge amüsiert. „Dein Körper gehorcht jedem meine Befehle prompt und ohne Frage.“

Sie bedachte ihn mit einem empörten Blick und wandte dann beleidigt ihr Gesicht ab. „Lasst mich los. Ihr habt Euer Schlimmstes getan. Jetzt lasst mich in Frieden.“

„Ich habe mein Schlimmstes getan?“ wiederholte Jamal. „Nein, süßes Kätzchen, ich habe mein Bestes getan. Ich hatte vorgehabt, dich schnell und ohne Rücksicht auf dein Vergnügen zu nehmen, doch ich bin zu weichherzig, um dich unbefriedigt zu lassen. Möglicherweise wird das nicht immer so sein; also genieße es, solange es noch geht.“

Er wurde wieder hart und merkte, wie er in ihr anschwoll. Zara fühlte das wohl ebenfalls, denn sie versuchte, sich von ihm zu lösen, doch fest wie ein Schraubstock schlang er die Arme um ihren Körper und hielt sie gefangen.

„Nein, nicht schon wieder!“ rief sie angstvoll. Es war zwar nicht ungewöhnlich für ihn, sie mehr als einmal in der Nacht zu nehmen, doch üblicherweise schlief er zwischen seinen Liebesattacken.

„O doch, mein Kätzchen.“ Er packte sie bei den Hüften und legte sie neben sich auf den Bauch. Bevor sie wusste, wie ihr geschah, hockte er über ihr und hob sie auf die Knie.

„Auf diese Weise bleiben nämlich meine Hände frei, um dich zu streicheln“, erklärte er dazu. Heiß strich sein Atem über ihren Nacken, während er ihre Brüste in die Hände nahm und mit den Fingern ihre empfindsamen Knospen reizte. Dann drang er aufs Neue in sie ein.

Zara bog den Rücken, und mit dem letzten Rest ihres Verstandes dachte sie, dass der Scheich Recht hatte. Er beherrschte ihren Körper, auch wenn ihr Verstand sich gegen das wehrte, was er ihr antat. Aufs Schrecklichste wurde ihr bewusst, dass kein Mann außer Jamal die Macht besaß, sie sich gefügig zu machen.

Dies war ein beängstigender Gedanke. Sie wollte mehr als eine Sklavin für ihn sein, doch das Schicksal und die Umstände waren gegen sie. Der Scheich würde niemals zärtliche Gefühle für sie hegen. Er hasste sie.

Sie hörte auf zu denken, als Jamals Bewegungen ekstatisch wurden. Zara und er stürmten den Sternen entgegen und fanden die Erfüllung zur selben Zeit.

An diesem langen Morgen liebte Jamal sie noch ein weiteres Mal, ehe er nach seinem Frühstück rief, und danach liebte er sie wieder. Hinterher befahl er Zara, sich anzukleiden, trat an die Zeltklappe und rief nach Haroun. Während er auf seinen Leutnant wartete, legte er seine eigene Kleidung an. Zara war bereits fertig angezogen und erwartete ihr Schicksal. Kurz darauf trat Haroun ins Zelt.

„Bringe die Gefangenen zum Sklavenmarkt in Fez“, befahl der Scheich kurz.

„Frauen und Kinder auch?“

„Nein, die lass hier. Sie machen zu viel Umstände.“ Jamal konnte den Gedanken nicht ertragen, dass Mütter und Kinder voneinander getrennt wurden, was auf jeden Fall geschehen würde, wenn man sie auf den Versteigerungsblock brachte.

„Nimm die Hälfte unserer Bewaffneten mit und lass mir den Rest hier. Ich werde Youssef verfolgen. Vermutlich erwische ich diesen tückischen Bastard nicht, doch ich muss es versuchen. Wenn du die Gefangenen abgeliefert hast, kehre nach ‚Paradies‘ zurück. Ich komme nach, so bald ich kann.“

Haroun warf einen Blick auf Zara. „Und was ist mit ihr, Jamal? Was soll nach Eurem Willen mit der Berberhexe geschehen?"

Jamals Augen verdunkelten sich bei der Empfindung, die er sich kaum zu erklären vermochte, also versuchte er es auch gar nicht erst. „Schaffe sie mir aus den Augen. Ich schenkte ihr mein Vertrauen, und sie hat mich verraten."

Ohne weitere Umstände nahm Haroun Zara beim Arm und zog sie aus dem Zelt. Nach Ansicht des Leutnants hätte der Scheich seine Wünsche etwas deutlicher ausdrücken können. Haroun erinnerte, dass sein Herr einmal davon gesprochen hatte, Zara zum Sklavenmarkt zu bringen, und seines Wissens hatte Jamal diese Meinung auch nicht geändert.

Es wäre Haroun nie in den Sinn gekommen, dass der Scheich wollte, dass Zara nach „Paradies" zu bringen sei, um dort auf ihn zu warten. Ohnehin war es die ganz persönliche Ansicht des Leutnants, dass sein Herr ohne die Berberhexe besser dran wäre. Haroun hoffte, Zara könnte an einen Mann verkauft werden, der ihr die Unterwürfigkeit hineinprügeln würde. Jamal war ein zu guter Mensch, um Verrat durch eine Frau zu erleiden. Mit Allahs Hilfe wollte er, Haroun, schon für Gerechtigkeit sorgen.

„Wohin bringst du mich?" wollte Zara wissen, als sie auf ein Pferd gesetzt wurde.

„Jamal wünscht, dass du zum Sklavenmarkt gebracht und dort verkauft wirst."

„Nein! Jamal würde niemals ..."

Natürlich würde er, dachte sie und verschluckte den Rest ihres Satzes. Jamal hasste sie. Seiner Auffassung nach war ihr Schicksal nur gerecht.

12. KAPITEL

Mit sinkendem Mut schaute sich Zara in ihrer üppigen Umgebung um. Sie war eine von mehreren Frauen in Kadim el Hakas Harem, die auf die Sklavenauktion warteten, welche schon am nächsten Markttag abgehalten werden sollte.

Haroun hatte keine Zeit vergeudet und sie sowie die anderen Gefangenen an den Sklavenmeister in Fez geliefert. Der Handel war rasch zu Stande gekommen; der Leutnant hatte das Geld in Jamals Namen entgegengenommen und war dann eilig nach „Paradies" geritten, um dort die Rückkehr des Scheichs zu erwarten.

Zara und die Übrigen in diesem Frauenhaus waren gespeist, gebadet, gepflegt und in kostbare Seide und Brokat gekleidet worden. Die anderen Frauen waren offensichtlich für die Betten ihrer Herren bestimmt; sie würden verwöhnt und wie ein Besitz behandelt werden.

Hat Jamal das für mich ebenfalls vorgesehen? fragte sich Zara. Sollte ein anderer Mann Hand an sie legen, dann helfe ihm Allah! Sie würde sich mit Klauen und Zähnen dagegen wehren und gern die Folgen tragen.

Da sie im Moment weiter nichts tun konnte, als zu essen und zu schlafen, hatte Zara viel Zeit zum Nachdenken. Sie dachte an Jamals Zorn, als er sie mit Haroun fortgeschickt hatte. Sein Lächeln war kalt und gefährlich gewesen, ohne bis zu seinen dunklen, glitzernden Augen zu reichen. Es zerriss ihr das Herz. Er hatte sie doch mit einer so überwältigenden Zärtlichkeit geliebt; sie mochte es nicht glauben, dass er von Anfang an die Absicht gehabt hatte, sie zu verkaufen.

Zara lauschte auf die Gesprächsfetzen rundum, und es amüsierte sie festzustellen, wie sehr sich ihre eigenen Gedanken doch von denen ihrer liebreizenden Gefährtinnen unterschieden. Während sie sich nach dem offenen Land und den Bergen sehnte, träumten die anderen davon, einem reichen Gebieter zu gefallen, der ihnen jeden Wunsch erfüllen und sie mit Juwelen überschütten würde. Diese Frauen hatten keine höheren Ziele, als Lustsklavinnen zu werden. Zara hingegen fand es grauenvoll, wie ein Gegenstand behandelt zu werden und ihr Leben von Männern bestimmen zu lassen.

Blondinen, Brünette, Rotschöpfe, Rundliche, Schlanke, Fette – die Mädchen schwatzten weiter, während Zara ihren Geist vor allem verschloss mit Ausnahme ihres eigenen Elends.

Hat Jamal meinen Vater gefunden? fragte sie sich. Irgendwie bezweifelte sie das. Joussef war ein gerissener Wüstenkrieger und wusste, wie man der Gefangennahme entging.

Die Vorhänge des Harems teilten sich, und Kadim trat hindurch. Die schwatzenden Mädchen schwiegen und blickten den Mann an, der ihr Schicksal in den Händen hielt.

Kadim war klein, dick und mit kostbaren, farbenfrohen Roben aus Seide und Satin bekleidet. An jedem seiner dicken Finger trug er einen Ring, und mehrere Goldketten schmückten seinen fetten Hals. Sein dichter schwarzer Bart bedeckte ein weiches Kinn, und seine Augen wirkten zu klein für sein rundes Gesicht. Er lächelte erfreut und rieb sich die Hände, während er seinen Harem voller hübscher Frauen betrachtete.

„Ich hoffe, ihr genießt euren Aufenthalt hier, meine Damen", sagte er höflich. „Bald werdet ihr alle einen neuen Gebieter haben." Seine Rede wurde mit einem Kichern begrüßt. „Meine Kunden sind nämlich sämtlich reiche und mächtige Männer. Ich kann euch also versichern, dass ihr bei euren Herren ein Leben in Luxus leben werdet."

Zara schnaubte höchst undamenhaft. Ob Kameltreiber oder

Herrscher – alle Männer waren elende Schweine, die nur ihr eigener Lustgewinn interessierte.

Sie hatte gedacht, Jamal abd Thabit wäre anders, doch das hatte sich am Ende als ein Trugschluss erwiesen. Der Scheich hatte sie benutzt und dann mit größter Gleichgültigkeit fortgeworfen. Weshalb konnte er denn nicht verstehen, warum sie sich so verhalten hatte, wie sie es musste? Wäre er ihr Gefangener gewesen, hätte er doch auch alles in seiner Macht Stehende getan, um ihr zu entfliehen.

Zara blickte hoch und sah Kadim mit finsterer Miene, die Hände auf die Hüften gestützt, vor sich stehen. „Du hast eben gelacht. Wünschst du dir keinen reichen Gebieter?"

„Ich will überhaupt keinen Gebieter!" erklärte Zara. „Sklaverei gefällt mir nicht."

„Jetzt verstehe ich auch, weshalb dich dein voriger Herr so billig verkauft hat, Berbermädchen", höhnte Kadim. „Du hast eine scharfe Zunge. Ich werde deinem neuen Besitzer vorschlagen, bei dir die Bastonade anzuwenden. Falls er sich nicht daran hält, wird er dir am Ende noch die Zunge herausschneiden müssen, fürchte ich. Wenn du auf dem Sklavenblock stehst, wirst du gefälligst deine Unverschämtheiten unterlassen, oder du hast die Konsequenzen zu tragen. Hast du verstanden?"

Zara glaubte nicht, dass sie jemals verstehen würde, wie sich Frauen demütig einem Mann unterzuordnen wünschten, doch sie schwieg klugerweise. Wenn es soweit war, würde sie ihrem Herrn schon zeigen, dass sie sich nicht so leicht zähmen ließ, und sich ihm unterordnen, das wollte sie schon gar nicht.

Da Zara nicht antwortete, schien Kadim zufrieden zu sein. Fortan nahm er sie nicht mehr zur Kenntnis, weil sie ihm einfach zu lästig war. Er suchte sich eine rundliche Rothaarige aus, die heute Nacht sein Bett teilen sollte. Die Frau gab sich zwar unterwürfig, doch ihre Miene strafte ihr Verhalten Lügen. Leider blieb ihr nichts anders übrig. Zara dankte Allah, dass Kadim nicht sie ausgesucht hatte.

Die vier Tage in Kadims Frauenhaus erschienen ihr wie eine Ewigkeit. Zu Zaras großer Erleichterung überging Kadim sie immer, wenn er in den Harem kam, um sich eine Gespielin für die Nacht auszusuchen. Ein- oder zweimal schien er im Begriff zu stehen, sie zu erwählen; ihre rebellische Miene indes schreckte ihn wahrscheinlich ab, so dass er es sich doch jedes Mal anders überlegte.

Dann war es Zeit für die Auktion. Alle Frauen wurden gebadet, massiert, mit durchscheinenden Gewändern bekleidet, parfümiert und alles in allem bis zur Vollkommenheit gepflegt und zurechtgemacht. Obgleich Zara ihr Schicksal nicht hinzunehmen gedachte, beschloss sie, erst einmal abzuwarten und ihre Flucht zu planen, wenn sich ihre Situation verbessert hatte. Schließlich war sie ja auch Jamal entkommen.

Im übelster Stimmung kehrte Jamal nach „Paradies" zurück. Er hatte Youssef nicht einfangen können. Der Mann war schlauer als ein Fuchs. Er schien jedes Versteck im Rifgebirge zu kennen und es zum eigenen Vorteil zu benutzen. Nachdem Jamal das dürre Land und die hohen Berge durchkämmt hatte, war er zu dem Entschluss gelangt, in die Oase zurückzukehren.

Zu seinem Ärger musste er sich eingestehen, dass es die Aussicht auf Zaras verlockenden Körper war, die ihn heimzog. Wenigstens hoffte er, dass es nur ihr Körper war, den er begehrte. Er durfte nicht vergessen, dass die Berberprinzessin ihn lediglich benutzt hatte und dass sie heimtückisch und verschlagen war. Doch bei Allah – er begehrte sie noch immer.

Haroun eilte herbei, als er den Scheich durch das Tor reiten sah.

„Willkommen daheim, Herr. War Allah Euch wohlgesonnen? Habt Ihr Youssef gefunden?“

Jamal schnaubte verächtlich. „Der Mann ist wie eine Echse; er wechselt die Farben, um sich seiner Umgebung anzupassen. Er ist mir wieder einmal entwischt.“

Der Leutnant runzelte die Stirn. „Das wird den Sultan nicht gerade freuen. Habt Ihr ihm bereits Bericht erstattet?“

„Nein, ich wollte erst hierher kommen. Hast du meine Befehle ausgeführt, was die Gefangenen betrifft?“

„Jawohl. Sie werden auf der nächsten Sklavenauktion verkauft. Kadim el Haka ist hoch erfreut. Gesunde Männer sind sehr gefragt, und was die Frauen betrifft ...“

Jamal erstarrte. Sein Geist weigerte sich zu akzeptieren, was Harouns Worte andeuteten. „Welche Frauen? Du hattest den Befehl, Frauen und Kinder zurückzulassen.“

Auf Harouns dunklem Gesicht malte sich die Verwirrung. Scherzte Jamal mit ihm? Ein unangenehmer Gedanke beschlich ihn. „Frauen und Kinder wurden ja auch zurückgelassen, Herr. Alle Frauen bis auf eine.“

Haroun sah, wie alle Farbe aus dem Gesicht des Scheichs verschwand. Erschrocken wich der Leutnant zurück. Allah stehe ihm bei – was hatte er getan?

„Zara! Wo ist Zara?“ In Jamals Stimme schwang das Entsetzen mit ... und noch etwas, das Haroun in Angst und Schrecken versetzte.

„Vergebt mir, wenn ich einen Fehler begangen habe, Herr. Ihr hattet mir befohlen, Euch Zara aus den Augen zu schaffen, und das habe ich getan. Die Prinzessin und die Blauen Männer wurden an den Sklavenmeister in Fez verkauft.“

„Verflucht sollst du sein!“ schrie Jamal und schüttelte die Faust vor seinem Leutnant. „Ich hatte niemals die Absicht, Zara zu verkaufen! Du solltest sie hierher bringen und dann meine Rückkehr abwarten."

Haroun fiel auf die Knie und hob flehend die Arme. Er selbst hatte zwar noch nie einen Wutausbruch von Jamal ertragen müssen, doch er hatte schon oft gesehen, wie diejenigen bestraft wurden, die dem Scheich missfallen hatten.

„Ihr spracht davon, Zara zu verkaufen, und so nahm ich an, dass es das wäre, was Ihr wünschtet", versuchte er sich zaghaft zu verteidigen. „Die Berberfrau verdiente eine Strafe, weil sie Euch die Droge eingab, und da dachte ich, Ihr wolltet sie los sein. Ich konnte doch nicht wissen, dass Ihr Eure Äußerung nicht ernst meintet, sondern die Prinzessin immer noch begehrtet. Vergebt mir, Herr!"

Jamal starrte seinen Leutnant an, und sein Zorn war fürchterlich. Zara war nicht mehr da! Er konnte ihren weichen Körper nicht mehr liebkosen, ihre herrlichen Lippen nicht mehr küssen. Ein anderer Mann war jetzt ihr Besitzer, ein Mann, der ihre Leidenschaft niemals so zu würdigen wusste wie er. Er, Jamal, hatte diese Leidenschaft erweckt, verfeinert und wachgehalten, indem er Zara unvergleichliche Wonnen geschenkt hatte.

Er kämpfte um Beherrschung. „Wann findet die Versteigerung statt? Dir zuliebe will ich darum beten, dass es noch nicht geschehen ist."

Haroun schluckte heftig. „Morgen, Herr. Die Sklavenauktion findet am Markttag statt, und das ist der Donnerstag."

Jamal stieß einen Fluch aus. „Das lässt mir nicht viel Zeit, um Fez zu erreichen. Reite ins Dorf und kaufe dem Kamelhändler ein Rennkamel ab. Kamele sind ausdauernder als alle meine Araberpferde. Sie halten ein scharfes Tempo länger durch und brauchen weniger Wasser. Beeile dich, Haroun. Ich wünsche innerhalb einer Stunde aufzubrechen."

Der Leutnant eilte, um Jamals Befehl auszuführen. Sein Pferd befand sich ganz in der Nähe; er sprang in den Sattel und galoppierte durch das Tor hin zum Dorf. Dort fand er ohne Schwierigkeiten Raschid, den Kamelhändler.

„Rasch! Ich will dein schnellstes Rennkamel für Scheich Jamal kaufen“, sagte Haroun und zog einen Geldbeutel unter seinem Gürtel hervor. „Nenne mir deinen Preis.“

„Beabsichtigt der Scheich eine längere Reise zu unternehmen?“ erkundigte sich Raschid schlau. Ihm war bekannt, dass Jamal sich auf die Suche nach Zara und Youssef gemacht hatte und mit leeren Händen zurückgekommen war. Seine Spione hatten ihm bereits von der Rückkehr des Scheichs berichtet, während dieser doch mit seinem Leutnant gesprochen hatte.

„Du fragst zu viel. Suche mir nur das Kamel heraus, und nenne mir deinen Preis.“

„Wenn eine lange Reise vorgesehen ist, dann genügt dieses dort“, erklärte Raschid und deutete auf ein langbeiniges Kamel, welches in der Nähe lagerte. „Wenn allerdings der Scheich auf große Geschwindigkeit Wert legt, dann würde ich ein anderes empfehlen.“

„Geschwindigkeit, Mann, Geschwindigkeit! Der Scheich muss so schnell wie möglich Fez erreichen. Ich habe etwas Fürchterliches gemacht. Ich habe seine Favoritin auf den Sklavenmarkt gebracht, und nun will er sie zurückhaben.“

„Ah, du sprichst von der Sklavin Zara, nicht wahr?“

Haroun merkte, dass er schon zu viel gesagt hatte. „Das tut nichts zur Sache. Welches Tier empfiehlst du also?“

„Für Geschwindigkeit dieses hier.“ Raschid nahm die Führleine eines schlanken dunkelbraunen Kamels auf, übergab sie Haroun und nannte einen geradezu ungeheuerlichen Preis.

Haroun zählte das Geld vor und murmelte dabei vor sich hin. „Du forderst ziemlich hohe Preise! Hätte ich es nicht so eilig, würde ich feilschen, doch mein Herr wartet, und ich habe ihn sowieso schon erzürnt." Er stieg auf sein Pferd und ritt, das Kamel im Schlepp, eilig davon.

Raschid wartete, bis Haroun fort war, ehe er seinen Helfer rief und ihn beauftragte, auf die Tiere aufzupassen. Dann suchte er ein anderes Kamel aus, das mindestens ebenso schnell war wie dasjenige, welches er Haroun verkauft hatte, und ritt unverzüglich aus der Oase.

Jamal ritt wie der Wind. Er war allein und trieb sein Kamel an, als wäre der Teufel hinter ihm her. Er ritt so lange, bis die Dunkelheit sowie das bergige Terrain eine Fortsetzung der Reise zu gefährlich machten. Erst dann hielt er an und legte sich neben das Kamel, um ein paar Stunden zu schlafen, bis es ihm das Licht der Morgendämmerung ermöglichte, den Weg fortzusetzen.

Fez war noch ziemlich weit entfernt, und er beschwor Allah, es so einzurichten, dass er Zara noch rechtzeitig erreichte.

Zara war nicht die erste Sklavin, die zum Auktionsblock geführt wurde. Kadim hob sie sich bis zuletzt auf. Sie war gebadet und in aufreizende Kleidung gesteckt worden. Durchsichtige Hosen schmiegten sich an ihre Hüften, umspielten weit ihre Beine und schlossen sich dann eng um ihre Fußgelenke, wo sie von Schmuckbändern gehalten wurden. Das kurze Seidenjäckchen bedeckte nur knapp ihre Brüste und ließ ihren Bauch bis zum Nabel frei. Ihre Brustspitzen waren dunkelrot geschminkt worden und durch den dünnen Seidenstoff deutlich zu erkennen.

Der größte Teil ihres Körpers war eher entblößt als verhüllt, und sie bebte vor Wut darüber, dass sie zum Lustobjekt der männlichen Kundschaft gemacht wurde.

Aus einer Art Pferch beobachtete sie, wie die Männer hinausgeführt und als Erste verkauft wurden. Danach kamen die Frauen an die Reihe und wurden nun ebenfalls zur Versteigerung angeboten.

Mit wachsendem Entsetzen sah Zara potenzielle Käufer herankommen, um die Frauen intim zu begutachten; sie betasteten ihre Brüste, prüften die Beschaffenheit ihres Fleisches sowie die Glätte ihrer Haut und berührten sie an Stellen, die die Männer zu rauem Gelächter und die Frauen zum Kichern reizten. Diese körperliche Inspektion war peinlich und über die Maßen entwürdigend.

Den meisten der Frauen befahl man, ihre Kleidung auszuziehen und sich ihren künftigen Gebietern nackt zu präsentieren. Einigen Mädchen schien das überhaupt nichts auszumachen; sie drehten und wendeten sich auf eine Weise, die sie im vorteilhaftesten Licht erscheinen lassen sollte. Nachdem die entsprechenden Gebote gerufen und die Preise ausgehandelt worden waren, wurden diese Frauen schnell verkauft und dann von ihren neuen Herren sofort abtransportiert.

Als Zara schließlich vorgeführt wurde, befand sich noch eine beträchtliche Menschenmenge auf dem Auktionsplatz, und ein bewunderndes Murmeln erhob sich unter den Zuschauern. Zaras ausdruckslose Miene gab keinerlei Hinweis auf ihr inneres Entsetzen; sie blickte nur starr geradeaus und schaute niemandem ins Gesicht.

„Sie soll uns ihre Brüste zeigen!" rief ein Mann in der ersten Reihe der Zuschauer.

Kadim trat vor Zara und wollte ihr schon den knappen Fetzen Stoff fortreißen, der ihre Brüste bedeckte, doch ihr wilder Blick ließ ihn zunächst innehalten. Er sah nicht, worauf sich dieser Blick richtete; Zara hatte den Krummdolch bemerkt, den Kadim an seiner Taille trug.

Als der Sklavenmeister vor sie hintrat und dadurch für die Zuschauer die Aussicht auf sie verstellte, handelte sie ohne die Konsequenzen zu bedenken. Ihre Hand bewegte sich so rasch, dass Kadim es nicht merkte, wie sie seinen Dolch zog. Dessen wurde er sich erst bewusst, als sich die Klinge an seinen Unterleib presste. Da erstarrte er. Er blickte ihr in die Augen, sah darin den entschlossenen Ausdruck und wusste, dass dieses wilde Berberweib nicht zögern würde, ihn zu entmannen.

Seine schlimmsten Befürchtungen schienen wahr zu werden, als er hörte, wie Zara leise fauchte: „Fass mich nur an, du Schwein, und ich mache dich zum Eunuchen!"

Der Schweiß brach Kadim aus. „Was glaubst du damit zu erreichen? Wenn du mir etwas antust, werden dich meine Leute auf der Stelle erschlagen."

„Dann werde ich wenigstens mit der Genugtuung sterben, dass du dieses üble Ding zwischen deinen Beinen nie wieder benutzen kannst." Die Klinge bohrte sich durch seine Kleidung, und Kadim schrie auf.

„Worauf wartest du denn, Kadim?" brüllte der Mann in der ersten Reihe. „Entblöße schon ihre Brüste!"

„Entscheide dich schnell, Kadim", zischte Zara. „Entweder du lässt mich bekleidet, oder die Klinge trifft dich dort, wo es dir am meisten weh tut. Ich weigere mich, gedemütigt zu werden vor all diesen Schweinen, die sich Männer nennen."

Kadim entschied sich für den Rückzug. Falls er jetzt eine Szene machte, würde ihn das eine Menge kosten, sowohl was seinen Profit als auch seinen Stolz betraf. Falls diese Frau ihn vor seinen besten Kunden bloßstellte, würde sie niemals den Preis einbringen, den er sich erwartete.

„Ich werde deinen ... ähm ... Wunsch befolgen, wenn du den Dolch zurücknimmst und ihn wieder an die richtige Stelle steckst. Das schwöre ich beim Barte des Propheten."

Zara zögerte nur eine Sekunde, ehe sie Kadims Dolch zurücksteckte. Sie wollte noch nicht sterben, doch der Tod würde ihr gewiss bevorstehen, falls sie dem Sklavenmeister wirklich etwas antäte.

Nachdem sich der Krummdolch wieder an seiner Taille befand, drehte sich Kadim zu den Umstehenden um. „Man sollte immer etwas der Fantasie überlassen", sagte er. „Das dürfte euren Appetit auf die stürmische Zara noch mehr anregen. Schaut sie euch an, Männer. Ist sie nicht köstlich? Ihre Brüste sind hoch und voll. Die Knospen sind wie reife Kirschen. Und wenn ihr ganz genau hinschaut, könnt ihr durch die Hose die Verlockungen ihrer Weiblichkeit sehen."

Zara starrte in den wolkenlosen Himmel, während die Männer sich vorbeugten, um einen Blick auf die von Kadim beschriebenen Körperteile zu erhaschen. Der Sklavenmeister hatte in der Tat das Interesse der Männer erregt. Als er Zara herumdrehte und ihr auf das Gesäß klopfte, zischte sie ihn an.

Er nahm es nicht zur Kenntnis. „Sind diese Backen nicht entzückend? So vollkommen wie ein Doppelmond, rund und saftig." Er drückte sie mit beiden Händen.

Zara stieß ein leises, drohendes Knurren aus, und Kadim zog seine Hände zurück.

„Wer macht mir das erste Gebot?" fragte er laut.

„Ist sie eine Jungfrau?" erkundigte sich ein fetter, bärtiger Mann mit weißem Turban und fließender weißer Robe.

„Eine Jungfrau ist Zara nicht, mein Freund; sie ist etwas viel Besseres. Ihr voriger Besitzer hat sie selbst ausgebildet. Sie versteht sich auf jede Art von Liebesspiel und garantiert die Befriedigung des erschöpftesten Mannes. Ihr werdet nicht enttäuscht sein."

Seine Worte lösten eine Reihe von Geboten aus, und die Männer übertrumpften einander. Der Preis verdoppelte und verdreifachte sich, bis nur noch drei Männer übrigblieben, die reich genug waren, um an der lebhaften Versteigerung teilzunehmen. Zum

Schluss gab der Weiß gekleidete ein Gebot ab, welches so unerhört hoch war, dass die zwei anderen Bieter passen mussten.

„Der Preisgewinn geht an Scheich Sidi Bennaur", verkündete Kadim großartig. „Er hat sehr viel geboten, doch ich bin auch sicher, er wird feststellen, dass die wunderschöne Zara das Geld wert ist."

Sidi Bennaur trat gezierten Schrittes vor. Ein halbwüchsiger Jüngling mit dem Gesicht eines Engels trottete hinter ihm her. Der Scheich wedelte Kadim mit seiner fleischigen Hand vor dem Gesicht herum. „Du weißt ja, was ich vorziehe, Kadim, und das sind keine Frauen mit üppigen Rundungen."

Geistesabwesend tätschelte er dem Jungen über den blonden Kopf. „Knaben wie Azzi entsprechen mehr meinem Geschmack. Hin und wieder versuche ich es einmal mit einer Frau, doch dann muss sie so schlank und rank sein wie ein Jüngling, wenn sie mir gefallen soll."

Voller Abscheu starrte Zara Sidi Bennaur an. Der Kerl war nicht nur pervers; er gab es auch noch offen zu. Sie bedauerte die armen Knaben, die sich seinem irregeleiteten Geschmack unterwerfen mussten.

„Diese Frau soll ein Geschenk für einen Freund sein, der mir einen großen Dienst erwiesen hat", fuhr Sidi Bennaur fort. „Ali ben Baha hat einen enormen Bedarf an Frauen, doch leider wird er ihrer schnell überdrüssig. Möge Allah geben, dass ihm mein Geschenk gefällt, denn die Sklavin hat mich immerhin ein kleines Vermögen gekostet. Bist du auch sicher, dass sie im Liebesspiel erfahren ist, Kadim? Ich möchte meinem Freund ungern minderwertige Ware schicken."

„Man versicherte mir, ihr voriger Gebieter habe sie gelehrt, erotisches Vergnügen sowohl zu schenken als auch anzunehmen. Euer Freund wird Euch für dieses Geschenk dankbar sein."

Zara schäumte vor hilfloser Wut. Die Männer sprachen über sie, als wäre sie blind und stumm!

„Nun, sollte sie ihm missfallen, dann wird Scheich Ali ben Baha sie seinem Stallmeister schenken, der für seine perversen Gelüste bekannt ist."

Unruhe entstand auf dem Auktionsplatz und erregte Zaras Aufmerksamkeit. Ein Mann ritt quer über den Markt und verscheuchte Menschen und Lasttiere, die es wagten, ihm in den Weg zu geraten. Ohne nach rechts und links zu sehen, ritt er auf den Sklavenblock zu. Größte Bestürzung ergriff Zara, als sie Scheich Jamal abd Thabit erkannte, der auf einem Rennkamel saß und auf sie zuraste.

Jamal entdeckte Zara sofort. Auf dem nunmehr fast leeren Sklavenmarkt war sie auch kaum zu übersehen, und sie war schöner als Mond und Sterne. Er genoss ihren Anblick einen Moment lang, bis ihm bewusst wurde, was es bedeutete, dass der Sklavenmarkt so leer war. Sein Herz sank. Er war zu spät gekommen! Allah helfe ihm.

Vor dem Sklavenblock hielt er sein Kamel an und ließ sich hinuntergleiten. „Komme ich schon zu spät zur Versteigerung?" fragte er, obgleich er die Antwort bereits kannte. Er warf einen Blick auf den Weiß gekleideten, den er sofort als einen Mann einordnete, der keine Frauen mochte.

„Die Versteigerung ist in der Tat bereits vorüber, mein Freund", antwortete Kadim. „Zara stand als letzte zum Verkauf. Sie ist nunmehr das Eigentum von Scheich Sidi Bennaur."

Obwohl sein Herz raste, zwang sich Jamal dazu, ganz ruhig zu sprechen. „Ich verdoppele das Gebot."

Kadim erkannte die Möglichkeit, seinen Gewinn zu erhöhen. Scheich Jamal abd Thabit war ihm von früheren Geschäften her bekannt, und Haroun hatte ihm gesagt, Zara sei Jamals Sklavin gewesen. „Es muss Sidi Bennaur überlassen bleiben, ob er sie Euch verkaufen will. Falls er sich dazu entscheidet, sie abzugeben, werde ich selbstverständlich eine Maklergebühr für den Wiederverkauf kassieren."

Jamal wandte seinen finsteren Blick auf Sidi Bennaur und ballte die Hände an seinen Seiten, was das einzige Zeichen seines inneren Tumults war. „Welche Verwendung habt Ihr für die Frau, Sidi Bennaur? Ich habe gehört, Knaben seien mehr nach Eurem Geschmack."

Zara holte tief Luft; wegen Jamals unerwarteten Erscheinens war sie noch immer geschockt. Weshalb sollte Jamal sie denn zurückkaufen wollen, zumal sie ja auf seinen Befehl hin zum Sklavenmarkt gebracht worden war? Das ergab doch überhaupt keinen Sinn.

Sidi Bennaur gestikulierte mit seiner beringten Hand. „Was ich mit der Sklavin vorhabe, geht Euch nichts an", sagte er ärgerlich. „Sie gehört jedenfalls jetzt mir. Ich will sie nicht verkaufen."

„Ich finde es ja auch etwas merkwürdig, Herr", mischte sich Kadim ein. „Weshalb beauftragt Ihr denn Euren Leutnant Haroun erst, die Frau zu verkaufen, wenn Ihr sie dann doch zu behalten wünscht?"

Jamals Blick richtete sich nun auf Zara. Seine Augen waren dunkel und nicht zu deuten, doch irgendetwas in diesen unergründlichen Tiefen sprach zu ihr von starken Empfindungen. Zara fürchtete sich zu täuschen.

„Zaras Verkauf beruhte auf einem Irrtum", erklärte er mit energischer Stimme. „Haroun verstand meinen Befehl falsch. Die Sklavin sollte zu meinem Palast gebracht werden, um dort meine Rückkehr abzuwarten. Es waren ausschließlich die Blauen Männer, die verkauft werden sollen."

„Was meint Ihr, Sidi Bennaur? Wollt Ihr die Frau an Scheich Jamal verkaufen und uns beiden damit einen sauberen Gewinn verschaffen?“ fragte Kadim. So groß war seine Geldgier, dass seine Augen erwartungsvoll funkelten.

Sidi Bennaur tat, als dächte er über Kadims Vorschlag nach. Mit einer Hand strich er sich das Kinn, und mit der anderen tätschelte er den Knaben, der bescheiden an seiner Seite stand. „Nein“, sagte er am Ende. „Es bleibt dabei. Mein guter Freund Ali ben Baha ist ein großer Frauenliebhaber und sucht ständig frisches Fleisch. Er wohnt am Rande der Wüste bei Er Raschidia. Die schöne Zara soll wie eine Königin ausgestattet und mit einer Karawane zu Alis Wohnstatt transportiert werden.“

„Ich werde das Dreifache von dem zahlen, was Ihr für Zara ausgegeben habt.“ Jamal hatte sehr schroff und fordernd gesprochen.

Das beeindruckte Sidi Bennaur jedoch nicht im Geringsten. Der weibische Scheich war ein grausamer und perverser Mensch. Er würde Jamals Forderung abgelehnt haben, was immer dieser ihm auch geboten hätte, und das nur, weil es ihm einfach Freude bereitete, das zu tun.

„Ich lehne Euer Gebot ab, Scheich Jamal“, sagte er hochmütig und deutete auf Zara. „Komm mit, Mädchen. Du wirst in meinem Haus wohnen, bis ich eine Karawane zusammenstellen kann, die dich zu deinem neuen Gebieter bringt.“

„Ali ben Baha wird feststellen, dass ich eine heikle Sklavin bin“, erklärte Zara, die endlich ihre Stimme wiedergefunden hatte. „Ich bin trotzig und ungehorsam, stolz und hochmütig, und ich weigere mich, mich willig einem Mann hinzugeben, den ich mir nicht selbst ausgesucht habe. Ich bin Zara, Tochter des Berberfürsten Youssef. Sobald mich Ali das erste Mal anfasst, schneide ich ihm die Gurgel durch.“

Sidi Bennaur war entsetzt und griff sich unwillkürlich an den Hals. Er starrte Jamal an. „Jetzt verstehe ich, weshalb Ihr die Frau verkauft habt. Ich kann nur hoffen, Ihr ließet sie regelmäßig auspeitschen. Ali ben Baha ist genau der Mann, um sie Gehorsam zu lehren, und er ist nicht gerade geduldig. Falls sie sich weigert, ihre Zunge im Zaum zu halten, wird er sie ihr herausschneiden."

Er klatschte in die Hände, und zwei stämmige Männer erschienen an seiner Seite. „Ergreift die Frau!" befahl er. „Bringt sie in mein Haus und bewacht sie gut."

Jamal hätte sich am liebsten auf Bennaurs Männer gestürzt, um ihnen Zara zu entreißen, doch er wusste, dass er dazu von Gesetzes wegen nicht berechtigt war. Sidi Bennaur hatte sie ja gekauft und für sie bezahlt; Jamal konnte nichts machen, wenn der Mann sich weigerte, auf sie zu verzichten. Er gab Gleichgültigkeit vor. Zara war jetzt endgültig für ihn verloren.

„Ich wünsche Ali ben Baha viel Spaß mit dem Berberweib", sagte er scheinbar jovial. „Ich mag meine Gurgel ziemlich gern. Es behagt mir nicht besonders, wenn sie mir im Schlaf durchtrennt wird. Ich erkenne erst jetzt, wie klug es von mir war, diese Sklavin zu verkaufen."

Zara ahnte nicht, dass Jamal aus Verzweiflung und Resignation gesprochen hatte.

„Das war sogar sehr klug", pflichtete Kadim ihm bei, weil er erinnerte, wie Zara den empfindlichsten Teil seiner Anatomie mit seiner eigenen Klinge bedroht hatte.

Zara warf Jamal einen enttäuschten Blick zu. Sein Auftritt hier ergab einfach keinen Sinn. Weshalb hatte er den weiten Weg nach Fez gemacht, um sie zurückzukaufen, wenn ihm doch offenbar überhaupt nichts an ihr lag? Und hatte er sie tatsächlich nur versehentlich auf den Sklavenmarkt geschickt?

Jamal sah Zaras Gesichtsausdruck die Verwirrung an, doch er konnte nichts dagegen machen. Er hatte sie verloren. Sie würde bald einem anderen gehören.

Ihm selbst blieb nichts weiter übrig, als wieder nach Haus zu reiten und zu vergessen, dass Zara je existiert hatte. Er wandte sich zum Gehen, weil er keinen Anlass sah, noch länger hier zu verweilen. Er hatte Zara Schreckliches angetan, obwohl der Fehler nicht allein bei ihm lag. Sie zu verlieren, schnitt ihm tief ins Herz.

„Wie könnt Ihr nur, Jamal?" rief Zara, während Bennaurs Männer sie fortschleppten.

Jamal schaute noch einmal zu ihr zurück. In seinen dunklen Augen stand die blanke Verzweiflung. Zaras und sein Blick trafen sich, und es war Jamal, als risse man ihm das Herz aus dem Leib. Der Blick, den sie beide tauschten, sprach von Schmerz.

Von Verrat.

Von gebrochenem Herzen.

13. KAPITEL

Jamal ging übelst gelaunt auf den kostbaren Teppichen seines Gemachs auf und ab. Gleich nachdem Sidi Bennaurs Männer Zara fortgebracht hatten, war er nach „Paradies" zurückgekehrt. Inzwischen waren drei Tage vergangen, drei Tage, in denen die Leere des Palastes und des stillen Frauenhauses den Eindruck einer Einsamkeit hervorriefen, wie Jamal sie zuvor noch nie erlebt hatte. Während dieser drei endlosen Tage und Nächte schwankte er zwischen der Absicht, Zara zu befreien, und dem Wunsch, sie zu vergessen.

Plötzlich traf ihn der Blitz der Erkenntnis, und er fasste einen Entschluss. Er riss die Tür seines Gemachs auf und brüllte nach Hammet. Wenige Minuten später eilte der Eunuch mit wehendem Gewand herein.

„Hier bin ich, Herr."

„Hole Haroun", befahl Jamal scharf und in einer Tonlage, die sofortigen Gehorsam verlangte. Hammet wartete auch nicht länger auf zusätzliche Anweisungen.

Jamal ging weiter auf und ab, bis der Leutnant vor ihm stand und sich respektvoll verneigte.

„Ihr wolltet mich sprechen, Herr?"

„Wie viele Männer kannst du bis zum Morgengrauen ausrüsten und für einen Ritt bereithaben?" fragte der Scheich ohne lange Vorrede.

„Zwanzig", antwortete Haroun sofort. „Mehr, wenn Ihr warten wollt, bis sie im Dorf ausgehoben werden können."

„Zwanzig Mann reichen."

„Gegen welchen Feind kämpfen wir?" erkundigte sich der Leutnant, obwohl er schon vermutete, was Jamal vorhatte.

„Möglicherweise gegen gar keinen. Das hängt davon ab, wie willig Bennaurs Männer bereit sind, Zara ohne Gefecht herauszugeben."

„Ah." Mehr sagte Haroun nicht. Jedes weitere Wort wäre auch überflüssig gewesen.

„Du magst gehen, Haroun. Wir haben einen langen und harten Ritt vor uns. Die Karawane hat einen großen Vorsprung, doch es dürfte nicht allzu schwierig sein, den langsamen Zug der Kamele abzufangen, bevor er Raschidia erreicht."

„Ich werde die Männer unverzüglich ausrüsten." Haroun wandte sich zum Gehen. „Ich bin davon überzeugt, Ihr werdet ohnehin nicht glücklich, bis Ihr die Frau wieder in Eurem Bett habt", bemerkte er.

Jamal hätte es zwar nie eingestanden, doch sein Leutnant hatte Recht.

Zara verfluchte das langsame, schwerfällige Kamel, auf dessen Rücken sie reiste. Hätte sie auf einem Rennkamel gesessen, würde sie sich besser gefühlt haben. Sidi Bennaur hatte indes darauf bestanden, dass sie in einer Hadah, der korbähnlichen Sänfte reiste, welche Vorhänge an den Seiten und ein Leinendach zum Schutz vor der unbarmherzigen Sonne hatte. Ferner hatte er bestimmt, dass sie eine Gallabije trug, die alles bis auf ihre Augen bedeckte.

Die Hitze in dieser Korbsänfte erstickte sie fast, und deshalb war sie gezwungen, den Vorhang zurückzuziehen, damit die Luft ein wenig zirkulieren konnte.

Der Weg nach Er Raschidia war lang. Die Karawane hatte bereits das Gebirge hinter sich gelassen und zog jetzt am Rand der Wüste weiter über eine flache, steinige Ebene, die unterbrochen war von rötlichen Sandhügeln und gelegentlichen grünen Dattelpalmenhainen, die an schmale Wasserläufe grenzten.

Eintönige kleine rotbraune Dorfhäuser standen aufgereiht in dem verdorrten Land. Wasserlöcher gab es nur selten; nur die Menschen, die sich in der Wüste auskannten, wussten, wo sie sich befanden. Man hatte Zara gemahnt, nur sparsam aus ihrem Wassersack zu trinken, denn es würde lange Strecken geben, wo keinerlei Wasser zur Verfügung stand.

Trotz der sengenden Tage waren die Nächte bitter kalt. Zara schlief allein in einem großen weißen Zelt, in dem Teppiche auf dem Boden lagen und Kohlebecken aufgestellt waren, die sie warm halten sollten.

Obgleich sie in verhältnismäßigem Luxus reiste, konnte sie darüber nicht glücklich sein. Wie sollte sie auch, zumal sie zu einem ihr unbekannten Gebieter unterwegs war, bei dem sie in einen Harem eingesperrt und dazu benutzt werden sollte, die Wollust ihres Gebieters zu befriedigen?

Nur wenige Berber konnten sich den Luxus leisten, dessen sie sich in Ali ben Bahas Frauenhaus erfreuen würde, doch sie vermochte nicht zu vergessen, dass sie in ihrem Volk eine freie Frau gewesen war. Berberinnen führten – verglichen mit ihren arabischen Schwestern – ein Leben, in dem es beinahe keine Beschränkungen gab.

Zara fragte sich, wo sich ihr Vater jetzt befand. Machte er sich Sorgen um sie? Wusste er von ihrem Schicksal? Youssef würde in Wut geraten, wüsste er, dass Jamal sie auf einem Sklavenmarkt verkauft hatte.

Jamal.

Bis jetzt hatte sie es vermieden, über den schönen Scheich nachzudenken. Das tat zu weh. Sie entsann sich des Blickes, den sie mit ihm getauscht hatte, während sie von Sidi Bennaurs Männern fortgeschleppt worden war. Hatte sie in seinen dunklen, bannenden Augen nicht Sehnsucht, Bedauern und, ja, Qual erkannt?

Zara wusste nicht, ob es wirklich ein Versehen war, dass sie auf den Sklavenmarkt gebracht wurde. Vielleicht hatte Jamal es ja doch ausdrücklich befohlen? Aber weshalb war er dann in Fez aufgetaucht, um sie zurückzukaufen? Wie auch immer, sie würde es ihm nie vergeben, dass er sie einem solchen Schicksal überlassen hatte. Andererseits würde er ihr vermutlich ebenfalls nicht vergeben, dass sie sein Vertrauen verraten hatte und mit ihrem Vater und den Blauen Männern geflohen war.

Zu ihrem Bedauern musste sie erkennen, dass Jamal keine starken Gefühle für sie hegte. Sie war nur ein Opfer auf dem Altar seiner Wollust gewesen. Ihre eigenen Gefühle für den arroganten Scheich waren viel komplizierter. Sie hasste ihn nicht, obgleich sie ihn doch hätte hassen sollen, nachdem er sie so rüde aus seinem Leben verbannt hatte.

Sie wusste indes, dass nicht ihn allein die Schuld traf und dass sie selbst nicht ganz schuldlos war; es war wirklich verachtenswert gewesen, ihm das Schlafpulver einzugeben. Doch verzweifelte Situationen erforderten verzweifelte Maßnahmen, und sie hatte nur getan, was getan werden musste.

Zara beschattete sich die Augen vor den stechenden Strahlen der Mittagssonne und schaute zum fernen Horizont. Eine Staubwolke erschien über dem Kamm einer Anhöhe, und Zara betete, es möge sich nicht etwa um einen Sandsturm handeln, der auf sie zukam. Als die Wolke aus wirbelndem Staub und Sand dichter herankam, nahmen auch andere in der Karawane davon Notiz.

Plötzlich erhob sich ein Schrei, und Zara sah ein Dutzend oder mehr blau gewandeter Männer auf Rennkamelen aus der wirbelnden Sand- und Staubwolke auftauchen.

„Vater!“ Ihr Schrei ging unter im Gebrüll der Kameltreiber und der Wachleute, die in ihrer großen Verwirrung alle durcheinander liefen.

Die Blauen Männer wurden im ganzen Land gefürchtet. Ihr Ruf als Banditen und Kämpfer war legendär. Niemand von den Wachen und den Kameltreibern wollte die Karawane gegen diese wilden Krieger verteidigen, und zu Zaras Überraschung ließen die Wachleute ihre Waffen sofort fallen, als die Blauen Männer die Karawane umzingelten.

Youssef brachte sein Rennkamel neben Zaras schwerfälligem Tier zum Stehen. Es kniete sich hin, er glitt aus dem Sattel und befahl dem Kameltreiber, Zaras Tier ebenfalls auf die Knie zu bringen. Einen Moment später zog er die Tochter aus der Korbsänfte und nahm sie fest in die Arme.

„Allah sei bedankt!“ sagte er aus vollem Herzen.

„Woher wusstest du, wo du mich finden würdest?“

„Von Raschid. Haroun war ins Dorf geritten, um für Jamal ein Rennkamel zu kaufen. Ihm rutschte es heraus, dass du versehentlich auf den Sklavenmarkt geschickt worden warst. Jamal wollte nun das schnellste Rennkamel haben, das verfügbar war, um Fez noch vor Abschluss der Versteigerungen zu erreichen. Sobald Raschid das erfuhr, machte er sich auf den Weg, um mich zu suchen."

„Leider fand er mich nicht, bevor die Verkäufe stattfanden", fuhr Youssef fort. „Doch ich hörte, dass Sidi Bennaur dich mit einer Karawane zu Ali ben Baha schickte, der seinen Wohnsitz in Er Raschidia hat. Ich zog Männer von anderen Stämmen zusammen und brach auf, um die Karawane abzufangen."

„Jamal traf zu spät in Fez ein, um die Auktion aufzuhalten. Er sagte, es sei ein Versehen gewesen; er habe nie beabsichtigt, mich zu verkaufen. Er versuchte, mich Sidi Bennaur wieder abzukaufen, doch dieser lehnte Jamals Gebot ab."

„Vergiss Scheich Jamal, Tochter. Ich werde dir unter unseren eigenen Stammesgenossen einen Gatten aussuchen. Gemeinsam werden wir dann wieder Mulai Ismails Karawanen überfallen. Es wäre dann schon ein Wunder, wenn ein Kamelzug mit unbeschädigter Fracht bis Meknes durchkäme. Komm, Tochter. Wir müssen gehen. Alles von Wert wird dieser Karawane hier abgenommen. Die Fracht wird verkauft und das Geld dazu verwendet, Waffen und Nahrungsmittel für unser Volk zu kaufen."

Jamal ritt mit seiner kleinen Armee durch die endlosen Sandflächen, die bis an den Horizont zu reichen schienen und ein riesiges, sich veränderndes Panorama bildeten. Die Karawanenroute war eine gewundene, holperige Straße, die durch Hunderte von Kamelen und Menschen entstanden war, welche Jahr für Jahr, Jahrhundert für Jahrhundert denselben Weg benutzten.

Jamals scharfe Augen erspähten voraus die Staubwolke, und Freude stieg in ihm auf. Endlich! Bald würde er Zara wieder in den Armen halten.

Haroun ritt neben ihm und deutete auf die entfernte Karawane. „Jamal, seht! Was haltet Ihr davon?"

Der Scheich blinzelte in der gleißenden Sonne und sah dann, was sein Leutnant meinte: Die Karawane schien ihnen entgegenzukommen und bewegte sich nicht von ihnen fort. Sie kehrte nach Fez zurück! Unmöglich konnte sie bereits den Wohnsitz von Ali ben Baha erreicht haben und sich schon wieder auf dem Rückweg befinden.

Jamal drückte seinem Araberhengst die Hacken in die Weichen, trennte sich von seinen Männern und galoppierte voraus dem Kamelzug entgegen.

Am Ziel straffte der Scheich die Zügel, brachte seinen tänzelnden Hengst zum Stehen und verlangte, dass die Karawane angehalten werde. Der Anführer der Kameltreiber gehorchte ohne Frage. Bald warteten zehn Kamele und doppelt so viele Männer, um zu sehen, was diese neuerliche Konfrontation bringen würde.

„Ich bin Scheich Jamal abd Thabit." Unter den Reisenden suchte er mit den Blicken besorgt nach der Berberprinzessin. Er entdeckte die Korbsänfte auf einem der Lastkamele und fragte sich beunruhigt, weshalb Zara nicht durch die Vorhänge herauslugte. „Gebt Prinzessin Zara heraus, und niemandem von euch wird etwas geschehen!"

Einer der Wachmänner, die zum Schutz der Prinzessin mitgeschickt worden waren, trat vor. „Sie befindet sich nicht hier, Herr."

„Nicht hier?" explodierte Jamal wütend. „Was, in Allahs Namen, habt ihr mit ihr gemacht?"

„Gar nichts, Herr. Vor zwei Tagen überfielen Blaue Männer die Karawane. Sie nahmen uns unsere Fracht ab und behielten die Prinzessin. Wir kehren jetzt nach Fez zurück. Es wäre doch töricht, den Weg zu unserem ursprünglichen Bestimmungsort fortzusetzen, ohne etwas zu haben, das wir Ali ben Baha präsentieren könnten."

„Youssef!" stieß Jamal wütend hervor. „Woher wusste der Berberfürst, wo er Zara finden würde?"

„Dieser gerissene Bandit scheint eben alles zu wissen." Haroun, der herangeritten war, zuckte die Schultern. „Und was machen wir jetzt?"

Ja, was? fragte sich Jamal. In der letzten Zeit hatte er nichts weiter gemacht, als ein zermürbendes, höchst bezauberndes Weib durch ganz Marokko zu jagen. Ist mir eigentlich jeder Stolz abhanden gekommen? dachte er.

Zara hatte aus ihm einen betörten Narren gemacht, und er hatte das zugelassen. Weil er so von ihr besessen war, hatte er den Sultan im Stich gelassen. Youssef war ihm entkommen. Kein Wunder, dass Mulai Ismail zornig auf ihn war. Der Herrscher war ein grausamer Mensch, dem es Freude bereitete, seine Sklaven zu foltern und jene zu strafen, die versagt hatten. Wenn Jamal nicht aufpasste, würde er der Nächste sein.

„Jamal? Wie lauten Eure Befehle, Herr?" wiederholte Haroun. „Wollt Ihr, dass wir Jagd auf Youssef und seine Blauen Männer machen?"

„Nein, Haroun. Unsere Männer sind erschöpft. Wir kehren heim."

Der Leutnant betrachtete prüfend das Gesicht des Scheichs, erkannte dessen Seelenqual und stellte lieber nicht die Frage, die ihm auf der Zunge brannte. Jamal musste nicht an Zara erinnert werden, zumal sie doch für ihn so gut wie verloren war. Mitfühlend schüttelte Haroun den Kopf und schwor sich, einen Weg zu finden, wie er das gebrochene Herz seines Herrn wieder heilen konnte.

Jamals Oase schimmerte wie ein leuchtendes Juwel in dem kargen braunen Land. In der Entfernung funkelte der See in der Mitte so strahlend wie Millionen blaue Saphire. Es ist doch immer wieder ein gutes Gefühl, in das friedliche Leben meines Palastes zurückzukehren, dachte Jamal, während er durch das Tor einritt.

Leider war die Zeit seines Aufenthaltes an Land begrenzt. Es war kein Geheimnis, dass er sich nicht mehr in der höchsten Gunst des Sultans sonnen konnte. Für den Fortbestand seiner Sicherheit und Unversehrtheit hielt er es für zuträglich, in See zu stechen und sein dem Herrscher gegebenes Versprechen zu erfüllen. Er hoffte, mit genug reicher Beute heimzukehren, um den verärgerten Sultan zu beschwichtigen.

Trotz der Freude, die der Scheich beim Betreten seines Palastes empfand, war seine Heimkunft diesmal anders als sonst. Kein Frauenlachen schallte durch die Flure; keine üppigen Damen bevölkerten seinen Harem.

Keine Zara.

Nichts als das leise Kommen und Gehen seiner Diener und der immer gegenwärtige, immer loyale Hammet. Und selbstverständlich Nafisa, die einzige Bewohnerin und Meisterin seines leeren Harems.

Kaum waren Youssef und Zara zurück, setzten erneut die Überfälle auf die Karawanen des Sultans ein. Es kam nur noch sehr selten vor, dass einer der Kamelzüge an seinem Bestimmungsort eintraf, ohne ausgeraubt worden zu sein.

Der Herrscher war am Ende seiner Geduld. Er hatte hohe Verluste erlitten, und das durchkreuzte seine Pläne, sich als Erbauer großer Moscheen Ruhm zu erwerben und das ganze Land unter eine einzige Herrschaft zu bringen – unter die seine.

Einem einzigen Mann gab er die Schuld an seinem Missgeschick: Youssef.

Der Berberfürst und seine Blauen Banditen brachten ihn um eingetriebene Tribute und Steuern, und diese Gelder benutzten sie dann, um die Berberhorden zu ernähren und mit Waffen auszustatten.

Den Scheich Jamal abd Thabit machte Mulai Ismail alleinverantwortlich für das Wiederaufleben der Überfälle auf seine Karawanen.

Hätte der Scheich nicht unbedingt Youssefs Tochter im Bett haben wollen, wäre das alles nicht geschehen. Youssefs Gefangennahme hätte den Überfällen ein für allemal ein Ende setzen sollen. Ohne ihren Anführer hätte den Berbern die Leitung gefehlt. Wenn Jamal Youssef nach Meknes gebracht hätte, statt ihn entkommen zu lassen, wären Ismails Karawanen heute vor Angriffen sicher.

Ismail erwog zunächst Jamals Tod, entschied sich indessen dagegen – jedenfalls für den Augenblick. Der Scheich war zwar verantwortlich für die ganze Situation, doch Ismail wollte ihm noch eine letzte Chance gewähren, um Wiedergutmachung zu leisten und seine Ehre wieder herzustellen. Falls er diesmal erneut versagte, würde sein Kopf rollen. Ismail hatte schon zu lange Nachsicht geübt, weil Jamals Vater im Gefecht gegen die Berber umgekommen war, doch der gute Wille des Sultans dauerte auch nicht ewig.

Nach einem Tag der Jagd mit seinem Lieblingsfalken kehrte der Scheich nach „Paradies" zurück. Der Sport bereitete ihm viel Freude, und gewöhnlich brachte Jamal so viel Kleinwild mit, dass er seinen ganzen Haushalt davon ernähren konnte. Diesmal jedoch hatte seine liebste Freizeitbeschäftigung nicht zur Verbesserung seiner Stimmung beigetragen.

Haroun begegnete ihm bei den Stallungen. Ein breites Lächeln lag auf seinem bärtigen Gesicht. „Hattet Ihr einen guten Tag, Herr?"

Jamal warf dem Leutnant die Jagdtasche vor die Füße. „Ja. Lasse sie zum Koch bringen." Wütend starrte er Haroun an. „Weshalb siehst du so selbstgefällig aus?"

„Das werdet Ihr schon noch merken", antwortete der Leutnant

rätselhaft. „Hammet erwartet Euch im Hammam. Nach einem so langen Jagdtag müsst Ihr ja erhitzt sein. Ein Bad wird Euren schmerzenden Muskeln gut tun.“ Noch immer von einem Ohr zum anderen grinsend, schlang sich Haroun die Jagdtasche über die Schulter, machte kehrt und ging davon.

Verwirrt blickte ihm Jamal hinterher. Was, in Allahs Namen, führte der Leutnant im Schilde? Jamal fand Harouns seltsames Benehmen zwar eigenartig, zuckte jedoch nur die Schultern, trat ins Haus und begab sich sofort in sein Gemach.

Er legte seine staubige weiße Robe ab, betrat den Baderaum und begrüßte seinen Obereunuchen ziemlich kurz angebunden. Hammet schien Jamals Schroffheit nichts auszumachen, denn er grinste ebenso albern, wie es der Leutnant getan hatte.

Findet hier etwa irgendeine Verschwörung statt? fragte sich Jamal säuerlich. „Du magst jetzt gehen, Hammet“, sagte er. „Ich bin durchaus in der Lage, mich selbst zu waschen.“

Immer noch unentwegt grinsend, verschwand Hammet zur Tür hinaus.

Jamal warf den Rest seiner Kleidung ab und ließ sich in das Badebecken sinken. Das Wasser wirkte beruhigend, und er schloss die Augen. Das war ein Fehler.

Ein unglaubliches Bild erstand in seinem Geist: Die schöne, nackte Zara nahm ihn in ihrem Körper auf. Sie wand sich unter ihm; ihre goldene Haut war erhitzt, ihre Wangen glühten. Ihr goldenes Haar umtanzte ihr gerötetes Gesicht, und ihre von seinen Küssen rosigen Brüste ließen ihm das Blut heftig in die Lenden schießen.

Er fluchte leise und wollte die sofortige und heiße Reaktion auf das Bild ignorieren, das sein Verlangen nach der Berberprinzessin erschaffen hatte. Er war hart geworden, doch allein die köstliche Zara konnte seinem gequälten Fleisch Erleichterung verschaffen.

Er presste die Kiefer aufeinander, knirschte mit den Zähnen und wünschte, er wäre diesem Berbermädchen nie begegnet, das sein Leben für immer verändert hatte. Er zwang sich dazu, sich genau vorzuhalten, wer sie war und was sie getan hatte, doch es half nichts – Zara zu vergessen, würde nicht einfach werden.

Das Geräusch leiser Schritte auf dem gefliesten Fußboden erregte Jamals Aufmerksamkeit, und er nahm an, Hammet wäre zurückgekehrt. „Ich hatte dich nicht gerufen, Hammet", sagte er mürrisch. „Kehre wieder zu dem zurück, was du gerade gemacht hast."

Weibliches Kichern antwortete auf seine Worte. Er drehte den Kopf und sah zu seiner Überraschung Saha, Leila und Amar nackt neben seinem Badebecken stehen. Er hatte ganz vergessen, wie liebreizend sie waren, und ihm fiel mit einem Mal auch wieder ein, wie ungemein geschickt seine früheren Konkubinen waren, wenn es darum ging, Freuden zu spenden.

„Seid Ihr nicht glücklich, uns zu sehen?" fragte Saha und stieg zu ihm ins Wasser.

„Wir sind jedenfalls sehr glücklich, Euch zu sehen", flüsterte Leila schüchtern, während sie und Amar zusammen in das Becken stiegen.

Saha drängte den völlig verwirrten Jamal, sich auf den Beckenrand zu setzen, und steckte ihre Finger in ein Gefäß mit parfümierter Seife, die sie dann auf seiner Haut verteilte. Als sie sah, dass die Erregung ihn erfasst hatte, wechselte sie mit ihren Gefährtinnen wissende Blicke. Sie ließ die Hand für einen Moment zwischen seine Schenkel gleiten und zog sie sogleich wieder fort.

Unterdessen entfernten Leila und Amar mittels eines Spatels Seifenschaum, Schweiß und Staub von Jamals Körper. Nachdem das getan war, übergoss Sah ihn mit sauberem Wasser aus einem Krug und drängte ihn in das Becken zurück. Die drei Konkubinen machten sich fleißig an ihm zu schaffen, und ihre Hände schienen überall zur selben Zeit.

„Weshalb seid ihr hier?“ wollte Jamal wissen. Er sprach etwas undeutlich, weil Saha ihm ihre Brüste ans Gesicht gedrückt hatte.

„Wir sind hier, um Euch glücklich zu machen, Herr“, antwortete die Rothaarige und klimperte mit ihren langen Wimpern.

„Ihr gehört mir doch nicht mehr, sondern ihr habt jetzt neue Gebieter.“

„Haroun meinte, Ihr brauchtet uns“, erklärte Saha schlau lächelnd. „Leilas und Amars Gebieter waren ebenfalls der Meinung, dass wir versuchen sollten, Euch aufzuheitern. Wir bleiben so lange, wie Ihr uns benötigt.“

Jamal runzelte die Stirn. „Haroun hatte nicht das Recht, eine solche Entscheidung zu treffen. Geht zurück zu euren Gebietern. Sagt ihnen, ich wisse ihre Sorge zu schätzen, doch ich sei auch so ganz zufrieden.“

Sahas Blick blieb in Jamals Schritt hängen; sie war durchaus nicht davon überzeugt, dass der Scheich zufrieden war. Er war noch immer sichtbar erregt.

„Kommt, Herr, wir möchten Euch abtrocknen. Wenn Ihr Euch dann wieder in Eurem Gemach befindet, mögt Ihr uns fortschicken, falls Ihr uns wirklich nicht mehr benötigt.“

Die drei Frauen halfen Jamal dabei, aus dem Badebecken zu steigen, und seufzten träumerisch, als sie seine Größe sahen. Jede von ihnen erinnerte gern die langen, befriedigenden, in Jamals Bett verbrachten Stunden. Er war ein unersättlicher Liebhaber, und seine Freude am erotischen Liebesspiel hatte ihnen viel Vergnügen bereitet. In all den Jahren hatte der Scheich sie niemals unbefriedigt gelassen.

Drei Paar Hände lockten und reizten Jamal, der angespannt war wie eine Bogensehne. Sein Körper flehte um Erlösung. Seine ehemaligen Konkubinen bemühten sich nach Kräften, ihn zu erfreuen. Er kannte ihre Körper intim und wusste genau, wo er sie berühren musste, um ihnen größtmögliche Freude zu verschaffen.

Haroun mochte den richtigen Weg dazu gefunden haben, seinen Herrn aufheitern zu lassen. Dass er, Jamal, eine Frau benötigte, ließ sich nicht bestreiten; was er hingegen bezweifelte, war, dass diese drei seine brennende Sehnsucht nach Zara zu vertreiben vermochten.

Er lag also auf seinem Schlafdiwan auf dem Rücken, ließ seine ehemaligen Konkubinen tun, was ihnen beliebte, starrte an die Decke und fragte sich, weshalb die drei ihn nur so geringfügig erregten. An Zara nur zu denken, erregte ihn mehr als alles, was Saha, Leila und Amar bis jetzt getan hatten.

Sein Geist ging auf Reisen, und Jamal erinnerte sich an Zaras samtweiche, goldschimmernde Haut und an ihre begeisterte Reaktion auf sein Liebesspiel. Sie war noch unschuldig gewesen, bevor er ihr die Jungfräulichkeit geraubt hatte, doch ihre Reaktion war alles andere als unschuldig gewesen. Die Prinzessin besaß in ihrem kleinen Finger mehr Leidenschaft als Saha, Leila und Amar mit ihrer großen Erfahrung und den geübten Liebkosungen zusammengenommen.

Jamals offenkundiger Mangel an Begeisterung enttäuschte Saha und ihre Gefährtinnen mit der Zeit. Sein Körper reagierte zwar, doch sein Geist befand sich in weiter Ferne. Der Scheich war einfach nicht bei der Sache. Weil Saha langsam verzweifelte, durchwühlte sie die Schublade des Nachttischs und fand den kleinen Samtbeutel, nach dem sie gesucht hatte.

„Streckt Eure Hand aus, Jamal“, raunte sie ihm ins Ohr. Halb im Unterbewusstsein hielt er ihr seine Hand hin und stellte zu seiner Überraschung fest, dass zwei Silberkugeln hineinfielen. „Wen von uns werdet Ihr zuerst erfreuen, Herr?“

Jamal runzelte die Stirn und zuckte dann die Schultern. „Dich zuerst, Saha."

Die Konkubine quiekte vor Entzücken, streckte sich neben Jamal auf dem Diwan aus und spreizte die Beine. Jamal wärmte die Silberkugeln in der Hand an und ließ sie dann behutsam in Saha gleiten. Leila und Amar standen neben dem Diwan, schauten Jamal zu und ermunterten ihn, als er Sahas Hüften zu bewegen begann. Saha erreichte den Höhepunkt sehr schnell; sie bog sich ruckartig hoch und schrie ihre Befreiung heraus.

Leila war die Nächste. Sie reinigte die Kugeln in einer Wasserschüssel und gab sie dann Jamal. Er tat ihr den Gefallen und führte ihr die Kugeln mit größter Vorsicht ein. Als sie sich absichtlich zurückhielt, damit das Vergnügen nicht zu schnell endete, wollte Jamal das nicht zulassen. Mit seinen kundigen Manipulationen stürzte er sie innerhalb weniger Minuten in die Ekstase.

Die Kugeln wurden aufs Neue gereinigt, und dann war Amar an der Reihe. Ihr Höhepunkt trat rasch und heftig ein. Sie hatte bei ihren Gefährtinnen zugeschaut, und das hatte sie bereits so sehr erregt, dass sie ihre eigene Verzückung nicht mehr zurückzuhalten vermochte, als es soweit war.

„Jetzt seid Ihr an der Reihe, Jamal", sagte Saha. „Womit dürfen wir Euch erfreuen? Möchtet Ihr, dass ich Euch in den Mund nehme? Vielleicht möchtet Ihr uns auch so benutzen, wie ein Mann einen Lustsklaven benutzt. Wonach steht Euch der Sinn, Herr?"

„Euch dabei zu beobachten, wie ihr in Ekstase gerietet, hat mir Freude bereitet", versicherte Jamal. „Geht jetzt zu euren jeweiligen Gebietern zurück und sagt ihnen, ihr hättet mich erfreut."

„Das wäre doch eine Lüge!" Es bestürzte Amar, dass der Scheich sie und ihre Gefährtinnen praktisch hinauswarf. Zwar hatte er es in freundliche Worte gekleidet, doch ein Hinauswurf war es trotzdem. „Wir haben Euch nicht gefallen, nicht wahr? Schickt uns nicht fort, Herr. Unsere Gebieter werden sonst sehr böse auf uns sein."

„Haroun schlägt mich, wenn ich ihn enttäusche", gab Saha zu. „Im Bett ist er ein Hengst, doch er verlangt auch absoluten Gehorsam."

„Mein Gebieter kann sich den Luxus nicht leisten, den wir in Eurem Harem genießen", klagte Leila. Ihre vollen Lippen waren zu einem Schmollmund verzogen, und ihre großen Augen deuteten kommende Tränen an. „Lasst uns bleiben!"

„Habt ihr vergessen, weshalb ich euch fortgab?" fragte Jamal harsch. „Ihr drei versuchtet, eine Frau zu vergiften, die euch nichts Böses wollte."

„Das war Sahas Idee", behauptete Leila.

„Ich unterstützte das Vorhaben nicht", erklärte Amar.

„Ihr lügt alle", stellte Saha verächtlich fest.

„Hinaus!" befahl Jamal. „Vorübergehend dürft ihr im Harem bleiben, doch erwartet von mir nicht mehr, als ich zu geben bereit bin."

„Was hat dieses Berberweib denn nur mit Euch gemacht?" jammerte Saha. „Wie könnt Ihr etwas anderes als Hass für Zara empfinden? Ich hörte, sie habe Euch ein Schlafmittel eingegeben und sei dann mit ihrem Vater und den Blauen Männern entwichen. Was sie Euch antat, ist kein geringeres Verbrechen als das, was wir ihr antun wollten."

„Ich lebe schließlich noch", stellte Jamal kurz angebunden fest. „Zara wollte nicht meinen Tod. Sie ließ mich nur einschlafen, während ihr hingegen, meine Damen, sie mit eurem Gifttrunk töten wolltet. Und jetzt geht! Genießt euren vorübergehenden Aufenthalt hier, denn ich vermute, eure neuen Gebieter werden euch schon recht bald vermissen und euch wieder zu ihrem Vergnügen in ihren Betten haben wollen."

Die verärgerten Frauen rafften ihre abgelegten Kaftane zusammen, kleideten sich rasch an und verließen das Gemach.

Mit unverhohlener Neugier sah Hammet sie hinausgehen. Noch nie hatte er eine Frau aus dem Gemach seines Herrn kommen sehen, ohne dass sie ein lächelndes Gesicht gezeigt hätte. Aus Sahas, Leilas und Amars saurer Miene zu schließen, wagte er die Vermutung, dass die drei nicht eben angetan von Jamals Leistung waren.

Das Brüllen des Scheichs unterbrach die Spekulation seines Dieners, der sich beeilte, seinem Gebieter unverzüglich zu Diensten zu sein.

„Ihr habt mich gerufen, Herr?"

Ich sollte dich und Haroun strecken und vierteilen lassen!" herrschte Jamal ihn an, doch Hammet schien von diesem Ausbruch unbeeindruckt zu bleiben. „Was ist nur in euch gefahren, diese Frauen wieder in mein Haus zu bringen?"

„Wir wollten Euch eine Freude machen. Ihr hattet doch keine Frau mehr, seit ... nun ja, schon sehr lange nicht mehr. Falls Euch diese drei Weibspersonen nicht gefallen, dann lasst mich zum Sklavenmarkt gehen und Euch ein Trio unterwürfiger Jungfrauen kaufen, die Ihr dann für Eure speziellen Bedürfnisse ausbilden mögt."

„Ich will keine unterwürfigen Jungfrauen", lehnte Jamal düster ab. „Ich will ..." Er sprach nicht weiter. Was er wollte, das war ein heißblütiges, scharfzüngiges Weib mit dem Gesicht eines Engels und dem Naturell einer Raubkatze, eine Kriegerin, die wilder zu kämpfen verstand als sämtliche Männer, denen er jemals begegnet war.

„Wenn Ihr mir nur sagen wolltet, was Ihr wünscht, Gebieter, werde ich mich sofort aufmachen, es Euch zu beschaffen." Hammet war aufrichtig besorgt um das Wohlergehen seines Herrn. Nie zuvor hatte er Jamal so besessen von einer Frau gesehen. Weiber zählten für die meisten Araber nicht viel. Sie waren von nur geringem Wert, abgesehen von dem Vergnügen, das ihre Körper boten, und abgesehen von ihrer Fähigkeit, Kinder zu gebären.

„Ich bin müde, Hammet. Lass mich in Ruhe."

Hammet schlurfte rückwärts zur Tür.

„Moment noch. Rufe Haroun in mein Gemach."

Jamal legte seinen Kaftan an, fand Federkiel, Tinte und Papier in seiner Truhe und schrieb einen Brief. Gerade als er den Sand abbürstete, mit dem er die Tinte getrocknet hatte, erschien sein Leutnant.

„Was darf ich für Euch tun, Herr? Hammet sagte, die Frauen hätten Euch nicht erfreut. Ich werde Saha schlagen, falls sie Euch beleidigt hat."

„Vergiss die Frauen, Haroun. Sie sind nicht der Grund, weshalb ich dich zu mir befahl. Es ist an der Zeit, dass ich wieder in See steche. Ismail sitzt mir im Nacken. Finde einen vertrauenswürdigen Mann, der Kapitän Brahim in Tanger einen Brief überbringen kann." Er rollte das Papier zusammen und übergab es Haroun. „Brahim soll mir mein Schiff ausrüsten und es segelfertig haben, sobald ich in Tanger eintreffe. Der Kapitän wird zwar ein paar Tage benötigen, um meine Mannschaft zusammenzubringen, doch ich zweifle nicht daran, dass er meinem Befehl Folge leisten wird."

„Seid Ihr sicher, dass es das ist, was Ihr wollt, Herr? Wir kennen einander schon so lange, und ich kann es nicht mit ansehen, dass Ihr eine Sache aufgebt. Ich kenne Euch, Jamal. Die Berberprinzessin ist die einzige Frau, die Ihr unbedingt behalten wolltet. Ihr zeigtet sehr wenig Bedauern, als Ihr Eure drei Konkubinen loswurdet, doch Zara zu verlieren, das zerriss Euch das Herz."

„Ich habe nicht um deinen Rat gebeten, mein Freund. Du bist weder mein Gewissen noch mein Vater. Zara hat ihre Wahl getroffen, und die ist eben nicht auf mich gefallen. Es wird Zeit, dass ich mich wieder auf meinen Stolz besinne und sie ziehen lasse. Ihr Vater und ihr Volk sind ihr ganzes Leben. Mich will sie nicht."

Jamal seufzte. „Zara ist wie der Wüstenwind, der heiß und stark weht. Man kann sie weder zähmen noch zu etwas machen, das sie nicht sein will. Sie ist ein Teil des Landes, ein tapferer Freigeist, dessen Liebe sich keine Zügel anlegen lässt."

„Beim Barte des Propheten, Ihr liebt diese Frau!" rief Haroun entgeistert. „Ich hätte nie gedacht, dass ich einmal den Tag erlebe, an dem Scheich Jamal abd Thabit der Liebe anheim fällt. Es gibt doch so viele verfügbare Frauen; weshalb habt Ihr Euch ausgerechnet eine ausgesucht, die absolut unannehmbar ist für einen Mann Eures Ranges und Eurer Bedeutung? Zara ist dem Tode geweiht, wie Ihr wisst. Der Sultan wird nicht zulassen, dass Youssef und dessen Tochter am Leben bleiben. Ihr tätet gut daran, sie zu vergessen."

Noch lange nachdem sein Leutnant gegangen war, dachte der Scheich über Harouns Worte nach. Wäre er rechtzeitig zu Zaras Befreiung erschienen, ehe ihr Vater sie ihm wegschnappte, wäre alles ganz anders gekommen. Er wollte der Berberprinzessin wirklich vergeben, dass sie sein Vertrauen missbraucht hatte, und nach einiger Zeit wäre ihm das auch gelungen.

Möglicherweise vergab er ihr schon jetzt. Er stellte sie sich vor, wie sie sein Bett teilte und sich liebevoll an ihn schmiegte, während er sie mit seiner Leidenschaft an sich band. Er würde sie mit seinem Kind geschwängert und zu seiner Lieblingskonkubine gemacht haben.

Bedauerlicherweise jedoch hatte Youssef sie als Erster erreicht. Nun, vielleicht war das auch besser so ...

Jamal bereitete sich auf seine Reise nach Tanger vor. Saha, Leila und Amar hatte er schon ganz vergessen, die es sich noch immer in seinem Harem bequem machten. Ihre neuen Gebieter hatten sie noch nicht wieder angefordert; sie nahmen wohl an, dass Jamal mit dem gegenwärtigen Arrangement zufrieden war, und wollten es sich nicht mit ihm verderben.

Die Reisevorbereitungen kamen wie von Jamal erwartet voran, als unerwartet Bewaffnete des Sultans aus Meknes eintrafen. Mulai Ismail verlangte Jamals umgehendes Erscheinen im königlichen Palast und hatte seine Leibwache geschickt, um die Willfährigkeit des Scheichs sicherzustellen. Als dieser sich nach den Befehlen des Sultans erkundigte, wollte der Hauptmann der Garde nur sagen, dass Youssef die Überfälle auf die Karawanen des Sultans wieder aufgenommen habe.

Da Jamal Ismails rachsüchtige Natur und seine Neigung zur Grausamkeit kannte, vermutete er, dass er zum Sultan befohlen worden war, um sein Todesurteil entgegenzunehmen. Ismails Zorn über die Flucht des Berberfürsten von „Paradies" hatte schon sehr lange geschwelt, und Jamal nahm an, der Sultan wolle nun endlich Rache nehmen.

14. KAPITEL

Wie gewöhnlich, wimmelte es im königlichen Palast von Bittstellern und Untertanen, die um Audienz beim Sultan nachsuchten. Jamal wurde an der Sultanatshalle vorbeigeführt, wo Mulai Ismail auf seinem prächtigen Thron saß und Hof hielt. Als der Scheich an den gewaltigen, goldbeschlagenen Türen vorbeikam, erhaschte er einen kurzen Blick auf den scharlachrot gewandeten Herrscher. Falls Ismail ihn ebenfalls sah, so zeigte er das nicht.

Der kleine Raum, in den man Jamal brachte, war absolut schlicht und nicht zu vergleichen mit den Gemächern, in denen er sich bei seinen früheren Besuchen im königlichen Palast aufgehalten hatte.

Neben einem schmalen Diwan gab es hier einen von Sitzkissen umgebenen niedrigen Lacktisch sowie eine einfache Truhe für Kleidung. Eine Obstschale und ein Teeservice schmückten den Tisch und ließen den Raum etwas weniger karg erscheinen. Durch das Gitterwerk einer Trennwand sah Jamal einen privaten Baderaum, hinter dem sich ein kleiner ummauerter Garten befand. Der Anblick heiterte ihn ein wenig auf, bis ihm auffiel, dass diese Mauer nicht nur ungewöhnlich hoch war, sondern auch keinen Durchgang nach draußen besaß.

Er war ein Gefangener.

Man hatte die Tür hinter ihm abgeschlossen, und die Gartenmauern waren zu hoch, als dass er sie hätte überklettern können. Es gab also kein Entrinnen. Jamal vermochte den Tod schon zu schmecken, und das behagte ihm ganz und gar nicht.

Mit einem Mal öffnete sich die Tür, und eine junge Sklavin in Haremshose und winziger Weste trat ein. Sie war klein und dunkel und hatte schmachtende schwarze Augen, die ungezählte Genüsse versprachen.

„Mein Name ist Zinab. Ich bringe Euch Tücher für Euer Bad, Herr. Gestattet mir, Euch zu helfen."

„Wer hat dich geschickt?" wollte Jamal wissen.

„Der Sultan, Herr. Er sagte, Ihr würdet nach Eurer langen Reise nach Meknes staubig sein und solltet Euch des Bades bedienen." Sie lächelte ihm schüchtern zu. „Er sagte, ich solle Euch auf jede von Euch gewünschte Weise dienen."

Jamal lachte auf. „Der Verurteilte soll also noch einmal verwöhnt werden, bevor er in seinen Tod geht."

Diese Worte schienen Zinab zu verwirren. „Ich verstehe nicht ganz. Ich bin nur hier, um Euch zu dienen."

„Also dann komm, Zinab. Der Hammam wartet. Du kannst mich baden, und während ich meine müden Knochen ausruhe, werde ich mir ausdenken, auf welche Weise du mir dienen kannst."

Zinab lächelte aufrichtig. Sie bewunderte den hoch gewachsenen und gut aussehenden Scheich sehr und zog ihn dem kleinen, stämmigen Sultan vor, der sie meistens aufs Abstoßendste benutzte. Sie war hoch erfreut, einem so schönen und männlichen Scheich wie Jamal dienen zu dürfen.

Zinabs Anstrengungen bei Jamal waren indes verlorene Liebesmüh. Er schien an ihr nur wenig interessiert, obgleich sie ihr Bestes versuchte, um ihn zu erregen, ihre Bekleidung abstreifte und ihm in den Hammam folgte.

Während sie ihm bei seinem Bad zur Hand ging, hatte Jamal wenig Zeit, an den kleinen, hübsch gerundeten Körper des Mädchens zu denken. Er war vielmehr damit beschäftigt, sich zu überlegen, was Ismail wohl in seinem perversen Sinn hatte. Zwar bot dieses Gemach nur wenig Annehmlichkeiten, doch der Sultan hatte ihn jedenfalls nicht in den Kerker werfen lassen. Jamal verfügte immerhin über einen privaten Baderaum, einen ummauerten Garten und ein hübsches Mädchen, das sich um das Wohl seines Körpers kümmerte. Je länger er darüber nachdachte, desto weniger logisch erschien ihm das Ganze.

Jamal war Zeuge bei einigen der verderbteren Handlungen des Sultans gewesen; es schien Mulai Ismail Vergnügen zu bereiten, Folter als Mittel der Bestrafung einzusetzen, doch bis jetzt konnte Jamal in der Behandlung seiner eigenen Person noch keine Marter erkennen. Was hatte der Sultan mit ihm vor?

Plötzlich ging ihm ein Licht auf: Er war überhaupt nicht nach Meknes befohlen worden, um seine Todesstrafe entgegenzunehmen! Ismail benutzte die verlockende Zinab als Anreiz. Die geschickte Lustsklavin war Jamal als kleine Belohnung für seine Willfährigkeit geboten worden! Und er hätte um sein nicht unbeträchtliches Vermögen wetten mögen, dass der Sultan für ihn eine abscheuliche Aufgabe vorgesehen hatte, die wahrscheinlich den Berberfürsten und dessen liebreizende Tochter betraf.

Als Jamal aus dem Bad zurückkehrte, fand er frische Kleidung auf seinem Bett vor. Er wollte sie schon überstreifen, als Zinab ihm die Hand auf den Arm legte.

„Wie darf ich Euch noch dienen, Herr?" Sie schlang ihm die Arme um den Nacken, presste ihre vollen Brüste an seinen Oberkörper und rieb ihre Hüften an seinen.

Der Scheich war jung, gesund und sehr männlich; sein Körper reagierte sofort. Jamal stöhnte auf und zog sanft Zinabs Arme fort. Falls er dem Mädchen erlag, würde er dem Sultan direkt in die Hände spielen.

Zinab lächelte zu ihm hoch durch ihre langen, dichten Wimpern, die so schwarz wie die Sünde waren. „Findet Ihr mich erfreulich, Herr? Ich wurde darin ausgebildet, Freuden in jeder nur erdenklichen Weise zu spenden. Mir macht es auch nichts aus, mit seidenen Fesseln gebunden und geschlagen zu werden, falls dies nötig ist, um Euch zu erregen. Sagt es mir, Herr, sagt mir nur, was Ihr wünscht."

Diese Ansprache lenkte Jamal vorübergehend ab. Zinab konnte kaum älter als sechzehn sein, dennoch besaß sie bereits das Wissen einer erfahrenen Verführerin. Als Lustsklavin wäre sie zweifellos überragend, weil sie viele berauschende Stunden der erotischen Unterhaltung bieten würde. Es verblüffte Jamal, dass er sie nicht begehrte.

„Du bist eine zarte Blüte, Zinab, und ich bezweifle nicht, dass irgendein Mann in dir einen überaus erfreulichen Zeitvertreib erkennen wird. Bedauerlicherweise jedoch bin ich nicht dieser Mann."

Zinab blieb der Mund offen stehen; so etwas war ihr noch nie widerfahren! „Ihr begehrt mich nicht?" Ihre Lippen zitterten, und in ihren dunklen Augen standen Tränen. Zu Jamals größter Verblüffung fiel das Mädchen vor ihm auf die Knie. „Sagt das nicht dem Sultan, Herr, ich bitte Euch! Ich werde sonst schwer bestraft."

Jamal hob sie wieder vom Boden auf und trocknete ihre Tränen mit seinem Hemdzipfel. „Was in diesem Raum geschehen oder nicht geschehen ist, bleibt ein Geheimnis zwischen uns beiden. Nun lege deine Kleider wieder an, und kehre in den Harem zurück. Falls Mulai Ismail mich fragt, werde ich ihm versichern, du hättest mich erfreut."

„Weshalb darf ich es denn nicht tun?" fragte Zinab neugierig. „Mögt Ihr keine Frauen? Falls Ihr Knaben vorzieht ..."

„Allah stehe mir bei, beschuldige mich nicht solcher Verderbtheit! Da wir schon ein Geheimnis geteilt haben, will ich dir auch ein zweites entdecken: Es gibt nur eine einzige Frau, die ich begehre, und die steht mir bedauerlicherweise nicht zur Verfügung. Ich habe den Verdacht, der Sultan versucht, mich für seine Befehle gefügiger zu machen, indem er mir dich schenkt. Du sollst mich sozusagen seinen Absichten gegenüber geneigter machen."

Zinab lächelte ihn an. Sie war jetzt nicht mehr die Verführerin, sondern ein Mädchen, das älter wirkte, als es war. „Eure Dame kann sich glücklich schätzen. Wie ich sie beneide!"

„Geh jetzt, Zinab. Falls der Sultan dich fragt, sage ihm, ich sei sehr zufrieden mit dir gewesen."

Zinab huschte aus dem Raum, und Jamal hörte es klicken, als die Tür hinter ihr abgeschlossen wurde. Obwohl es ihn ärgerte, der Gnade des Sultans ausgeliefert zu sein, glaubte er bald herauszufinden, was Ismail mit ihm vorhatte. Zunächst hieß es also abwarten.

Gerade hatte Jamal sein Abendessen beendet, als der Obereunuch mit einer Vorladung erschien. Die Korridore waren jetzt leer, ebenso die Sultanatshalle. Bittsteller und Untertanen waren nach Haus gegangen, und der königliche Hof hatte sich für heute vertagt. Vorbei an strammstehenden Wachen und vorbei an der gewölbeartigen Empfangshalle wurde Jamal zu den Privatgemächern des Sultans geführt. Ein großer nubischer Sklave öffnete die Tür zum Vorraum, ließ den Scheich eintreten und entfernte sich dann wieder.

Der Vorraum war leer. Rund eine halbe Stunde musste Jamal warten, bis Mulai Ismail aus seinem inneren Gemach erschien und dann umständlich auf einem kunstvoll mit Seidenbrokat bezogenen Diwan Platz nahm. Jamal sank auf die Knie und huldigte dem Herrscher.

„Ihr dürft Euch wieder erheben, Jamal", sagte Ismail gebieterisch. Er forderte den Scheich weder zum Platznehmen auf, noch bot er ihm wie bei früheren Gelegenheiten Pfefferminztee an. Dieses war ein sicheres Zeichen seiner Verärgerung. „Ich hörte, dass Euch mein Geschenk gefallen hat", fuhr er fort. „Ich habe Zinab selbst ausgebildet. Sie ist unvergleichlich."

„Ich fand an der kleinen Zinab nichts auszusetzen, erhabener Sultan." Falls Ismail von Jamal noch weitere Äußerungen erwartete, dann wartete er vergeblich.

Der Sultan starrte den Scheich böse an. „Ihr enttäuscht mich, Jamal. Ich dachte, Ihr wärt der Einzige, dem ich vertrauen kann. Nie wäre mir in den Sinn gekommen, Ihr könntet so vernarrt in die Berberhexe sein, dass Ihr vergessen würdet, wem Ihr Untertanentreue schuldig seid. Es war nachlässig von mir, Euch zu vergeben, dass Ihr Youssef entweichen ließet. Ich habe mir meine voreilige Entscheidung bezüglich Eurer Pflichtvergessenheit noch einmal überlegt.

Ihr hättet den Berberfürsten nach Meknes bringen sollen, statt ihn auf ‚Paradies' einzusperren", fuhr Ismail mürrisch fort. „Dass Ihr mir Eure Piratenbeute verspracht, hat mich für meine Pflicht blind gemacht, und ich zeigte Gnade, wo sie nicht angebracht war. Nunmehr setzen sich die Überfälle auf meine Karawanen fort, und ich werde von Youssef und seiner Tochter zum Bettler gemacht.

Ich habe mir verschiedene Vorgehensweisen überlegt, Jamal." Der Sultan kam offenbar zum Ende seiner langen Rede. „Eine davon wäre, Euch wegen Missachtung meiner Befehle hinrichten zu lassen. Eine andere der erwogenen Möglichkeiten wäre die Anwendung der Folter, um meinen Zorn zu beschwichtigen. Da ich jedoch ein ungemein großmütiger Mensch bin, habe ich beschlossen, Euch noch eine letzte Chance zur Wiedergutmachung zu gewähren."

Jamal hätte dem Sultan beinahe ins Gesicht gelacht. Ismail war bekannt für seine Grausamkeit; er hatte nicht die geringste Spur von Großmütigkeit an sich. „Ihr seid wirklich überaus gütig, großer Sultan."

„Ja, nicht wahr?" Ismail lächelte. „Doch meine Güte ist nicht kostenlos. Ich werde ein letztes Mal Nachsicht üben. Falls Ihr noch einmal versagt, werdet Ihr es mit Eurem Kopf bezahlen. Falls Ihr hingegen Erfolg habt, wird die kleine Zinab Euch gehören. Ihr zartes Fleisch habt Ihr ja schon kosten können. Das war nur ein Vorgeschmack dessen, wozu sie fähig ist. Sie ist sanft und unterwürfig, ganz anders als Eure wilde Kriegerin."

„Sagt mir, was ich tun soll, um wieder in Eurer Gunst zu stehen, mächtiger Sultan."

Ismails Miene wurde garstig. „Bringt mir Youssef und seine Tochter – tot oder lebendig. Kehrt nicht eher zurück, als bis Ihr die Banditen aus dem Gebirge verscheucht habt. Ich kann es mir nicht leisten, eine weitere Karawane zu verlieren. Ihr seid kein Narr, Jamal; Ihr wisst genau, dass ich kein Versagen mehr dulden kann. Diesmal wird auch die Frau nicht mehr mit Nachsicht behandelt. Sie ist ihrem Vater zu ähnlich. Ich habe Hauptmann Hasdai befohlen, Euch hundert erfahrene Soldaten zur Verfügung zu stellen.

Euer Auftrag lautet, den Feind aufzuspüren und ihn zu vernichten."

„Und wenn ich mich weigere?" wagte Jamal zu fragen. Wie könnte er eine Frau jagen und vernichten, an der ihm etwas lag? Die Frau, die er ...

Liebte.

Ismails Lächeln trug wenig dazu bei, Jamals Zuversicht zu fördern. „Ihr werdet Euch nicht weigern. Dazu schätzt Ihr Euren Hals zu sehr. Bei Tagesanbruch werdet Ihr aus Eurer Kammer entlassen. Ich werde zur Stelle sein und Euch dabei zusehen, wie Ihr meine Soldaten zum Sieg führt. Ihr mögt Euch jetzt zurückziehen."

Jamal wusste es besser, als gegen diese schroffe Entlassung zu protestieren. Er verneigte sich und wandte sich zum Gehen.

„Träumt heute Nacht von der kleinen Zinab und davon, wie gut sie Euch erfreut hat, Jamal", sagte Ismail. „Vielleicht veranlassen Euch Eure wollüstigen Träume ja, recht bald zu ihr zurückzukehren."

Die Tür zu Jamals Kammer öffnete sich genau in dem Moment, als die strahlend rosa Morgendämmerung am östlichen Himmel erschien. Der Scheich hatte bereits die von allen Muslimen verlangte rituelle Reinigungszeremonie vollzogen und sich, während der Muezzin zum Morgengebet rief, gen Mekka gewandt. Er nahm nur ein leichtes Mahl ein, und als er danach auf den Korridor hinaustrat, erwartete ihn Hauptmann Hasdai dort.

„Allah sei mit Euch, Herr. Hundert handverlesene Soldaten warten im äußeren Hof. Sie alle können es nicht erwarten, zu Ruhm und Ehre unseres Sultans die Berberbanditen in die Knie zu zwingen."

„Allah sei mit dir, Hauptmann Hasdai", erwiderte Jamal kurz. Er war nicht in Stimmung für Plaudereien. Mit düsteren Gedanken erreichte er den weitläufigen Außenhof, wo sich die Eliteeinheit des Sultans versammelt hatte.

„Vor einer Stunde trafen Eure Bewaffneten aus ‚Paradies' ein. Wünscht Ihr, dass sie sich uns anschließen?"

Jamals Stimmung hob sich merklich, als er Haroun neben seinem tänzelnden Hengst stehen sah. Sofort eilte er zu seinem Leutnant, während Hasdai sich um die Lastkamele kümmerte, welche die Kampftruppe ins Rifgebirge begleiten würden.

Die beiden Männer umarmten einander. „Ich dachte mir, Ihr könntet Eure eigenen Leute um Euch herum gebrauchen", sagte Haroun. „Niemand auf ‚Paradies' wusste, was der Sultan mit Euch vorhatte, doch wir wollten in der Nähe sein, falls Ihr uns brauchtet. Hasdai erläuterte mir die Lage, und ich traf eilige Vorbereitungen, damit sich unsere Leute den Soldaten des Sultans anschließen können. Ihr habt keine andere Wahl, Jamal. Wenn Euch Euer Leben lieb ist, müsst Ihr dem Sultan gehorchen. Er verlangt den Berberfürsten und dessen Tochter. Diesmal könnt Ihr nichts tun, um sie zu retten."

Jamal schwieg. Hundert schlachtendurstige Reiter warteten auf ihre Befehle. Er schwang sich in den Sattel und setzte sich mit Kacem an die Spitze der Truppe. Ehe er das Signal zum Anreiten gab, blickte er zufällig hoch und sah den Sultan auf seinem Balkon stehen, von wo aus er ihren Auszug beobachtete. In Ismails Miene malte sich sadistisches Vergnügen und bösartige Vorfreude. Man brauchte kein Weiser zu sein, um zu erkennen, dass Mulai Ismail voller Ungeduld Youssefs und Zaras Folterung sowie ihren Tod erwartete. Dass Scheich Jamal abd Thabit versagen könnte, kam für ihn nicht in Betracht.

Angstvoll sah Zara Raschid in das Lager reiten. Sein Rennkamel kam in einer Staubwolke zum Halten, und sobald er aus dem Sattel seines knienden Tiers gerutscht war, begab er sich rasch zu dem Berberfürsten. Zara eilte an die Seite ihres Vaters, um zu erfahren, welche Nachrichten der Kamelhändler brachte.

Sie betraten Youssefs Zelt, und Zara bereitete Pfefferminztee zu, während Raschid ihnen seine Neuigkeiten übermittelte.

„Scheich Jamal wurde von einer Kompanie Wachsoldaten des Sultans nach Meknes gebracht. Haroun folgte einen Tag später mit Jamals Bewaffneten. Ich hielt es für angebracht, ihnen zu folgen."

„Das war sehr klug von dir", lobte Youssef. „Was hast du erfahren?"

„Ich hörte zahlreiche Gerüchte. Leider scheinen die meisten von ihnen der Wahrheit zu entsprechen. Dem Scheich Jamal wurde das Kommando über mehr als hundert Mann übertragen. Er hat den Befehl, dich und Zara tot oder lebendig nach Meknes zu bringen."

Zara stockte der Atem. „Weißt du das auch ganz genau, Raschid?"

Der Kamelhändler nickte. „Vor drei Tagen sah ich sie bei Tagesanbruch ausrücken. Jamals eigene Soldaten stießen zu ihnen."

„Allah sei uns gnädig", sagte Zara leise. „Ich hätte nicht gedacht, dass Jamal ..." Ihr fehlten die Worte. Sie und Jamal waren intim gewesen, hatten etwas füreinander empfunden. Zugegeben, dieses Verhältnis endete nicht freundschaftlich, doch der Gedanke schmerzte, dass Jamal sie nun nach allem, was gewesen war, töten wollte.

„Nur wenige Menschen überleben es, wenn sie sich Mulai Ismails Befehlen widersetzen", meinte ihr Vater nachdenklich.

Youssef war ein scharfsinniger Mann. Inzwischen hatte er längst gemerkt, dass Zara dem schönen Scheich mehr als zugetan und seit der Flucht aus seinem Palast unglücklich war. Der Berberfürst wusste, dass diese zarten Gefühle zu nichts führen würden, und es tat ihm weh, seine Tochter wegen unerwiderter Liebe leiden zu sehen.

„Was werden wir also tun?" fragte Zara, ohne das Zittern in ihrer Stimme unterdrücken zu können. „Auf uns wird Jagd gemacht wie auf wilde Tiere."

„Wir werden nach Süden ziehen, ins Atlasgebirge", sagte Youssef. „Falls nötig, fliehen wir sogar in die Wüste jenseits des Atlas." Er lächelte. „Wir werden deinem Jamal eine fröhliche Verfolgungsjagd bieten, Tochter."

Das traf Zara wie ein Stich. „Er ist nicht ‚mein' Jamal, Vater. Er ist unser Feind."

Innerhalb weniger Stunden war der Weg in den Hohen Atlas festgesetzt.

„Hier haben sie sich aufgehalten", stellte Haroun fest, der sich nieder gehockt hatte, um den harten, steinigen Boden nach Spuren zu untersuchen.

„Wie lange ist das her?" wollte Jamal wissen.

„Das ist schwer zu sagen. Zwei Tage, zwei Wochen – wer weiß das schon?"

Insgeheim freute sich Jamal darüber, dass es Youssef und seinen Banditen so lange gelungen war, den Soldaten des Sultans immer einen Schritt voraus zu sein. Er hatte keine Ahnung, was er tun würde, falls sie die Berber tatsächlich fanden.

Die größte Angst hatte er davor, dass Zara in der Schlacht getötet werden könnte oder – noch schlimmer –, dass sie die Gefangene des Sultans wurde. An ihm, Jamal, war es, dafür zu sorgen, dass der Prinzessin nichts zustieß. Durch das Gebirge und die Wüste zu streifen, bot ihm viel Zeit zum Nachdenken ... und zum Planen.

„Sie sind zum Hohen Atlas gezogen", sagte Hasdai, als der Pfad sie aus dem Rifgebirge hinausführte. „Youssef ist schlau. Möglicherweise hat er sogar vor, uns zwischen den Sanddünen und Anhöhen der Sahara abzuhängen.“

„Vielleicht sollten wir umkehren und dem Sultan Bericht erstatten“, schlug Jamal vor. Ihm wäre alles recht gewesen, wenn es sie nur fort von Zara führte.

Hasdai blickte ihn an, als hätte er den Verstand verloren. „Der Sultan hat befohlen, so lange nach dem Berberfürsten zu suchen, bis er gefunden wird. Mir ist mein Leben lieb, auch wenn Ihr vielleicht darüber anders denkt. Ismail hat mich angewiesen, wachsam zu sein, und mich gewarnt, dass Euch nicht zu trauen sei, soweit es die Berberprinzessin betrifft. Er sagte, Ihr hättet Youssef schon einmal gefangen, ihm dann jedoch wieder das Entkommen erlaubt.“

„Ich habe Youssef das Entkommen nicht ‚erlaubt‘. Doch dies ist eine lange Geschichte, mit der ich dich nicht langweilen will, Hauptmann. Reiten wir also weiter?“

Dieses Gespräch war für Jamal der erste Hinweis darauf, dass er von den Leuten des Sultans scharf beobachtet wurde. Ganz offensichtlich musste er in Zukunft sehr vorsichtig sein. Wenn er sich nur einer einzigen Sache in seinem Leben sicher war, dann war es die Gewissheit, dass er Zara niemals wissentlich gefährden würde. Die Jagd ging weiter.

Eine Woche, zwei Wochen, drei Wochen vergingen ohne Anzeichen von den Blauen Männern. Jamal und die Soldaten des Sultans hatten nun den Rand der Wüste erreicht und ritten die Abhänge des Hohen Atlas hinab zu den Niederungen, die sich bis in die Sahara ausdehnten. Sie hatten die letzten bewaldeten Anhöhen hinter sich gelassen, reisten nun durch ausgedehnte Steppen und rasteten in Dattelpalmoasen, wo sie den Bedarf an kostbarem Wasser auffüllen konnten.

Eines Abends schlugen sie ihr Lager auf einer Ebene am Rande der Wüste auf. Während die Zelte errichtet wurden, schickte Hasdai eine Nachtpatrouille aus, die das Gebiet auskundschaften sollte. Jamal befand sich gerade bei dem Hauptmann, als die Patrouille zurückkehrte.

Die Aufregung der Männer ließ sein Herz sinken; gleich hinter dem nächsten Bergkamm hatte man Youssefs Lager entdeckt! Die Blauen Männer hatten ihre Zelte neben einem Bach in einem Hain hoher immergrüner Bäume aufgeschlagen.

Hasdai lächelte finster und verschlagen. „Wir werden sie im Morgengrauen angreifen, wenn sie es am wenigsten erwarten." Er rief seinen Zweiten Offizier zu sich und erteilte ihm den Befehl zur Weitergabe an die Soldaten. „Seid Ihr einverstanden, Herr?" fragte er Jamal dann.

Dem war zwar die Kehle wie zugeschnürt, er schaffte es jedoch trotzdem zu antworten: „Vollkommen, Hauptmann. Und jetzt entschuldige mich bitte; ich muss mich nun um meine eigenen Waffen und Soldaten kümmern."

Haroun stand in der Nähe. Als Jamal sein Zelt betrat, folgte ihm der Leutnant. „Wie lauten Eure Befehle, Herr?"

„Ich muss Zara warnen."

„Das wäre Verrat."

Jamals Augen waren die Fenster seiner Seele, und in ihnen erkannte man einen Mann, den seine widerstreitenden Gefühle quälten. Er konnte entweder Ismails Befehlen folgen und zusehen, wie Zara vernichtet wurde, oder er konnte sie warnen und damit Verrat begehen. Beide Möglichkeiten waren schmerzlich, doch der Scheich überließ es seinem Herzen, für ihn die richtige Entscheidung zu treffen.

„Ich kenne Mulai Ismail recht gut, mein Freund. Er ist ein Gebieter der Grausamkeit. Der brutalen Folterung von Youssef und Zara zuzuschauen, wird ihm größtes Vergnügen bereiten. Das darf ich nicht zulassen. Ich erwarte nicht, dass du dein Leben und deine

Ehre aufs Spiel setzt, Haroun. Deshalb befreie ich dich von deinem Dienst mir gegenüber."

Haroun wirkte sehr betrübt. „Ich bin Euer Mann, Jamal. Für unseren Sultan hege ich keine große Liebe. Sagt mir nur, was ich tun soll."

„Im Augenblick noch gar nichts. Sobald sich die Soldaten zur Ruhe begeben haben, werde ich mich in Youssefs Lager schleichen, und wenn ich mich dort befinde, werde ich entscheiden, was zu tun ist."

„Ich komme mit Euch. Ihr werdet jemanden benötigen, der Wache hält."

„Du brauchst nicht ..."

„Also abgemacht", fiel Haroun ihm ins Wort. „Ich kehre in Euer Zelt zurück, sobald sich das Lager zurückgezogen hat. Hoffentlich lässt Allah es eine dunkle Nacht werden."

Unruhig ging Jamal hin und her und wartete auf Harouns Rückkehr. Vielleicht hören meine Albträume jetzt auf, dachte er. Seit er widerwillig an diesem Unternehmen beteiligt war, wurde sein Schlaf von schrecklichen Träumen heimgesucht, die sich immer nur um die Berberprinzessin drehten. Er sah sie als Gefangene des Sultans, als Opfer von dessen abartiger Natur. Ihre Schmerzensschreie waren so real, dass sie ihn zu zerreißen drohten.

Als Haroun ins Zelt schlüpfte, blieb der Scheich stehen. „Es ist soweit, Jamal", sagte sein Leutnant. „Hasdai hat sich zurückgezogen, und die Soldaten haben sich auf dem Boden zur Ruhe gebettet. Unsere eigenen Männer habe ich angewiesen, wachsam zu sein."

Jamal war glücklich, einen Mann wie Haroun an seiner Seite zu haben. Er nickte. Zusammen traten sie in die Finsternis hinaus. Die Nacht war kalt, doch die schwarzwollene Gallabije schützte Jamal vor dem eisigen Wind, der von der Wüste her wehte. Allah musste die Gebete erhört haben, denn es war kein Mond am wolkigen Himmel zu sehen.

„Wir trennen uns und schleichen uns zu den Pferden“, flüsterte der Scheich. „Versuche, den Wachposten möglichst nicht zu begegnen.“

Ohne gesehen zu werden, schlüpfte er an dem Wächter vorbei, und als danach kein Alarm gegeben wurde, nahm er an, sein Leutnant sei ebenso erfolgreich wie er selbst der Entdeckung entgangen.

Haroun hatte die Pferde als Erster erreicht. Schweigend sattelten sie die Tiere und führten sie über den mit niedrigem Gestrüpp bewachsenen Boden. Erst in sicherer Entfernung vom Lager saßen sie auf und begaben sich auf die Suche nach Youssefs Versteck. Etwas später machten sie halt auf einem Felsvorsprung über einem grasbewachsenen Abhang.

Mit scharfem Blick schaute der Scheich über das unter ihnen liegende Tal und sah eine Lücke zwischen den Bäumen, wo sich ein schmales Flüsschen einen Weg durch das Gestein gefressen hatte. „Da sind sie, Haroun.“ Er deutete mit dem Finger. „Siehst du den Feuerschein zwischen den Bäumen?“

Haroun schaute ebenfalls hinunter und sah den Umriss mehrerer Zelte. „Ja, ich sehe ihn.“

„Ich gehe hinunter.“ Jamal ritt den Abhang hinab, und Haroun folgte ihm dichtauf. Youssefs Lager war so gut versteckt, dass es den Scheich sehr verwunderte, wie die Patrouille es entdeckt hatte. Allerdings waren Ismails bestens ausgebildete Soldaten ja auch bekannt für ihre Zähigkeit und ihr Geschick.

Am Rand des Berberlagers in einem dichten Föhrenwald hielt Jamal seinen Hengst an, saß ab und übergab die Zügel an Haroun. „Den Rest des Weges gehe ich zu Fuß“, sagte er. „Sieh zu, dass die Tiere leise sind.“

Jamal kroch zwischen den Bäumen hindurch, bis er das ganze

Lager sehen konnte, welches sich am Bachufer entlangzog, und das so gut verborgen war, dass man nur einen einzigen Posten aufgestellt hatte. Dieser Mann lehnte an einem Baum und war eingedöst.

Jamal studierte die Anordnung der Zelte, um herauszufinden, welches davon Zara gehörte. Er bemerkte eines, welches ein wenig abseits von den anderen stand, und darauf konzentrierte er sich jetzt. Die Nacht war noch immer tintenschwarz, und es würde leicht sein, in das Zelt zu gelangen, ohne dabei gesehen zu werden.

Und dann wurde er von Allah belohnt.

Die Zeltklappe öffnete sich, und Zara trat heraus. Den Turban hatte sie abgenommen, und das goldene Haar rieselte ihr herrlich wirr über die Schultern. Sie ging den kurzen Weg zu dem Wasserlauf, kniete sich hin und wusch sich die Hände, das Gesicht und den Hals.

Jamal lächelte grimmig und schlich sich zu ihrem Zelt. Er warf noch einen Blick zu dem Wachposten hinüber, sah, dass dieser noch immer schlief, und schlüpfte durch die offene Zeltklappe.

Zara beendete ihre Waschungen und lenkte die Schritte zu ihrem Zelt zurück. Die Nacht war so friedvoll – zu friedvoll, dachte sie, doch es gab keinen Grund, weshalb sie sich hätte beunruhigen sollen. Die Familien schliefen in ihren schwarzen Zelten, und die allein stehenden Männer lagen in ihre Decken gewickelt auf dem Boden und hatten den Kopf auf ihren Sattel gebettet.

Man hatte Zarahs Zelt etwas entfernt von denen der anderen aufgestellt, um ihr ein wenig Ruhe und Zurückgezogenheit zu gewähren; sie näherte sich ihm jetzt mit einer seltsamen Vorahnung. Da sie indessen nichts sah, das ihre Empfindung gerechtfertigt hätte, kroch sie hinein, schloss die Zeltklappe wieder ... und erstarrte.

Sie war nicht allein.

Sie spürte die Anwesenheit des Mannes einen Moment bevor er ihr seine Hand über den Mund legte. „Sei ruhig, Kätzchen. Ich will dir nicht übel“, flüsterte er ihr ins Ohr.

Jamal! Trotz seiner Beteuerung, sie zu verschonen, wehrte sie sich heftig, doch seiner viel größeren Kraft hatte sie nichts entgegenzusetzen. Furcht bemächtigte sich ihrer. Die Berber waren entdeckt worden! Jetzt würde der Scheich sie nach Meknes bringen, wo sie selbst und ihr Vater auf die schlimmstmögliche Weise bestraft werden würden.

„Ich ziehe meine Hand gleich fort, wenn du versprichst, nicht zu schreien. Höre mir zu, Zara; ich will dir nichts antun. Ich bin gekommen, um dir zu helfen! Soll ich jetzt meine Hand wegnehmen?“

Zara nickte heftig, obwohl sie seinem Versprechen, ihr nichts antun zu wollen, nicht traute. Bevor sie jedoch nach Hilfe rief, wollte sie sich erst einmal anhören, was er zu sagen hatte. So einfach würde sie sich dem Tod nicht ergeben. Sie musste jetzt mehr beschützen als nur ihr eigenes Leben.

Jamal nahm seine Hand von ihrem Mund, drehte Zara in seine Arme, zog sie dicht an sich heran und legte seine Stirn an ihre. „Allah sei gepriesen, dass ich dich gefunden habe, ehe Hauptmann Hasdai seine Attacke befiehlt! Du hast keine Zeit zu verlieren; die Truppen werden bei Tagesanbruch kommen. Packe deine Sachen zusammen. Ich werde dich jetzt von hier fortbringen.“

Es war zu dunkel im Zelt, als dass Jamal ihren störrischen Gesichtsausdruck hätte sehen können, doch er hörte ihr an, dass sie nicht so leicht zu überzeugen war.

„Ich gehe hier nicht fort“, erklärte sie und versuchte, sich ihm zu entwinden. „Ich muss erst Vater informieren.“

„Ich werde Gewalt anwenden, wenn es denn sein muss“, warnte Jamal und verstärkte seinen Griff.

„Blast den Angriff ab“, bat Zara. „Oder lasst mich wenigstens

Vater und unseren Stamm warnen. Im Lager befinden sich Frauen und Kinder. Habt Ihr kein Herz?“

Als ihre Worte auf Jamal keinen Eindruck zu machen schienen, begann sie, mit den Fäusten auf seine Brust einzuhämmern. In ihrer Verzweiflung öffnete sie den Mund zum Schrei. Jamal, der das vorausgesehen hatte, presste sofort seine Lippen auf ihre und nahm ihr den Atem mit einem tiefen, berauschenden Kuss, der von seinem Verlangen nach ihr zeugte.

Ein ersticktes Aufstöhnen entrang sich ihr, während sich ihre Fäuste wie von selbst öffneten und sich um seinen Nacken legten. Sie presste sich fester an die Hitze seines Mundes und verlor sich in seinem Kuss.

Diese langen, leeren Wochen ohne Jamal waren die reine Folter gewesen. Immer wieder hatte Zara sich eingeredet, dass sie ihn hasste, doch ihr Herz hatte sich davon nicht überzeugen lassen. Als sich jetzt seine Zunge zwischen ihre Lippen schob und in ihren Mund eindrang, fing sie Feuer. Plötzlich gab es für Zara weder ein Morgen noch ein Gestern; es gab nur das Heute, diese Stunde, diese Minute.

Da war nur noch das Verlangen.

15. KAPITEL

Zara empfand wilde, unbeherrschbare Sehnsucht danach, wieder mit Jamal zusammen zu sein, ihn in sich zu fühlen. Sie erwiderte seinen Kuss heftigst, klammerte sich an ihn und drückte ihm mit ihrem heißen Körper ihr Brandzeichen auf.

Jamals körperliche Reaktion erfolgte auf der Stelle und war überwältigend. Er wollte Zara auf ihr Lager drücken und sofort in sie eindringen; er wollte sie mit seinen Küssen verzehren. Ihr herrlicher Duft berauschte ihn. Alles an ihr war die reine und verzaubernde Weiblichkeit.

Nichts hat sich geändert, dachte Zara in einem klaren Augenblick. Jamal brauchte sie nur einmal zu berühren, und sofort erwachte sie zu unbändigem Leben. Das Sehnen zwischen ihren Beinen wurde tiefer und intensiver. Ihre Brustspitzen verhärteten sich, und ihre Brüste wurden schwer und empfänglich für die kleinste Liebkosung. Sie stöhnte und öffnete seiner Zunge bereitwillig ihren Mund.

„Zara, mein süßes Kätzchen", flüsterte er an ihren Lippen, während er sie mit sich hinab auf ihr Lager zog.

Ohne seinen Mund von ihrem zu nehmen, löste er die Schärpe, die ihre weite Hose festhielt, und streifte ihr dieses Kleidungsstück bis zu den Fußgelenken hinunter. Fast gleichzeitig schob er ihr das Hemd bis zum Hals hoch. Er legte seinen Mund um ihre Knospen und stützte sich unterdessen ein wenig auf, um seine eigene Hose hinunterzustreifen. Er war zu ungeduldig, um erst die Stiefel auszuziehen.

„Ich kann nicht warten", flüsterte er rau.

„Ich auch nicht. Macht schnell!" Sie bog sich zu ihm hoch und schrie auf, als Jamal ihre Hüften bewegte und in ihren weichen, feuchten Schoß eindrang.

Er nahm sie rasch, rau, seine Leidenschaft wurde weiß glühend. Er drohte zu zerbersten. Zara wand sich unter ihm, hob sich seinen Bewegungen entgegen, fuhr mit den Händen über sein Fleisch und küsste ihn immer wieder. Sie begegnete jedem harten, schnellen Stoß seiner Hüften und seiner Zunge. Sie hörte ihr eigenes Wimmern, als ihr Körper außer Kontrolle geriet. Jamal küsste sie wild und heftig, als könnte er nicht genug von ihr bekommen und als wollte er ihre Verzückung in seinem Körper aufnehmen.

Er drang in sie ein, zog sich zurück, drang wieder ein ... und wieder und immer wieder. „Komm, mein Kätzchen! Jetzt! Ich kann nicht länger warten."

Zara stürzte in einen Strom aus geschmolzener Hitze, der in eine wilde Verzückung mündete, von der sie zu den Höhen der Ekstase empor geschwemmt wurde. Jamals Mund dämpfte ihren Aufschrei. Sein Körper erstarrte, und dann verströmte er sich in ihr.

Lange Minuten vergingen, bis sich Jamal aus ihr zurückzog und sich dann mühsam erhob. „Ich wollte nicht, dass dies geschah. Allah helfe mir – ich besitze keine Kontrolle mehr über mich, wenn es sich um dich handelt." Rasch zog er sich die Hose hoch und streckte die Hand zu Zara hinunter, um ihr beim Aufstehen zu helfen. „Die Zeit wird knapp."

Noch ganz benommen vom Liebesspiel, ließ sich Zara von Jamal auf die Beine helfen, ordnete ihre Kleidung und band sich die Schärpe wieder um die Taille.

„Komm", mahnte Jamal. „Wir müssen hier unverzüglich fort."

Zara hatte endlich ihre Stimme wieder gefunden. „Als ich sagte, ich würde nirgends mit Euch hingehen, meinte ich es ehrlich. Ich kann meinen Vater nicht zurücklassen. Er braucht mich."

„Wenn du tot bist, nützt du ihm nichts mehr", gab Jamal zurück, um sie durch seine Schroffheit zum Einverständnis zu bewegen. „Der Sultan hat so Furchtbares mit dir und Youssef vor, dass du dir wünschen wirst, du wärst tot."

„Mein Vater ..."

„Selbst wenn er jetzt fliehen kann, wird er nicht in der Lage sein, dir zu helfen. Es ist nur eine Frage der Zeit, bis er gefangen wird. Dem Sultan wäre nichts lieber, als seine Mauer mit Youssefs Kopf zu dekorieren."

„Wollt Ihr mir Angst machen?"

„Ich meine es todernst. Ziehe dir deine Gallabije an; wir müssen auf der Stelle aufbrechen."

Als Zara noch immer keine Anstalten machte, ihm zu gehorchen, tastete er in der Dunkelheit herum, fand ihre Robe zusammengefaltet am Fußende der Lagerstatt und streifte sie ihr über. Danach fasste er sie bei der Hand und zerrte sie zur Zeltöffnung.

Zara sträubte sich. „Vater muss gewarnt werden. Es ist noch genug Zeit, um unser Volk in Sicherheit zu bringen."

Jamal überlegte sich, ob er Gewalt anwenden sollte. Zwar war ihm das überhaupt nicht recht, doch Zara ließ ihm gar keine andere Wahl. Da sie sich hartnäckig weigerte, freiwillig mitzukommen, musste er die Sache selbst in die Hand nehmen. Er hoffte, sie würde ihm vergeben.

„Zara", sagte er und drehte sie zu sich herum. „So wollte ich es eigentlich nicht, doch ich werde alles tun, um dich zu beschützen. Ich kann dich hier nicht zurücklassen. Die Gefahr ist viel zu groß."

„Ihr könnt nicht ..."

Sie kam nicht mehr dazu, diesen Satz zu beenden. Jamal holte mit der Faust aus und versetzte ihr einen kurzen, harten Hieb an das Kinn. Der Schlag war nicht schwer genug, um wirklichen Schaden anzurichten, doch er würde sie für ein oder zwei Stunden ruhig stellen. Bevor sie zu Boden ging, fing er sie rasch auf und hob sie sich auf die Arme.

„Vergib mir, Kätzchen", flüsterte er, während er die Zeltklappe zurückschlug und in die Dunkelheit hinausspähte.

Draußen hatte sich nichts verändert. Weniger als eine Stunde war vergangen, seit er Zaras Zelt betreten hatte, doch ihm erschien es wie eine Ewigkeit.

Die schwarze, mondlose Nacht war wieder seine Verbündete. Der Wachposten lehnte noch immer schlafend an einem Baum. Jamal ging auf demselben Weg zurück, auf dem er gekommen war, und schlich sich in die dichte Deckung der Bäume, wo ihn sein Leutnant erwartete.

„Allah sei bedankt, Ihr seid wieder zurück!“ sagte Haroun aufatmend „Noch eine Minute länger, und ich wäre Euch holen gekommen.“

„Glücklicherweise hast du es nicht getan.“

„Ich vermute, bei der Dame auf Euren Armen handelt es sich um Zara. Was ist ihr zugestoßen?“

„Sie ist bewusstlos. Ich musste Gewalt anwenden.“

Haroun runzelte die Stirn. Es sah seinem Herrn überhaupt nicht ähnlich, eine Frau zu verletzen. „Falls Ihr einen Plan habt, solltet Ihr ihn jetzt am besten mit mir teilen.“

„Genau das habe ich auch vor, mein Freund. Ich gebe Zara in deine Obhut. Du wirst sie nach ‚Paradies‘ bringen und dort auf mich warten. Sitz auf, und ich werde sie dir aufs Pferd reichen. Bis ins nächste Dorf könnt ihr zu zweit reiten. Ich habe genug Geld bei mir. Davon kannst du ein Reitpferd für Zara kaufen, und es reicht ferner, um euch beide sicher nach ‚Paradies‘ zurückzubringen.“

Harouns Miene zeigte seine Bestürzung. „Und was werdet Ihr machen?“

„Das fragst du besser nicht.“ Er drückte Zara einen Kuss auf den Mund und reichte sie dann zu seinem treuen Leutnant hinauf. „Gib acht, mein Freund. Du hältst mein Leben in deinen Armen.“ Er griff unter seine Robe, zog den Beutel mit den Goldmünzen aus der Tasche und händigte ihn Haroun aus.

„Ihr verlangt sehr viel von mir, Jamal. Die Prinzessin wird nicht besonders glücklich sein, wenn sie wieder aufwacht. Sie ist schließlich eine Kriegerin und so wild wie ein Mann.“

„Tue, was du tun musst, um sie davon abzuhalten, zu ihrem Vater zurückzukehren.“

„Wie werdet Ihr Hauptmann Hasdai meine Abwesenheit erklären?“

„Ich werde mir schon etwas ausdenken. Du musst stets auf der

Hut sein, mein Freund. Zara ist sehr listenreich. Bewache sie mit deinem Leben. Befiehl Nafisa und Hammet, sie im Harem einzuschließen. Wenn ich zurückkomme, werde ich alles mit ihr regeln."

„Viel Glück", sagte Haroun nur. „Ich will Eure Zurechnungsfähigkeit nicht in Frage stellen, Herr, obwohl ich es für Wahnsinn halte, den Sultan zu hintergehen. Ismail ist nicht der Mann, der Fehlschläge hinnimmt. Er will den Berberfürsten und die Prinzessin."

„Mit Ismail werde ich schon fertig, Haroun. Und jetzt fort! Allah sei mit dir."

„Er sei mit Euch, mein Freund", erwiderte Haroun und trieb sein Pferd an.

Der Scheich sah ihn in die dunkle Nacht reiten und kehrte dann in Youssefs Lager zurück. Ihm war klar, dass er mit Zara nie ins Reine kommen würde, falls er es zuließe, dass ihr Vater und die Blauen Männer von den Soldaten des Sultans getötet wurden. Er überlegte noch, wie er dem Berberfürsten am besten begegnen sollte, als der Wachposten plötzlich aufwachte, ihn sah und einen lauten Warnruf ausstieß. Jamal, der keinen Fluchtversuch unternahm, war sofort von den aus den Zelten laufenden Männern umzingelt. Kurz darauf bahnte sich Youssef seinen Weg durch die Menge zu dem Scheich.

„Beim Barte des Propheten, wie seid Ihr hergekommen? Seid Ihr allein?"

„Ich muss mit dir unter vier Augen sprechen, Youssef", sagte Jamal ernst.

Youssef fühlte, wie ihm ein Schauder über den Rücken lief. Er blickte zu Zaras Zelt. Schlief sie dort noch? „Sehr wohl. Folgt mir. Wenn Ihr ohne eine Armee im Rücken in mein Lager kommt, muss es sich um etwas Wichtiges handeln. Im nächsten Moment wäre Euch der Kopf vom Körper getrennt worden."

Schweigend folgte Jamal dem Berberfürsten in dessen Zelt.

Youssef zündete eine Öllampe an und wandte sich dann dem Scheich zu. „Erklärt Euch."

„Ich bin gekommen, um dich und deine Leute zu warnen. Die Soldaten des Sultans haben ganz in der Nähe ihr Lager aufgeschlagen. Man weiß, dass ihr euch hier befindet, und man plant einen Angriff im Morgengrauen. Ohne meine Warnung würde man euch alle im Schlaf erschlagen."

Youssef blickte den Scheich argwöhnisch an. „Weshalb sollte ich Euch glauben? Ihr seid doch schließlich ein Mann des Sultans."

„Ich bin mein eigener Mann. Dies tue ich deiner Tochter zuliebe. Ich beabsichtige, sie zu meiner Gattin zu machen, und ich will nicht, dass dein Tod unserem zukünftigen Glück im Wege steht."

„Zu Eurer Gattin!" stieß Joussef hervor. „Ihr seid Euch wohl sehr sicher, Scheich. Vielleicht sollten wir Zara herbeiholen und sie fragen, was sie davon hält, Eure Gattin zu werden. Meine Tochter hat nämlich ihren eigenen Kopf und lässt sich nicht in eine Ehe zwingen."

„Hör mich an, Youssef! Dir und deinen Leuten bleibt nur wenig Zeit, um vor der Armee des Sultans zu fliehen. Ich bitte dich dringend, euer Lager unverzüglich abzubrechen. Frauen und Kinder müssen beschützt werden. Ismail will deinen Kopf. Man wird dich so lange verfolgen, bis man dich gefangen hat. Du magst dich deinem Schicksal ergeben, doch für Zara lasse ich das nicht zu. Ich nehme sie mit mir."

„Zara wird niemals freiwillig mitkommen", erklärte der Berberfürst. Er selbst erkannte zwar, dass Jamals Worte klug gewesen waren, doch er wusste auch, dass es mehr als der Worte bedurfte, um seine Tochter zu überzeugen.

Jamal atmete einmal tief durch. „Die Prinzessin befindet sich nicht mehr hier", sagte er. „Vor einer Stunde ist sie mit meinem

Leutnant fortgeritten. Sobald es mir möglich ist, werde ich sie auf ‚Paradies' wiedersehen."

Erzürnt griff Youssef nach seinem Krummsäbel, ließ dann jedoch die Hand wieder an seine Seite fallen. „Ist Zara mit ihrem Einverständnis mitgegangen?"

Jamal schüttelte den Kopf. „Ich wünschte, es wäre so, doch da sie sich weigerte, dieses Lager zu verlassen, musste ich die Sache selbst in die Hand nehmen. Zara bedeutet mir alles, obwohl sie mir nicht glaubt. Bis ich sie von meiner Liebe zu überzeugen vermag, befindet sie sich in Sicherheit."

Youssefs Miene wurde weicher. „Ich könnte Euch jetzt umbringen, Jamal, doch das würde mir meine Tochter keineswegs wiederbringen. Leider sprecht Ihr die Wahrheit über mich. Ich bin ein gejagter Mann. Eines Tages wird der Sultan mich stellen, und ich will nicht, dass meine Tochter mein Schicksal teilt. Liebt Ihr sie aufrichtig?"

Jamal lächelte. „Die Frau macht mich rasend. Sie bringt Schwung in mein Leben, obgleich sie mich mit ihrem wilden Stolz in den Wahnsinn treibt. Sie widerspricht, gehorcht nicht und ist halsstarrig. Vor Zara habe ich noch nie eine Frau geliebt. Ich werde sie mit meinem Leben beschützen."

Youssefs Lippen zuckten; das war eine ziemliche Rede für einen Mann, der jede Frau im ganzen Land und über die Grenzen hinaus haben konnte! „Ihr scheint meine Tochter gut zu kennen. Hättet Ihr sie doch nur geheiratet, statt sie zu Eurer Konkubine zu machen."

„Damals zählte für mich nicht mehr als meine Begierde." Dass Zara seinen Antrag abgelehnt hatte, verschwieg er. „Doch wir verschwenden Zeit. Ich muss in mein Lager zurückkehren, bevor man mich vermisst. Auf Verrat steht die Todesstrafe. Wohin werdet ihr ziehen?"

Youssef strich sich nachdenklich den Bart und überlegte sich seine Möglichkeiten.

„Ich hätte einen Vorschlag", meinte Jamal. „Wie gut kennst du die westliche Sahara?"

Youssef lächelte. „Gut genug, um dort nicht an Durst oder Hunger zu sterben. Wir sind Nomaden, Scheich. Wir sind es gewohnt zu ziehen, wohin uns der Wind weht."

„Dann rate ich, in die Sahara zu fliehen. Wenn Hauptmann Hasdai mit seinen Mannen kommt, wird er Spuren vorfinden, die in die Wüste führen. Ich bezweifle, dass die Soldaten ihnen dorthin folgen, wo der Tod sie erwartet. Nur wer mit der Sahara vertraut ist, würde sich in sie hineinwagen. Nach einer gewissen Zeit könnt ihr in eure befestigte Zitadelle im Rifgebirge zurückkehren. Wenn du künftig in Frieden leben willst, empfehle ich dir, deine Überfälle auf die Karawanen des Sultans einzustellen."

„Ich weiß, dass Euer Rat gut gemeint ist, Scheich, doch Euch ist bekannt, welch hohe Abgaben der Sultan fordert. Ich kann Euch nur versprechen, dass wir während des Winters in unseren Stadtmauern bleiben werden. Lebt wohl, Jamal, und passt gut auf meine Tochter auf. Ich liebe sie sehr."

Die beiden Männer schlossen einander in die Arme, und Jamal verschwand rasch. Er hatte ausgeführt, was nötig war, dennoch legte sich eine düstere Vorahnung über ihn. Er erreichte Hasdais Lager gerade, als die auf dem Boden schlafenden Männer sich zu regen begannen. Als er indessen in sein Zelt schlüpfen wollte, tauchten zwei Soldaten mit blank gezogenem Krummsäbel aus der Dunkelheit auf.

„Was soll das bedeuten?" fuhr Jamal sie an. „Wo ist Hauptmann Hasdai?"

„Hier bin ich", sagte Hasdai und trat hinter seinen Männern hervor. „Wo seid Ihr gewesen?"

„Austreten", antwortete Jamal, ohne lange nachzudenken.

„Hat das die ganze Nacht gedauert, Herr?"

„Willst du meine Loyalität in Frage stellen, Hasdai?" Jamal war ungehalten ob der direkten Frage.

„Der Posten sah Euch und Euren Leutnant fortgehen, dachte sich jedoch so lange nichts dabei, bis Ihr nicht innerhalb vernünftiger Zeit zurückkehrtet. Ich war gerade im Begriff, eine Patrouille auf die Suche nach Euch zu beordern, als Ihr zurückkehrtet. Wo also seid Ihr gewesen, und wo ist Haroun?"

„Ich war unruhig und beschloss auszureiten und das gegnerische Lager in Augenschein zu nehmen. Haroun bestand darauf, mich zu begleiten."

„Wo befindet er sich jetzt?"

„Ich schickte ihn mit einem wichtigen Auftrag fort. Der Kapitän meines Schiffes erwartet mich in Tanger, wo ich mit der ‚Plünderer' wieder in See stechen werde. Als ich so überstürzt nach Meknes gerufen wurde, blieb mir keine Zeit mehr, ihn zu benachrichtigen. Haroun soll jetzt Kapitän Brahim über meine Verspätung informieren." Das war natürlich eine lahme Ausrede, doch etwas Besseres fiel Jamal nicht ein.

„Ich werde in diesem Zweifelsfall zu Euren Gunsten entscheiden, Herr, doch während des Angriffs werdet Ihr unter scharfer Beobachtung stehen. Lasst Eure Männer antreten. Wir brechen unverzüglich auf. So Allah will, werden wir die Berberrebellen noch schlafend vorfinden."

Jamals Bewaffnete sammelten sich um sein Zelt und warteten auf Befehle. Als der Hauptmann außer Hörweite war, sagte Jamal ihnen, dass er Haroun in wichtiger Mission nach „Paradies" geschickt habe und dass sie dem Leutnant unauffällig dorthin folgen sollten, ohne Hasdai davon zu informieren. Ferner trug er seinen Männern auf, Haroun zu sagen, er solle Prinzessin Zara zu seinem

Schiff nach Tanger bringen und sie umgehend zu seiner Mutter nach England schicken.

Falls die Männer neugierig wurden, so äußerten sie sich nicht dazu, denn sie waren Jamal bedingungslos ergeben.

Während der Scheich und die Soldaten ausritten, um den Feind zu unterwerfen, blickte Jamal noch einmal zurück und sah, dass seine Bewaffneten sich von der Haupttruppe entfernten und dann in der entgegengesetzten Richtung davongaloppierten.

Der Feind war nicht mehr da. Dass die Blauen Männer und ihre Familien in großer Eile aufgebrochen waren, zeigten die zahlreichen persönlichen Besitztümer, die man zurückgelassen hatte. Die Berber reisten mit leichtem Gepäck, und ihre Spuren führten direkt in die Wüste.

Hauptmann Hasdai fluchte und warf dem Scheich einen wütenden Blick zu. „Der Feind wurde vor unserer Attacke gewarnt. Youssef weiß, dass wir es nicht wagen, ihm tief in die Wüste hinein zu folgen, denn wir sind keine Wüstenkrieger. Die Blauen Männer wissen, wo sich Wasserlöcher und Oasen befinden; wir dagegen kennen sie nicht."

Er nagelte Jamal mit seinem finsteren, gnadenlosen Blick fest. „Scheich Jamal abd Thabit, Ihr steht ab sofort wegen Verrats unter Arrest!"

„Bist du wahnsinnig?" herrschte Jamal ihn an.

„Ergreift ihn!" befahl Hasdai, und der Scheich war im Handumdrehen umzingelt.

Mit einmal fiel Hasdai auf, dass Jamals Bewaffnete nicht mehr da waren. „Wo sind Eure Männer?" Ihm dämmerte etwas. „Ihr wart so schlau, sie fortzuschicken, weil sie sonst Euer Schicksal geteilt hätten. Ihr habt uns hintergangen. Ihr habt den Berberfürsten von unserem bevorstehenden Angriff informiert", beschuldigte der

Hauptmann Jamal. „Ihr steht unter Arrest. Wenn wir wieder in Meknes sind, wird der Sultan persönlich über Euer Schicksal entscheiden. Es bekümmert mich, dies tun zu müssen, Herr, doch Ihr lasst mit keine andere Wahl.“

„Kehren wir sofort nach Meknes zurück?“ fragte Jamal vorübergehend schicksalsergeben.

Hasdai schüttelte den Kopf. „Unserem Sultan würde es sehr missfallen, wenn ich den flüchtigen Berbern nicht folgte. Ihr werdet unterdessen ins Lager zurückgebracht und dort unter Bewachung gestellt, bis ich zurückkehre. Wenn Allah mit uns ist, fangen wir Youssef noch, bevor er zu tief in die Wüste vorgedrungen ist.“

„Deine Pferde können sich nicht mit den ihnen überlegenen Rennkamelen messen, die in diesem harschen Klima geboren und aufgewachsen sind.“

„Schluss jetzt!“ befahl der Hauptmann. Er wusste selbst, wie seine Chancen standen, Youssef zu finden, doch seine Treue dem Sultan gegenüber war unerschütterlich. Er erteilte seinem Zweiten Offizier einen kurzen Befehl; Jamal wurde sicher mit Lederstreifen verschnürt, auf sein Pferd gehoben und von einem halben Dutzend stämmiger Negersoldaten, die ihn dann auch bewachen sollten, zum Lager zurückeskortiert.

Zaras Bewusstsein kehrte langsam zurück. Sie merkte, dass starke Arme sie sicher auf dem Sattel festhielten, und sie hörte das schnelle Klappern der Hufe auf der steinigen Ebene.

Die harte Brust, gegen die sie gelehnt war, gehörte nicht Jamal. Das wusste sie intuitiv. Die Hand, welche sie festhielt, war groß und fleischig, die Finger waren dick und die Nägel kurz geschnitten. Kein Vergleich mit Jemals schmalen, aristokratischen Händen, die so sanft oder so rau sein konnten, wie es die Situation erforderte.

„Du bist wach. Sehr gut", sagte Haroun, als er merkte, dass Zara sich bewegte.

Sie wandte den Kopf und schaute den Leutnant an. Ihr Kinn schmerzte heftig. Sie fühlte sich verraten. „Er hat mich geschlagen! Jamal hat mich geschlagen. Weshalb, Haroun?"

„Der Scheich wollte dich beschützen. Da du jedoch nicht freiwillig mitgehen wolltest, hat er die Sache selbst in die Hand genommen."

„Wo ist er? Wohin bringst du mich?"

„Jamal ist noch bei den Soldaten. Ich bringe dich nach ‚Paradies', wo du in Sicherheit sein wirst."

„Mein Vater befindet sich in Gefahr! Jamal wird mein Volk angreifen." Sie drehte sich im Sattel herum und hämmerte mit den Fäusten auf Harouns Brust ein. „Wir müssen sofort umkehren! Ich muss unsere Leute warnen."

„Ich habe dem Scheich mein Wort gegeben, dass ich dich sicher nach ‚Paradies' bringe. Beruhige dich, Prinzessin. Jamal wird dafür sorgen, dass deinem Vater kein Leid geschieht."

„Das hat er dir gesagt?"

„Nein. Das war gar nicht nötig. Ich kenne den Scheich schon fast sein ganzes Leben lang. Ich weiß, wie sein Kopf funktioniert. Ihm liegt etwas an dir, Prinzessin, und er will nicht, dass der Tod deines Vaters zwischen euch beiden steht. Nachdem er dich meiner Obhut übergab, kehrte er zu eurem Lager zurück. Ich vermute, um deinen Vater zu warnen."

„Kann man absolut sicher sein, dass es das ist, was Jamal getan hat?"

„Sicher ist nur der Tod, Prinzessin."

„Dann müssen wir umkehren."

„Dazu ist es zu spät. Wir nähern uns dem Dorf Tinerhir. Jamal hat mir befohlen, ein Ross für dich zu erstehen. Im Suk können wir dann auch Lebensmittel für unsere Reise über den Hohen Atlas erwerben.“

Zara schwieg, doch ihr Geist arbeitete fieberhaft. Haroun war nur ein einziger Mann, und sie war eine kluge Frau. Sie hatte nicht die Absicht, irgendwohin zu gehen, ehe sie nicht genau wusste, was mit ihrem Volk geschah. Im Übrigen war es unverzeihlich, was Jamal ihr angetan hatte. Er schien überhaupt nicht der Mann zu sein, der Frauen schlug, und dennoch hatte er genau das getan.

Bis sie Tinerhir durch das große Bogentor betraten, hatte Zara es geschafft, Haroun zu beruhigen. Der Leutnant seinerseits glaubte sie davon überzeugt zu haben, dass es zu ihrem Besten war, wenn sie nach „Paradies“ ginge.

Man nahm Jamal die Fesseln ab, damit er seine Bedürfnisse verrichten und essen konnte; danach wurde er sofort wieder gebunden. Die sechs Männer, welche Hasdai zu seiner Bewachung zurückgelassen hatte, waren sich ihrer Verantwortung durchaus bewusst und gingen keinerlei Risiko ein. Falls sie den Scheich entwischen ließen, würde der Sultan ihren Kopf fordern, und zwar nach langer und schmerzhafter Folterung.

Eine Ewigkeit schien vergangen zu sein, doch in Wahrheit dauerte es nur sieben Tage, ehe der abgespannte Hauptmann Hasdai mit seinen erschöpften Mannen zum Lager zurückkehrte. Sie hatten den Berberfürsten so weit verfolgt, wie sie es wagten; als die Lebensmittel knapp wurden und sie kein Wasser mehr hatten, waren sie zur Umkehr gezwungen. Die Hälfte der Männer litt an Hitzschlag.

Hasdai, der seinen Sultan kaum jemals im Stich gelassen hatte, war wütend auf Jamal. „Ich hätte Euch nie für einen Verräter gehalten, Herr. Im Gegensatz zu Euch würde ich es auch niemals einer Frau gestatten, mich an der Nase herumzuführen. Prinzessin Zara muss Euch im Bett ja wirklich in Staunen versetzt haben, so dass Ihr unseren großen Gebieter verraten habt. Doch täuscht Euch nur nicht. Ihr werdet der Strafe nicht entgehen. Mulai Ismail wird über das ganze Ausmaß Eures Verrats informiert werden, und Ihr werdet dafür leiden müssen."

„Das bezweifle ich auch nicht im Mindesten, Hasdai", sagte Jamal grimmig.

Zara fand die ideale Gelegenheit, um Haroun zu entwischen, und sie nutzte sie.

Der Leutnant schlief. Er hatte sich auf dem Boden in seine Decke gewickelt und den Kopf auf den Sattel gelegt. Zaras Handgelenke hatte er mit einem Lederseil gebunden und war dann fest eingeschlafen; falls sie sich auch nur rührte, würde er es merken und sofort aufwachen.

Das Ritual war immer das gleiche. Nacht für Nacht fesselte Haroun Zara mit einem Lederseil an sich. Obgleich die Prinzessin gehorsam erschien, hatte ihn die Erfahrung gelehrt, dass die meisten Frauen hinterhältige Geschöpfe waren, und er wollte kein Risiko eingehen.

Als Zara in dieser Nacht von Haroun mit dem Lederseil gefesselt worden war, hatte sie die Faust geballt. Nachdem das Seil fest saß, öffnete sie die Faust wieder und stellte zu ihrer Freude fest, dass die Fessel jetzt so weit war, dass sie sie an ihrem schmalen Handgelenk manipulieren konnte. Während der Leutnant schlief, arbeitete Zara an dem Knoten, bis sie ihre Hand herauszuziehen vermochte.

Vorsichtig stand sie auf und kroch zu der Stelle, wo ihr Pferd angebunden war. In Tinerhir hatte Haroun ihr eine arabische Vollblutstute gekauft, und Zara war mit diesem schönen Tier sehr zufrieden. Ohne es erst zu satteln, führte sie es fort von dem schnarchenden Haroun in die Dunkelheit. Nachdem sie sich einige Schritte entfernt hatte, sprang sie auf den bloßen Rücken der Stute und ritt in die Nacht hinaus.

Der Leutnant erwachte im Morgengrauen, sah, dass Zara sich die Fesseln abgestreift hatte, und bekam einen Wutanfall. Er erinnerte sich seines Jamal gegebenen Versprechens und wusste, dass er Zara wieder einfangen musste. Er ahnte, wohin sie reiten würde, und brauchte ihr nur zu folgen.

Da Jamals Hände gefesselt waren, musste er seinen Hengst mit Kniedruck kontrollieren, was nicht leicht war, wenn man ein bergiges Terrain zu überqueren hatte.

Sie hatten das Lager verlassen und ritten nun über einen Pass im Hohen Atlas. Es war kalt; Schnee lag in den Spalten hoch über ihnen. Eine Flucht schien unwahrscheinlich, doch Jamal blieb dennoch ständig auf der Hut. Es war noch ein langer Weg bis Meknes.

Zara kauerte hinter einem Baum auf einem Abhang hoch über der auf dem Rückzug befindlichen Truppe.

Sie hatte den Hufschlag gehört, die Staubspur gesehen und es für angebracht gehalten, sich zu verbergen. Die Route wurde gewöhnlich von Karawanen benutzt, doch diese Reiter dort bewegten sich viel zu schnell für eine Karawane. Zaras Vorsicht zahlte sich aus, als sie die sich über die Berge zurückziehenden Soldaten des Sultans sah.

Dann entdeckte sie Jamal und erstarrte. Die Hände waren ihm auf dem Rücken gefesselt, und Soldaten umgaben ihn: Der Scheich war ein Gefangener! Zara öffnete den Mund, erstickte jedoch ihren Protestschrei.

Sie dachte rasch nach, sortierte die Fakten und kam schnell zu einem Ergebnis: Haroun hatte nicht gelogen, als er sagte, Jamal würde ihren Vater vor dem bevorstehenden Angriff warnen. Die Abwesenheit des Scheichs vom Lager musste aufgefallen sein, und jetzt steckte er in großen Schwierigkeiten. Er hatte Verrat begangen, und das mochte sehr wohl seinen Tod bedeuten.

Zara war so versunken in die Beobachtung der vorüberziehenden Armee, dass ihr die fast lautlosen Schritte hinter ihr entgingen. Sie schreckte heftig zusammen, als sich ihr eine feste Hand über den Mund legte.

„Das ist die Armee des Sultans. Schrei nicht."

Haroun! Wie war es ihm gelungen, sie so schnell einzuholen? Zara nickte heftig zum Zeichen ihres Einverständnisses, und Haroun zog seine Hand fort.

„Siehst du, was geschehen ist, Haroun? Jamal ist Hasdais Gefangener! Was bedeutet das?" fragte sie.

„Der Hauptmann muss herausgefunden haben, dass der Scheich Youssef gewarnt hat", antwortete Haroun mit grimmiger Miene. „Ich vermute, dass Jamal jetzt zwecks Hinrichtung nach Meknes gebracht wird."

Zara stieß einen erstickten Schrei aus. „Nein! Bitte, Allah – nicht! Können wir denn überhaupt nichts unternehmen? Wo sind Jamals Bewaffnete?"

„Wie ich den Scheich kenne, hat er irgendeinen Vorwand gefunden, um seine Männer fortzuschicken, bevor er festgenommen wurde. Es gibt nur uns beide gegen mehr als hundert Soldaten, Zara", sagte er trocken. „Da ist nicht viel, das wir tun könnten, um ihm zu helfen."

Zara erblasste. Der Leutnant hatte natürlich Recht; die Chancen standen schlecht für sie. Falls jedoch ... Ihr Geist arbeitete fieberhaft. „Wir müssen meinen Vater finden. Er wird uns helfen, Jamal zu retten."

„Youssef und seine Gefolgsleute sind inzwischen tief in der Sahara. Das ist der einzige Ort, wohin sie gehen können, ohne dass Hasdai ihnen folgt."

„Wenn Hauptmann Hasdai nach Meknes zurückkehrt, bezweifle ich, dass Vater lange in der Wüste bleiben wird", meinte Zara nachdenklich.

„Wohin sonst sollte er gehen?"

„Zurück zu unserer Zitadelle im Rifgebirge. Die Frauen und die Kinder werden es müde, von einem Ort zum anderen zu ziehen. Sie sehnen sich nach ihren Häusern. Der Winter steht bevor. Die Stadt kann gegen Angriffe leicht verteidigt werden, sollte Ismail seine Armee wieder in das Rifgebirge schicken, was ich allerdings bezweifle. Wir müssen reiten wie der Wind, Haroun. So Allah will, wird Vater uns bei Jamals Befreiung helfen."

Nachdem sie den Hohen Atlas überquert hatten und an Meknes vorbei geritten waren, erreichten Zara und Haroun die Berberfestung, Zaras Geburtsstadt. Youssef war einen Tag vor ihnen dort eingetroffen.

16. KAPITEL

Youssef war verblüfft, als er seine Tochter in die Stadt reiten sah. Er hatte sich schon mit ihrem Verlust abgefunden, doch nun war sie hier und bat um Hilfe bei der Rettung des Mannes, der sie zuvor versklavt hatte.

Obwohl Youssef durchaus glaubte, dass Jamal etwas an Zara lag, widerstrebte es ihm doch, dem Scheich zur Hilfe zu kommen. Der Versuch, einen Mann zu retten, der wahrscheinlich geköpft werden würde, schien eine verlorene Sache zu sein.

„Bitte, Vater", flehte Zara. „Wir verdanken Jamal unser Leben. Ich weiß zwar nicht genau, woher Hauptmann Hasdai von Jamals verräterischer Handlung wusste, doch irgendwie hat er es jedenfalls erfahren, und nun liegt es an uns, Dankbarkeit zu zeigen und den Scheich zu retten."

Youssef betrachtete das ernste Gesicht seiner Tochter. Trotz seiner großen Bedenken vermochte er es nicht, ihr die Bitte abzuschlagen. Allerdings gab es ein paar Dinge, die er wissen musste, ehe er seine Männer mit diesem Fall befasste.

„Liebst du den Scheich, Zara? Gibt es keinen Mann in unserem Stamm, den du heiraten willst?"

„Ich liebe Jamal aufrichtig, obwohl Allah weiß, dass ihm an mir nicht ebenso viel liegt. Er will mich zwar unbedingt in seinem Besitz behalten, doch so ist er mit allem, das er als sein Eigentum betrachtet." Sie schaute zur Seite. „Es gibt keinen anderen Mann, den ich begehre, Vater."

„Diese Verbindung ist eine sehr ungewöhnliche", meinte Youssef seufzend. „Nichtsdestotrotz hat er seinen Ruf und sein Leben aufs Spiel gesetzt, um uns zu warnen, und er wird für seinen Verrat einen hohen Preis bezahlen müssen."

Zara reckte trotzig das Kinn. „Nicht, wenn ich das verhindern kann! Wirst du uns nun helfen, Vater? Haroun wartet auf deine Antwort."

„Sage mir noch eines, Tochter. Falls wir Erfolg haben, dann ist dir doch wohl klar, dass der Scheich aus Marokko fliehen muss. In diesem Land kann er sich nirgends verbergen, um dem Zorn des Sultans zu entgehen. Er wusste genau, worauf er sich einließ, als er kam, um uns zu warnen. Ich frage dich also: Wirst du mit Jamal gehen, wenn er Marokko verlässt?"

Zara errötete und berührte sanft ihren Leib. Sie war sich sicher, dass sie Jamals Kind unter dem Herzen trug, ein Kind, das sie schon jetzt liebte und das sie haben wollte, auch falls Jamal anders darüber dachte. „Es würde mir sehr schwer fallen, dich zu verlassen, Vater.

Und außerdem – wie kommst du darauf, dass Jamal mich bei sich haben möchte?“

„Er wird das Land nicht ohne dich verlassen, dessen bin ich ganz sicher.“ Als Zara zum Widerspruch ansetzte, fügte er rasch hinzu: „Ich empfehle dir dringend, mit ihm zu gehen, denn ich will nicht, dass du hier zu Schaden kommst. Das würde ich nicht sagen, wenn ich nicht glaubte, dass Jamal dich liebt.“

„Jamal liebt viele Frauen“, spottete Zara. Sie war sich nicht so sicher wie ihr Vater, dass der Scheich sie liebte. „Ich werde die Entscheidung treffen, wenn es soweit ist. Zuerst müssen wir Jamal retten, solange er den Kopf noch fest auf seinen Schultern sitzen hat.“

„Dann lass uns also einen Plan ausarbeiten. Rufe Haroun herein.“

Jamal sah die kegelförmigen Türme der Königsstadt Meknes und fühlte sich seltsam erleichtert. Die anstrengende Reise war beendet, und er würde endlich erfahren, welches Schicksal ihn für seinen Verrat erwartete.

Vor dem Tod fürchtete er sich nicht. Was ihn dagegen wirklich bedrückte, das war, möglicherweise sterben zu müssen, ohne noch ein letztes Mal Zaras schönes Gesicht sehen zu können. Zumindest befindet sie sich in Sicherheit, dachte er. Während aller Jahre, in denen Haroun an seiner Seite gewesen war, hatte dieser ihn nie enttäuscht. Haroun würde dafür sorgen, dass Zara Jamals Mutter in England erreichte.

Die engen, gewundenen Straßen der Medina wimmelten von Menschen. Alle schauten sich neugierig das große Kontingent bewaffneter Soldaten an, die auf den Palast zuritten. Um nicht etwa unter die Hufe zu geraten, drückten sich die Leute gegen die Mauern und spekulierten ganz offen über den Gefangenen, der zum Sultanspalast eskortiert wurde. Diejenigen, welche Jamal kannten, zeigten sich bestürzt, und auf dem ganzen Weg zum königlichen Palast eilte das Stimmengewirr auf den Straßen dem Scheich voraus.

Die Soldaten ritten durch das Tor, am Getreidespeicher, den üppigen Gärten sowie den Kasernen vorbei und erreichten schließlich das Palastgebiet. Müdigkeit zeigte sich auf den Gesichtern der Männer, die umgehend zu den Baracken eilten, nachdem Hasdai sie entlassen hatte. Niemand unter ihnen beneidete den Hauptmann um die Aufgabe, dem Sultan mitzuteilen, dass Youssef aufs Neue entkommen war.

„Sitzt ab, Scheich", befahl Hasdai. „Der Sultan wurde im selben Augenblick informiert, da wir in die Stadt einritten, und er wird uns unverzüglich zu sich befehlen. Es gibt nur wenig, wovon Ismail nichts weiß. Er verfügt über ein ausgedehntes Netz von Spionen."

Jamal glitt aus dem Sattel und streckte dem Hauptmann die Arme entgegen. „Binde mich los. Hier kann ich nicht fliehen, selbst wenn ich es wollte."

Hasdai war sich da nicht so sicher. Der Scheich war so schlau wie ein Fuchs. Nach reiflicher Überlegung jedoch zog der Hauptmann seinen Dolch aus der Scheide und zerschnitt die Lederfesseln.

Der aus dem in die Adern einschießenden Blut resultierende Schmerz war so heftig, dass sich Jamal auf die Zunge biss, um nicht aufzuschreien. Es vergingen mehrere Minuten, bevor er wieder zu sprechen vermochte. „Danke."

Darauf konnte Hasdai nichts erwidern, denn ein Palastwächter erschien, baute sich vor dem Hauptmann auf, warf einen Blick auf den Gefangenen und sagte: „Der Sultan erwartet deinen Bericht in der Sultanatshalle."

Hasdai straffte die Schultern und drängte Jamal vorwärts. Der Hauptmann freute sich nicht besonders auf diese Audienz. Mulai Ismails ständig schwankende Stimmungen machten den Herrscher unberechenbar. Falls er zornig genug wurde, würde er nicht zögern, ihn, Hasdai zusammen mit Scheich Jamal hinrichten zu lassen. Dem Tod vermochte der Hauptmann gegenüberzutreten; es war jedoch die Folter, die er fürchtete.

Die Sultanatshalle war angefüllt mit Menschen. Offensichtlich sollte Jamals Demütigung der Öffentlichkeit bekannt werden. Wenige der Zuschauer wagten es, dem Scheich in die Augen zu schauen, weil sie fürchteten, dadurch den Zorn des Sultans auf sich zu ziehen.

Jamal schritt voran. Er war sich seiner beschmutzten Kleidung und seiner unordentlichen Erscheinung bewusst. Er war müde, erschöpft, staubig, und er machte sich große Sorgen um Zara. Inzwischen befand sie sich bestimmt bereits in der Nähe von Tanger, wo sein Segelschiff darauf wartete, sie in die Sicherheit zu bringen.

Jamal ließ sich neben Hasdai auf die Knie nieder und verneigte sich huldigend vor dem Sultan.

„Wo sind meine Feinde?" fragte Mulai Ismail mit Donnerstimme. „Da ihr ohne sie zurückgekommen seid, muss ich wohl daraus schließen, dass ihr sie entkommen ließet. Erhebt euch beide und erklärt!"

Hasdai wirkte nervös und trat von einem Fuß auf den anderen. Den Sultan hatte er früher bereits wütend erlebt und wusste, was er zu erwarten hatte. Er warf einen Seitenblick auf Jamal und wünschte, es gäbe eine irgendeine Möglichkeit, das jetzt Bevorstehende zu vermeiden. Den Scheich hatte er immer aufrichtig respektiert und bewundert; dem Sultan indessen schuldete er seine Loyalität.

„Ich werde es erklären, Hasdai", sagte Jamal, weil er Mitleid mit dem Mann hatte. Er sprach den Sultan direkt an. „Gebt Hauptmann Hasdai keine Schuld, großer Ismail. Ich allein bin für den Fehlschlag verantwortlich."

Die schwarzen Augen des Herrschers richteten sich nun zornig auf Jamal. „Ich erwarte mit Spannung Eure Erklärung, Scheich Jamal. War es falsch, dass ich Euch wieder einmal vertraute? Wie habt Ihr mich diesmal verraten?“

Jamal atmete tief durch. „Nennt es, wie Ihr wollt, doch ich bekenne, Youssef vor dem geplanten Angriff gewarnt und ihm dadurch die Gelegenheit zur Flucht gegeben zu haben.“

Ismail sprang auf. Sein Gesicht war zornfleckig. „Verrat!“ brüllte er und zeigte mit einem beringten Finger auf Jamal. „Weshalb habt Ihr mich verraten?“

Jamal öffnete den Mund, um zu antworten, doch Ismail ließ ihn nicht dazu kommen.

„Nein, schweigt. Ich weiß schon. Es ist die Berberprinzessin. Sie hat Euch behext. Ihr seid ein Narr, Jamal. Keine Frau auf der Welt ist das Leben eines Mannes wert.“

Er bedachte den Scheich mit einem bösen Lächeln. „Eure Bestrafung muss dem Verbrechen entsprechen. Ich denke, ich werde Euch zuerst zur Folter und dann zu einem langsamen Tod verurteilen. Wenn die Schmerzen unerträglich werden, dann mögt Ihr Euch des flüchtigen Vergnügens entsinnen, das Euch das Berberweib bereitet hat, und die Prinzessin dann verfluchen dafür, weil sie Euch behext hat.“

„Lasst mich Euch an die großen Profite erinnern, die Euch aus meiner Piraterie zugekommen sind“, sagte Jamal. „Nicht ein einziges Mal in den vielen Jahren, in denen ich Euch diente, hat meine Loyalität Euch gegenüber nachgelassen. Ich konnte indessen den Gedanken an Zaras Tod nicht ertragen, und nur damit vermag ich mein Vergehen zu rechtfertigen. Ich bekenne mich schuldig, zu sehr geliebt zu haben. Falls Euch nichts außer meinem Tod besänftigen kann, dann geschehe es.“

„Ihr seid schuldig, unklug geliebt zu haben“, klagte der Sultan ihn barsch an. „Für diesen Fehler werdet Ihr sterben. Nichts anderes wird mich zufrieden stellen, wie Ihr sehr wohl wisst.“

Nachdenklich strich er sich den Bart. „Doch Ihr habt Recht. In der Vergangenheit dientet Ihr mir tatsächlich treu und fülltet meine Schatztruhen. Dafür will ich Euch eine Gunst erweisen. Bevor Eure Folterung beginnt, gestehe ich Euch zwei Nächte zu, in denen Ihr Euren Frieden mit Allah machen könnt. In der zweiten Nacht mögt Ihr ein letztes Mal die Freuden mit einer Frau genießen. Meine kleine Zinab schien Euch ja gefallen zu haben. Ich werde sie zu Euch schicken. Nach Eurem Tod wird Euer Anwesen einschließlich sämtlicher Gelder und Besitztümer sowie Euer Schiff in meinem Namen beschlagnahmt."

Zwei Nächte! Jamal sollten noch zwei Nächte verbleiben, in denen er von Zara und davon träumen konnte, was hätte sein können. Sein Anwesen und sein Reichtum waren ihm unwichtig; für ihn zählte nur Zaras Sicherheit. So Allah wollte, war sie bereits unterwegs nach England.

Zu Jamals Überraschung wurde er in demselben kleinen Raum eingesperrt, in welchem er bei seiner letzten Einbestellung gefangen gehalten worden war. Er hatte wieder Zugang zu der Badestube und dem winzigen ummauerten Garten, doch nichts davon machte ihm Hoffnung auf ein Entrinnen. Die Mauern waren noch immer zu hoch zum Übersteigen, und die auf der oberen Kante eingelassenen scharfen Glasscherben bildeten ein zusätzliches Hindernis.

Lange betrachtete Jamal die Mauer und überlegte, ob er aus seinem Bettzeug ein Seil von ausreichender Länge herstellen konnte, welches sein Gewicht tragen würde. Leider sah er jedoch keine Möglichkeit, dieses Seil auf einer der beiden Mauerseiten festzumachen. In dem Gärtchen wuchsen ausschließlich Blumen und Büsche, doch keine Bäume, die es auch nicht auf der anderen Seite der Mauer gab.

Seufzend kehrte Jamal in das kleine Gemach zurück. Zumindest ist das hier kein Verlies, dachte er und streckte sich auf dem schmalen Diwan aus. Er war müde, so sehr müde ...

Jamal schlief die ganze Nacht durch. Als er am nächsten Morgen erwachte, wurde ihm bewusst, dass dies sein letzter Tag auf Erden war.

Zara mischte sich unter die Sklavinnen beim Brunnen und lauschte auf deren Geschwätz. Erst gestern war sie mit ihrem Vater und Haroun in Meknes eingetroffen.

Ihr Lauschen wurde belohnt, als sie merkte, dass die Frauen aus dem königlichen Palast kamen. Sie alle diskutierten lebhaft die für morgen vorgesehene Folterung und Hinrichtung.

„Das ist ja so romantisch“, hauchte eine kleine verschleierte Frau mit sanften braunen Augen. „Es heißt, Scheich Jamal habe den Sultan wegen einer Frau verraten.“

„Wäre ich diese Frau, würde ich vor Freude in Ohnmacht sinken, Talia“, erklärte eine zweite kichernd.

„Du warst doch mit ihm zusammen, Zinab. Wie ist der Scheich denn so?“

„Sehr schön ist er“, antwortete Zinab seufzend. „Und sehr galant. Doch er liebt eine andere. Der Sultan befahl mir, ihn in dieser seiner letzten Nacht auf Erden zu erfreuen.

„Ich würde ja so gern mit dir tauschen wollen“, meinte Talia schmachtend.

„Kommt, wir müssen zurückkehren“, sagte Zinab. „Ich muss mich für Scheich Jamal zurechtmachen. Es ist mein Wunsch, dass er als glücklicher Mann stirbt.“

Dies rief erneutes Kichern unter den Sklavinnen hervor, die jetzt ihre Eimer aufhoben und sich vom Brunnen abwandten. Zara folgte ihnen, weil sie ihr Gespräch noch fortsetzten.

„Willst du dem Scheich im Kerkerverlies Freude bereiten?“

fragte Talia und schauderte ein wenig. Selbst hatte sie das Verlies noch nicht gesehen, doch man sagte, dies sei ein schauriger Ort.

„Scheich Jamal ist nicht im Kerker eingesperrt. Er wurde in einem kleinen Gemach im Palast untergebracht. Du kennst es auch; es liegt am Ende des Ostflügels, ist mit einem Hammam ausgestattet und geht auf einen kleinen Garten hinaus, dessen Mauern viel zu hoch zum Überklettern sind. Das Gemach ist so winzig und so spärlich möbliert, dass es kaum besser ist als eine Zelle."

Zara besaß nun alle Informationen, die sie brauchte. Sie eilte hinfort, um ihrem Vater zu sagen, wo er die Pferde warten lassen sollte. Der Rest des Unternehmens war ihre Sache. Sie durfte keinesfalls versagen.

Ein paar Stunden später passierte Zara das Palasttor und tat, als wäre sie eine Sklavin, die einen Wasserkrug trug. Eine Gallabije verhüllte ihren Körper, und ein Schleier bedeckte ihr Gesicht; so gelangte sie ungehindert durch den Fraueneingang in den Palast hinein. Sie war sich der Gefahr bewusst, der sie entgegenging, wollte sie jedoch nicht zur Kenntnis nehmen.

Als sie gestern in Meknes eingetroffen war, hatte jedermann in der Stadt nur von der Folterung und Hinrichtung eines der Getreuesten des Sultans gesprochen. Zara und ihr Vater hatten weiße Roben angelegt und auf ihre auffallenden blauen verzichtet, die sie als Berber ausgewiesen hätten. So jedoch konnten sie sich gefahrlos unter das Stadtvolk mischen. Wenn alles wie geplant verlief, würden Youssef und Haroun kurz nach Mitternacht mit Pferden bei der Ostmauer warten.

Die Sonne stand noch hoch am Himmel, doch wenn Zara Jamals Leben retten wollte, hatte sie noch viel zu tun, bevor es dunkel wurde. Ihr Erfolg hing davon ab, dass sie Zinab, das Sklavenmädchen, fand, und dass die Kleine auch bereit war, ihr zu helfen.

Mit ihrem Wasserkrug erreichte Zara die Küchen. „Gieße das Wasser in den Kessel", befahl jemand. Zara gehorchte, drehte sich um und sah sich einer streng blickenden Frau gegenüber, die irgendetwas in einem Topf auf dem Kohlebecken umrührte.

„Mach dich nützlich, Mädchen! Drehe das Lamm auf dem Spieß um und begieße es mit Fett." Zara beeilte sich zu tun, wie ihr geheißen.

Als sie damit fertig war, fragte sie so ganz nebenbei: „Hast du Zinab gesehen?"

„Zinab arbeitet nicht in der Küche. Du findest sie im Harem. Ihr wurde befohlen, sich heute Nacht um den verurteilten Gefangenen zu kümmern." Die Frau lachte gackernd. „Wenigstens wird er als glücklicher Mann sterben."

Noch ein paar Minuten arbeitete Zara stumm weiter, und als die Küchensklavin ihr den Rücken kehrte, schlüpfte sie zur Tür hinaus. In der inständigen Hoffnung, Badria, die Haremsaufseherin, würde sie nicht sehen und wieder erkennen, eilte Zara durch das Gewirr der Korridore zu den Frauenunterkünften. Sie war dankbar, dass sie während ihres kurzen Aufenthalts als Gefangene etwas über die Anlage des Palastgebäudes erfahren hatte, denn andernfalls wäre sie jetzt rettungslos verloren gewesen.

„Wohin willst du, Frau?"

Zara erstarrte. Von der Wache angehalten zu werden, hatte sie als allerwenigstes erwartet. Respektvoll senkte sie die Lider. „Ich bin neu im Palast", antwortete sie. „Mir wurde aufgetragen, mich zu den Bädern zu begeben und dort die Konkubinen des Sultans zu bedienen."

„Dann gehe", sagte der Wachmann mürrisch. „Und trödele nicht herum."

Ohne Kommentar eilte Zara weiter. So unauffällig wie möglich betrat sie den Harem. Obwohl dieser genauso prächtig ausgestattet war, wie sie es erinnerte, blieb sie nicht stehen, um etwa die dicken Teppiche unter ihren Füßen oder die mit kostbarer Seide und Brokat bezogenen Diwane zu bewundern; auch gaffte sie nicht den Schwarm umherflatternder, schwatzender Frauen in Haremskleidung an. Wie sollte sie nur Zinab unter all diesen hübschen Konkubinen finden?

Um Badria aus dem Weg zu gehen, hielt sich Zara stets am äußersten Rand des riesigen Raums, während sie zum Hammam weitereilte.

Im Baderaum herrschte große Geschäftigkeit. Zara blickte sich um, vermochte indessen Zinab nicht unter den anderen hübschen Damen herauszufinden, denn beim Brunnen war sie ja verschleiert gewesen.

Langsam ging Zara einmal im Hammam herum, lauschte auf die umherschwirrenden Gesprächsfetzen und hoffte, dadurch einen Hinweis auf Zinabs Identität zu erhalten. Ihre Hartnäckigkeit zahlte sich aus, als sie hörte, wie sich zwei Frauen über Jamal unterhielten.

„Er ist viel zu jung und zu schön, um zu sterben“, meinte eine schlanke Rothaarige.

„Ich wünschte, ich wäre auserwählt worden, die letzte Nacht in seinem Leben unvergesslich zu gestalten“, seufzte eine dunkeläugige Orientalin.

„Du weißt doch, dass unser Gebieter keine seiner eigenen Konkubinen schickt, um einem Verräter Freude zu bereiten“, sagte die erste Frau hochmütig. „Zinab ist nichts als eine Sklavin. Ismail tut dem Verräter keine Ehre an, wenn er Zinab zu ihm entsendet. Sieh sie dir doch an.“ Mit einem schlanken Finger deutete sie auf eine kleine Brünette. „Eine Sklavin sollte nicht so verwöhnt werden.“

Zara schaute zu der in Rede stehenden jungen Frau hinüber. Nein, keine Frau, entschied sie. Zinab war noch ein Kind, wenn auch ein sehr sinnlich wirkendes. Ihre schwarzen Augen spiegelten ein sexuelles Wissen, welches weit über ihr zartes Alter hinausging. Ein seidiger Vorhang aus glänzendem schwarzen Haar bedeckte nur zum Teil die vollen, von großen dunklen Spitzen gekrönten Brüste.

Nun begab sich Zinab zu einem Massagetisch und legte sich darauf nieder. Da sich keine Pflegerin in der Nähe befand, eilte Zara hinzu. Ihr Herz hämmerte aufgeregt.

„Liege still, Zinab", sagte sie leise und beruhigend, während sie die Finger in einen Salbtiegel tauchte, die Lotion dann über Zinabs Rücken sowie die Oberschenkel verteilte und sie anschließend in die glatte goldene Haut des Sklavenmädchens einmassierte.

„Alle Frauen des Sultans beneiden dich", redete Zara leise weiter. „Sie träumen davon, deinen Platz im Bett des Scheichs einzunehmen."

„Es ist zu traurig", bemerkte das Mädchen. „Ich kann einfach nicht glauben, dass der Scheich Verrat geübt haben soll. Er ist doch ein so ehrenwerter Mann."

„Du kennst ihn gut?" fragte Zara erstaunt.

Zinabs Augen nahmen einen verträumten Ausdruck an. „Gut genug, um zu wissen, dass er niemals Verrat üben würde, wenn er keinen guten Grund dafür hätte."

Sie senkte die Stimme zu einem vertraulichen Flüstern. „Jamal liebt nämlich eine einzige Frau so sehr, dass er für sie zu sterben bereit ist. Es geht das Gerücht, er habe den Verrat verübt, damit seine Berberprinzessin und deren Vater den Soldaten des Sultans entwischen konnten. Ich hoffe nur, ich bin in der Lage, ihm heute Nacht so viel Freude schenken, dass er seine wahre Liebe für kurze Zeit einmal vergisst."

Während Zara Zinabs zartes Fleisch bearbeitete, dachte sie fieberhaft nach. Was sie beabsichtigte, war sehr gefährlich, und sie konnte dabei ihr eigenes Leben verlieren, doch Jamal zu retten, war das Risiko wert.

„Hör mir zu", flüsterte sie dicht an Zinabs Ohr. „Ich bitte dich, mich nicht zu verraten. Ich bin Zara, die Berberprinzessin, deren Leben Jamal gerettet hat."

„Du bist die Frau, die der Scheich liebt?" Zinab blickte verstohlen zu der Aufseherin und den Eunuchen hinüber, welche die Konkubinen bedienten, und merkte zu ihrer Erleichterung, dass diese anderweitig beschäftigt waren. „Du bist zwar mutig, doch es ist sehr töricht, hierher zu kommen."

„Jamal hat sein Leben für mich eingesetzt. Da muss ich doch das Gleiche für ihn tun."

„Weshalb bist du hier? Du befindest dich in großer Gefahr."

„Ich darf Jamal nicht sterben lassen", sagte Zara schlicht, doch anrührend.

„Du liebst ihn", stellte Zinab fest.

„Mehr als das Leben selbst", gestand Zara.

Zinab konnte nur staunen. „Du musst unverzüglich fliehen und dich selbst in Sicherheit bringen. Hier kannst du nichts tun, um Jamal zu retten. Es ist zu spät."

„Das glaube ich nicht." Zara senkte die Stimme. „Ich kann ihn retten, und zwar mit deiner Hilfe. Du bist jung, Zinab, und du kannst noch nicht wissen, wie es ist, einen Mann so sehr zu lieben, dass man sein eigenes Leben für ihn aufs Spiel zu setzen bereit ist."

„Wie sehr ich mich nach einer solchen Liebe sehne!" seufzte Zinab neidvoll.

Dann schüttelte sie den Kopf. „Leider wissen wir beide, dass das unmöglich ist. Ich werde im Palast sterben, ohne jemals wahre Liebe kennen gelernt zu haben. Mein Körper gehört dem Sultan oder wem er ihn immer zu geben wünscht, doch wahre Erfüllung werde ich niemals erfahren. Ich bin schon so lange hier, dass ich mich an meine Eltern kaum noch erinnere. Sie waren sehr arm und verkauften mich als Sklavin, als ich noch ein kleines Kind war."

„Willst du mir helfen, Zinab? Überlasse mir deinen Platz bei Jamal. Mein Vater und der Leutnant des Scheichs werden heute Nacht einen Befreiungsversuch unternehmen. Jamal muss von den Plänen erfahren, damit er sich bereithalten kann."

„Ich soll heute Nacht mit ihm in seiner Kammer eingeschlossen werden. Die Tür wird sich nicht vor morgen Mittag wieder öffnen. Was wird mit mir dann geschehen, falls Jamal tatsächlich entweicht? Dann wird der Sultan meinen Tod verlangen. Wenn ich könnte, würde ich dir helfen, Zara, doch ich bin zu jung, um schon zu sterben."

„Du brauchst auch nicht zu sterben, Zinab", versicherte Zara. „Möchtest du nicht gern frei sein und die Liebe suchen, nach der du dich sehnst? Lass mich an deiner Statt zu Jamal gehen. Du kannst durch das Frauentor hinausschlüpfen und zu meinem Vater gehen. Ich werde dir genau sagen, wo du ihn findest. Er wird dich beschützen, und der Scheich wird dich für deine Hilfe belohnen. Dann besitzt du die Mittel zu gehen, wohin du willst, und zu tun, was du willst. Wenn du mir jetzt hilfst, Jamal zu befreien, kannst du dich selbst für immer befreien von dem Sultan und dessen bösartigen Launen."

„Ach, wäre es nur so!" seufzte Zinab sehnsüchtig. „Doch das erste Hindernis ist das Frauentor. Das ist nämlich nachts geschlossen, und ich komme nicht hinaus."

Mit einmal leuchteten ihre Augen auf. „Ich kenne den Wachmann, der für das Tor zuständig ist. Ich glaube, er würde mich möglicherweise hinauslassen, falls ich ihm ..." Sie unterbrach sich verlegen und senkte den Blick.

„Dann tust du es also?" fragte Zara.

„Der süße Geschmack der Freiheit macht mir den Mund wässrig. Wenn ich erst einmal den Palast und Meknes verlassen habe, hoffe ich so weit fortreisen zu können, dass Ismail mich niemals mehr zu finden vermag. Im Übrigen bezweifle ich auch, dass der Sultan sich über den Verlust einer niedrigen Sklavin besonders aufregen wird."

Erleichtert beugte sich Zara dichter zu dem Mädchen hinab. „Dann lass uns unseren Plan machen."

Missmutig betrachtete Jamal die hohen Mauern, die den kleinen Garten umgaben. Fast den ganzen Tag hatte er damit verbracht, sie nach Löchern oder Spalten zu untersuchen, die seinen Zehen beim Überklettern einen Halt bieten würden, doch leider hatte er nur glatte Oberflächen gefunden. Entmutigt wandte er sich ab.

Die Abenddämmerung senkte sich bereits über das Land; jetzt konnte es nicht mehr lange dauern, und die kleine Zinab würde kommen, um ihm die letzten Augenblicke auf der Erde zu versüßen. Der Sultan hatte nur eine weitere Gemeinheit gezeigt, indem er Jamal erlaubte, noch ein letztes Mal die Ekstase zu kosten, bevor er ihn einen grausamen Tod erleiden ließ. Für den Scheich war es klar, dass Ismails so genannte Großmütigkeit nur ein weiteres Beispiel seiner sadistischen Natur darstellte.

Jamal dachte an das junge Mädchen, das bald in seine Kammer kommen würde. Zinab war zwar süß, doch sie besaß weder Zaras Tiefe noch deren Feuer. Immerhin würde er die Gesellschaft eines anderen menschlichen Wesens haben, um ihm seine letzten Stunden zu erleichtern.

Mit einmal öffnete sich die Tür, und eine Frau trat in das kleine Gemach. Sie war mit fließenden Roben bekleidet, und ein dichter Schleier verbarg ihr Gesicht. Sie trug ein Tablett mit Speisen herein, denen ein verlockender Duft entströmte.

Jamal fand es merkwürdig, dass er noch Hunger verspüren konnte, obgleich er doch mit einem Bein schon im Grab stand. Anerkennend schaute er zu, wie die Frau in das kleine Gemach glitt und das Tablett auf den Tisch stellte.

Ein Wachposten stand in der offenen Tür und bestaunte den verführerischen Hüftschwung des Mädchens. „Die Tür wird bis morgen zur Mittagsstunde verschlossen bleiben, Zinab“, sagte er. „Macht das Beste aus Euren letzten Stunden, Scheich, denn an dem für Euch vorgesehenen schmerzhaften Tod werdet Ihr keine Freude haben.“ Der Mann lachte über seinen eigenen Scherz, schloss und verriegelte die Tür.

Eine leichte Spannung legte sich über Jamal, während er Zinab beobachtete. Er hatte sich nicht die Mühe gemacht, eine Lampe anzuzünden. Abgesehen vom Mondlicht, das durch die offenen Fenster hereinfiel, lag das Gemach im Dunklen. Jamal spürte eine leichte Veränderung in Zinab, und das Mädchen erschien ihm auch größer als beim letzten Mal; genau vermochte er das jedoch nicht zu bestimmen.

Er ging zu der Lampe und zündete sie an. Ein sanfter goldener Schein durchflutete den Raum und umgab die schweigende Frau mit einem geheimnisvollen Leuchten.

„Teile die Mahlzeit mit mir, Zinab“, forderte er sie auf und brach damit die angespannte Stille.

Zara schwebte heran, betrachtete Jamal ganz genau und suchte nach irgendwelchen Verletzungen. Da sie keine fand, atmete sie erleichtert auf.

„Du bist heute Abend so still, meine Kleine. Nimm deinen Schleier ab. Ich möchte gern auf etwas Schönes schauen, während ich auf dem Weg zu meinem Tod bin.“

Zara bewegte sich nicht. Seiner Stimme hatte sie angehört, dass er viel von Zinab hielt. Hatte das Mädchen in Jamals Armen die

Ekstase gefunden? Sie und die junge Sklavin hatten nicht über das gesprochen, was zwischen den beiden vorgefallen war.

„Was ist denn, Zinab? Stimmt etwas nicht? Du bist so anders. Ich spüre ..." Er vermochte nicht zu sagen, was er spürte, weil er die Enttäuschung nicht würde ertragen können, falls er sich irrte.

„Was spürt Ihr, Herr?"

Jamal erstarrte. Hoffnung und Furcht widerstritten in ihm. Das konnte doch nicht möglich sein! Und dennoch ... Seine Hände zitterten, als er sie ausstreckte, um den Schleierstoff fortzuziehen, der ihren Kopf und das Gesicht bedeckte. Seine Augen spiegelten Fassungslosigkeit, als sich der seidige Vorhang goldenen Haars löste und Zaras geliebtes Gesicht in all seiner strahlenden Schönheit vor ihm erschien.

Vor Entsetzen und Furcht blieb ihm beinahe das Herz stehen. „Allah, nein! Das kann doch nicht sein. Träume ich etwa nur? Oder ist das eine grausame List? Zara befindet sich doch an Bord meines Schiffes! Ich würde es nicht ertragen, wenn es nicht so wäre."

„Ihr träumt durchaus nicht, Jamal. Glaubtet Ihr, ich würde Euch ohne jeden Versuch der Rettung in den Tod gehen lassen? Mein Vater ist ebenfalls hier, und Haroun auch. Wir werden Euch auf keinen Fall sterben lassen."

Zaras Opfer trieb Jamal die Tränen in die Augen. War ihr denn nicht bewusst, dass es jetzt für sie beide kein Entrinnen mehr gab? Sie würden zusammen untergehen.

Sie blickten einander an, und plötzlich lag sie in seinen Armen. Er küsste ihren Mund, ihre Wangen, ihre Stirn und wieder ihre Lippen. Zara und Jamal sprachen nicht, sondern genossen diese Intimität ohne Worte. Schließlich jedoch zog sich Jamal zurück.

„Du hast dein eigenes Todesurteil unterschrieben, Liebste. Weshalb tatest du das? Ich hätte den Tod akzeptieren können, wenn ich dich in Sicherheit gewusst hätte. Wie bist du Haroun entkommen? Was tut dein Vater in Meknes? Falls man ihn hier erkennt ..."

„Ihr habt doch gehört, was der Wachposten sagte: Die Tür wird bis morgen Mittag verschlossen bleiben. In diesem Augenblick bereiten mein Vater und Haroun Eure Flucht vor. Während der dunkelsten Stunden dieser Nacht werden sie schnelle Pferde zur Ostmauer bringen."

Jamal schüttelte bekümmert den Kopf. „Man kann diese Mauer nicht übersteigen. Ich habe ihre Oberfläche Zoll für Zoll untersucht. In ihrer Oberkante stecken überdies scharfe Glasscherben. Selbst wenn wir hinaufklettern könnten, würden uns die Glassplitter in Stücke schneiden. Es ist alles umsonst, Liebste."

Sein Gesicht hellte sich ein wenig auf. „Möglicherweise ist doch noch nicht alles verloren. Du musst dieses Gemach so verschleiert verlassen, wie du hergekommen bist. Niemand außer dir und mir muss jemals erfahren, dass die Frau, welche ich heute Nacht bei mir hatte, nicht Zinab war. Und was ist übrigens mit dem Mädchen geschehen?" wollte er wissen. „Wie hast du Zinabs Zustimmung zu deinem Vorhaben erlangt? Du hast ihr doch nichts angetan?"

Eifersucht ergriff Zara. „Zinab befindet sich nicht in Gefahr. Ihr scheint sie ja sehr gern zu mögen."

„Zinab ist ein liebes Kind."

„Ein erfahrenes Kind", berichtigte Zara.

Trotz seiner bedrohlichen Lage musste Jamal lächeln. „Eifersüchtig, Liebste?"

Empört blickte Zara ihn an. „Jetzt ist nicht die Zeit, Dergleichen zu diskutieren. Ihr sollt nur wissen, dass ich diesen Raum nicht ohne Euch verlasse. Seid Ihr jetzt bereit, mir zuzuhören?"

„Ich höre zu, doch das ändert nichts daran, dass man die Mauer nicht übersteigen kann."

„Vater wird eine Möglichkeit finden, uns hier herauszuholen. Ihm und Haroun vertraue ich blind. Ihnen bleiben noch viele Stunden, in denen sie die Situation studieren und zu einer Lösung des Problems kommen können. Wir beide haben nichts weiter zu tun, als uns die Zeit zu vertreiben und auf das Zeichen meines Vaters und Eures Leutnants zu warten."

„Ach Zara, deine unerschütterliche Zuversicht ist erfrischend. Du hast ja keine Ahnung, wie sehr ich dich liebe."

Zara erstarrte. „Was habt Ihr gesagt?"

„Dass ich dich liebe, mein Kätzchen. Es mag für uns zu spät sein, doch wenn du hier verschwindest, möchte ich, dass du die Erinnerung an unsere letzten gemeinsamen Augenblicke mit dir nimmst."

Er zog sie sich in die Arme, und sie schmiegte sich weich an ihn, während sie über seine Liebeserklärung nachdachte. Meinte er es wirklich ehrlich, oder hatte er nur das gesagt, von dem er glaubte, dass sie es hören wollte?

„Ich habe dich zu meiner Sklavin gemacht, doch dabei bin ich selbst zu einem Sklaven geworden", flüsterte Jamal an ihren Lippen. „Liege mit mir, mein Kätzchen. Lass mich dich lieben. Ich will dein süßes Wesen trinken. Ich will sterben mit deinem Geschmack in meinem Mund und deinem Duft in ..."

„Ihr werdet nicht sterben!" fiel ihm Zara entschlossen ins Wort. „Das lasse ich nicht zu."

Jamal lachte leise. „Ach meine wilde Kriegerin! Falls dein Vater und Haroun Erfolg bei ihrem Unternehmen haben, werde ich nie wieder Zweifel an dir hegen. Inzwischen wollen wir diese Nacht für uns selbst beanspruchen und die letzten Stunden unvergesslich machen."

17. KAPITEL

Jamal zog Zara zu sich heran und tupfte tausend Küsse auf ihren Mund, ihre Lider, ihre Wangen und ihr Kinn. Sie stöhnte, während er wieder zu ihren Lippen zurückkehrte. Feuer raste durch ihre Adern und sammelte sich tief in ihrem Inneren.

„Ich werde dich lieben, mein Kätzchen – die ganzen Stunden lang, die uns noch übrig sind. Die Erinnerungen, die uns von dieser Nacht bleiben, müssen dann dein ganzes Leben überdauern. Sollte ich morgen sterben, dann möchte ich, dass du daran denkst, dass niemand dich jemals so lieben wird wie ich."

„Ihr werdet nicht sterben!" beteuerte Zara noch einmal. „Wenn wir diesen Raum verlassen, dann nur zusammen."

Jamal lächelte wehmütig. „So feurig, meine liebreizende Zara! Wie ich deine Leidenschaft liebe, mein Kätzchen – gib sie mir jetzt."

Er hob sich Zara auf die Arme, trug sie zu dem schmalen Diwan und setzte sie auf dem Rand nieder. Dann kniete er sich vor sie, hob nacheinander ihre Füße an und zog ihr die Schuhe aus. Mit sanften Händen band er ihre Gürtelschärpe los und streifte ihr die Hose hinunter. Zara hob die Hüften und das Gesäß, während Jamal die Pluderhose an ihren Beinen hinab gleiten ließ und sie schließlich zur Seite warf.

Während er Zara in die Augen lächelte, ließ er die Hand über ihren Bauch und dann weiter hinab zu ihren Beinen und der weichen Innenseite ihrer glatten, goldenen Oberschenkel streichen. Kurz bevor er bei dem weichen Dreieck ankam, hielt er inne.

Seine Berührung setzte sie in Flammen. Flüssiges Feuer strömte durch ihre Adern. „Jamal – bitte."

„Spreize deine Beine für mich, süße Zara."

Sie gehorchte sofort und feurig, denn sie sehnte sich verzweifelt nach seiner Berührung. Sie merkte, wie er seine Hand an ihrem Bein hinauf streichen ließ, als wollte er die Glätte ihrer Haut prüfen.

Zara fühlte, wie seine geschickten Finger die Blütenblätter ihrer Weiblichkeit teilten, um das kleine, empfindsame Juwel zu reizen, und sie stöhnte auf, als er seine Finger tief in sie hineingleiten ließ. Heiße Flammen setzten sie dort in Brand, wo er sie liebkoste, und sie strebte der höchsten Freude entgegen, die er ihr schenken würde.

Während Zara der Erlösung entgegenflog, bewegten sich seine Finger in dem seidenen Spalt, doch er wollte sie noch nicht erlösen von der erotischen Wonne, die er ihr bereitete. Unvermittelt zog er seine Hand fort, und Zara gab einen Protestlaut von sich.

„Nur Geduld, Kätzchen."

Er glitt an ihrem Körper hinunter und barg das Gesicht zwischen ihren Beinen. Zara bog sich seiner intimen Liebkosung entgegen, während er seine Zunge in sie gleiten ließ, um ihren herrlichen Nektar zu genießen.

Er fühlte, dass sich ihre inneren Muskeln zusammenzuziehen begannen, und wusste, dass sie am Rand der Erfüllung stand. Ein letzter Zungenstoß trug sie zu einem überwältigenden Höhepunkt, und ihre Schreie der Erlösung waren die herrlichste Musik, die er je gehört hatte.

Es dauerte eine Weile, bis Zara wieder klar denken konnte, und dann sah sie, dass Jamal seine Kleidung abgestreift hatte; nackt lag er jetzt an ihrer Seite und streichelte ihre Brüste, während ihr Zittern langsam nachließ. Er war noch immer stark erregt. Zara schaute ihm fragend in die Augen.

„Ich komme auch noch an die Reihe", versicherte er, als hätte er ihre Gedanken gelesen. „Erst werden wir essen und danach baden. Komm." Er reichte ihr seine Hand.

Hätte er es von ihr verlangt, wäre Zara ihm bis ans Ende der Welt gefolgt. Sie liebte diesen Mann mit wilder, alles überdauernder Leidenschaft. Dass er ihre Liebe erwiderte, war für sie wie ein Wunder.

Ohne sich ihrer Nacktheit zu schämen, verzehrten sie die Speisen, die ihnen zur Freude zubereitet worden waren. Als auch der letzte Bissen verschwunden war, hob Jamal Zara auf die Arme und trug sie in den Hammam. Er stieg in das knietiefe Wasser und ließ sie an seinem Körper hinunter gleiten, bis sie wieder auf den Füßen stand.

„Ich will Euch waschen“, sagte sie und griff nach dem Gefäß mit parfümierter Seife, der auf dem Rand des Badebeckens stand. Sie tauchte die Finger hinein und strich die Seife über seine Schultern und den Oberkörper.

Jamal stieß ein wohliges Brummen aus, während Zara die Hände über seine glatte Haut gleiten ließ. Sie warf ihm einen mutwilligen Blick zu, tauchte die Finger erneut in den Seifentiegel und begann, Jamals Hüften sowie die Beine einzuseifen. Als sie ihn dabei intim berührte, stöhnte er rau auf und stolperte rückwärts. Sie kniete sich vor ihn, schlang die Arme um seine Oberschenkel und öffnete ihm ihre Lippen.

Jamal fühlte, wie sich ihr heißer, feuchter Mund um ihn schloss, wie ihre Zunge an ihm hinauf- und hinunterglitt und dann die empfindsame Spitze umspielte. Damit er nicht zu schnell kam, biss er sich auf die Unterlippe und ließ Zara so lange gewähren, bis er es nicht länger auszuhalten vermochte.

„Genug, Kätzchen. Du machst mich ja ganz wild. Jetzt bist du an der Reihe. Nun will ich dich waschen.“ Seiner Stimme war unverhüllte Begierde zu entnehmen.

Zara schloss die Augen, während Jamals starke Hände über ihren weichen Körper strichen und mit jedem Streicheln und jeder

Liebkosung Seife auf ihrer Haut verteilten. Bald stöhnte und seufzte Zara berauscht und zufrieden.

Unvermittelt hob er sie aus dem Badebecken und trug sie zum Diwan zurück. Mit einem weichen Tuch trocknete er sie liebevoll ab und legte sich dann neben sie. Bei seinem langen Kuss drang er mit der Zunge zärtlich in ihren Mund ein.

Zara keuchte atemlos, als seine Lippen ihren Mund verließen und sich tiefer hinab bewegten, wobei er kurz an ihrer Kehle die Stelle berührte, wo ihr Pulsschlag zu fühlen war. Jamals Mund setzte seinen feurigen Weg abwärts fort; er sog an ihren Brustspitzen und reizte sie mit seiner Zunge, bis sie sich hart aufrichteten.

„Hätte ich die Silberkugeln bei mir, würde ich noch mehr zu deinem Vergnügen beitragen können, Kätzchen“, raunte er. „Doch bedauerlicherweise vermag ich dich nur mit meinen Händen und den Lippen zu erfreuen.“

Zara lächelte verträumt. „Das stimmt ja nicht ganz, Liebster. Ihr habt noch eine mächtige Lanze, die mir das größte Vergnügen bereitet. Kommt jetzt zu mir, denn ich bin mehr als bereit für Euch.“

„Allah sei's gedankt, denn ich kann wirklich nicht langer warten.“

Er richtete sich auf den Knien auf, fasste ihr Gesäß, hob ihre Hüften an und drang schnell und kraftvoll in sie ein. Das fühlte sich unglaublich an, und stöhnend zitterte Zara am ganzen Körper, während Jamal mit langen, ruhigen Bewegungen immer wieder hinaus- und hineinglitt.

Seine Hände an ihren Hüften waren ebenso wenig zart wie die kräftigen Stöße, die sie in ihrem Inneren fühlte, doch Zara wollte auch gar keine Sanftheit, sondern gab sich ganz dem Vergnügen hin, das sie schließlich zu den höchsten Höhen hinauftrug.

„Weiter“, drängte Jamal heiser, während sich seine Hüften immer wieder an Zaras rieben. „Komme noch einmal. Gib mir alles, süßes Kätzchen."

Zara konnte es kaum glauben, dass ihr zweiter Höhepunkt den ersten tatsächlich an Gefühlstiefe noch übertraf. Das kleine Gemach schien sich aufzulösen, während es schien, als würden sie zu den Sternen emporgetragen. Jetzt merkte sie, dass Jamal erstarrte; sie fühlte, wie er sich in ihr verströmte, und hörte seinen ekstatischen Aufschrei.

Noch eine lange Zeit verblieb er in ihr; er stützte sich auf die Ellbogen, damit sein Gewicht nicht auf Zara lastete. Ganz langsam kam er wieder zu Kräften und hob sich von ihrem Körper.

„Jetzt kann ich als glücklicher Mensch sterben", sagte er und schaute ihr tief in die Augen.

„Niemand wird sterben", erklärte Zara fest. „Wenn mein Vater und Haroun kommen ..."

Er unterbrach sie mit einem Kuss. „Versprich mir bitte eines, Zara."

„Wenn ich kann", sagte sie argwöhnisch.

„Falls wir uns noch immer in diesem Raum befinden, wenn der Morgen kommt, dann musst du gehen, sobald die Tür geöffnet wird, und du darfst nicht noch einmal zurückschauen. Reite mit Haroun nach Tanger. Mein Segelschiff wird dich in die Sicherheit tragen. Es wird dich nach England bringen, wo sich meine Mutter um dich kümmern wird.

Zara blickte ihn an. „Ihr verlangt zu viel von mir."

„Was kannst du denn versprechen?"

Sie schenkte ihm ein strahlendes Lächeln. „Euch zu lieben bis ans Ende aller Zeiten. Ob wir zusammen oder getrennt sind – ich werde Euch ewig lieben."

„Wenn du dich nicht gegen mich gesträubt hättest, würdest du möglicherweise schon wesentlich früher zu diesem Schluss gekommen sein. Denke doch nur an die ganze Zeit, die wir beide vergeudet haben.“

„Ich bin zu stolz, um ein Leben als Sklavin zu ertragen oder von einem Gebieter beherrscht zu werden. Ich wollte immer, dass Ihr mich als Gleichgestellte behandeltet, und nicht als eine Gefangene. Ich bin eine Berberprinzessin, und meine Freiheit ist mir wichtig. Ich wollte mir meinen Gatten selbst auswählen dürfen.“

„Du bist keine Sklavin mehr, Zara. In meinem Herzen habe ich dich längst freigegeben.“

Zara lachte ihn frech an. „Eure Großmut überwältigt mich, Herr. In meinem Herzen habe ich mich nie als eine Sklavin betrachtet.“

„Keckes Ding!“ Jamal erwiderte ihr Lächeln. „Uns bleiben noch viele Stunden, bevor dein Vater und Haroun kommen.“

„Dann habe ich Euch also überzeugt, o Ihr großer Skeptiker?“

Jamal zuckte die Schultern. „Wieso auch nicht? Wenn ich daran glaube, dass ich gerettet werde, habe ich schließlich nichts zu verlieren, doch ich habe viel zu gewinnen. Wenn ich dich in den Armen halte, kann ich an alles Mögliche glauben. Lass uns keine Minute unserer kostbaren Zeit verlieren, Zara. Ich bin bereit zu einem neuen Liebesspiel.“

„Ach ja, Jamal – bitte!“

Er erregte sie langsam, indem er zarte Küsse auf ihren Körper regnen ließ und seine Hände sowie den Mund einsetzte, um ihr Blut zu erhitzen. Sie erwiderte seine Liebkosungen Kuss für Kuss, Berührung für Berührung, bis sie an seinem Begehren nicht mehr zweifeln konnte.

„Drehe dich um“, forderte er.

Sie gehorchte blind. Er hob ihre Hüften an und kniete sich hinter sie. Als er schließlich in sie hineinglitt, drängte sie sich gegen ihn und trieb ihn mit ihren kleinen Schreien voran. Er beugte sich über sie und hatte die Hände jetzt frei, um Zaras Brüste zu liebkosen und ihre Knospen zu reizen.

Seine Haut wurde schweißfeucht, und das feurige Verlangen brannte in seinen Lenden. Er nahm den Duft heißer weiblicher Haut und körperlicher Erregung wahr und drang tiefer und härter in sie ein. Er ließ seine Hände hinabstreichen, fand ihre angeschwollene Perle und massierte sie sanft mit dem Daumen. Zara begann zu zittern und dämpfte ihren Aufschrei mit einem Kopfkissen.

„Warte noch ein wenig, mein Kätzchen. Gleich werden wir zusammen ins Paradies gelangen."

Zara fühlte sich bereits wie in einer anderen Welt; ihre Seele schien ihren Körper verlassen zu haben und sich auf dem Weg zu Mond und Sternen zu befinden. Jamal erlebte einen heftigen Höhepunkt und brach dann neben ihr erschöpft zusammen.

Wahrscheinlich waren sie beide eingeschlummert, denn kurz darauf erwachte Jamal mit der sicheren Erkenntnis, dass Zara und er nicht allein in ihrer Kammer waren. Er zog eine Decke über ihren nackten Körper, setzte sich hoch und blickte in die dunklen Ecken des kleinen Gemachs.

Eine in schwarze Roben eingehüllte Gestalt trat durch die in den Garten führende Tür in den Raum herein und verneigte sich. „Allah sei mit Euch, Herr. Seid Ihr und die Prinzessin aufbruchbereit?"

Ungeachtet seiner Nacktheit sprang Jamal auf die Füße. „Haroun? Bist du's wirklich?"

„Gewiss, Herr. Solltet Ihr jetzt nicht Zara wecken? Ich erwarte Euch bei der Mauer."

„Allah sei gepriesen! Wie konntest du über die Mauer gelangen, ohne von den Wachen bemerkt zu werden?"

„Alles zu seiner Zeit, Jamal. Youssef und die Pferde werden ungeduldig. Ihr müsst Euch beeilen. Bevor der Sultan erfährt, dass Ihr abgängig seid und Euch seine Soldaten hinterherschickt, müssen wir schon weit entfernt von der Königsstadt sein." Der Leutnant drehte sich um und verschwand hinaus in den dunkelsten Bereich des kleinen Gartens.

Der Klang der Stimmen hatte Zara aus ihrem Erschöpfungsschlaf geweckt. Gerade als sie die Lider aufschlug, verschwand ein dunkler Schatten durch die Gartentür. „Jamal!" Mit einem Ruck setzte sie sich auf und drückte sich die Decke an ihre nackten Brüste, um sich zu bedecken. „Wo seid Ihr?"

„Hier, Liebste."

Jetzt sah sie ihn auch. Er war bereits vollkommen bekleidet und kam zu ihr heran. „Ich wollte dich gerade aufwecken. Haroun war hier. Er wartet im Garten auf uns. Du musst dich rasch ankleiden."

Freude strahlte aus ihrem schönen Gesicht, während sie anmutig aus dem Bett sprang. „Glaubt Ihr mir jetzt endlich, großer Zweifler?"

„Ich werde nie wieder an dir zweifeln." Lachend schloss Jamal sie in die Arme. „Beeile dich, Kätzchen. Mir ist zwar noch völlig unklar, wie mein Leutnant uns über diese Mauer bekommen will, doch wenn es jemand schafft, dann er."

Wenige Minuten darauf trafen sie mit Haroun an der Mauer zusammen. Zu seiner Überraschung sah Jamal ein Seil herunterhängen, welches oben von einem Doppelhaken gehalten wurde. Jamal zog an dem Seil und überzeugte sich davon, dass es erstaunlich fest und sicher hielt.

„Wie bist du durch die Glasscherben dort oben über die Gartenmauer gekommen, ohne zerschnitten zu werden?" erkundigte er sich.

Haroun grinste. „Schaut doch einmal hoch."

Das tat Jamal. Ganz oben auf der Mauer sah er etwas Weißes liegen. „Was ist das?"

„Das sind dicke Schafsfelle. Sehr schlau, nicht wahr? Das war Youssefs rettende Idee. Nachdem ich die Mauer von außen erklettert hatte, setzte ich den Haken um, so dass das Seil nun in den Garten hinunterhing. Danach war es dann sehr einfach, mich hinabzulassen."

So ganz überzeugt war Jamal noch nicht. „Wenn wir jetzt auf die Mauer geklettert sind, wie kommen wir dann auf der anderen Seite wieder hinunter?"

„Ja, das ist noch viel schlauer. Wartet's nur ab. Das war übrigens meine Idee. Youssef besteht darauf, dass Prinzessin Zara als Erste hinübersteigt."

„Schaffst du es, Zara?" fragte Jamal besorgt.

„Mit Leichtigkeit", antwortete sie. „Helft mir einmal."

Jamal fasste sie bei der Taille und hob sie so hoch, dass sie das Seil packen konnte. Dann stemmte sie die Füße gegen die Mauer und stieg langsam hinauf. Es war ein langer Weg, und sie schaute nicht zurück. Oben angekommen, blieb sie auf den Schafsfellen hocken und fragte sich, wie sie außen nun wieder hinunter kommen sollte.

„Was soll sie jetzt machen?" wollte Jamal wissen. „Ich kann nur hoffen, dass du dir das alles gut überlegt hast, Haroun. Falls Zara bei dem Unternehmen zu Schaden kommt, werde ich dir das nie verzeihen."

„Schaut nur hin", forderte Haroun ihn auf.

Zu seinem Entsetzen sah Jamal, wie Zara sich von der Gartenmauer warf und aus dem Blickfeld verschwand. „Allah stehe ihr bei! Was ist geschehen?"

„Nachher, Herr. Jetzt seid Ihr an der Reihe. Ich folge Euch nach und ziehe dann auch das Seil hoch. Unser Sultan wird sich wohl den Kopf zerbrechen, um dahinter zukommen, wie Ihr entflohen seid."

Da Jamal seinem Leutnant absolut vertraute, packte er das Seil und lief an der Mauerwand hinauf bis zur oberen Kante. Dort hielt er einen Moment inne und spähte in die Finsternis hinunter. Die dunkel verhüllten Gestalten, die dort standen, vermochte er kaum auszumachen. Dann entdeckte er einen hoch mit Heu beladenen Eselskarren, und Freude stieg in ihm auf.

Jamal sprang von der Mauer. Nicht allzu sanft landete er im Heu, bekam erst keine Luft mehr, blieb jedoch ansonsten unverletzt.

Zara kroch zu ihm. „Ist alles in Ordnung?"

„Bei mir ja, doch was ist mit dir?"

Sie rieb sich die Rippen. „Ein oder zwei Beulen, doch weiter nichts Ernstes."

„Hinaus da, ihr beiden!" zischte Youssef. „Haroun befindet sich bereits auf der Mauerkante!"

Zusammen kletterten sie aus dem Karren und starrten zu dem Leutnant hinauf. Zuerst kam das Seil und wurde rasch verstaut. Dann sprang Haroun von der Mauer auf den Eselskarren, wobei er die Schaffelle hinter sich herzog.

„Wo ist der Wachposten, der gewöhnlich hier patrouilliert?" erkundigte sich Jamal.

„Um den habe ich mich gekümmert", antwortete Youssef. „Kommt rasch, wir müssen hier verschwinden, solange die Stadt noch schläft."

Ein Mann erschien aus dem Schatten der Mauer und stieg auf den Karren. Wortlos nahm er die Zügel auf, schlug dem Esel aufs Hinterteil und lenkte das kleine Gefährt durch die verlassene Straße. Nach wenigen Augenblicken hatte die dunkle Nacht ihn verschluckt.

„Kommt, Zinab wartet bei den Pferden."

„Zinab? Das Sklavenmädchen? Bist du wahnsinnig, Youssef? Was macht Zinab denn hier?"

„Zara hat ihr unseren Schutz angeboten. Zinab bestand darauf, uns zu begleiten, und ich hatte nicht das Herz, ihr das zu verweigern. Hier in der Stadt ist sie nicht sicher. Ismail wird nach ihr suchen lassen, wenn Eure Flucht entdeckt wird. Er wird glauben, sie hätte sich in Eurer Kammer befunden, als Ihr verschwandet, und sei deshalb die letzte Person gewesen, die Euch gesehen hat. Sollten die Männer des Sultans sie finden, dürfte sie einer schweren Bestrafung für ihre Beteiligung an Eurem Entweichen entgegensehen."

„Ohne Zinab wäre die Flucht überhaupt nicht möglich gewesen", stellte Zara fest. „Sie mag mit uns kommen, nicht wahr, Jamal?"

„Selbstverständlich, doch wir müssen uns sputen, damit wir Tanger so rasch wie möglich erreichen, ehe der Sultan noch mein Schiff konfisziert."

Sie folgten dem Berberfürsten durch die engen dunklen Straßen der Medina. Zinab wartete mit den Pferden in einer Gasse. Schweigend saßen sie auf und ritten von dannen. Ein paar Meilen außerhalb der Stadt gab Youssef das Zeichen zum Anhalten.

Es war noch immer sehr dunkel; die Morgendämmerung kündigte sich noch nicht an. Die Sichel des Mondes hing tief am Himmel. Zara schaute zu, wie eine Wolke darüber glitt und sie schließlich ganz verdeckte. Ohne dass es ihr gesagt worden wäre, wusste sie, dass die Zeit gekommen war, da ihr Vater in seine Bergfestung zurückkehren musste.

Zara war hin- und hergerissen. Ein Teil von ihr wollte bei Youssef bleiben und an seiner Seite reiten, wie sie es immer getan hatte. Ein anderer Teil indes, ein weicherer Teil von ihr, den sie erst vor kurzem entdeckt hatte, sagte ihr, dass sie nicht mehr dieselbe Frau war. Sie würde ein Kind zur Welt bringen, Jamals Kind, und sie musste das winzige neue Leben beschützen, das in ihrem Leib heranwuchs.

Doch war sie auch bereit, das wilde, sonnendurchglühte Land zu verlassen, das sie so sehr liebte? War sie bereit, dem Scheich zu folgen in ein seltsames, neues Land voller Fremder und Ungläubiger?

Zaras Gedankengänge wurden von Youssefs ernster Rede unterbrochen. „Die Zeit der Trennung ist gekommen, Tochter. Ich muss in das Rifgebirge zurückkehren. Ich werde dich vermissen, doch ich wäre selbstsüchtig, wenn ich dir kein besseres Leben wünschen würde."

Zara war es, als hörte sie ihr eigenes Herz zerbrechen. „Ich kann dich nicht verlassen, Vater. Der Scheich wird das verstehen. Ich muss hier bleiben und weiterkämpfen."

Jamal ritt dichter an ihr Pferd heran und nahm ihr die Zügel aus den Händen. Seine Stimme klang hart und unnachgiebig. „Das Einzige, was ich verstehe, ist, dass du mit mir kommst. Youssef ist mit mir einer Meinung. Wenn du Marokko verlässt, geschieht das in deinem eigenen Interesse. Du gehörst mir, Zara. Ich gestatte nicht, dass du mich verlässt."

„Beschützt sie gut, Jamal", bat der Berberfurst, der sich mit dem Verlust seiner Tochter abgefunden hatte.

„Zara wird mit mir in dem Haus der Ahnen des Earl of Lanford in Kent wohnen", sagte Jamal. „Deine Briefe an sie kannst du dorthin senden."

„Wer ist der Earl of Lanford?" wollte Zara wissen. „Ihr sagtet mir doch, Eure Mutter lebe in England. Ist der Earl mit ihr verwandt?"

„Ich bin Jamal Brantly, Earl of Lanford", gestand Jamal ein. „Bevor mein Großvater starb, war ich nur ein Viscount. Im vergangenen Jahr erbte ich seinen Titel sowie umfangreiche Ländereien in Irland und England und darüber hinaus auch das entsprechende Vermögen."

Zara konnte nur staunen. Was für Geheimnisse verbarg der Scheich wohl noch? „Habt Ihr Ehefrauen und Konkubinen in England?"

Jamal lachte leise. „In England darf ein Mann nur eine einzige Ehefrau haben. Einige Männer halten sich Mätressen, doch von einem Engländer mit einem Harem habe ich noch niemals etwas gehört. Keine Angst, Kätzchen; außer dir brauche ich keine andere Frau."

Er erwähnte jedoch nicht, dass seine Mutter bereits eine junge Adelige als Gattin für ihn ausgewählt hatte. Obwohl er selbst dieser Verbindung nie zugestimmt hatte, drängte ihn seine Mutter dazu.

„Darf ich unter vier Augen mit meiner Tochter reden?" fragte Youssef.

„Gewiss, doch denke bitte daran, dass wir nicht trödeln dürfen. Wir werden einen kurzen Halt auf ‚Paradies' einlegen und dann direkt nach Tanger weiterreisen."

„Ich werde mich kurz fassen."

Jamal wollte Zaras Zügel nicht aus den Händen geben, tat es indes widerstrebend und ritt zur Seite, um sich mit Haroun zu beraten.

„Was gibt es, Vater?" fragte Zara. „Hast du es dir anders überlegt? Willst du, dass ich doch bei dir bleibe?"

„Ich will, dass du glücklich bist, Zara. Falls du es nicht erträgst, mit dem Scheich nach England zu gehen, werde ich dich auch nicht dazu zwingen. Bist du tatsächlich entschlossen, Jamal nicht zu ehelichen? Mein Herz sagt mir, dass du diesen Mann liebst."

„Ich kann dich nicht belügen, Vater. Ich liebe Jamal wirklich, und ich glaube, er liebt mich ebenfalls. Doch England ist ja so weit.

Ich müsste mein Leben noch einmal ganz von vorn beginnen in einem fremden Land, wo mir nichts vertraut ist."

„Dann möchtest du also in Marokko bleiben?"

Sie senkte den Blick. „Ich trage Jamals Kind unter dem Herzen."

„Ah, nun verstehe ich." Er blickte sie düster an. „Hättest du mir das früher gesagt, würde ich dir nicht erlaubt haben, dein Leben für den Scheich aufs Spiel zu setzen."

„Deswegen habe ich es dir ja auch nicht gesagt. Nicht einmal der Scheich weiß es."

„Wir müssen weiter", sagte Jamal, der wieder zu ihnen herangekommen war. „Es wäre zu gefährlich, wenn wir noch länger säumten."

„Der Scheich hat Recht, Tochter. Du musst gehen. Dein Platz ist jetzt bei Jamal." Er hob die Hand zum Abschiedsgruß. „Allah beschütze dich und das ..."

„Vater!" Zara schüttelte den Kopf. Sie selbst wollte diejenige sein, die Jamal etwas von ihrer beider Kind sagte. „Allah schütze und erhalte dich, Vater."

Als der Berberfürst in die Nacht hinaus ritt, schluchzte Zara leise auf.

Jamal wollte kein Risiko eingehen. Er fasste wieder Zaras Zügel und ließ beide Pferde antraben. Weniger als eine Stunde später erreichten sie „Paradies". Jamal bezweifelte nicht, dass seine Flucht erst dann entdeckt werden würde, wenn Zara und er sich bereits auf dem Weg nach Tanger befanden. Deshalb hielt er diesen kurzen Halt in der Oase für notwendig, um dort noch einiges zu regeln.

Aus dem Schlaf hochgeschreckt, stand Hammet vor seinem Gebieter, rang die Hände und hörte Jamal genau zu.

„Ich habe nicht viel Zeit, Hammet. Zara und ich müssen fort

sein, bevor es Tag wird. Ehe die Männer des Sultans kommen, um meinen Palast und das Anwesen zu konfiszieren, muss noch viel getan werden. Der größte Teil meines Vermögens wurde während meiner letzten Reise nach England überwiesen. Ich beabsichtige, nur einen kleinen Beutel mit Goldmünzen nach Tanger mitzunehmen. Der Rest soll gleichmäßig unter meinen Bewaffneten, den Dienern, den Sklaven, Nafisa, Dr. David ben Israel, Haroun und dir aufgeteilt werden. In meiner Schatzkammer befindet sich genug, um euch alle reich zu machen."

In diesem Augenblick kam der Leutnant herein; ihm folgten alle, die im Palast lebten und arbeiteten. „Jedermann wurde geweckt, Herr. Alle erwarten Eure Befehle."

„Manche von euch wissen es möglicherweise bereits", sagte der Scheich zu der großen Gruppe der Männer und Frauen in seinem Empfangsraum. „Ich bin ein gesuchter, vom Sultan zum Tode verurteilter Mann. Mein Leben verdanke ich Prinzessin Zara, ihrem Vater und Haroun. Marokko ist für mich nicht mehr sicher. Ich habe vor, an Bord meines Schiffes das Land zu verlassen. Innerhalb der nächsten Stunde muss ich aufbrechen."

Ohne eine Reaktion seiner Leute abzuwarten, redete er weiter. „Da ich für euch alle verantwortlich bin, lasse ich sämtliche Sklaven frei. Sklaven, Bewaffnete und Diener werden so viel Gold erhalten, dass jeder von euch ein neues Leben aufnehmen kann."

Erregtes Murmeln erhob sich in der Runde.

„Haroun wird für die Verteilung sorgen. Ich empfehle, dass ihr hier alle verschwindet, bevor Mulai Ismails Soldaten kommen, um mein Anwesen zu beschlagnahmen."

Dr. David ben Israel trat vor. „Ich wollte schon immer einmal England sehen, Herr. Hättet Ihr vielleicht auf Eurem Schiff noch Platz für meine bescheidene Person?"

„Und für mich auch, Herr", sagte Nafisa. „Ich bin eine alte

Frau und wüsste nicht, wohin ich gehen sollte. Ich bitte Euch, nehmt mich mit. Ich kann Euch und Eurer Prinzessin durchaus nützlich sein."

„Ich möchte Euch ebenfalls begleiten, Gebieter", sagte Hammet sehr würdevoll. „Kein Engländer könnte so für Euch sorgen wie ich."

„Es ist doch ganz selbstverständlich, dass ich Euch begleite, Jamal", erklärte Haroun. „In der Vergangenheit war ich mit Euch sehr oft in England. Ich werde Euch dort genauso dienen können wie hier."

Jamal war aufrichtig gerührt. „Seid ihr euch auch ganz sicher, meine Freunde? England ist nicht das sonnige Land, an das ihr gewöhnt seid. Es ist kalt und feucht und trüb."

„Es wird ein großes Abenteuer sein", erklärte David ben Israel. „Ich mag ja alt sein, doch ganz gewiss nicht zu alt, um mich auf ein neues Leben zu freuen."

Nafisa und Hammet nickten zustimmend.

„Nun gut denn", meinte Jamal schließlich. „Allerdings wird eine große Reisegesellschaft, die nach Tanger unterwegs ist, Misstrauen erwecken. Ich schlage also Folgendes vor: Zara und ich werden nach Tanger reiten, an Bord meines Schiffes gehen und sofort nach Mogador segeln, der Piratenfestung an der Atlantikküste. Ismail wird nicht daran denken, uns dort zu suchen. Diejenigen, welche mich nach England begleiten möchten, werden in Mogador zur ‚Plünderer' stoßen. Haroun wird euch sicher dorthin geleiten."

Der Leutnant runzelte düster die Stirn. „Mein Platz ist bei Euch, Jamal."

„Im Augenblick brauchen dich andere dringender als ich, mein Freund. Keine Angst; die Prinzessin und ich werden keinen Schwierigkeiten begegnen. Im Übrigen musst du hier noch sehr viel bewerkstelligen, bevor die Leute des Sultans eintreffen. Verteile das

Gold und das Silber gemäß meiner Anordnung. Räume alle Wertgegenstände aus dem Palast und verteile sie sowie die eingelagerten Lebensmittel unter den Dorfbewohnern. Es ist besser, wenn diese sie bekommen als der Sultan."

„Falls wir Mogador als Erste erreichen", fuhr Jamal fort, „dann werden wir auf euch warten. Falls ihr zuerst dort ankommt, werde ich euch in der ‚Räuberhöhle' am Hafen suchen."

„Ich will nicht nach England reisen." Die Anwesenden rückten auseinander, als Saha vortrat.

Jamal stieß einen leisen Fluch aus. An seine frühere Konkubine hatte er nicht mehr gedacht. Außerdem gehörte Saha jetzt auch Haroun, und der Scheich hatte nicht mehr über ihr Schicksal zu befinden.

„Du wirst gehen, wohin ich gehe!" sagte der Leutnant scharf. „Bereite unsere Reise vor. Wir brechen bei Tagesanbruch auf." Er wandte sich an Hammet, Nafisa und den Doktor. „Geht jetzt auch und trefft eure Reisevorbereitungen. Nehmt nur das Nötigste mit, denn es kommt auf Geschwindigkeit an."

„Nur noch eines, Haroun", fügte Jamal an. „Ich gebe Zinab in deine Obhut. Sie möchte Zara nach England begleiten, und ich hatte nicht das Herz, ihr diesen Wunsch zu versagen."

Obwohl Haroun die Aussicht nicht eben erhebend fand, Kindermädchen für eine sechzehnjährige Verführerin zu spielen, nickte er ergeben.

Nachdem jedermann den Raum verlassen hatte, begab sich Jamal in sein Schlafgemach, in dem er Zara zurückgelassen hatte. Er hoffte, dass sie ein wenig geschlafen hatte in der kurzen Zeit, die ihr geblieben war.

Tatsächlich fand er sie tief schlafend vor. Ihre Wange ruhte auf ihren zusammengelegten Händen, und Zara sah so bezaubernd aus, so unschuldig und dennoch so verführerisch, dass er sich nur mit

Mühe davon abzuhalten vermochte, ihr die Kleider vom Leib zu reißen und sich zu ihr zu legen.

Zu seinem Bedauern war dazu jetzt jedoch keine Zeit. Wenn sie sich erst einmal an Bord seines Schiffes befanden, konnten sie sich miteinander vergnügen, so viel sie wollten. Möglicherweise ließ er sie dann nicht mehr aus dem Bett, bis sie in London angekommen waren.

Bei der Vorstellung, Zara Tag und Nacht während der wochenlangen Reise zu ihrem Bestimmungsort zu lieben, musste Jamal lächeln.

Er setzte sich auf den Rand des Diwans und tupfte ihr einen Kuss auf die Stirn. Zara murmelte im Schlaf, lächelte und betörte damit den Scheich ungemein.

„Wach auf, Kätzchen. Es ist Zeit für unseren Aufbruch."

Sie bewegte sich, schlug die Augen auf und streckte ihm die Hände entgegen. Er nahm Zara in die Arme. „Ich bin fertig", sagte sie. „Wie spät ist es denn?"

„Kurz vor Sonnenaufgang. Unsere Pferde warten schon auf uns. Nafisa hat Kleidung für uns eingepackt, und die Diener haben Speisen zubereitet. Du musst etwas essen, bevor wir aufbrechen."

Wie auf Stichwort kam der getreue Hammet ins Schlafgemach und trug ein Speisentablett herein. „Der Proviant fur Eure Reise wird gerade verpackt, Gebieter. Allah sei mit Euch und Eurer Prinzessin."

„Und mit dir ebenfalls, Hammet. In Mogador sehen wir uns wieder."

Während Zara das Lammfleisch mit Reis aß und Pfefferminztee dazu trank, erklärte ihr Jamal, was sich während ihres Schlafs zugetragen hatte.

„Und wenn sie nun nicht glücklich in England sind?" fragte sie und biss in ein Stück Honig gesüßten Mandelgebäcks.

„Dann wird die ‚Plünderer' sie eben zurück nach Marokko oder an einen anderen Ort bringen, wo sie sich niederzulassen wünschen."

„Was, wenn ich nicht glücklich bin, Jamal?"

Der Scheich schwieg so lange, dass Zara schon dachte, er hätte sie vielleicht nicht gehört. Schließlich sagte er: „Ich werde dich so glücklich machen, dass du mich nie wieder verlassen möchtest, mein Kätzchen. Während der langen Seereise werde ich dich Englisch lehren und dir von den Sitten und Gebräuchen erzählen, die du zweifellos sehr merkwürdig finden wirst. Vertraue mir, Zara. Ich liebe dich. Ich werde dich niemals absichtlich unglücklich machen."

Er besiegelte dieses Versprechen mit einem Kuss, und Zara betete, dass es so sein möge.

18. KAPITEL

Als Zara und Jamal frische Pferde bestiegen und von „Paradies" fortritten, glitt gerade der Mond hinter den Wolken hervor. Hammet und Haroun winkten ihnen zum Abschied und kehrten dann zum Palast zurück, um die Anordnungen des Scheichs bezüglich der Aufteilung seines Vermögens durchzuführen.

Während Jamal durch die schwindende Nacht ritt, überwältigte ihn die Trauer, und er schaute nicht zurück. Das Anwesen zu verlieren, welches Stolz und Freude seines Vaters gewesen war, das erschien ihm, als würde man ihn von einem wichtigen Teil seiner selbst trennen. Solange Mulai Ismail am Leben war, würde Jamal nicht mehr in das Land zurückkehren können, das er so liebte. Das war ein schlimmer Gedanke. Dennoch erfüllte ihn zur selben Zeit eine merkwürdige Erregung.

Seine Reisen nach England hatte der Scheich stets sehr genossen. Er war ein englischer Earl und reich genug, um zu tun, was ihm beliebte, und zu gehen, wohin er wollte. Ein ganz neues Leben lag jetzt vor ihm, und da er ein Optimist war, versuchte er, an alle Möglichkeiten zu denken, die England ihm bot.

Die Piraterie wurde immer gefährlicher und die Ausbeute immer geringer. So spannend er es auch gefunden hatte, Schiffe auf hoher See zu kapern, so sah er es nun an der Zeit, seine Talente anderen Aufgaben zuzuwenden.

Er hatte jetzt Zara. Sie bot ihm alle Spannung, die er brauchte. Er konnte sich nichts Schöneres vorstellen, als in ihren Armen zu liegen und sie in jeder Nacht bis ans Ende aller Zeiten zu lieben.

Zaras Gedanken waren verwirrender und weniger zuversichtlich. Sie empfand es als furchtbar schmerzlich, ihren Vater sowie alles, was sie kannte und liebte, hinter sich zu lassen. Über England und die Menschen dort wusste sie überhaupt nichts. Sie beherrschte ja nicht einmal die englische Sprache. Das Wenige, das Jamal ihr erzählt hatte, war nicht gerade ermutigend. Nun, wenigstens verlangt man in England von Frauen nicht, dass sie in Harems wohnen und sich verschleiern, wenn sie das Haus verlassen, dachte sie ein wenig optimistischer.

Zara fragte sich immer wieder, ob Jamal sich verändern würde, wenn sie in England eintrafen. Sie hatte ihn stets als Araber gesehen, doch in Wahrheit war er ja zur Hälfte ein Engländer. Wie sollte sie mit den blassen englischen Rosen konkurrieren, von denen sie gehört hatte?

Sie versuchte, sich nicht zu sehr mit England und ihrem Empfang dort zu beschäftigen, sondern sich stattdessen auf das Kind zu konzentrieren, das in ihr heranwuchs.

Kurz nach Sonnenaufgang ließ Jamal halten, damit die Pferde ausruhen und saufen konnten. Zara war so müde, dass er sie aus dem Sattel heben musste. Er legte sie unter einen schattigen Olivenbaum und führte dann die Tiere zum Trinken an einen Bach. Als er zurückkehrte, war Zara fest eingeschlummert. Er ließ sie noch eine Stunde weiterschlafen, ehe er sie weckte.

„Wir dürfen nicht länger säumen", sagte er, nachdem er sie wachgeküsst hatte. „Ich habe etwas zu essen ausgepackt und den Wassersack gefüllt. Nachdem wir gegessen und unseren Durst gestillt haben, müssen wir unsere Reise fortsetzen."

Endlich erreichten sie die Hügel, welche die Stadt Tanger ringförmig umgaben. Strategisch günstig an der Straße von Gibraltar gelegen, verband der geschäftige Hafen Europa mit Afrika. Die Zitadelle war erst kürzlich durch Mulai Ismail von den Spaniern zurückerobert worden.

Jamal hielt es für klug, die müden Pferde auf dem Markt zu verkaufen, und erzielte einen guten Preis für die Vollblutaraber.

Die Altstadt betraten er und Zara zu Fuß und suchten sich ihren Weg durch den Irrgarten der Straßen, in denen es von Menschen nur so wimmelte, und die sie zum Schluss zu der Bucht bringen würden, in welcher die „Plünderer" vor Anker lag.

„Heute scheinen hier mehr Soldaten als gewöhnlich unterwegs zu sein", flüsterte Jamal Zara zu, nachdem er mit ihr wieder einmal an zweien von ihnen vorübergekommen war. An ihrer Kleidung und der dunklen Haut waren sie leicht als Männer des Sultans zu erkennen.

Wie das islamische Gesetz es befahl, trug Zara einen Gesichtsschleier sowie eine Gallabije. Das Gesicht des Scheichs jedoch war unter seinem weißen Turban leicht zu erkennen.

„Das gefällt mir ganz und gar nicht", wisperte Jamal, als zwei Soldaten in ihrer Richtung weitergingen. „Es ist nicht normal, so viele Soldaten in Tanger zu sehen. Komm, auf den Straßen ist es während der Tagesstunden zu gefährlich.“ Er bückte sich durch ein niedriges Tor hindurch, und Zara folgte ihm.

Zu ihrer Überraschung fand sie sich in einem kleinen begrünten Hof wieder. Jamal schien ganz genau zu wissen, wohin er ging; er fasste sie bei der Hand und führte sie durch einen kunstvoll geschnitzten Torbogen. Eine Frau in durchscheinender Haremshose und einer kurzen Weste eilte herbei, um sie zu begrüßen. Langes ebenholzschwarzes Haar umrahmte ihr exotisches goldhäutiges Gesicht. Ihre schwarzen Mandelaugen waren mit Kajal nachgezeichnet, und ihre Lippen sowie die Wangen mit Rouge geschminkt.

„Willkommen im ‚Haus der tausend Wonnen‘, junge Herrschaften. Womit dürfen wir Euch erfreuen?“

„Meine Gattin und ich benötigen für einige wenige Stunden ein privates Gemach, Senobia. Ich werde gut bezahlen für die Bereitstellung des Raums – und für dein Schweigen in diesem Zusammenhang“, fügte er viel sagend hinzu.

Jetzt erkannte Senobia den Gast wieder, und ihre schwarzen Augen leuchteten auf. „Scheich Jamal! Man hat Euch sehr vermisst im ‚Haus der tausend Wonnen‘.“ Senobia warf einen prüfenden Blick auf Zara. „Eure Bitte ist zwar recht ungewöhnlich, doch da Ihr ein langjähriger Freund seid, will ich dafür sorgen, dass Ihr das Gemach erhaltet, wo Ihr ungestört sein könnt. Wenn Ihr mir bitte folgen wollt.“

Als Zara merkte, in welcher Art von Haus sie sich befand, blieb sie wie angewurzelt stehen. Tausend Wonnen – also wirklich! Offensichtlich war der Scheich ein sehr guter Kunde dieses Etablissements und durchaus gewiss vertraut mit den hier verfügbaren „tausend Wonnen“.

„Komm weiter, Zara“, sagte er und fasste sie bei der Hand. „Hier sind wir in Sicherheit bis zum Einbruch der Nacht, wenn wir uns wieder unauffällig durch die Straßen bewegen können. Dann wird auch die Flut aufgelaufen sein und die ‚Plünderer' kann Segel setzen, sobald wir an Bord sind."

Senobia brachte die beiden zu einem großen, luftdurchfluteten Raum, zu dem auch ein Hammam gehörte, worüber sich Zara ungemein freute. Sie war staubig, schmutzig und verschwitzt.

„Benötigt Ihr eine Dienerin?" erkundigte sich Senobia.

„Wenn du eine hast, der man vertrauen kann", antwortete Jamal. „Wir haben Hunger und benötigen frische Kleidung. Schicke eine Dienerin aus, um uns saubere Hemden, Hosen und Kaftane zu kaufen." Er griff nach seinem Beutel mit Goldmünzen, den er sich unter seiner Gallabije an die Gürtelschärpe gebunden hatte, holte mehrere glänzende Goldstücke hervor und händigte sie der Frau aus. „Vielen Dank."

„Habt Ihr Schwierigkeiten, Herr?" fragte Senobia.

„Es ist besser, wenn du das nicht weißt. Bei Anbruch der Nacht werden wir wieder fort sein. Unterdessen muss meine Gattin schlafen. Sie ist müde von der langen Reise."

Wieder lief Senobias prüfender Blick über Zaras schlanke Gestalt, als könnte sie durch die dichtgewebte Gallabije hindurch den darunter befindlichen weiblichen Körper erkennen.

„Ich lasse Euch jetzt allein", sagte sie, und ein verführerisches Lächeln spielte um ihre sinnlichen Lippen. „Falls Ihr mich benötigt – ich werde ganz in der Nähe sein." Der berauschende Duft ihres Parfüms hing noch lange in der Luft, nachdem Senobia den Raum verlassen hatte.

Zara zog sich den Schleier vom Gesicht und starrte Jamal ärgerlich an. „Du scheinst Senobia ja gut zu kennen."

„Eifersüchtig?" fragte er amüsiert.

Zara setzte sich auf den Schlafdiwan und verschränkte die Arme vor der Brust. „Absolut nicht."

„Das brauchst du auch nicht. Das ‚Haus der tausend Wonnen' ist der erste Anlaufort für viele Seeleute, die von langen Monaten auf dem Meer zurückkommen – das heißt für die, welche es sich leisten können. Wer das nicht kann, der besucht die Schenken am Hafen, die weniger anspruchsvolle Einrichtungen anbieten."

Jamal blickte sie liebevoll an. „Ich bin ein Mann, mein Kätzchen. Senobia und ihresgleichen sind nichts als nette Zerstreuungen, die man genießt und gleich wieder vergisst. Nach langen Monaten ohne weiblichen Trost haben sie meine Wollust befriedigt."

Zara bedachte ihn mit einem rebellischen Blick; sie war durchaus noch nicht besänftigt. Würde der Scheich andere Frauen aufsuchen, wenn sie einen dicken Bauch bekam und nicht mehr in der Lage war, ihn in sich aufzunehmen? Glaubte er, alle Frauen wären nichts weiter als Lustobjekte? Sie wollte jedoch geliebt werden, und zwar nicht nur wegen ihrer weiblichen Attribute. Sie wollte ihm in jeder Beziehung gleichgestellt sein.

„Wir wollen doch nicht über solche trivialen Dinge streiten", meinte Jamal. „Wir brauchen jetzt beide ein Bad, und du siehst aus, als würdest du gleich im Stehen einschlafen. Komm. Baden, essen und dann schlafen."

Er half ihr beim Ausziehen und entkleidete sich dann selbst. Als er sie auf die Arme hob und sie zum Hammam trug, legte sie den Kopf an seine Brust und hörte auf das Schlagen seines Herzens.

Das Badewasser war warm und angenehm. Sie wuschen sich gegenseitig, spülten einander ab, und danach half Jamal ihr noch beim Haarewaschen. Als sie mit allem fertig waren, setzten sie sich Seite an Seite ins Wasser und legten den Kopf auf den Beckenrand.

Zara war fast schon eingeschlafen, als Jamal sie aus dem Wasser hob und sie abtrocknete. Bei ihrer Rückkehr in das Schlafgemach warteten dort bereits Speisen und saubere Kleidungsstücke auf sie.

„Ich bin zu müde, um zu essen", seufzte Zara.

„Du musst aber essen." Jamal blickte ihr ins Gesicht, und was er sah, gefiel ihm nicht. „Deine Augen sind geschwollen, und deine Haut wirkt fahl. Du siehst nicht wohl aus, Liebste. Es tut mir sehr Leid, dass ich dich zu sehr vorwärts gejagt habe."

Zara fand, dass jetzt die richtige Zeit sei, ihm von dem Baby zu erzählen. „Das ist es nicht, Jamal. Es ist ..."

Ein Geräusch an der Tür unterbrach sie, und die Worte blieben ihr im Hals stecken.

„Jamal! Soldaten waren hier und haben nach Euch gesucht."

Jamal wickelte sich ein Badetuch um die Hüften und öffnete die Tür. „Was sagst du da, Senobia?"

„Ich habe sie fortgeschickt. Niemand ahnt, dass Ihr hier seid, doch ich dachte, Ihr solltet wissen, dass man Euch sucht. Ich habe ihnen jedenfalls nichts gesagt."

„Dafür wirst du reich belohnt werden, Senobia, vielen Dank." Er schloss die Tür wieder und kehrte zum Diwan zurück.

„Wie ist es denn nur möglich, dass die Leute des Sultans Tanger vor uns erreichten?" fragte Zara besorgt. „Wir hatten doch so viele Stunden Vorsprung und hielten auch nur ganz kurz auf ‚Paradies' an."

„Ich weiß es nicht, doch wir können nichts daran ändern. Falls das Glück uns treu bleibt, können wir an Bord der ‚Plünderer' schleichen, ohne gesehen zu werden."

„Und falls nicht?"

„Was immer auch passiert, dir wird kein Leid geschehen, das schwöre ich, mein Kätzchen. Darauf gebe ich dir mein Wort. Komm, iss etwas mit mir. Ich bin halb verhungert."

Der Kuskusgrieß war kalt und schwamm in Hühnerfett. Zara drehte sich bei dem unappetitlichen Anblick der Magen um. Sie knabberte an dem Käse und dem weichen Weißbrot, aß ein paar Trauben und Feigen und trank reichlich von dem köstlichen Pfefferminztee. Jamal steckte ihr Stückchen von dem klebrigen Mandelgebäck in den Mund. Er überraschte sie, indem er rasch die Zungenspitze herausstreckte und ihr den an ihren Lippen von dem Gebäck zurückgebliebenen Honig abschleckte.

Dieser sinnliche Akt führte zu einem Kuss, zu mehreren Küssen, und bald wand sich Zara unter den heißen Liebkosungen. Jamal merkte, wohin das führte, und schob sie sanft von sich fort.

Mit den Fingerspitzen zeichnete er die Linie ihrer Wangen nach, die Form ihres Mundes, den Bogen ihrer Brauen. „Du bist zu müde, Kätzchen. Schlafe jetzt. Bald sind wir an Bord der ‚Plünderer', und dann können wir allen unseren Wünschen nachgeben."

„Liebe mich", bat Zara und zog seinen Kopf zu ihren Lippen herunter. „Ich bin nicht zu müde. Ich brauche dich, Jamal."

„Ich sollte nicht auf dich hören, doch ich bin zu schwach zu verleugnen, was wir beide wollen."

Mit einer Hand fasste er ihr goldseidenes Haar zusammen, und mit der anderen zog er sie zu sich heran. Aufs Neue küsste er sie und zeigte ihr sein Verlangen mit den Bewegungen seiner Zunge. Zara hielt sich an ihm fest, als bedeutete er für sie das Leben selbst. Als er seinen Mund von ihrem lange genug löste, um sie anzuschauen, waren ihre Augen halb geschlossen.

„Lege dich zurück und lass mich dir Freude bereiten", flüsterte er an ihren Lippen.

Benommen schaute sie zu, wie er den Deckel von einem kleinen Kasten hob, welcher auf dem Nachttisch stand, und ihm ein Samtbeutelchen entnahm. Als er an der Verschlusskordel zog, fielen ihm zwei Silberkugeln in die Handfläche.

Zara staunte. „Woher wusstest du, was sich in dem Kasten befand?"

Er lächelte geheimnisvoll. „In jedem Gemach des Hauses der tausend Wonnen steht eine solche Truhe, und darin befinden sich viele Gegenstände, welche dazu da sind, Freuden zu spenden. Spreize die Beine, mein Kätzchen."

Zara gehorchte. Jamal schob sich zwischen ihre gespreizten Schenkel und führte eine nach der anderen die Silberkugeln ein und drückte dann Zaras Beine zusammen. Während er sie sanft wiegte, beugte er sich über sie und reizte ihre Brustspitzen, bis sie sich zu harten Knospen aufrichteten.

Ein unbeschreibliches Vergnügen breitete sich in ihrem Körper aus. Sie begann zu zittern wie im Fieber. Ihre Haut schien in Flammen zu stehen; ihr Stöhnen wurde zu einem lauten, lang gezogenen Wimmern, während die Wellen der Lust sie erfassten. Als sie nichts mehr zu geben hatte, entfernte Jamal behutsam die Silberkugeln und zog sich Zara über den Körper. Er hob ihre Hüften und drang in sie ein.

Rittlings saß sie über ihm, während sich die winzigen Explosionen in ihrem Inneren fortsetzten. Dann stieß Jamal einen rauen Schrei aus und bäumte sich auf. Erschöpft sank Zara über ihn und schlummerte sofort ein. Er streichelte über ihren Rücken, murmelte süße Worte, die sie indes nicht mehr hörte, und dankte Allah dafür, dass er ihm eine solche Frau geschenkt hatte.

Zara durfte nur wenige Stunden schlafen, bevor Jamal sie wieder weckte. „Wach auf, Liebste. Es ist dunkel genug; wir können uns jetzt durch die Medina bewegen."

Zara rührte sich, schlug die Augen auf und lächelte. „Wie ich es liebe, in deinen Armen zu erwachen!"

Er grinste frech. „Das werde ich mir merken. Möchtest du noch etwas essen, bevor wir aufbrechen?"

Sie schüttelte den Kopf, weil sie an das fettige Gericht dachte, das ihnen aufgetragen worden war. „Ich könnte keinen Bissen hinunterbringen. Im Handumdrehen werde ich reisefertig sein. Ich bin genauso wie du darauf erpicht, dein Schiff zu erreichen. Wird man dich dort erwarten?“

„Das will ich doch sehr hoffen. Vor einiger Zeit habe ich Kapitän Brahim eine Nachricht gesandt, mit der ich ihm auftrug, das Schiff mit Proviant auszurüsten, die Mannschaft zu sammeln und meine Ankunft zu erwarten. Brahim wundert sich wahrscheinlich schon, dass ich so lange ausbleibe.“

Im Licht der Lampe, die sie hatten brennen lassen, kleideten sie sich eilig an. Geräusche drangen durch die Tür herein, und Zara merkte, dass das „Haus der tausend Wonnen“ zu dieser späten Stunde natürlich zahlreiche Kunden hatte. Ehe die beiden das Gemach verließen, legte Jamal noch zwei Goldmünzen für Senobia auf den Tisch.

„Dieses Gemach befindet sich an der Rückseite des Hauses“, erläuterte er, öffnete die Tür und lugte in den verlassenen Flur hinaus. „Es gibt hier einen Hinterausgang, der in eine kleine Gasse führt. Den habe ich schon ein- oder zweimal benutzt und kenne den Weg. Folge mir.“

Zara fand, dass der Scheich viel zu viel über das „Haus der tausend Wonnen“ wusste, doch sie ging nicht näher auf dieses Thema ein.

Als sie um eine Ecke kamen, hatten sie das Pech, einem Mann mit dessen Mädchen im Flur zu begegnen. Zara zog sich eilig den Schleier wieder vor das Gesicht, und Jamal wandte den Kopf ab, als sie vorbeigingen. Das Pärchen war indessen so mit sich selbst beschäftigt, dass es sich nicht um sie kümmerte. Schließlich erreichten sie ohne weiteres Missgeschick den Hinterausgang und traten auf die Gasse hinaus. Zara atmete zutiefst erleichtert auf.

Verstohlen bewegten sie sich durch die engen, fast ausgestorbenen Straßen. Da sämtliche Verkaufsstände geschlossen waren, kamen sie nun in der Medina rasch voran. Immer wenn sie einen Soldaten erspähten, bogen sie schnell um eine Ecke, damit sie nicht entdeckt wurden. Ihre zahlreichen Umwege verzögerten zwar die Ankunft beim Schiff, doch es schien ihnen sehr klug, den Soldaten aus dem Weg zu gehen. Am Ende erreichten sie den Hafen, und dort erwartete sie eine höchst unwillkommene Überraschung.

„In Deckung!“ zischte Jamal und zog Zara mit sich herunter hinter ein paar Fässer. „Hier wimmelt es von Soldaten des Sultans.“

Dankbar für ihre dunklen Roben, kauerte sich Zara neben Jamal und fragte sich, wie es jetzt weitergehen sollte. Da kamen zwei stämmige Soldaten direkt auf die Fässer zu. Jamal hielt sich einen Finger an die Lippen, um Zara zu signalisieren, dass sie still sein sollte.

Die Soldaten passierten in ein, zwei Schritt Entfernung das Versteck hinter den Fässern, und als Nächstes hörten Zara und Jamal die beiden Männer gegen die Mauer des Lagerhauses urinieren.

„Das hatte ich schon seit einer ganzen Stunde nötig“, sagte der eine erleichtert aufseufzend.

„Ich wäre viel lieber mit einer Hure im Bett, statt heute Nacht Wache zu schieben“, nörgelte der andere.

„Ich auch“, pflichtete der erste bei. „Doch wenn wir Scheich Jamal nicht einfangen, verlangt Ismail unseren Kopf. Es ist ein Glück, dass sich der Wachposten von seinen Fesseln befreien und dem Sultan Jamals Entweichen melden konnte. Sonst wären wir zu spät gekommen, um verhindern zu können, dass der Scheich Marokko verlässt. Pass gut auf, Mohut; unser Sultan ist scharf auf Jamals Kopf.“

„Ja, wir müssen die ‚Plünderer‘ genau im Auge behalten. Früher oder später wird der Scheich gewiss versuchen, an Bord zu gelangen.“

Die beiden Männer gingen weiter. Sie schimpften auf die Kälte der Nacht und darauf, dass sie nicht zum Schlafen kamen.

„Und jetzt?“ fragte Zara leise, nachdem die Soldaten außer Hörweite waren.

„Kannst du schwimmen?“ erkundigte sich Jamal.

„Nein, ich hatte nie Gelegenheit, es zu lernen. Dies ist das erste Mal, dass ich so nahe am Meer bin.“

„Dann werde ich dich eben auf dem Rücken tragen. Die ‚Plünderer‘ liegt in ganz kurzer Entfernung vor Anker. Ich erkenne sie an ihrer Takelage. Weiter unten am Kai, wo es nicht ganz so viele Soldaten gibt, müssen wir ins Wasser steigen. Das Schwimmen wird dann etwas länger dauern, ist jedoch weniger gefährlich. Wenn wir bei dem Schiff angekommen sind, können wir an der Ankerkette hinaufklettern. Traust du mir zu, dass ich dich sicher an Bord bringe?“

Zara schluckte und schaute zur Seite. „Ohne mich hättest du eine bessere Chance. Geh allein, Jamal. Sorge dich nicht um mich. Ich kann zu meinem Dorf zurückkehren.“

Jamal blickte sie an, als hätte sie den Verstand verloren. „Du wirst mich nie dazu bringen, dass ich dich zurücklasse. Ich bin ein guter Schwimmer. Und jetzt will ich nichts mehr davon hören, dass ich dich nicht mitnehmen soll.“

Zara stritt nicht länger, zumal seine Meinung ja festzustehen schien, und aus Erfahrung wusste sie, dass er seinen Entschluss nicht mehr ändern würde.

Jamal zählte ein Dutzend oder mehr Soldaten, die auf dem Kai patrouillierten. Er beobachtete sie ein paar Minuten lang, um zu entscheiden, wo er und Zara am besten ins Wasser steigen konnten. Allzu weit wollte er auch nicht den Kai hinuntergehen, denn damit würden sie sich immer weiter vom Schiff entfernen, und das Schwimmen würde sehr anstrengend werden.

Er fasste Zaras Hand und drückte sie. „Wir halten uns ganz dicht bei den Lagerhäusern und schleichen uns an den Kaianlagen vorbei, die den Hafen umgeben. Dort patrouillieren weniger Soldaten."

„Meinst du, das klappt?"

„Ja, das meine ich", sagte Jamal sehr zuversichtlich. „Folge mir!"

Sie schlichen lautlos den Kai entlang, und sobald ein Soldat in ihre Richtung blickte, duckten sie sich hinter Fässer oder Kisten.

„Das ist jetzt weit genug", flüsterte Jamal. „Hier können wir ins Wasser steigen. Bete zu Allah, dass wir nicht entdeckt werden, wenn wir ins Freie hinaustreten. Zwischen hier und dem Wasser gibt es keine Verstecke mehr. Bist du bereit?"

Zara schluckte und nickte. In der Vergangenheit hatte sie schon zu oft der Gefahr gegenübergestanden, als dass sie jetzt der Angst nachgeben würde. „Ich bin direkt hinter dir."

Kühn trat Jamal hinaus auf den Uferstreifen, der zum Wasser führte. Hier befanden sie sich schon außerhalb des Hafengebiets und konnten auch keinen Schutz mehr hinter den Holzgebäuden suchen.

Als sie zum Wasser hinunterstiegen, hörten sie eine laute Stimme hinter sich. „Halt!" Schwere Schritte kamen über den harten Sand heran.

„Lauf!" rief Jamal und wandte den Kopf, um zu sehen, ob Zara auch dicht hinter ihm war. „Wenn wir erst einmal im Wasser sind, befinden wir uns in Sicherheit."

Fast schafften sie es.

Zara stolperte über ihre Robe und stürzte gerade in dem Moment, als Jamal die Wasserlinie erreicht hatte. Hart schlug sie auf dem Boden auf und bekam plötzlich keine Luft mehr. Sie lag reglos da, während ihr Verfolger neben ihr stehenblieb. Er griff hinunter und zog sie hoch.

Als Jamal sich umdrehte und sah, dass Zara von dem Soldaten

in die Höhe gezogen wurde, hämmerte sein Herz heftigst. Er hatte seine hinderliche Robe bereits von sich geworfen und stand schon im flachen Wasser. Sofort machte er kehrt und wollte Zara zur Hilfe kommen.

„Fort, Jamal!" schrie sie, als sie merkte, was er vorhatte. „Bring dich selbst in Sicherheit!"

Ihre Worte verfehlten bei Jamal ihre Wirkung. Ohne einen Gedanken an sein eigenes Leben zu verschwenden, sprang er zu Zaras Verteidigung hinzu. Seinen Krummsäbel hatte er im „Haus der tausend Wonnen" zurückgelassen, doch seinen Dolch besaß er noch. Den zog er jetzt aus seiner Gürtelschärpe und stürzte sich auf den Soldaten.

„Hände weg von ihr!" verlangte er.

Der Soldat lachte nur, wich Jamals Angriff aus und benutzte Zara als Schutzschild. „Der Sultan hat befohlen, Euch auf der Stelle zu töten, Scheich Jamal." Er zog seinen Krummsäbel und schleuderte Zara zur Seite wie eine Lumpenpuppe.

Nach einem kurzen Blick auf Zara machte sich Jamal auf die Attacke des Soldaten gefasst. Die erfolgte auch umgehend, doch der Scheich tänzelte geschmeidig zur Seite. Der Krummsäbel verfehlte ihn nur um ein paar Zoll. Jamal, der zu schnell für seinen Gegner war, fuhr fort, zu tänzeln und sich außer Reichweite des Soldaten zu drehen; mit seiner kürzeren und leichteren Waffe war er allerdings gefährlich unterlegen. Der Krummsäbel war tödlich, und der Soldat in seinem Gebrauch geübt.

Trotz Jamals geschickten Ausweichmanövern brachte der Angreifer ihm zwei blutende Wunden bei.

Als der Scheich eine Öffnung in der Deckung des Soldaten entdeckte, duckte er sich zum Todesstich. Seine Attacke würde auch Erfolg gehabt haben, hätte der Soldat nicht gerade in dem Moment, da Jamal sich vorwärtswarf, seinen Krummsäbel hoch gerissen. Die schwere Waffe bohrte sich im selben Augenblick in Jamals Leib, als Jamal seinen Dolch in das Herz des Soldaten stieß. Beide Männer stürzten zu Boden.

Der Soldat war bereits tot, bevor er im Sand aufschlug; Jamal war schwer verletzt.

Irgendwie raffte er sich wieder hoch. Lautes Gebrüll sowie schwere Schritte waren auf dem Kai zu hören; andere Soldaten hatten die Störung ebenfalls mitbekommen und rannten jetzt herbei.

„Ins Wasser!“ befahl Jamal mit zusammengebissenen Zähnen.

Zara zitterte vor Furcht. Überall sah sie Blut. Jamal war Blut überströmt! „Du bist verwundet! Du kannst mich unmöglich durch das Wasser ziehen. Rette dich selbst!“

Er nahm das nicht zur Kenntnis, sondern ergriff ihre Hand und zog sie zum Wasser. „Wirf deine Robe fort“, keuchte er, weil er große Schmerzen litt und sehr stark blutete. Er wusste zwar noch nicht, wie er sie alle beide retten sollte, doch für ihn war es undenkbar, Zara zurückzulassen. Verglichen mit dem, was der Sultan mit ihnen machen würde, war das Ertrinken noch das kleinere Übel.

Zara zog sich ihre Gallabije aus und ließ sie am Ufer zurück. Sekunden bevor die Soldaten sie erreichten, stiegen die beiden Verfolgten in die Fluten. Zu ihrem Glück konnte keiner der Bewaffneten schwimmen, und so blieben sie brüllend und Arme schwenkend am Ufer stehen, während Jamal Zara ins tiefe Wasser zog. Als sie davontrieben, hörte Zara den Hauptmann der Truppe nach einem Boot schreien.

In dem Augenblick, da Zara keinen Boden mehr unter den Füßen hatte, wurde sie von Furcht überwältigt. Sie wollte sich an Jamals Hals festklammern, besaß jedoch noch genug Verstand, um zu erkennen, dass sie ihn und sich selbst damit zum Tode verdammen würde. Es war zwar zu dunkel, um das Blut im Wasser zu sehen, doch das war auch gar nicht nötig; sie wusste auch so, dass er stark blutete. Wenn sie beide nicht ertranken, würden die Haie sie mit Sicherheit finden.

Zara fühlte, dass sie langsam unterging, und ihr Leben zog an ihren Augen vorüber, doch dann merkte sie, dass Jamal seinen Arm um ihren Oberkörper schlang und sie mit sich durch die eiskalten Fluten zog. Woher er die Kraft dazu nahm, war ihr unerfindlich, doch sie dankte Allah dafür. Ein- oder zweimal verließen ihn die Kräfte, und beide gingen unter, doch jedes Mal erholte er sich wieder und zog sie mit sich an die rettende Oberfläche.

„Nicht aufgeben!" sagte er und spie einen Mundvoll Salzwasser aus. „Wir sind gleich da. Schlage mit den Füßen, dann kommen wir leichter voran."

Zara wollte laut schreien, dass sie es niemals schaffen würden, doch solange Jamal den Mut besaß, es zu versuchen, hatte sie kein Recht zum Jammern. Sie schlug also mit den Füßen, was zu ihrer Überraschung tatsächlich half. Stunden vergingen – so kam es ihr wenigstens vor –, doch in Wirklichkeit dauerte es nur einige Minuten, ehe der Rumpf der „Plünderer" vor ihnen auftauchte.

„Die Ankerkette! Ergreife die Ankerkette!" keuchte Jamal, und dann verließ ihn der letzte Rest der Kraft. Gerade als Zara nach der Ankerkette griff, glitt sein Arm schlaff von ihrem Oberkörper.

Zara fasste die Kette, klammerte sich daran fest und suchte die dunkle Wasseroberfläche nach Jamal ab. Er war nirgends zu sehen, und sie schrie laut seinen Namen. Plötzlich tauchte er nur ein paar Armlängen von ihr entfernt wieder hoch. Mit ihrer freien Hand versuchte sie verzweifelt, ihn zu erreichen, bekam sein langes Haar zu fassen und zog ihn daran zu sich heran.

„Jamal, kannst du mich hören?"

Halb ertrunken und fast zu schwach, um zu antworten, kämpfte sich Jamal durch den Nebel seiner Schmerzen und schaffte es, irgendeinen Laut von sich zu geben.

„Fasse die Ankerkette! Hier ist sie.“ Sie lenkte seine Hand zu den Eisengliedern. „Jetzt halte dich fest, während ich hinaufsteige und Hilfe hole.“

„Die Boote ...“

„Ich kann keine sehen. Möglicherweise dachten die Soldaten, wir wären ertrunken, und sind umgekehrt. Gib nicht auf, Liebster. Was immer du tust, lasse auf keinen Fall die Ankerkette los.“

Schon während sie sprach, rutschten Jamals Hände langsam ab. Sie hatte jedoch nicht die Absicht, ihn ertrinken zu lassen; dazu hatten sie zusammen schon zu viel überstanden. Sie dachte schnell nach, zog dann die Gürtelschärpe von ihrer Hose und band damit Jamal an der Ankerkette so fest, wie sie es mit ihren eiskalten und steifen Fingern vermochte. Ihre Hose glitt bis zu ihren Fußgelenken hinunter; mit den Füßen stieß sie sie ganz von den Beinen.

Nachdem sie sich noch einmal davon überzeugt hatte, dass Jamal nun nicht mehr abtreiben konnte, kletterte sie langsam an der Ankerkette hinauf.

Zweimal musste sie anhalten und sich ausruhen, ehe sie oben ankam. Sie versuchte nicht daran zu denken, wie sich solche Anstrengungen auf das Ungeborene auswirkten, sondern gab sich und das Kind in Allahs gnädige Hände. Als sie endlich die obere Bordkante erreicht hatte, fehlte ihr die Kraft, um sich an Deck zu ziehen. Sie holte tief Luft und stieß einen so Mark erschütternden Schrei aus, dass es die Wache hören musste.

„Wer da?“

„Hilfe! Bitte hilf mir! Hole den Kapitän.“

Der Wachposten griff sich eine Lampe und eilte hinzu. Er stellte die Laterne auf den Planken ab und zog die Unbekannte an Deck. „Wer bist du? Was tust du hier?“

„Dafür ist jetzt keine Zeit“, keuchte Zara. „Scheich Jamal benötigt Hilfe. Er ist verwundet und nicht in der Lage, selbst heraufzuklettern. Ich habe ihn an die Ankerkette gebunden. Schnell, ziehe ihn hoch."

Der Mann starrte Zara an, als wäre sie eine Meerjungfrau, die aus der See aufgestiegen war. Er hielt die Lampe in die Höhe, und sein Blick glitt über ihre tropfnasse Gestalt. Das lange Haar, die Brüste, die sich gegen das nasse Hemd drückten, die Rundung ihrer wohlgeformten Hüften, die langen, nackten Beine – es ließ sich nicht leugnen, dass er eine Frau vor sich hatte, und eine höchst liebreizende noch dazu.

„Was ist hier los? Wer ist diese Frau?"

Ein Mann erschien neben dem Wachhabenden. Zara hoffte, dass dies der Kapitän war.

„Seid Ihr Kapitän Brahim?"

„Woher kennt Ihr meinen Namen?"

„Jetzt ist keine Zeit für Erläuterungen. Die Leute des Sultans suchen uns. Ich habe Scheich Jamal mit meiner Gürtelschärpe an die Ankerkette gebunden. Er ist schwer verwundet. Ihr müsst ihn heraufziehen, ehe die Soldaten ihn finden."

Als er Jamals Namen hörte, wurde der Kapitän sofort aufmerksam. „Jamal ist hier, sagt Ihr? Und er hängt an der Ankerkette?"

Er riss dem Wachmatrosen die Laterne aus der Hand und hielt sie über die Bordwand. Was er dort sah, brachte ihn sofort in Bewegung. „Anker lichten!" brüllte er.

Der Wachmann machte sich umgehend an die Arbeit, und zwei Männer kamen ihm noch zur Hilfe. Innerhalb weniger Minuten hatte sich beinahe die gesamte Mannschaft versammelt.

Furcht erfüllt sah Zara zu, wie man die Schärpe, welche den Scheich an die Ankerkette band, zerschnitt und ihn dann an Bord hob.

„In welchem Zustand befindet er sich?" wollte sie wissen, als man ihn auf die Decksplanken legte.

„Er lebt noch", antwortete Kapitän Brahim. „Doch sein Zustand ist sehr ernst."

„Er will etwas sagen." Zara kniete sich an Jamals Seite und beugte sich über ihn.

„Mogador", keuchte er. „Setzt ... die Segel. „Keine Zeit ... verlieren."

Kapitän Brahim brüllte einen Befehl, und die Mannschaft kam sofort in Bewegung. An Deck herrschte größte Geschäftigkeit, während der Wind die Segel füllte und das Schiff langsam Fahrt aufnahm.

„Bringt den Scheich in seine Kajüte", befahl Brahim. „Seid vorsichtig!" Nun wandte er sich an Zara. „Wer seid Ihr, junge Dame?"

Zara schwankte und vermochte mit einmal nicht mehr zu stehen, geschweige denn zu antworten. Die Welt schien sich vor ihren Augen zu drehen und sie mit sich zu nehmen.

Brahim fing sie auf, bevor sie auf das Deck schlug. Er trug sie in die Eignerkajüte und legte sie neben dem Scheich nieder. Jetzt wandte er seine Aufmerksamkeit Jamal zu. Brahim war zwar kein Arzt, doch er wusste, wie ein Sterbender aussah, wenn er einen vor sich hatte.

Kurz darauf kam Zara wieder zu sich. Das Erste, was sie sah, war die düstere Miene des Kapitäns. „Wie schlimm steht es?" fragte sie.

„Ich habe die Wunde untersucht, junge Dame. Die Verletzung ist tatsächlich sehr ernst. Meiner bescheidenen Meinung nach könnte nicht einmal ein ausgebildeter Arzt ihn retten."

19. KAPITEL

„Jamals Leibarzt erwartet die ‚Plünderer' in Mogador", erklärte Zara. „Er ist ein studierter Medicus und sehr tüchtig. Er wird den Scheich nicht umkommen lassen." „Selbst bei gutem Wind ist es eine Fünftagereise bis Mogador." Brahim blickte Zara bedauernd an. „Das Schicksal des Scheichs liegt jetzt in Allahs Händen."

„Er darf nicht sterben!" rief Zara entschlossen. „Holt Eure Medizintruhe; ich werde ihn selbst versorgen. Wir müssen ihn unbedingt am Leben erhalten, bis wir Mogador erreichen. Setzt alle Segel, Kapitän, und betet um günstige Winde."

Obwohl Brahim keine Ahnung hatte, wer Zara war, gehorchte er ihr, ohne Fragen zu stellen. Während er draußen war, entfernte sie Jamals blutige Kleidung. Beim ersten Blick auf die klaffende Wunde an seinem Leib wurde ihr beinahe übel. Es war eine grauenvolle Stichverletzung. Glücklicherweise hatte die Blutung bis auf ein kleines Rinnsal aufgehört, was, wie Zara vermutete, an dem kalten Salzwasser lag. Ob das Salz wohl auch den Wundbrand zu verhüten mochte? fragte sie sich, während sie ihn behutsam mit einem Laken zudeckte.

Kapitän Brahim kehrte mit der Medizintruhe in die Kajüte zurück. „Hier drin ist nicht viel zu finden außer Heilsalben und Verbandsstoff." Er stellte den Kasten auf den Tisch und hob den Deckel hoch.

„Jamals Wunde muss vernäht werden. Könnt Ihr das machen?" fragte sie.

Brahim schüttelte den Kopf, und seine Gesichtsfarbe wechselte zu einem grünlichen Ton. „Die Wunden unserer Mannschaft hat Jamal immer selbst behandelt. Ich habe keinerlei Erfahrung mit Dergleichen. Kann das nicht warten, bis wir Mogador erreicht haben?"

„Nein. Die Wunde muss gereinigt und unverzüglich vernäht werden."

Enttäuscht von dem medizinischen Unvermögen des Kapitäns machte sich Zara unter Aufbietung ihrer wenigen Kenntnisse selbst an die Arbeit. Sie verwendete größte Sorgfalt darauf, die Wunde von Blut und Schmutz zu reinigen, und sah dabei, wie nahe der Säbel daran gekommen war, Jamal zu einem Eunuchen zu machen. Sie dankte Allah, dass das nicht geschehen war.

„Holt mir eine Nadel und einen Seidenfaden", sagte sie und kämpfte gegen das Erbrechen an, das ihren empfindlichen Magen bedrohte. Der Blutgeruch sowie die erstickende Hitze in der Kajüte riefen in ihr eine entsetzliche Übelkeit hervor, und sie schluckte heftig.

Als sich ihr Magen etwas beruhigt hatte, nahm sie Nadel und Faden von dem Kapitän entgegen, fädelte die Seide ein und drehte sich wieder zu Jamal um. Er atmete nur ganz flach, und sein Gesicht war so fahl, dass sie befürchtete, er würde ihre laienhafte Behandlung nicht überleben. Er war so reglos, so grausig reglos ... Es schnürte ihr die Kehle zu, als sie den ersten Stich setzte.

Schweiß rann ihr in die Augen; sie wischte ihn mit dem Handrücken fort. Dass sie nur ein Hemd anhatte, und dass ihre Beine von den Oberschenkeln an nackt waren, interessierte sie jetzt nicht. Für sie zählte nur eines: Jamal musste leben.

„Fertig", sagte sie zitterig und lehnte sich gegen die Koje, um sich abzustützen.

„Das habt Ihr großartig gemacht, junge Dame", lobte der Kapitän. Er schenkte ein Glas Wasser aus einem Krug voll und reichte es ihr. „Und jetzt seid bitte so freundlich und sagt mir, wer Ihr seid."

„Zara ..."

Bei Jamals schwacher Stimme entrang sich ein Freudenschrei ihren Lippen. „Jamal! Du bist ja wach!"

„Wo bin ich?“

„An Bord der ‚Plünderer‘. Kapitän Brahim hat Kurs genommen auf Mogador. Es wird dir bald wieder gut gehen.“

„Du lügst, süßes Kätzchen. Ich sterbe. Wo ist der Kapitän?“

Brahim trat vor. „Hier, Herr.“

Jamal fasste kraftlos Zaras Hand. „Wir möchten heiraten, Kapitän. Sofort. Die Zeremonie muss jedoch unverzüglich vorgenommen werden.“

„Dies ist nicht der Zeitpunkt für ...“

Jamal hustete und rang um Atem. „Dies ist genau der richtige Zeitpunkt! Ehe ich sterbe, muss Zara meine Ehefrau werden. Es ist unbedingt erforderlich, dass sie die Countess of Lanford wird, bevor sie in England eintrifft. Du musst uns auf der Stelle trauen und die Papiere ausstellen, solange ich noch in der Lage bin, sie zu unterzeichnen.“

„Bitte, Jamal, versuche dich nicht aufzuregen“, flehte Zara. „Die Zeremonie braucht doch wirklich nicht jetzt durchgeführt zu werden. Das hat doch noch Zeit.“

Jamal beachtete sie gar nicht. „Du hast deine Befehle, Kapitän. Führe die Zeugen herein.“

Kapitän Brahim verließ hastig die Kajüte.

„Ich empfehle, dass du deine Beine bedeckst, meine Liebste“, sagte Jamal. „Kleidung findest du in der Truhe am Fußende der Koje.“

Ein Lächeln lag in seiner Stimme, doch Zara ließ sich nicht täuschen. Seine Schmerzen mussten unerträglich sein, denn seinem Gesicht fehlte jede Farbe, und seine Worte hörten sich an, als ob ihn das Sprechen größte Mühe kostete.

In der Truhe fand Zara einen Kaftan und legte ihn rasch an. Als der Kapitän mit zwei Mannschaftsmitgliedern zurückkehrte, stand sie neben Jamal.

„Seid Ihr ganz sicher, dass es das ist, was Ihr wirklich wollt, Herr?“ fragte Brahim.

„Ich will es – mehr als mein Leben“, flüsterte Jamal. „Falls ihr beide euch noch nicht bekannt gemacht habt, dies ist Prinzessin Zara, die Frau, die mein Herz gefangen hat. Traue uns, mein Freund. Die Zeit läuft mir davon.“

Jamal spürte, wie ihm das Leben entglitt. Seine Augen wurden schwach. Er stand vor einem langen Tunnel, weigerte sich jedoch, hindurch zum anderen Ende zu gehen, solange Zara noch nicht den Schutz seines Namens besaß.

Kapitän Brahim führte die kurze islamische Zeremonie durch, mit der der Scheich und die Prinzessin miteinander verbunden wurden. Mit dem letzten Rest seiner schnell schwindenden Kraft unterschrieb Jamal die Papiere. Danach seufzte er und schloss die Augen. Jetzt war er glücklich. Was immer auch mit ihm geschehen mochte, Zara genoss jetzt den Schutz, den er ihr versprochen hatte. Seine Mutter würde seine Brautwahl respektieren, und alles wäre gut.

„Ich lasse Euch mit Eurer Braut jetzt allein“, sagte Brahim. „Wenn ein Mann seine letzten Atemzüge tut, sollte er sich in den Armen seiner geliebten Gattin befinden.“

Bei den letzten Worten des Kapitäns schien Jamal neue Kraft zu erwachsen. Sein Blick wirkte auf einmal ganz ungetrübt. „Ich verlasse mich darauf, dass du meine Freunde in Mogador an Bord nimmst und Zara sicher nach England bringst. Wenn ich sterbe, soll das Schiff dir gehören.“

„Herr, ich ...“

„Lasst uns allein“, bat Zara. Jamal hatte sich angehört, als hätte er sich schon aufgegeben, und das wollte sie nicht zulassen. Er wusste noch immer nichts von dem Kind, und sie fand, es gab keinen besseren Zeitpunkt, es ihm nun endlich zu sagen. Möglicherweise veranlasste ihn ja das Wissen, dass er Vater werden würde, dazu, stärker um sein Leben zu kämpfen.

Sie kniete sich neben die Koje und strich ihm das Haar aus der Stirn. „Jamal, hörst du mich?“ Sie bekam keine Antwort. „Bitte, Jamal, verlass mich nicht. Es gibt so viel, wofür du leben musst. Ich werde dein Kind zur Welt bringen.“

Er hörte die Stimme, die ihn rief, war jedoch zu müde, um zu antworten. Vor ihm gähnte der Eingang zum Tunnel, und Jamal spürte, dass dahinter eine Ruhe lag, wie er sie noch niemals kennen gelernt hatte. Dennoch hielt ihn etwas davon ab, den ersten und endgültigen Schritt zu tun.

„Jamal! Ich brauche dich. Unser Kind braucht dich!“ Ihre erhobene Stimme hörte sich verzweifelt und zornig an. Wie konnte er sie, Zara, nur so weit bringen, um sie dann zu verlassen? „Du darfst mich nicht einfach so zurücklassen!“

Ihr Zorn drang schließlich zu ihm durch. Obwohl das geheimnisvolle Versprechen des Tunnels ihn noch immer lockte, war es ihm jetzt nicht mehr so wichtig, das andere Ende zu erreichen. Seine Lider zuckten; die Stimme rief ihn zurück vom Rand der Ewigkeit. Irgendwie schien es ihm entscheidend, dass er zuhörte und antwortete.

„Jamal, ich werde dein Kind bekommen! Kehre um! Komm zu mir zurück!“

Ist es ein gutes Zeichen, dass seine Lider flattern? fragte sie sich. Sie wollte es glauben und fuhr fort, ihm Worte ins Ohr zu flüstern, ihm zu sagen, wie sehr sie ihn liebte, wie sehr sie und ihrer beider Kind ihn brauchten.

Ich habe doch kein Kind, dachte Jamal; weshalb quält sie mich so? Er begann wieder davon zu schweben, wurde jedoch durch die drängende Stimme erneut zurückgehalten, die ihm fortwährend etwas von einem Kind erzählte. Endlich neugierig geworden, drehte er dem Tunnel den Rücken und schwebte der Stimme auf einer Wolke aus Schmerzen entgegen.

Zara spürte genau den Moment, da Jamal zu ihr zurückkehrte. Seine Lider öffneten sich, und er blickte sie an.

„Jamal, hörst du mich?"

„Weshalb bist du so böse auf mich?" fragte er schwach.

Zara zerdrückte ihre Tränen. Jamal hatte sie noch nicht verlassen, doch ihr war bewusst, dass er es noch immer tun könnte. „Hast du nichts von dem gehört, was ich dir erzählte?"

Jamal runzelte die Stirn und versuchte, die merkwürdige Erfahrung vor dem Tunnel zu erinnern. „Ich hörte ... eine Stimme, die mich von dem Tunnel zurückrief ... Ich wollte nicht umkehren, doch die Stimme – war es deine? – warf mir vor, mein Kind im Stich zu lassen. Ich habe jedoch gar kein Kind. Was hat das zu bedeuten, Zara?"

Jamals Rede von einem Tunnel verwirrte Zara, doch sie hielt sich nicht lange damit auf. Jamal war fürs Erste zu ihr zurückgekehrt, und für dieses Wunder war sie dankbar.

„Ich trage dein Kind, Liebster. Bis jetzt fand ich nie den rechten Zeitpunkt, es dir zu sagen. Ich dachte, du würdest mich für immer verlassen, und da bekam ich Angst."

Jamal schaute sie nur an und verstand nicht, was sie ihm mitteilte. „Ich bin so müde."

Die Kajütentür öffnete sich, und Kapitän Brahim trat ein, um die trauernde Witwe zu trösten. Er staunte, als er den Scheich nicht nur noch lebend, sondern sogar sprechend vorfand.

„Seid Ihr eine Zauberin, Herrin? Ich hätte geschworen ..."

Plötzlich schien Jamal wieder vollkommen bei sich zu sein. „Meine Gattin besitzt ungewöhnliche Kräfte, Brahim. Sie sind mächtig genug, um mich von dem Tor des Todes zurückzureißen. Ich habe so viel, wofür ich leben muss. Ich werde nämlich Vater."

Er hatte es wirklich gehört! Zara atmete erleichtert auf. „Jawohl, Liebster, du hast in der Tat sehr viel, wofür du leben musst."

Noch während sie sprach, schloss Jamal wieder die Augen.

Brahim sprang hinzu. „Ist er ...?"

„Eingeschlafen", beendete Zara seinen Satz. Sie sah, wie sich Jamals Brust stetig hob und senkte.

„Ich weiß zwar nicht, welches Wunder hier geschehen ist, während ich draußen Wache hielt, doch ich danke Allah dafür. Benötigt Ihr irgendetwas, Herrin?"

„Wasser und Brühe. Jamal muss etwas zu sich nehmen. Und etwas Gehaltvolleres für mich, bitte."

Während der restlichen Nacht und bis weit in den folgenden Tag hinein schlief Jamal unruhig. Er war zwar noch am Leben, doch er brannte entweder vor Fieber, oder Kälteanfälle schüttelten ihn. Mit Hilfe von zwei Mannschaftsmitgliedern, die angeboten hatten, ihr zu helfen, wusch Zara seinen heißen Körper mit kaltem Seewasser, um das Fieber zu senken.

Als er vor Kälte zitterte, schickte sie die beiden Matrosen hinaus, schlüpfte zu ihm ins Bett und teilte ihre Körperwärme mit ihm. Er war zwar noch immer schwer krank, doch zumindest lebte er. Falls der Wind anhielt und Allah gnädig war, würden sie Mogador und Dr. David ben Israel so rechtzeitig erreichen, dass Jamal gerettet werden konnte. Zara betete voller Inbrunst um dieses Wunder.

Als das Schiff bei Mogador vor Anker ging, hielt sich der Scheich noch immer an seinem Lebensfaden fest. Kapitän Brahim und mehrere Mannschaftsmitglieder ruderten an Land und fanden zu ihrer Erleichterung Haroun vor, der auf die Ankunft der „Plünderer" gewartet hatte.

„Lob sei Allah für dein rechtzeitiges Erscheinen!" begrüßte Brahim den Leutnant des Scheichs. „Wo ist der Rest deiner Reisegesellschaft?"

„Die Leute warten im Gasthof auf deine Ankunft. Erst letzte Nacht kamen wir in Mogador an. Wo ist Jamal?"

„Der Scheich wurde von einem Soldaten des Sultans lebensgefährlich verwundet. Die Soldaten patrouillierten am Ufer, als er und die Prinzessin in Tanger eintrafen. Trotz seiner Wunde gelang es dem Scheich, zum Schiff zu schwimmen."

Haroun packte den Kapitän hart bei den Schultern. „Erzähle mir nur nicht, Jamal sei tot! Ich würde mich nämlich weigern, das zu glauben."

„Nein, tot ist er nicht, doch nahe daran. Angesichts der ernsten Verletzung ist es ein Wunder, dass er noch lebt. Allah war gewiss mit dem Scheich, denn Jamal schaffte es, sich selbst sowie Prinzessin Zara zum Schiff zu bringen. Er bedarf unverzüglich der Dienste seines Arztes."

„Ich werde ihn und die anderen auf der Stelle holen. Ich habe bereits Boote gemietet, die uns zu deinem Schiff bringen."

Haroun machte auf dem Absatz kehrt. Das Gasthaus befand sich ganz in der Nähe, und so war er mit den anderen ein paar Minuten später wieder da. Die Boote wurden heran gerufen, und Jamals Freunde stiegen mitsamt ihren Besitztümern hinein.

Dr. David ben Israel drückte sich seinen Medizinkasten an die Brust, weil er ihn niemandem anvertrauen wollte. Er betete, dass seine medizinischen Kenntnisse ausreichten, um Jamal zu retten. Sobald der Doktor den Fuß an Deck der „Plünderer" gesetzt hatte, eilte er an die Koje des Scheichs. Zara beobachtete angsterfüllt, wie er Jamals Wunde untersuchte, welche Anzeichen von Eiterbildung zeigte.

„Wer hat ihn behandelt?" wollte Dr. David ben Israel wissen.

„Ich", antwortete Zara. „Doch ich bin nicht medizinisch ausgebildet. Ich reinigte und vernähte die Wunde so gut ich konnte."

„Ihr habt genau das Richtige getan, Herrin. Nur leider hattet

Ihr nicht die richtigen Medikamente, und so hat sich sein Blut infiziert. Die Wunde muss wieder geöffnet und die Infektion herausgespült werden. Das dürfte kein hübscher Anblick sein, Herrin. Vielleicht solltet Ihr lieber hinausgehen und es Hammet oder Nafisa überlassen, mir zu assistieren."

„Ich bleibe hier", erklärte Zara.

Leider war ihr Wunsch stärker als ihr Magen. Die langen Tage und Nächte, in denen sie um Jamal bemüht gewesen war, hatten sie erschöpft, und außerdem war sie gesegneten Leibes.

Der Doktor bemerkte ihre Blässe und verwies sie des Raumes. Sie wollte sich weigern, doch Hammet, der in der Nähe stand für den Fall, dass er gebraucht wurde, hob sie sich einfach auf die Arme und trug sie an Deck. Die frische Salzluft belebte sie rasch wieder, und nun brachte Hammet sie in eine andere Kabine, wo sie sich ausruhen konnte.

„Keine Angst", sagte er zu ihr. „Mein Gebieter befindet sich in guten Händen. Der gelehrte Doktor wird ihn nicht sterben lassen. Ich schicke Euch Zinab her."

Ein paar Minuten später eilte das Mädchen in die Kabine. „Ach Herrin, wir machen uns alle solche Sorgen um Scheich Jamal. Wie furchtbar das alles war! Doch jetzt seid Ihr in Sicherheit. Kapitän Brahim sagt, wir segeln mit der nächsten Flut."

„Fürchtest du dich, nach England zu gehen und dort zu leben?" fragte Zara.

Zinab zuckte die schmalen Schultern. „In Marokko habe ich niemanden. Wenn der Sultan mich findet, bin ich so gut wie tot. Was soll ich denn dort noch? Ich wünsche mir nur, Euch dienen zu dürfen."

Zara seufzte. Sie wollte, sie könnte dem fremden Land ebenso zuversichtlich entgegensehen wie Zinab.

Zara sah so zerbrechlich, so erschöpft aus, dass das Mädchen sehr besorgt wurde. „Ihr müsst schlafen, Herrin. Ihr seht ganz krank aus."

„Ich bin nicht krank, Zinab; ich bin schwanger mit Jamals Kind. Doch du hast Recht. Ich muss schlafen, wenn ich es behalten soll. Bis jetzt hatte ich es nicht eben leicht damit." Sie schloss die Augen.

Zinab wartete, bis sie eingeschlafen war, und verließ dann leise die Kabine.

„Was hast du gesagt?" fragte Saha, als sie mit anhörte, wie Zinab Nafisa von Zaras Zustand berichtete. Die drei Frauen hatten sich in der Kabine versammelt, die sie während der langen Reise teilen würden.

„Prinzessin Zara trägt das Kind des Scheichs unter dem Herzen", wiederholte das Mädchen. „Ist das nicht wunderbar?" Die Kleine seufzte verträumt. „Die beiden lieben einander ja so sehr."

„Pah, die Berberkriegerin verdient keinen solchen Mann wie Jamal. Er dürfte ihrer bald überdrüssig werden, und wenn es dann soweit ist, werde ich zur Stelle sein, um ihn zu trösten."

„Du gehörst doch Haroun." Nafisa bedachte Saha mit einem vernichtenden Blick. „Wenn Jamal dich gewollt hätte, würde er dich gewiss nicht verschenkt haben."

„Unser Gebieter hat eben ein aufbrausendes Temperament", meinte Saha. „Zweifellos bedauert er seine voreilige Handlung bereits."

Nafisa schnaubte höchst undamenhaft. „Es sieht nicht so aus, als würde sich der Scheich so bald um Trost an dich wenden, Saha. Kapitän Brahim erzählte, Jamal und Zara seien vor fünf Tagen an Bord der ‚Plünderer' getraut worden. In England darf ein Mann nur eine einzige Ehefrau haben, und Harems gibt es dort ebenfalls nicht."

„Jamal hat diese Berberhexe geheiratet?“ Sahas Stimme überschlug sich. „Ich vermag nicht zu glauben, dass er etwas so Dummes getan haben soll.“

Sie lächelte Nafisa verschlagen zu. „Falls Zara tatsächlich schwanger ist, dürfte Jamal wenig Freude an ihrem Körper haben, wenn sie dick wird. Dann wird er mich mit anderen Augen sehen. Falls er mich dann wieder begehren sollte, wird Haroun ihm nicht im Weg stehen.“

Die kleine Zinab stemmte die Fäuste in ihre schlanken Hüften und blickte Saha direkt ins Gesicht. „Ich mag dich nicht, Saha. Du bist eitel und überheblich. Du wurdest fürchterlich verzogen. Falls du versuchen solltest, Zara weh zu tun, dann bekommst du es mit mir zu schaffen.“

Zinabs dunkle Augen funkelten so wütend, dass Saha erschrocken zurückwich. Nafisa lachte schadenfroh. „In Zinab hast du deine Meisterin gefunden, Saha!“

„Dieses Kind? Das kann mir doch keine Angst einjagen.“ Was Saha dann jedoch tat, strafte ihre Worte Lügen: Sie drehte sich auf dem Absatz um und floh.

Jamals Genesung grenzte beinahe an ein Wunder. Seine Farbe besserte sich, und er konnte schon allein trinken. Die schwächende Infektion, die in seinem Körper gewütet hatte, war eingedämmt worden, und er schien den Tod besiegt zu haben.

Er schlief immer sehr viel, doch der Arzt meinte, dies sei ein heilsamer Schlaf. Wenn er wach war, wollte er Zara stets um sich haben. Zwar sprach er nur wenig, indes sie nur im selben Raum zu wissen, schien beruhigend auf ihn zu wirken.

Schon einige Tage waren sie auf See gewesen, als Zara Jamals Kajüte betrat und ihn sitzend in seiner Koje vorfand. Er hatte beträchtlich abgenommen, dennoch war sie froh, wieder das alte Funkeln in seinen Augen zu sehen. Er streckte ihr die Hand entgegen; sie ergriff sie und ließ sich von ihm neben sich auf die Matratze ziehen.

Zara schenkte ihm ein Atem beraubendes Lächeln. „Dir scheint es besser zu gehen."

„Dank deiner Pflege."

„Dein Leben verdankst du dem Doktor."

„Mein Leben wurde schon lange vor dem Eintreffen des Doktors gerettet." Er wurde sehr nachdenklich. „Ich hätte es fast nicht geschafft, mein Kätzchen. Ich stand bereits vor dem Himmelstor, als du mich zurückriefst. Ich wollte nicht mehr umkehren. Der Schmerz war zu groß; ich litt zu sehr. Ich befand mich nur einen Schritt vor dem Eintritt ins Paradies. Das Versprechen des ewigen Friedens und der Ruhe zog mich dem Tod entgegen. Doch dann hörte ich deine Stimme."

Er bat um Wasser, und sie hielt ihm den Becher an die Lippen. „Ich fürchtete, du hättest mich nicht gehört", sagte sie. „Ich hatte solche Angst."

Er blickte ihr ins Gesicht, als dächte er über irgendeine geheime Erinnerung nach. „Wie lange wusstest du schon von unserem Kind?"

Sie blickte auf ihre Hände hinab. Seit sie es ihm gesagt hatte, war dies das erste Mal, dass er von dem Kind sprach. War er darüber glücklich? „Ich wusste es, ehe ich nach Meknes kam, um dich zu befreien."

„Beim Barte des Propheten!" Trotz seiner Schwäche hatte Jamal keine Schwierigkeiten, sein Missfallen zu zeigen. „Du hast als Schwangere dein Leben riskiert, um meines zu retten! Man hätte dich doch fangen oder verletzen können oder ..." Er erschauderte. Er wollte nicht einmal daran denken, wie leicht er sie hätte verlieren können.

„Ich musste es tun! Ich konnte dich nicht sterben lassen. Mir ist ja nichts geschehen. Wir sind beide am Leben, und unser Kind gedeiht in mir." Sie legte sich die Hand auf den Leib. „Freust du dich über das Kind?"

Jamal deckte seine Hand über ihre. „Ich freue mich über alle Maßen! Du hast so viel durchgemacht. Mich schaudert es, wenn ich daran denke, wie du von der Mauer gesprungen und wie du durch die Medina zum Hafen gelaufen bist. Und dann dieses fürchterliche Schwimmen zur ‚Plünderer' ..." Er schüttelte den Kopf. „Es ist schon ein Wunder, dass du zuvor jene langen Stunden im Sattel ohne Missgeschick überstanden hattest. Unser Kind ist stark, mein Kätzchen. So stark wie seine Mutter."

„Erinnerst du dich noch, dass du den Kapitän veranlasstest, uns zu trauen, Jamal?"

„Selbstverständlich erinnere ich mich. Ich wollte, dass du den Schutz meines Namens erhieltest. Ich habe ein beträchtliches Vermögen angehäuft und ein weiteres geerbt. Das meiste davon ist sicher investiert oder bei englischen Banken angelegt. Ich wollte, dass es dir gehört, wenn ... falls ich nicht bis England durchhalte. Du wärst für immer versorgt gewesen."

„Diese Möglichkeit besteht jetzt nicht mehr. Dr. David ben Israel sagte, du würdest wieder vollständig genesen. Du hattest Glück. Wäre die Säbelspitze nur einen Fingerbreit weiter rechts eingedrungen, würdest du nie mehr in der Lage gewesen sein, noch ein weiteres Kind zu zeugen."

„Gepriesen sei Allah in seiner unendlichen Gnade", sagte Jamal seufzend.

„Du bist müde. Schlafe jetzt. Ich gehe in die Kombüse und hole dir etwas zu essen."

„Aber keine Brühe mehr, und keinen geschmacklosen Brei!" bat Jamal, dessen Miene deutlich seinen Abscheu spiegelte. „Ich muss schließlich zu Kräften kommen, wenn ich die Ehe endlich vollziehen soll."

Sie lächelte ihn keck mit vorgestrecktem Kinn an. „Meinem Zustand nach zu urteilen, würde ich meinen, unsere Ehe wurde bereits höchst wirksam vollzogen." Sie wandte sich aufreizend zum Gehen. „Wenn ich zurückkomme, bringe ich dir etwas Gehaltvolles zu essen mit."

Jamal erwiderte das Lächeln. Seit seiner Verwundung fühlte er sich jetzt zum ersten Mal so, als würde er tatsächlich überleben. Viele Tage lang hatte er die Berührung mit der Wirklichkeit verloren, doch heute Morgen war er endlich mit klarem Kopf aufgewacht. Er hatte dem Tod getrotzt und verdankte Zara seine Rückkehr zu den Lebenden. Allein der Gedanke an seine Kriegerin ließ ihn schon lächeln.

„Oh, es geht Euch besser. Haroun sagte es mir bereits, doch ich musste es selbst sehen."

Jamal war überrascht, Saha in der Tür stehen zu sehen. „Ich bin noch nicht bereit, meinem Schöpfer gegenüberzutreten. Es gibt so viel, wofür ich leben muss. Zara trägt mein Kind unter dem Herzen. Ich werde Vater."

Saha verzog die Lippen. „Das hörte ich, und das ist einer der Gründe, weshalb ich allein mit Euch sprechen wollte." Mit gezierten Schritten trat sie an seine Koje. „Zara wird bald zu dick und zu unbeweglich sein, um Euch Freude zu schenken. Ich kenne Euch doch, Jamal. Ihr seid nicht der Mann, der so lange auf sein Vergnügen verzichtet. Wenn Euch Zaras Körperumfang abstößt, sollt Ihr wissen, dass ich nur allzu bereit bin, Euch das zu schenken, was sie Euch nicht mehr zu geben vermag."

„Du gehörst Haroun", stellte Jamal fest. „Er ist dein neuer Gebieter. Suche dir dein Vergnügen bei ihm."

„Man sagte mir, in England kenne man weder Sklaven noch Gebieter. Ich werde also frei sein, um mir meinen eigenen Mann zu erwählen. Ich erwähle Euch, Herr."

„Hat man dir auch gesagt, dass Engländer nur eine einzige Gattin haben dürfen und dass sie keine Harems unterhalten?"

„Engländer haben Mätressen", versetzte sie listig. „Ich werde Eure Mätresse sein." Sie griff nach seiner Hand und legte sie sich an die Brust. „Meine Brüste sind fest und voll." Sie zog seine Hand zu ihrem Leib hinunter. „Mein Bauch ist im Gegensatz zu Zaras flach." Sie führte seine Hand zwischen ihre Schenkel. „Meine kleine Perle weint nach der Berührung Eures Mundes, möchte von Euch Freude empfangen."

„Um Allahs willen, lass mich zufrieden, Saha!" Er stellte fest, dass ihm die Kraft fehlte, um seine Hand aus Sahas überraschend starkem Griff zu ziehen, und das erzürnte ihn.

In diesem Augenblick kehrte Zara in die Kajüte zurück. Saha stand neben der Koje und hielt Jamals Hand zwischen ihren Beinen fest. Ihre Kühnheit erboste Zara, überraschte sie indessen nicht. Sie hörte, wie Jamal der Frau befahl, den Raum zu verlassen. Saha beachtete das nicht, sondern spreizte die Beine und drückte seine Hand noch fester gegen sich.

Alle drei in der Kajüte Anwesenden waren sich der vierten Person nicht bewusst; Haroun stand hinter Zara. Er hatte sie mit einem Speisentablett in die Kajüte treten sehen und beabsichtigte, Jamal während des Essens zu besuchen.

„Saha!" brüllte er. „Was soll das bedeuten?"

„Hüte dein Weib, Haroun", befahl Jamal schwach. „Falls nötig, binde sie ans Bett, doch halte sie mir fern."

Haroun packte Saha bei ihrem leuchtenden Haar und zog sie aus der Kajüte. „Ich werde sie schlagen", erklärte er. „Während der letzten Tage habe ich meine Pflicht versäumt, doch das werde ich umgehend wieder gutmachen. Ich hätte diese Hexe besser in Marokko lassen und dem Sultan zu dessen Vergnügen zur Verfügung stellen sollen."

„Ich hatte Saha nicht zu mir gebeten", versicherte Jamal, als er mit Zara wieder allein war. „Ich begehre keine andere Frau außer dir."

Zara stellte das Tablett ab und schüttelte das Kopfkissen auf. „Du bist ein heißblütiger Mann, Jamal. Der Tag wird kommen, da ich nicht länger in der Lage bin, dich zu erfreuen. Ich nehme an, Saha dachte an diese Zukunft. Wenn ich abstoßend dick geworden bin, zieht es dich möglicherweise doch zu einer anderen Frau."

Jamals Blick sagte ihr deutlich, was er von ihrer Schlussfolgerung hielt. „Glaubst du wirklich, ich würde mir eine andere Frau nehmen, wenn du wegen meines Kindes einen dicken Bauch bekommst? So mag es einst gewesen sein, doch jetzt bin ich nicht mehr der vergnügungssüchtige Mann, dem noch nie die wahre Liebe begegnet ist."

Er schüttelte den Kopf. „Hältst du mich tatsächlich für so selbstbezogen, dass für mich nichts weiter zählt als mein eigenes Vergnügen? Du tust mir damit sehr weh, mein Kätzchen. Seit ich dich kenne, habe ich keiner anderen mehr beigelegen und werde es auch nie tun. So, und nachdem das also geregelt ist, zeige mir, was du mir zu essen mitgebracht hast."

Zara nahm den Löffel auf und fütterte Jamal mit saftigem Lammfleisch auf Reis, bis er satt war. Danach bat er sie, sich neben ihn zu legen. Sie schmiegte sich an seine heile Seite und fühlte sich glücklicher, als sie es je für möglich gehalten hatte. England erschien ihr nicht mehr ganz so Furcht erregend wie zuvor.

Jamal wurde mit jedem Tag kräftiger. Zara, Nafisa und Zinab verbrachten nachmittags lange Stunden in seiner Kajüte und lernten die Anfangsgründe der englischen Sprache. Saha dagegen lehnte es ab, an diesem improvisierten Unterricht teilzunehmen, und erklärte, sie wolle nichts mit den Ungläubigen und deren Sprache zu tun haben.

Das Wetter wurde bitterkalt, und die Winterstürme wühlten den Ozean auf. Bei der französischen Küstenstadt Brest ging die „Plünderer“ vor Anker. Jamal fühlte sich kräftig genug, um sich in die Stadt zu begeben und Winterkleidung für die Frauen, Haroun sowie Hammet zu kaufen. Da er selbst stets eine Auswahl englischer Herrenkleidung und -schuhe an Bord aufbewahrte, fügte er seiner Garderobe nur noch einen Pelz gefütterten Umhang sowie einen Hut hinzu.

Als Zara das erste Mal ihre neue Kleidung anlegte, war es ihr, als müsste sie ersticken. „Wurde diese einengende Garderobe von einem Mann entworfen, der Frauen hasste?“ fragte sie Jamal, als sie in seine Kajüte kam. „Wenn man mich fragte, würde ich viel lieber die weiten Hose, das Hemd und die Gallabije meines Volkes tragen.“ Obwohl sie selbst von der Aufmachung der Engländerinnen so wenig hielt, fand Zara, dass Jamal sehr gut aussah mit weißem Leinenhemd, Satinweste, enger Hose und kniehohen Stiefeln.

„Es hat mich schon immer verwundert, dass englische Damen bereit sind, wahre Foltern zu ertragen, um attraktiv zu erscheinen“, meinte er. „Mir wärst du jederzeit nackt lieber, und ich werde mich bemühen, dich auch sooft wie möglich so zu halten. Komm.“ Er klopfte neben sich auf die Matratze. „Wir erreichen bald England, und wir müssen miteinander reden.“

Zara setzte sich neben ihn und blickte ihn forschend an. Zwar war er noch immer nicht vollständig genesen, doch seine Augen hatten diesen hohlen Ausdruck verloren. Er war dünner geworden, nahm jedoch zusehends an Gewicht und Kraft zu.

„Worüber müssen wir denn reden?“ Tat es ihm schon Leid, dass er sie mitgenommen hatte?

„Du fragtest mich einmal, ob ich in England eine Gattin hätte, und ich verneinte das."

Zara hatte den Eindruck, als wäre der Boden unter ihr weggebrochen. „Du hast gelogen! Du hast doch eine Ehefrau."

„Nein, mein Kätzchen; du bist meine einzige Gattin. Meine Mutter hat jedoch eine Frau für mich ausgesucht. Ich lernte diese Dame bei meinem letzten Englandaufenthalt kennen, indes sagte sie mir nicht zu. Nichtsdestoweniger besteht Mutter auf dieser Verbindung."

Er nickte Zara liebevoll zu. „Ich weiß, dass Mutter dich lieben wird, wenn sie dich erst einmal kennen gelernt hat, doch ich wollte dich vorwarnen. Meine Mutter ist eine wunderbare Frau, warmherzig, gütig und großzügig. Wenn ihr erst einmal klar ist, dass du die Frau bist, die ich begehre, wird sie dich mit offenen Armen aufnehmen. Sie wird überglücklich sein, wenn sie erfährt, dass ich mich in England niederlassen, den Titel meines Großvaters annehmen und ein Mitglied des Oberhauses werden will."

Zara war sich nicht so sicher, was ihren Empfang anging. Sie lächelte ein wenig zitterig. „Falls deine Mutter nicht einverstanden ist, kannst du dich ja immer noch von mir scheiden. Das ist eine ganz einfache Sache."

„Nicht in England! Doch davon abgesehen – weshalb sollte ich mich von einer Frau scheiden wollen, der mein Herz gehört? Von einer Frau, die mein Kind unter dem Herzen trägt?"

Er drehte sie zu sich herum und begann, ihr Gewand aufzuknöpfen. „Jetzt weiß ich auch, weshalb Engländerinnen ihre Jungfräulichkeit bis zur Eheschließung bewahren", scherzte er, während er unbeholfen an den winzigen Knöpfen fummelte. „Sie können sich nicht ihre verdammten Kleider ausziehen."

„Was tust du denn da? Ich kann mich hier nicht umziehen. Meinen Kaftan habe ich in meiner Kabine gelassen."

„Von jetzt an wirst du meine Kajüte teilen. Ich bin es leid, allein zu schlafen. Und wenn wir in England sind, werden wir beide dasselbe Gemach benutzen und im selben Bett schlafen. Ich halte nichts von der englischen Sitte, dass Eheleute getrennte Schlafzimmer haben."

Zara seufzte. „Engländer haben seltsame Gebräuche. Es wird lange dauern, bis ich mich daran gewöhne. Möglicherweise gewöhne ich mich nie daran."

„Das ist mir verdammt egal. Ich mag dich so wie du bist. Ich werde deiner nie überdrüssig sein."

Sie hatten sich auf Englisch unterhalten; Jamal bestand jetzt immer darauf. „Engländer haben auch eine merkwürdige Art, sich auszudrücken", meinte sie. „Ist ‚verdammt' nicht ein Schimpfwort?"

Jamal lächelte. „Es ist ein Wort, das eine Dame in der Öffentlichkeit niemals in den Mund nehmen würde."

„Da wir gerade über England reden – was wird aus Haroun, Hammet, Nafisa, Zinab und Dr. David ben Israel? Wie werden sie in deinen Haushalt passen?"

„Nafisa kann unsere Kinderschwester werden. Sie und meine Mutter kennen sich aus alten Tagen, da mein Vater noch lebte und Mutter in Marokko wohnte. Hammet möchte mein Leibdiener sein, und Zinab kann deine Zofe werden. Sie alle werden für ihre Dienste großzügig entlohnt und können kommen und gehen, wie es ihnen beliebt. Was nun den guten Doktor betrifft, so wird er mein Leibarzt bleiben und in meinem Haus wohnen."

„Dann bleibt noch Haroun. Es dürfte schwierig werden, für ihn eine Position zu finden."

„Haroun hat in der Vergangenheit England sehr oft besucht. Er kennt die Gebräuche und die Sprache. Ich werde ihm jede Anstellung geben, die er wünscht. Seine Freundschaft bedeutet mir sehr viel. Selbst wenn er nicht ein Teil meines Haushaltes werden möchte, will ich ihn in meiner Nähe haben."

„Könnte er das tun? Unabhängig von dir leben, meine ich."

„Haroun ist kein armer Mann. Sein Anteil an der Piratenbeute der vielen Jahre ist beträchtlich. Ich riet ihm, das Geld in der englischen Schifffahrt anzulegen, und diesen Rat befolgte er. Seine Einnahmen wurden bei der Bank von England deponiert, und sein Konto wächst jährlich. Ich verfuhr ebenso und habe ein Vermögen angehäuft. Du hast einen sehr reichen Mann geheiratet, Kätzchen."

„Dann wären also alle versorgt mit Ausnahme von Saha", überlegte Zara. „Sie ist nicht glücklich. Ich habe den Eindruck, Haroun gibt sich keinen Illusionen mehr hin, was sie betrifft."

„Sahas Schicksal liegt in Harouns Händen. Doch vergiss sie alle fürs Erste. Hilf mir bei deinem Gewand. Ich will meine Gattin lieben. Es ist schon viel zu lange her, seit ich sie in den Armen halten konnte."

„Nein, das kommt nicht in Frage! Du bist noch nicht gesund genug. Deine Wunde wird sich wieder öffnen, und der Doktor wird böse mit mir sein, wenn ich eine so anstrengende Tätigkeit so bald zugelassen habe."

Jamal lächelte. „Keine Angst, mein Kätzchen. Ich werde einen Weg finden, dich zu lieben, ohne mir selbst dabei Schaden zuzufügen."

20. KAPITEL

An einem nassen, grauen Dezembertag ging die „Plünderer" im Londoner Hafen vor Anker. Zara hielt das trübe Wetter für ein schlechtes Omen, doch sie versuchte, ihre bedrückte Stimmung abzuschütteln, weil sie sich nicht vorzustellen vermochte, was schief gehen sollte. Sie und Jamal waren verliebter als je zuvor, und das Kind gedieh in ihrem Leib.

Während der Überfahrt nach England hatte das raue Wetter sie die meiste Zeit in ihre Kabinen verbannt, und in den langen Abendstunden, in denen sie eingeschlossen waren, hatten alle bis auf Saha genug Englisch gelernt, um sich verständlich zu machen und sich auszudrücken. Jamals Wunde war fast verheilt, und seine Kraft beinahe vollkommen wieder hergestellt. Falls Zara irgendwelche Zweifel an seiner Stärke hegte, brauchte sie sich nur an die Häufigkeit und die Heftigkeit seines Liebesspiels zu erinnern.

„Bist du bereit, an Land zu gehen, Liebste?" erkundigte sich Jamal, als sie an Deck standen und das Anlegemanöver beobachteten.

Bis zu den Augenbrauen in Pelz eingehüllt, fröstelte Zara im kalten Wind und schaute neugierig zu den freudlosen Gebäuden an den Kais und zu dem Getriebe am Ufer hinüber. „Es ist so ganz anders als in Tanger. Hier sieht alles grau und schmutzig aus. Wo sind die strahlend weißen Häuser? Die herrlichen Grünflächen? Die Berge?"

„Weiße Häuser gibt es in London nicht, Zara. Alles ist mit Kohlenstaub überzogen. Wenn du Grünflächen willst, musst du aufs Land hinausfahren. Und was die Berge betrifft, so gibt es sie nur in Wales und Schottland. Ich besitze viele Anwesen überall in England und Schottland. Eines davon sollte dir gefallen."

„Wohin gehen wir von hier aus?"

„Zu meinem Wohnsitz in Kent. Meine Mutter mag London nicht. Sie verbringt die meiste Zeit auf dem Land. Haroun wird vorausreiten, um unser Eintreffen anzukündigen. Ich befahl ihm, Mutter nichts von unserer Heirat zu sagen. Ich will es ihr selbst erzählen. Haroun wird ihr nur erklären, ich träfe mit fünf Begleitern ein und wünsche, dass die entsprechenden Gemächer hergerichtet werden."

„Bist du sicher, dass das klug ist? Deiner Mutter nichts von uns zu sagen, meine ich?"

„Ich will, dass sie es aus meinem Mund hört, und ich will, dass sie dich erst kennen lernt. Keine Sorge, Kätzchen, sie wird dich lieben."

„Wie soll ich deine Mutter anreden?"

„Ihr Name lautet Eloise Lady Lanford. Rede sie einfach mit Mylady an, bis sie dich zu etwas anderem auffordert. Ihr beide werdet euch prächtig verstehen, das weiß ich."

„Wie weit ist es bis Kent?"

„Nicht sehr weit, doch ich will es langsam angehen lassen. In der ersten Nacht werden wir in einem Gasthof bleiben. Eine Reise mit der Kutsche im Winter kann gefährlich sein, wenn die Straßen vereist sind. Und außerdem muss man auch mit Wegelagerern rechnen."

„Wegelagerer?"

„Das sind Diebe, die Reisende überfallen und sie ausrauben. Doch dergleichen haben wir nicht zu befürchten. Ich beabsichtige, Vorreiter anzuheuern, die die Straße für uns sichern."

„Die Laufplanke ist festgemacht, Herr", meldete Kapitän Brahim, der zu ihnen getreten war. „Werdet Ihr und Eure Lady jetzt an Land gehen?"

„Ich werde zunächst allein an Land gehen, um eine Kutsche anzumieten, die uns dann nach Lanford Manor bringt. Außerdem werde ich Vorreiter zu unserem Schutz anheuern. Wenn ich zurückkehre, wird die ganze Gesellschaft nach Kent aufbrechen."

„Was soll mit dem Schiff geschehen? Wollt ihr, dass die ‚Plünderer' im Hafenbecken von London vor Anker bleiben soll?"

„Wenn du nichts dagegen hast, ein paar Wochen in London zu verweilen, werde ich mich um Ladung bemühen, die du dann zurück nach Marokko bringen kannst. Ich habe beschlossen, dir als Bezahlung für deine treuen Dienste die ‚Plünderer' zu überschreiben. Ich habe in England genug Interessen, die mich in Anspruch nehmen werden. Die Piraterie hat für mich keinen Reiz mehr. Was du mit dem Schiff machst, bleibt dir überlassen."

„Herr, Ihr seid äußerst großzügig", sagte Brahim offensichtlich beeindruckt. „Die Mannschaft ist ganz erpicht darauf, London und Umgebung zu durchforschen, und wird sich über ein paar Wochen Landurlaub freuen. Ich werde den Leuten diese gute Nachricht sofort übermitteln."

„Ich bleibe nicht lange aus", sagte Jamal zu Zara, nachdem der Kapitän gegangen war. „Ich muss eine Kutsche anmieten, die groß genug ist, um uns alle nach Kent zu transportieren, und dann muss ich ein Pferd für Haroun kaufen. Warte mit den anderen in der Kajüte, wo es warm ist."

Sie hob ihm die Lippen zu einem Kuss entgegen. „Beeile dich, Liebster. Ich kann es kaum erwarten, deine Mutter kennen zu lernen und deine Wohnstatt zu sehen."

Jamal schritt die Laufplanke hinunter, und Zara schaute ihm nach. Sie fand, er sei der bestaussehende Mann, dem sie jemals begegnet war. Nie wurde sie es müde, ihn zu berühren, ihn zu küssen und in seinen Armen die Ekstase zu suchen. Das Liebesspiel mit ihm schenkte ihrem Leben eine Dimension, die es vorher für sie nicht gegeben hatte. Nichts vermochte die Wonnen zu beschreiben, die er ihr schenkte. Er wusste genau, wie und wo er sie berühren musste, um sie in den Rausch allerhöchster Freuden zu versetzen.

Doch sie hatte auch Bedenken; England war schließlich ein fremdes Land. Wie lange würde sie sich hier die Liebe ihres Gatten erhalten können? Würde er die blassen englischen Schönheiten reizvoller finden als sie? Würde er sich eine Mätresse zulegen, wenn sie selbst zu dick geworden war, um ihn zu befriedigen?

Und wie würde es mit seiner Mutter werden? Lady Lanford hatte für Jamal eine reiche englische Braut adliger Herkunft vorgesehen. Würde sie in diesem kalten, trüben Land angesichts einer solchen Konkurrenz überleben?

Das konnte nur die Zeit beantworten.

Viel später als erwartet kehrte Jamal zum Schiff zurück. Der Versuch, die Art von Kutsche anzumieten, welche er für seine Gattin und seine Freunde haben wollte, hatte ihn sehr lange aufgehalten, und am Ende hatte er einen brandneuen Vierspänner gekauft. Der Wagen bot sechs Personen Platz und war mit Ledersitzen, Federung und Laternen luxuriös ausgestattet. Die Rösser waren lebhaft und gut aufeinander eingespielt.

Für diese Equipage hatte Jamal ein kleines Vermögen ausgegeben, doch er war entschlossen, an nichts zu sparen, denn Zaras Bequemlichkeit bedeutete ihm sehr viel. Zwei kräftige Männer als Vorreiter sowie einen erfahrenen Kutscher anzuheuern, hatte weit weniger Mühe gemacht, als ein angemessenes Fahrzeug zu finden.

„Sie ist sehr schön", sagte Zara voller Bewunderung, als sie in die Kutsche stieg.

Die anderen folgten ihr. Zinab kauerte sich neben Zara; obwohl Jamal so umsichtig gewesen war, Schoßpelze zu beschaffen, um die Passagiere warmzuhalten, fühlte sich das Mädchen in der feuchten Kälte ganz elend.

Am Abend hielten bei einem kleinen Gasthof an, der recht primitiv erschien im Vergleich zu Jamals Palast in Marokko mit seinem gefliesten Hof, den üppigen Gärten und den luxuriösen Bädern.

Das Abendessen war sehr englisch und bestand aus Nierenpastete, halbrohem Rinderbraten, gekochten Kartoffeln und Kohl. Die Speisen waren viel zu schwer und wenig Appetit anregend für Zaras empfindlichen Gaumen. Da es in England zu dieser Jahreszeit kein Obst gab, ging sie hungrig zu Bett.

„Lanford Manor wird dir gefallen", versicherte Jamal, dem Zaras Elend nicht entgangen war. „Dort gibt es in jedem Raum ein Kaminfeuer gegen die Winterkälte, hübsche Parks und riesige Obstgärten, in denen man im Sommer die köstlichsten Früchte erntet."

Er nahm sie in die Arme und wärmte sie mit seinem Körper. „Falls nichts Unvorhergesehenes eintritt, werden wir die Ortschaft Maidstone morgen vor dem Dunkelwerden erreichen. Lanford liegt wenige Meilen hinter dem Dorf. Schlafe jetzt, Liebste."

Zara vermochte jedoch nicht so leicht einzuschlafen. Böse Vorahnungen plagten sie. Sie konnte sich ihre Unruhe selbst nicht erklären, denn Jamals Mutter schien eine sehr freundliche Frau zu sein, und eine liebende Mutter hasste doch die Braut ihres Sohnes nicht, oder?

Am folgenden Tag rollte die Kutsche schnell durch Maidstone. Es war ein kalter und grauer Tag, und nur wenige Menschen waren unterwegs. Gefrierender Regen schlug gegen die Fenster der Equipage. Da sie viele Winter hindurch in den Bergen gelebt hatte, litt Zara unter der Kälte weniger als Saha und die kleine Zinab. Letztere erlebte zum ersten Mal Winterwetter und fand es abscheulich.

Trübes Zwielicht hatte sich über das stille Land gesenkt, als die Kutsche in eine lange Zufahrt einbog, die zu beiden Seiten von großen kahlen Eichen gesäumt wurde. Der Umriss eines aus grauem Stein erbauten Landsitzes kam in Sicht, und Zara beugte sich vor, um das Gebäude besser sehen zu können.

Das Haus war nicht zu vergleichen mit den prächtigen Palästen von Marokko mit ihren breiten gedeckten Gängen und den hohen Bogenfenstern. Während die Häuser in ihrer Heimat eher niedrig gebaut waren, besaß dieses beeindruckende Gebäude drei Geschosse und ebenso viele Türme. Obwohl Zara es nicht direkt als eine Burg bezeichnet hätte, erschien es ihr doch ungemein bedrückend.

Jamal konnte anscheinend ihre Gedanken lesen. „Es ist nicht halb so deprimierend, wie es aussieht", meinte er. „Von innen ist es sogar überraschend freundlich."

Zara lächelte ihm halbherzig zu. „Ich kann es kaum erwarten, es mir anzuschauen."

Die Kutsche fuhr unter das Wagentor und hielt dort, um die Passagiere hinauszulassen. Als Erster sprang Jamal hinunter und half Zara beim Aussteigen. Als Nächster folgte Hammet und war den anderen Damen behilflich.

Plötzlich wurde das Portal aufgerissen, und eine Dame von heiterer Schönheit und mittleren Jahren flog in Jamals ausgebreitete Arme.

„Ach, Jamal, wie ich um diesen Tag gebetet habe! Du hast immer so hartnäckig darauf bestanden, in Marokko zu bleiben, dass ich die Hoffnung beinahe aufgab, dich dauerhaft in England zu haben. Jetzt sind meine Wünsche wahr geworden."

Nach einem Moment besann sie sich wieder auf ihr Benehmen und gab Jamal frei. „Willkommen! Willkommen euch allen", sagte sie und sprach damit die Gruppe an, die aus der Kutsche gestiegen war und nun frierend in der frostigen Luft stand. „Kommt alle herein, wo es warm ist." Sie lächelte ihren Sohn an. „Ich habe eine Überraschung für dich, Jamal. Ich hoffe, du freust dich darüber."

Lady Lanford führte sie in den Empfangssalon, wo sich die Damen sofort zum Kamin begaben, der sie mit seinem lustig flackernden Feuer anzog. Zu ihrem Entzücken sah Zara, dass Jamal die Wahrheit gesagt hatte; hier im Inneren des Gebäudes war es tatsächlich nicht so trübsinnig, wie es von außen den Anschein gehabt hatte. Die Möbel aus Kirschbaumholz, die bequemen Sessel sowie die mit Gemälden und Behängen geschmückten Wände sprachen sie durchaus an.

Obgleich nichts sie hier an die luftigen, nicht so überladenen marokkanischen Paläste mit ihren bunten Mosaikwänden, den gefliesten Böden und den dicken Teppichen erinnerte, meinte sie doch, sie würde hier glücklich werden können.

Sie erwachte aus ihrer Trance, als Jamal sie bei der Hand nahm und sie zu seiner Mutter zog. Sie hielt sich an ihm fest und wartete. Ehe er jedoch die Vorstellungszeremonie vollziehen konnte, hörte man Bewegung auf dem Flur. Lady Lanford wandte sich von Jamal und Zara ab, um eine attraktive junge Dame in Empfang zu nehmen.

„Ah, Caroline, du kommst gerade richtig. Jamal ist endlich eingetroffen. Komm, meine Liebe, begrüße ihn. Du erinnerst dich doch noch an Caroline, nicht wahr, Jamal? Sie ist die Überraschung, von der ich sprach."

Jamal stöhnte verzweifelt auf. Lady Caroline Wellsley war das Mädchen, von dem seine Mutter hoffte, er würde es einmal heiraten.

„War es nicht eine gute Idee von mir, nach Caroline zu schicken, so dass sie zu deinem Empfang gleich hier sein konnte?" Lady Lanford strahlte ihren Sohn an.

„Ich hoffe, es stört Euch nicht", sagte Caroline und errötete. „Lady Lanford bestand darauf, dass ich bei Eurem Eintreffen erschiene."

Zara fand Caroline recht attraktiv mit ihrem aschblonden Haar und dem makellosen Teint. Ihre Nase war ein wenig zu lang – auch schien sie sie meistens in die Luft zu recken –, doch ansonsten war ihr Gesicht hübsch und ebenmäßig.

„Mutter, bevor dies zu weit geht, möchte ich Euch Zara und meine Freunde vorstellen."

Lady Lanford bedachte die Ankömmlinge mit ihrem freundlichsten Lächeln, und Zara war sich ganz sicher, dass alles gut werden würde.

„Hammet, Dr. David ben Israel und Nafisa kenne ich ja bereits, doch die anderen Damen sind mir unbekannt", meinte Lady Lanford und schaute zu ihnen hinüber.

„Saha ist Harouns ... Frau", sagte Jamal, weil ihm kein besseres Wort einfiel; seine Mutter würde genau wissen, was damit gemeint war. „Zinab", er deutete auf das junge Mädchen neben Zara, „ist Zaras Zofe. Und Zara", erklärte er und schlang den Arm um deren Taille, „ist meine Gattin."

Die Bestürzung war Lady Lanford anzusehen, und sie warf Caroline einen viel sagenden Blick zu.

„Ich fürchte, wir waren ein wenig voreilig, Lady Lanford", sagte Caroline mit spröder Stimme. „Euer Sohn zieht offensichtlich eine Heidin einer englischen Ehefrau vor. Das ist jammerschade. Ihr wisst, ich hätte ein beträchtlliches Vermögen in die Ehe gebracht. Papa wird sehr enttäuscht sein. Er wollte für mich ohnehin weitaus lieber einen Herzog, doch ein Earl hätte ihm auch genügt." Sie machte auf dem Absatz kehrt und ging hoch aufgerichtet an der Gruppe vorbei zur Tür hinaus.

Lady Lanford starrte Zara an und vergaß dabei, den Mund wieder zu schließen.

„Es tut mir Leid, Mutter. Ich wollte wirklich niemanden schockieren", versicherte Jamal. „Wollt Ihr Zara nicht willkommen heißen?"

Endlich besann sich Lady Lanford wieder auf ihre Manieren. „Vergib mir, meine Liebe. Jamal hat sich sehr verändert. Er genießt es offensichtlich, seine arme Mutter zu schockieren. Willkommen in der Familie." Sie umarmte Zara herzlich. „Wo hat Jamal denn eine solche Schönheit wie dich gefunden?"

„Ich bin Berberin, Mylady", antwortete Zara. „Mein Vater ist Youssef, der Berberfürst. Habt Ihr von ihm schon gehört?"

Lady Lanford stolperte rückwärts, als hätte man sie geschlagen. Alle Farbe verschwand aus ihrem Gesicht, und ihre Augen wurden zu glühenden Kohlen. „Du bist Youssefs Tochter?" Die Frage hörte sich wie ein Zischen an.

„Mutter, was habt Ihr? Ihr seht ja aus, als wäre Euch ein Geist begegnet. Ihr verängstigt Zara ja."

„Zara, Youssefs Tochter!" wiederholte die Lady. „Bring sie fort, Jamal! Schaffe sie mir aus den Augen!"

Zara zuckte erschrocken zusammen. Was hatte sie denn getan?

„Mutter, was soll das?"

„Weißt du das nicht, Jamal? Hat dir das niemand gesagt?"

„Mir was gesagt?"

„Du weißt doch, dass dein Vater im Gefecht gegen die Berber gefallen ist, nicht wahr?"

Jamal nickte.

„Was du jedoch offensichtlich nicht weißt, ist, dass er von Youssef, Zaras Vater, erschlagen wurde. Ich kann diese Frau nicht ansehen, ohne an meinen armen Ahab zu denken."

Bestürzt prallte Zara zurück. Das durfte doch nicht wahr sein! Gerade als sie alles gefunden hatte, das sie sich im Leben nur wünschen konnte, wurde es ihr wieder entrissen. Wie konnte Jamal sie lieben, wenn sein Vater durch die Hand Youssefs, ihres eigenen Vaters, umgekommen war?

„Mutter! Das ahnte ich nicht", beteuerte Jamal, der sofort Zaras Verteidigung aufnahm. „Doch wie dem auch sei, Ihr dürft Zara nicht für etwas verantwortlich halten, das ihr Vater getan hat."

„Tut mir Leid", sagte Lady Lanford und wandte sich ab. „Bring sie fort, Jamal. Es wird eine Weile dauern, bis ich mich daran gewöhnt habe, die Tochter des Mörders deines Vaters in meinem

Haus zu haben. Ich werde dafür sorgen, dass deine Freunde untergebracht werden. Triff mich nachher in der Bibliothek wieder. Wir werden dann die Angelegenheit unter vier Augen besprechen."

Zara schien es, als hätte sie den Boden unter den Füßen verloren. Wie benommen ließ sie sich von Jamal aus dem Salon ziehen und die geschwungene Treppe hinaufbringen. In seinem Gemach angekommen, ging er nachdenklich schweigend zum Fenster und starrte finster in die Ferne.

„Es tut mir leid, Jamal. Das wusste ich nicht", begann Zara. „Ich wollte so sehr, dass deine Mutter mich mochte."

„Die Dinge kommen schon wieder ins Lot." Seine bebende Stimme strafte die Worte Lügen. Wieso hatte er den Namen des Mörders seines Vaters nicht gekannt? Weil das bis jetzt keine Rolle für mich gespielt hat, gab er sich die Antwort. Den Namen des Mannes zu kennen, würde seinen Vater nicht wiedergebracht haben. Jamal war zu jener Zeit auf See gewesen und erst Monate später nach Haus zurückgekehrt.

„Nein, die Dinge kommen nicht wieder ins Lot! Wie sollten sie auch?"

Er drehte sich zu ihr um; seine Miene war jetzt weicher. „Meine Mutter wird sich fassen. Während du schläfst, werde ich mit ihr sprechen. Soll ich dir etwas zu essen heraufschicken?"

Zara schüttelte den Kopf; sie würde keinen Bissen hinunterbringen. Sie konnte auch nicht so tun, als hätte Lady Lanfords schockierende Enthüllung Jamal nicht betroffen gemacht. Sie brauchte ihn ja nur anzusehen, um zu erkennen, wie bestürzt er war. Allah helfe ihr – weshalb standen so viele Hindernisse auf dem Weg zu ihrem Glück?

Kurz darauf ließ Jamal sie allein. Er musste mit seiner Mutter reden, bevor sich Zara noch mehr aufregte, als sie es jetzt schon tat. Das wäre nicht gut für das Kind. Irgendwie musste er seiner Mutter klarmachen, dass Zara die Frau war, die er liebte, die einzige Frau, die er wirklich begehrte. Der Tod seines Vaters lag schon so lange zurück, und nichts würde ihn wieder ins Leben zurückbringen. Es wäre ungerecht, Zara an etwas die Schuld zu geben, das ihr Vater vor langer Zeit getan hatte.

Lady Eloise erwartete Jamal in der Bibliothek. Er sah ihr an, dass sie aufrichtig verstört war, und er spürte ihren Schmerz ganz deutlich.

„Wie geht es Euch, Mutter?"

„Erzähle mir von Zara, Sohn", forderte Lady Eloise ohne Vorrede. „Wie hast du Youssefs Tochter kennen gelernt?"

„Setzt Euch, Mutter. Ich werde Euch erklären, warum Zara mir so viel bedeutet. Wenn ich geendet habe, werdet Ihr verstehen, weshalb ich sie so liebe."

„Ich ziehe es vor, stehen zu bleiben. Sprich, Sohn."

Jamal begann ganz am Anfang. Er erzählte, wo und wann er Zara begegnet war, und berichtete von allem, was sich seit jenem Tag zugetragen hatte. „Ihr seht also, Mutter, Zara hat mir mehr als einmal das Leben gerettet", schloss er.

„Hättest du keine andere Möglichkeit finden können, um ihr das zu vergelten?" fragte Lady Eloise.

Während Jamal in der Bibliothek mit seiner Mutter redete, gelangte Zara zu einem Entschluss. Wenn die beiden über ihre Zukunft sprachen, musste sie auch dabei sein. Schließlich entschieden sie über ihr Schicksal, und dabei wollte sie auch ein Wort mitreden. Sie musste Lady Lanford verdeutlichen, wie sehr sie ihren Sohn liebte.

Mit diesem Gedanken im Kopf verließ Zara das Schlafgemach und schlich die Treppe hinunter, ohne jemandem zu begegnen. Die Bibliothek fand sie, weil sie Stimmen hinter der nicht ganz geschlossenen Tür hörte. Sie wollte zuerst anklopfen, hielt jedoch inne, als sie ihren eigenen Namen hörte, den Jamals Mutter im Zorn aussprach.

„Lady Caroline ist eine wahre Dame von Stand“, erklärte Lady Eloise. „Sie bringt eine große Mitgift in die Ehe und ist eine vorteilhafte Partie für dich.“

„Ich liebe Lady Caroline nicht, Mutter.“

„Ich liebte deinen Vater auch nicht, als er mich für seinen Harem kaufte. Die Liebe kam erst später.“

„Ich habe Zara geheiratet; daran lässt sich nichts mehr ändern.“

„Hast du sie nach islamischem Recht geheiratet?“

„Selbstverständlich.“

Lady Eloise lächelte listig. „Dann ist es ja ganz einfach. Scheide dich wieder von ihr, und heirate Lady Caroline. Ich könnte niemals die Tochter des Mannes akzeptieren, der meinen geliebten Ahab tötete.“

Zara wartete Jamals Antwort nicht mehr ab. Sie drehte sich auf dem Absatz um und floh in ihr Gemach.

Jamal blickte seine Mutter an. Er hätte niemals gedacht, dass sie jemandem so feindlich gesinnt sein konnte. „Ich bedaure, dass Ihr so denkt, Mutter. Ich verstehe Eure Gefühle, doch ich teile sie nicht. Ich liebte Vater so sehr wie Ihr, doch Zara ist nicht diejenige, die ihn tötete, und ich mache sie nicht dafür verantwortlich. Gäbe es Zara nicht, würde ich jetzt nicht vor Euch stehen. Sie gab mir den Überlebenswillen, als ich schon zu sterben bereit war.“

Lady Eloise blickte ihren Sohn bekümmert und bedauernd an. „Ich weiß, dass ich unvernünftig bin, doch ich vermag es nicht zu ändern. Du liebst Zara offenbar. Verlange nur nicht von mir, sie ebenfalls zu lieben.“

Darauf wusste Jamal nichts zu erwidern. Der Starrsinn seiner Mutter stimmte ihn sehr traurig. „Ich hoffe, Ihr ändert Eure Meinung, wenn Ihr Zara erst einmal richtig kennen gelernt habt. Ich begebe mich jetzt zu meiner Gattin. Als ich sie zurückließ, war sie verständlicherweise sehr erregt."

Zara war mehr als nur erregt; sie war verzweifelt. Wie sollten sie und Jamal erwarten, jemals das Glück zu finden, wenn seine Mutter sie nur deswegen verachtete, weil sie Youssefs Tochter war? Es gab keine Zukunft für sie hier in England, gar keine. Jamal gehörte zu Lady Caroline, zu einer Frau, welche dazu geboren war, die Gattin eines Earl zu werden.

Ich hätte in Marokko bei meinen Verwandten bleiben sollen, dachte Zara. Es war dumm von ihr zu glauben, sie könnte einen Platz haben in Jamals neuem Leben als englischer Earl. Falls sie seine Gattin bliebe, würde sie ihm nur hinderlich sein.

Für ihr Dilemma gab es nur eine einzige Lösung: Sie musste nach Marokko zurückkehren. Sie würde sich niemals zwischen eine Mutter und deren Sohn stellen. Mit der Zeit würde Jamal sie deswegen auch hassen, und das könnte sie nicht ertragen.

Die Tür öffnete sich und unterbrach Zaras Gedankengänge. Jamal betrat das Gemach und schloss die Tür hinter sich. „Fehlt dir etwas, Liebste? Weshalb schläfst du nicht?"

Zara, die am Fenster gestanden hatte, drehte sich um und schaute Jamal an, als wäre es das letzte Mal. „Ich wartete auf dich. Hast du mit deiner Mutter gesprochen?"

Mit zwei Schritten war er bei ihr und schloss sie in die Arme. „Vergiss Mutter. Sie wird wieder zur Besinnung kommen. Zu erfahren, dass du Youssefs Tochter bist, hat sie ziemlich verstört. Lass ihr Zeit, Liebste. Wenn sie hört, dass du ihr ein Enkelkind schenken wirst, wird sie ihre Meinung ändern."

Er küsste sie, und es war ein langer, langsamer Kuss, der ihr die Tränen in die Augen trieb. Wie sehr sie ihn doch liebte! Sie wollte alles tun, um ihn glücklich zu machen, selbst wenn sie ihn dazu verlassen müsste. Möglicherweise würde er es am Anfang nicht gleich erkennen; später jedoch würde ihm klar werden, was sie für ihn getan hatte. Er verdiente eben eine englische Schönheit wie Lady Caroline als Gattin, und nicht die Tochter eines wilden Berberkriegers.

Zara erwiderte den Kuss. Ihr war schmerzlich bewusst, dass ihre Zeit mit Jamal bald vorbei war. Sie würde sich ihren Weg zurück zur „Plünderer" suchen und mit Kapitän Brahim nach Marokko zurückkehren. Doch jetzt wollte sie noch einmal Jamals Liebe genießen und sich Erinnerungen schaffen, die bis ans Ende ihrer Tage ausreichen mussten.

Als Jamal merkte, wie sehr ihn Zaras Küsse erregten, schob er sie widerstrebend ein wenig von sich fort. „Du bist doch müde, Liebste. Ich will weder dir noch unserem Kind weh tun."

„Ich will nicht warten, Jamal. Liebe mich jetzt. Ich brauche dich."

Jamal blickte ihr ins Gesicht, weil er sich um ihr Wohlergehen Sorgen machte. Verzweiflung und Angst spiegelten sich deutlich in ihren grünen Augen. Nie zuvor hatte sie sich Furcht anmerken lassen, und das beunruhigte ihn. Sie war erschöpft und überreizt, was ganz natürlich war angesichts der Reaktion seiner Mutter auf sie. Dennoch – wenn das Liebesspiel ihr Trost schenkte, wollte er es ihr gewiss nicht verweigern.

„Ah, mein Kätzchen, dich zu lieben, ist mir doch immer ein Vergnügen."

„Geht es dir gut?" fragte Jamal, nach ihrem leidenschaftlichen Liebesspiel. „Ich habe dir doch nicht etwa weh getan, oder doch?"

„Wie könnte mir etwas weh tun, das so wunderbar ist?"

„Nichtsdestoweniger wäre mir wohler, wenn du jetzt einschliefst."

„Ich würde besser einschlafen, wenn du hier neben mir liegen bliebest. Ich will dich noch nicht fortgehen lassen."

„Es gibt auch keinen Platz, an dem ich lieber wäre“ versicherte er, drehte sie auf die Seite und zog sie sich an seinen Körper. Beide schlummerten sofort ein.

Als Jamal später wieder aufwachte, war es dunkel, und das Feuer auf dem Rost war heruntergebrannt. Er stand leise auf, legte Holz nach und schlüpfte wieder neben Zara unter die Bettdecke. Ein leises Stöhnen entrang sich seinen Lippen, als sie ihr Gesäß gegen seine heißen Lenden drückte. Sofort wurde er wieder hart. Um Zaras Schlaf nicht zu stören, wollte er sich vorsichtig aus dem Bett erheben.

„Nein, gehe nicht fort.“

„Ich dachte, du schliefst.“

„Wie du siehst, schlafe ich nicht.“

„Ich muss aufstehen, mein Kätzchen.“ Er nahm ihre Hand und führte sie zu sich. „Siehst du, was du mit mir gemacht hast? Wenn ich hier bleibe, kann ich nicht dafür garantieren, dass sich der freche Gesell zwischen meinen Beinen anständig benimmt.“

„Ich will ja auch überhaupt nicht, dass er sich anständig benimmt.“ Sie presste ihr Gesäß noch dichter an ihn heran. „Bitte, Jamal ...“

Er ergab sich ihrem Flehen, brachte ihre Beine in die richtige Position, legte sich hinter sie und drang behutsam in sie ein. Diesmal bewegte er sich leicht und langsam in ihr und steigerte ihre Leidenschaft zusammen mit seiner eigenen. Als er ihr endlich die Erlösung brachte, konnte sie nicht mehr zu weinen aufhören,

„Was hast du, Liebste?“ fragte er verwundert. „Weshalb weinst du denn so?“

Sie wagte es nicht, ihm wahrheitsgemäß zu sagen, dass sie den Gedanken, ihn zu verlassen, nicht zu ertragen vermochte, und sie dankte Allah dafür, dass sie wenigstens Jamals Kind hatte, das sie lieben konnte.

„Ich weine, weil ich glücklich bin“, log sie.

Er glaubte ihr nicht. „Du machst dir noch immer Sorgen wegen meiner Mutter, nicht wahr?“

Zara zuckte die Schultern. „Ich wollte nur so sehr, dass sie mich mochte.“

„Sie wird dich auch mögen. Gib ihr ein wenig Zeit. Sie wird dich freundlich behandeln, wenn ihr erst einmal klar wird, wie sehr ich dich liebe. Wollen wir uns jetzt anziehen und hinunter zum Abendessen gehen?“

„Geh ohne mich“, bat Zara. „Schicke mir ein Tablett mit Speisen herauf. Ich ... eine weitere Konfrontation würde ich nicht überstehen.“

Er blickte sie eine Weile an. „Möglicherweise wäre das tatsächlich am besten“, meinte er dann. „Morgen sieht alles schon viel besser aus.“

Sie schenkte ihm ein trauriges Lächeln. Nichts würde besser aussehen, weder morgen noch irgendwann.

21. KAPITEL

Im Verlauf der folgenden Tage wurde Zaras Entschluss fortzugehen immer fester.

Lady Eloise fand zahlreiche Gelegenheiten, Jamal und Caroline zusammenzubringen. Die hochmütige Blondine wurde beinahe jeden Abend zum Dinner eingeladen. Eines Abends traf die Kutsche nicht ein, welche Caroline hätte abholen sollen, und so war Jamal gezwungen, die junge Dame zu eskortieren. Bei einer anderen Gelegenheit beobachtete Zara eifersüchtig, wie Caroline Jamal in ein intimes Gespräch verwickelte und damit seine Aufmerksamkeit während des ganzen Abends an sich fesselte. Die beiden sahen aus, als wären sie füreinander bestimmt, und Zara kam sich wie ein Außenseiter vor.

Eines Nachmittags, als Caroline erschien, um mit Lady Eloise auszureiten, fühlte sich Zara gerade unpässlich. Lady Eloise schützte Müdigkeit vor und veranlasste Jamal, für sie einzuspringen. Zara fand, er protestiere nicht energisch genug, sondern füge sich dem Wunsch seiner Mutter entschieden zu schnell. Das sagte sie ihm auch, während er seine Reitkleidung anlegte.

„Ich darf mich nicht ungehörig benehmen, Liebste", erwiderte er. „Allerdings beabsichtige ich, mit meiner Mutter ein ernsthaftes Gespräch zu führen. Ihre Bemühungen, mich und Caroline zusammenzubringen, ermüden mich langsam. Ich verspreche, dass es nicht mehr vorkommt. Reite doch mit uns, wenn du möchtest."

In ihrem Zustand auszureiten, war das Letzte, was Zara wollte. Ihre weiten Röcke verbargen zwar ihre Schwangerschaft noch, doch es würde nicht mehr lange dauern, bis es allzu offensichtlich wurde, dass sie guter Hoffnung war. „Mir ist heute nicht nach Reiten."

Sofort zeigte sich Jamal besorgt. „Bist du krank?"

„Ich bin schwanger", gab Zara ärgerlich zurück, als würde das alles erklären.

Er lächelte ihr zärtlich zu. „Dessen bin ich mir vollkommen bewusst. Wenn du dich nachts an mich schmiegst, kann ich fühlen, wie sich das Kind bewegt. Ich vermag nicht genau zu erklären, was ich dabei empfinde; ich kann nur sagen, dass es ein wunderbares Gefühl ist."

Zara wollte sich nicht beschwichtigen lassen. „Du solltest jetzt lieber gehen. Es ist unhöflich, Lady Caroline warten zu lassen."

„Caroline kümmert mich nicht das Geschabte eines grünen Käses. Diese Farce dauert schon viel zu lange. Ich wollte Mutter nicht verärgern, doch das muss aufhören."

Wieder hatte Zara das Gefühl, als stellte sie sich zwischen die Lady Lanford und deren Sohn, und das war gewiss kein schönes Gefühl.

Noch mehrere Tage vergingen, bis Zara die Gelegenheit fand, zu verschwinden.

Es war ein strahlend sonniger und kalter Tag, der perfekt für die Beizjagd geeignet war. Haroun und Jamal meinten, sie würden keinen besseren Tag finden, um das Wanderfalkenpaar auszuprobieren, welches Jamals Wildhüter gerade angekauft hatte. Früh an diesem Morgen brachen sie auf.

Lady Eloise befand, der Tag sei zu schön, um verschwendet zu werden, und ging Besuche machen. Sie bat Zara nicht, sie zu begleiten, und diese störte das durchaus nicht. Sie hatte sich ohnehin bemüht, der Lady aus dem Weg zu gehen, weil sie Jamals Mutter nicht noch mehr dadurch verärgern wollte, indem sie sich ihr womöglich aufdrängte.

Zara wusste, dass sie keinen besseren Tag finden würde, um nach London zu reisen. Sie packte nur ihre weiten Roben sowie die Stiefel ein, die sie auf der Seereise anziehen wollte, und stopfte alles in einen Kopfkissenbezug.

Während sie beim Packen war, kam Zinab mit einem Frühstückstablett in das Schlafgemach.

„Wollt Ihr fortgehen, Herrin?"

Zara sah Zinab im Türrahmen stehen und erbleichte. Das Mädchen würde eine Lüge durchschauen, also musste sie die Wahrheit sagen. „Ich verlasse Lanford Manor."

Vorsichtig setzte Zinab das Tablett ab. „Für immer?"

„Ja, für immer", antwortete Zara entschlossen. „Ich ertrage es nicht, wenn Lady Eloise meinetwegen bedrückt ist. Jamal wird ohne mich besser daransein. Lady Caroline ist die Art von Gattin, die er braucht."

„Ihr denkt nicht klar", schalt Zinab. „Jamal liebt Euch. Ihr bekommt sein Kind. Meint Ihr wirklich, er erlaubt, dass Ihr ihn verlasst?"

„Ich weiß es nicht", sagte Zara so leise, dass Zinab es kaum zu hören vermochte. „Doch es ist am besten so. Das wird Jamal einsehen und mich ziehen lassen."

„Ihr seid überreizt, Herrin. Legt Euch ein wenig hin. Ich werde Dr. David ben Israel bitten, nach Euch zu schauen."

„Nein!" Zara hielt das Mädchen am Arm fest. „Du wirst keiner Menschenseele etwas sagen! Versprich mir's, Zinab. Du bist die Einzige, der ich vertrauen kann."

„Das könnt Ihr nicht von mir verlangen. Ihr kennt ja nicht einmal den Weg nach London."

„Der Kutscher kennt ihn und wird uns hinbringen", mischte sich eine dritte Stimme ein.

Zara und Zinab drehten sich um und sahen zu ihrer Verblüffung Saha in der Tür stehen. Sie waren so auf ihre Unterhaltung konzentriert gewesen, dass sie sie nicht hatten hereinkommen hören.

„Uns?" wiederholte Zara. „Wovon redest du denn?"

„Ich habe beschlossen, dieses verfluchte Land zu verlassen", erklärte die Rothaarige. „Ich hasse England. Jamal sagte, ich könne jederzeit gehen, falls ich unglücklich wäre, und das bin ich. Ich werde an Bord der ‚Plünderer' nach Marokko zurückkehren. Kapitän Brahim hat mir einen Platz in seinem Harem versprochen, und das werde ich annehmen. Der Kapitän sieht gut aus, ist gütig und kann es sich leisten, seinen Frauen luxuriöse Unterkünfte zu bieten."

Sie lächelte Zara verschlagen zu. „Es bedurfte nur wenig Überredung, den Kutscher dazu zu bewegen, mich nach London zu bringen. Allerdings wäre mir nie in den Sinn gekommen, dass du dieses Land ebenfalls verlassen willst. Nicht, dass ich es dir übelnehmen könnte. Ich habe nämlich des längeren mit Lady Lanford gesprochen. Sie wird dich niemals als Jamals Gattin akzeptieren. Mit der Zeit wird Jamal dich hassen", schloss sie mit einem bösartigen Lächeln.

„Ihr dürft ihr nicht zuhören, Herrin", drängte Zinab.

„Und was ist mit Haroun?" wollte Zara von Saha wissen.

Saha zuckte die Schultern. „Was soll schon mit ihm sein? Dies hier ist England, und da kann ich tun, was mir beliebt." Sie warf Zinab einen giftigen Seitenblick zu. „Im Übrigen ist Haroun neuerdings so sehr von Zinab angetan, dass er mich kaum noch beachtet."

Zinab errötete; sie war sich Harouns Zuneigung durchaus bewusst. „Dir liegt nichts an Haroun. Er ist ein guter Mann und verdient Besseres als dich."

„Ich wollte ihn nie", behauptete Saha. „Du magst ihn gern haben." Sie wandte sich wieder an Zara. „Kommst du mit?"

„Nein, Zara, tut es nicht!" bat Zinab.

„Ja, ich bin bereit", sagte Zara und drückte sich das vollgepackte Kopfkissen an die Brust.

„Der Herr wird böse sein, wenn er Euch einholt", warnte Zinab.

Die Damen merkten nicht, dass Jamal in der offenen Tür stand und ihrem Gespräch zuhörte. Sein Zorn wuchs von Minute zu Minute.

„Ich bin jetzt schon sehr böse!" Bei Jamals harschen Worten bekam Zara es mit der Angst zu tun. „Lasst uns allein!" befahl er, ohne den Blick von Zaras bleichem Gesicht zu wenden.

Die kalte Autorität seiner Stimme brachte Bewegung in die schreckensstarren Frauen, die sich unverzüglich zum Gehen wandten.

„Saha, bevor du gehst, sollst du erfahren, dass ich mit dem Kutscher gesprochen habe. Sowohl Haroun als auch ich meinen, dass du fortgehen solltest. Haroun erwartet dich bei der Kutsche. Er wird dich nach London begleiten und dort mit Kapitän Brahim sprechen. Ich weiß, dass dieser von dir betört ist und für dein Wohlergehen sorgen wird. Trotzdem wirst du hier nicht ohne Geld fortgeschickt."

„Jamal ..."

„Sage nichts, Saha. Geh nur. Ich wünsche jetzt mit meiner Gattin unter vier Augen zu sprechen."

Saha eilte hinfort. Sie konnte es kaum erwarten, diesen trübseligen Ort zu verlassen.

Zara hielt Jamals vernichtendem Blick stand. „Ich dachte, du wärst auf der Beizjagd."

„Mein Pferd verlor ein Hufeisen, und das zwang uns zur Rückkehr. Ich sah die Equipage vor dem Haus und ahnte, dass etwas nicht stimmte. Mutter hat heute Morgen die leichte Kutsche genommen. Ein Wort mit dem Kutscher bestätigte meine Vermutung. Ich wusste, dass Saha uns zu verlassen wünschte, und wollte das schließlich auch arrangieren. Dass du mit ihr zusammen fortgehen wolltest, erfuhr ich erst aus eurem Gespräch."

„Wie lange hast du schon gelauscht?"

„Lange genug. Dachtest du tatsächlich, ich würde es dir erlauben, mit meinem ungeborenen Kind davonzugehen?"

An seinem Mundwinkel zuckte ein Muskel, was das einzige Zeichen seines Zorns war; davon abgesehen bewahrte Jamal äußerliche Ruhe. Es sah ihm überhaupt nicht ähnlich, so ruhig zu bleiben.

„Ich hoffe, du erkennst, dass es nur zu deinem Guten ist. Ich wollte mich nicht zwischen dich und deine Mutter stellen. Mit der Zeit hättest du mich gehasst."

„Lass mich selbst beurteilen, was zu meinem Guten ist. Ich hatte gedacht, du wüsstest es besser, als Sahas hinterhältigen Lügen zu glauben."

„Das hast du gehört?"

Er nickte. „Du solltest mir vertrauen, Zara. Überlass Mutter bitte mir. Es ist an der Zeit, ihr endlich etwas von dem Kind zu sagen."

„Willst du denn Lady Caroline wirklich nicht heiraten?"

Jamal stieß einen Fluch aus. „Caroline ist ein blaublütiger Snob. Sie sieht in mir eine romantische Figur. Sie findet meine gemischte Abstammung und meinen Reichtum interessant. Mutter hat ihr erzählt, nach islamischem Recht sei eine Scheidung eine einfache Angelegenheit, woraus Caroline irrtümlich schloss, dass ich mich von dir scheiden und sie heiraten würde. Sie ist zu einfältig, um zu erkennen, dass ich dich zu sehr liebe, als dass ich dich gehen ließe."

„Deine Mutter wird mich nie akzeptieren."

„Nicht meine Mutter hat dich geheiratet, sondern ich. Sobald du und unser Kind reisen könnt, werden wir meine sämtlichen Anwesen besichtigen und dasjenige aussuchen, wo du glücklich wirst. Lanford Manor war zwar immer mein Lieblingsort, doch ich will, dass du unser Heim auswählst. Mutter liebt Lanford Manor; ich vermute, sie möchte gern hier bleiben."

„Ich will nicht, dass es dir Leid tut, mich geheiratet zu haben."

„Tut es dir denn Leid, dass du mich geheiratet hast?"

„Niemals!"

„So empfinde ich auch. Vergiss das Fortgehen. Du musst in der Tat verstört gewesen sein, wenn du dachtest, ich würde dich gehen lassen." Er nahm sie in die Arme und rieb seine Nase zärtlich an ihrer Wange. Trotz Zaras abwegigen Denkens war es ihm unmöglich, böse auf sie zu sein. Wie hatte sie nur glauben können, ihm würde es ohne sie besser ergehen? „Versprich mir, dass du nie wieder etwas so Törichtes tun wirst."

Trotzig wie eh und je straffte Zara die Schultern und starrte ihn an. „Scheich Jamal, ich verspreche Euch überhaupt nichts – nur dass ich Euch aus vollem Herzen lieben werde."

„Würdest du einer christlichen Trauung und einem anschließenden Empfang, zustimmen? Ich will weder, dass die Legalität unserer Ehe noch das Recht unseres Kindes auf die Erbschaft angezweifelt werden kann."

Zara runzelte die Stirn. Von der Christenheit verstand sie nichts. „Würde dich das glücklich machen? Müsste ich dann Allah entsagen?"

„Wir sind miteinander vermählt, welcher Religion wir auch immer folgen. Allah weiß, dass wir ein Ehepaar sind, doch wir müssen auch der christlichen Welt zeigen, dass wir Mann und Frau sind. Falls du jedoch dagegen bist, werde ich nicht darauf bestehen."

„Du hast Recht, Jamal. Wir sollten noch einmal heiraten, um der Welt zu beweisen, dass wir vor Allah und dem Gott der Christen verbunden sind."

„Wollen wir jetzt hinuntergehen und Mutter von dem Kind erzählen?"

Sie lächelte ihn verführerisch an. „Noch nicht. Du musst mich erst einmal von deinem Verlangen nach mir überzeugen. Liebe mich, Jamal."

Jamal bedachte sie mit einem zärtlichen Lächeln. „Es ist mir ein Vergnügen."

An diesem Abend lud Lady Eloise einen Gast nach Lanford Manor ein. Sowohl Zara als auch Jamal waren überrascht, einen Herrn mittleren Alters mit der Countess in dem eleganten Salon sprechen zu sehen, als sie sich unten zum Abendessen versammelten. Er wirkte überaus distinguiert und vertrauenswürdig.

Als Zara und Jamal den Raum betraten, schaute Lady Eloise

auf. „Ah, Jamal, da bist du ja. Ich möchte dich mit Lord Robert Cummings, Earl of Durbin, bekannt machen. Robert, dies ist mein Sohn Jamal, Lord Lanford."

Jamal reichte dem Earl die Hand, die dieser freundlich schüttelte. „Durbin, ich freue mich, Eure Bekanntschaft zu machen", begrüßte ihn Jamal. „Wohnt Ihr hier in dieser Gegend? Ich erinnere mich nicht, Euch schon einmal getroffen zu haben."

„Ich kaufte das Hinkley-Anwesen, als ich vor einigen Monaten von Irland hierher zog. Ich bin jetzt also Euer Nachbar. Eure entzückende Frau Mutter lernte ich auf einem Empfang kennen, den Lord und Lady Freemont zu meinen Ehren gaben." Er lächelte Eloise zärtlich zu, und Jamal wusste nicht recht, was hier vor sich ging.

„Und das muss Eure schöne Gattin sein", fuhr Durbin fort und verneigte sich elegant über Zaras Hand.

„Dies ist Lady Zara", stellte Eloise ein wenig kühl fest. „Jamal hat sie in Marokko geheiratet."

„Mutter", sagte Jamal und presste die Zähne aufeinander, „ich möchte kurz unter vier Augen mit Euch sprechen. Würdet Ihr uns bitte entschuldigen, Durbin?"

„Gewiss. Ich werde Eure Gemahlin unterhalten, während Ihr mit Eurer Frau Mutter sprecht."

„Die Bibliothek, Mutter", sagte Jamal und führte Lady Eloise hinaus.

Eloise blickte ihrem Sohn prüfend ins Gesicht, nachdem er die Tür geschlossen und sich umgedreht hatte. „Was ist so wichtig, dass es nicht warten kann?"

„Zuerst bitte ich Euch damit aufzuhören, Zara wie eine Ausgestoßene zu behandeln. Sie ist und bleibt meine Gattin. Zweitens unterlasst es bitte, Situationen herbeizuführen, die mich dazu zwingen, Lady Carolines Gesellschaft zu ertragen. Ihre Besuche müssen aufhören, weil sie Zara verärgern und ich nicht will, dass meine Gattin zu einer Zeit wie dieser verstört wird. Ihr lasst es mich bedauern, nach England zurückgekehrt zu sein."

„Du weißt ja nicht, wie schwierig es für mich ist, Sohn. Jedes Mal, wenn ich Zara anschaue, sehe ich die Frau, deren Vater meinen geliebten Ahab ermordet hat."

„Jedes Mal, wenn ich Zara anschaue, sehe ich die Frau, die ich liebe, und ich sehe die Mutter meiner Kinder. Zara ist mit meinem Kind schwanger, Mutter, mit Eurem ersten Enkelkind."

„Ein Baby?" fragte Eloise ehrlich erfreut. „Zara bekommt ein Baby?"

„Das sagte ich. Ich bringe Zara fort an einen Ort, wo sie Eurer Kälte nicht ausgesetzt ist. Ich hätte mir nie vorgestellt, dass es einmal so kommen würde. Ihr wart immer eine so liebevolle, verständnisvolle Frau."

„Ein Baby", wiederholte Eloise, und ihre Miene wurde weicher. „Es wird wundervoll sein, ein Kind im Haus zu haben."

„Habt Ihr überhaupt zugehört, was ich sagte, Mutter? Ich bringe Zara fort."

Die Aussicht auf ein Enkelkind schien mit einmal wichtiger zu sein, als einen Groll aufrechtzuerhalten. „Ach, Jamal, ich weiß auch nicht, was in mich gefahren ist. Ich war eine törichte alte Frau. Ich hätte Zara nicht die Schuld an den Sünden ihres Vaters geben dürfen. Verzeihst du mir? Wird Zara mir auch vergeben? Ich möchte so gern mein Enkelkind kennen lernen."

„Gewiss verzeihe ich Euch, doch für Zara kann ich nicht sprechen. Sie war bereit, mich zu verlassen, damit der Familienfriede erhalten bleibt. Zara ist stolz, tapfer und so wild, wie es nur ein Krieger sein kann. Ich liebe sie, und ich möchte, dass Ihr sie ebenfalls liebt."

„Ich werde mich bemühen, mein Sohn. Ehrlich, das werde ich."

„Ich werde sie zu Euch schicken, damit Ihr es ihr selbst sagen könnt."

„Jamal, Lord Durbin ..."

„Später, Mutter." Er ging, bevor sie ihren begonnenen Satz beenden konnte.

Ein paar Minuten darauf trat Zara in die Bibliothek. Das bevorstehende Gespräch mit Lady Eloise stimmte sie einigermaßen argwöhnisch. Sie hatte sich angenehm mit Lord Durbin unterhalten, als sie von Jamal unterbrochen worden war, der ihr nur mitteilte, dass seine Mutter allein mit ihr zu sprechen wünschte.

„Ihr wolltet mit mir reden, Lady Eloise?"

„Ich wollte mich bei dir entschuldigen, meine Liebe", begann Eloise. „Ich bedaure unseren unglücklichen Anfang und will Wiedergutmachung leisten. Ich hatte nicht das Recht, ein vorciliges Urteil über dich zu fällen. Können wir noch einmal von vorn beginnen? Ich weiß von dem Kind, das du unter dem Herzen trägst, und ich will ein Teil des Lebens meines Enkelkinds sein. Willst du mir das gestatten, Zara?"

Tränen traten Zara in die Augen. Dies war das Willkommen, von dem sie geträumt hatte, das ihr jedoch verwehrt worden war. „Ich trage Euch nichts nach, Mylady. Ich lernte meine Mutter nie kennen und hatte niemanden außer meinem Vater. Ich liebe ihn sehr und werde ihn auch immer lieben. Können wir trotzdem Freundinnen sein?"

„Mein Sohn liebt dich. Das ist mir genug. Eure Kinder werden dieses alte Haus mit Glück und Liebe erfüllen. Wie könnte ich dir da nicht meine Freundschaft antragen ... und eines Tages vielleicht auch meine Liebe?"

Die beiden Frauen umarmten einander herzlich. „Wollen wir jetzt wieder zu den Herren gehen?" fragte Lady Eloise schließlich. „Robert denkt sonst womöglich noch, ich hätte ihn verlassen."

„Ah, da kommen die Damen!" rief Seine Lordschaft, als Zara und Eloise zusammen den Salon betraten. „Ihr kommt gerade richtig. Das Abendessen wurde bereits angekündigt." Er bot Zara seinen Arm, während Jamal seine Mutter in den Speisesalon begleitete.

Die Unterhaltung plätscherte aufs Angenehmste dahin, bis sich Lord Durbin am Ende des Mahls räusperte. „Habt Ihr es ihnen gesagt, Eloise, meine Liebe?" fragte er.

Jamal blickte von dem Earl zu seiner Mutter und hob eine Braue. „Was gesagt?"

Lady Eloise errötete bis an die Haarwurzeln. „Noch nicht, Robert. Wir hatten noch anderes zu besprechen."

„Dann bestehe ich darauf, dass wir es ihnen jetzt mitteilen", meinte der Earl und sprach gleich weiter, ehe sich Eloise äußern konnte. „Ich habe Lady Eloise um ihre Hand gebeten, und sie hat gütigst eingewilligt, mich zu heiraten. Das heißt, falls Ihr keine Einwände habt, Lanford. Eurer Frau Mutter wird es nie an etwas mangeln. Ich habe sie sehr zu lieben gelernt."

„Ich würde gern hören, wie Mutter darüber denkt", sagte Jamal, den die Wendung der Ereignisse einigermaßen verblüffte.

„Ich bin einsam, Jamal. Robert hat mir gezeigt, dass das Leben für mich noch nicht vorbei ist. Du hast deine Zara, und bald wird das Kind noch euer Leben bereichern. Ich möchte zwar in eurer Nähe bleiben, doch gleichzeitig will ich auch ein eigenes Leben haben. Ich liebe Robert und will ihn bald heiraten."

„Dann werden wir daraus eine Doppelhochzeit machen, sobald es sich einrichten lässt", meinte Jamal begeistert. „Zara und ich haben nämlich beschlossen, uns noch einmal nach der christlichen Zeremonie trauen zu lassen. Würde es Euch stören, wenn wir dieses Fest zu einer unvergesslichen Angelegenheit machten?"

Lady Eloise lächelte Zara unter Tränen an. „Möchtest du wirklich deinen Ehrentag mir teilen, Zara?"

„Jamals und meine erste Trauung wird immer unser ‚Ehrentag' bleiben. Ich würde mich freuen, den zweitglücklichsten Tag meines Lebens mit Euch und Lord Durbin teilen zu können."

Alle brachten einen Toast auf die Liebe und das Glück aus. Danach entschuldigten sich Zara und Jamal und überließen die Frischverlobten sich selbst.

„Man weiß doch nie, was das Leben einem als Nächstes bringt", meinte Jamal, als sie in ihrem Gemach allein waren. „Mutter steckt tatsächlich voller Überraschungen. Ich ahnte nicht, dass sie an eine Heirat dachte."

„Lord Durbin sieht sehr gut aus ..."

„Ich etwa nicht?"

„Du, verehrter Scheich, bist unsäglich arrogant und entschieden zu kühn, doch ich glaube, man könnte dich als einigermaßen gut aussehend beschreiben."

„Und du, meine liebreizende Prinzessin, wirst dich wohl nie zähmen lassen. Trotz deiner scharfen Zunge habe ich es geschafft zu überleben, ohne in Stücke geschnitten zu werden." Seine Augen funkelten mutwillig. „Komm ins Bett. Ich will dich in den Armen halten. Möglicherweise bin ich sogar in der Lage, einen Satz dieser Silberkugeln aufzutreiben, die du ja so magst."

Sie schaute ihn verblüfft an. „Du hast sie mitgebracht?"

Er lächelte sündhaft. „Ausschließlich für das Vergnügen meiner Gattin", beteuerte er, hob sie sich auf die Arme und trug sie zum Bett.

Und ihre Seele sang aus Freude am Leben und aus Freude, mit Jamal zusammen zu sein.

– ENDE –

Band-Nr. 25010
5,95 €
ISBN 3-89941-010-6

Susan Wiggs

Die Reise ins Paradies

Gegen den Widerstand ihrer vornehmen Familie in Boston tritt Isadora Duncan Peabody an Bord der „Silver Swan“ die lange Seereise nach Rio de Janeiro an. Sie will etwas von der Welt sehen, ihre Unabhängigkeit beweisen! In Kapitän Ryan Calhoun findet sie einen interessierten Gesprächspartner und, in Rio angekommen, einen aufmerksamen Verehrer. Isadora ahnt nicht, dass Ryans Kampf für die Freiheit der Sklaven in den Südstaaten ihr neugefundenes Glück mit ihm schon bald gefährden wird. Ein faszinierender historischer Roman um die Liebe zwischen einer mutigen Frau und einem verwegenen Mann und ihren gemeinsamen Kampf um die Freiheit der Sklaven.

MIRA®

Candace Camp

Die geheimnisvolle Mitgift

Würde Cassandra die geheimnisvolle Mitgift finden, die ihre Vorfahrin Margaret Verrere versteckt hat, dann wäre alle Not vorbei, und vor ihr und ihren Geschwistern würde eine gesicherte Zukunft liegen. Doch sie schafft es nicht, das schwierige Unterfangen allein zu bewältigen. Zum Glück weiß Cassandra, wen sie um Hilfe bitten könnte: Sir Philip Neville, dem seit einer kurzen romantischen Begegnung ihr Herz gehört. Der weltgewandte Philip findet Cassandras Ansinnen zwar abwegig, entschließt sich aber nach anfänglichem Zögern, sich an der Schatzsuche zu beteiligen. Denn der Lohn reizt ihn – nicht das Gold, nicht das Geld, sondern Cassandras Hand.

Band-Nr. 25011
5,95 €
ISBN 3-89941-011-4